Von Colin Forbes sind
als Heyne-Taschenbücher erschienen:

Target 5 · Band 01/5314
Tafak · Band 01/5360
Nullzeit · Band 01/5519
Lawinenexpreß · Band 01/5631
Focus · Band 01/6443
Endspurt · Band 01/6644
Das Double · Band 01/6719
Die Höhen von Zervos · Band 01/6773

COLIN FORBES

GEHETZT

Roman

Deutsche Erstausgabe

WILHELM HEYNE VERLAG
MÜNCHEN

HEYNE ALLGEMEINE REIHE
Nr. 01/6889

Titel der englischen Originalausgabe
TRAMP IN ARMOUR
Deutsche Übersetzung von Peter Pape

3. Auflage

Printed in Germany 1988
Umschlagfoto: RAC TANK, Museum, Wareham
Umschlaggestaltung: Atelier Ingrid Schütz, München
Satz: werksatz gmbh, Wolfersdorf
Druck und Bindung: Ebner Ulm

ISBN 3-453-00313-6

FRANKREICH, MAI 1940
Dover
Calais
Dunkirk
Lemont
Gravelines
Boulogne
Etaples
Abbeville
Amiens
St Pol
Béthune
Arras
Lille
Cambrai
Beaucaire
St Quentin
Laon
Sedan
Antwerp
BRUSSELS
Etreux
Luxembourg
PARIS
N
Der Angriff
Landeplatz des Fallschirmspringers
HEERES-GRUPPE GENERAL VON BOCK
ANGRIFFS-KEIL B
HEERES-GRUPPE GENERAL VON RUND-STEDT
ANGRIFFS-KEIL A
Fahrtweg von Sergeant Barnes
Frontlinie des britischen Expeditionskorps
Frontlinie der französischen Armee im Suden
Aufmarschweg von General Storch's 14. Panzerdivision
0
50
100 Mls
0
80
160 Km

1.
Donnerstag, 16. Mai

Der Krieg tobte.

»Fahrer, rechts halten. Gut so. Kanone links schwenken. Weiter nach links. So halten...«

›Das müßte genügen‹, dachte der Panzerkommandant, Sergeant Barnes.

Der Tank verließ die Straße und rollte den Bahndamm hinauf. Gleich würde er im Sichtfeld der deutschen Einheiten von General von Bocks Heeresgruppe B sein. Der Turm mit der Zweipfünder-Panzerkanone und dem Besa-Maschinengewehr deutete im Winkel von neunzig Grad zur Fahrtrichtung drohend auf den Feind. Mit etwa sieben Stundenkilometern Geschwindigkeit rollte der Panzer vorwärts, noch unsichtbar für die deutschen Angreifer, die über das freie Gelände zu dem Bahndamm vorrückten, hinter dem das britische Expeditionskorps sie erwartete.

Hell strahlte die Sonne von einem tiefblauen, wolkenlosen Himmel herab – ein Omen für den endlos heißen Sommer dieses Jahres 1940.

Barnes' Panzerbataillon bildete die rechte Flanke der britischen Expeditionsarmeen. Die drei Tanks seiner Gruppe wiederum standen am äußersten rechten Flügel des Bataillons. Mit ihrer linken Flanke sollte sich die 1. französische Armee nahtlos an das englische Panzerbataillon anschließen, um so eine geschlossene Front gegen den deutschen Angriff zu bilden. Doch schien diese gemeinsame Front irgendwo unterbrochen zu sein, und Sergeant Barnes hatte über Funk von Lieutenant Parker, seinem Gruppenführer, den dringenden Befehl erhalten, die Verbindung wieder herzustellen.

»Versuchen Sie festzustellen, Barnes, wo zum Teufel die Franzosen stecken, und machen Sie mir umgehend Meldung.«

Der direkte Weg zu den Franzosen, die Straße neben dem Bahndamm, war von Tieffliegern mit Bomben bepflastert worden; unzählige eingestürzte Gebäude blockierten die Fahrbahn. Deshalb beschloß Barnes, den Weg zu nehmen, auf dem er am schnellsten vorwärts kam – auf dem Bahndamm, in voller Sicht des Feindes. Dabei verschwendete er kaum einen Gedanken daran, daß er den Deutschen seinen Kampfwagen wie auf dem Präsentierteller als Ziel anbot. Die Panzerplatten waren siebzig Millimeter dick. Die leichten Waffen der deutschen Infanterie konnten ihnen kaum etwas anhaben. Und ehe sich die schweren Geschütze im Hinterland, die im Moment die britischen Stellungen mit Sperrfeuer belegten, sich auf ihn eingeschossen hatten, war er schon wieder vom Bahndamm herunter. Gleich war es soweit, jeden Moment mußten sie die Gleise erreichen. Barnes preßte das Auge auf das Periskop.

Die Panzerbesatzung bestand aus vier Männern. Panzersoldat Reynolds steuerte von seinem separaten Abteil im Bug den Panzer. Den beengten Raum im Turm teilte Barnes mit dem Kanonier Davis und seinem Richtschützen Corporal Penn. Der Geschützraum im Turm war gleichzeitig die Kommandozentrale und ragte über das Panzerchassis hinaus. Die Bodenplatte, eine bewegliche Metallscheibe kaum ein paar Zentimeter über dem Boden, bildete mit dem Panzerturm eine Einheit. Vollführte der Turm auf seinem Drehkranz einen Schwenk, drehte sich das gesamte Abteil mitsamt den drei Männern, der Kanone und dem Maschinengewehr. Der Kanonier schwenkte nach Anweisung des Kommandanten den Turm auf der Traverse.

Sie waren jetzt dicht unterhalb des Bahndamms. Doch während das Periskop weiterhin lediglich den spärlichen Grasbewuchs des Dammes zeigte, brach draußen die Hölle los, ein Inferno des Lärms, das sich im Innern des Metallkolosses bis zur Unerträglichkeit verstärkte: Mörsergranaten rauschten heran und detonierten mit dumpfem Schlag, Granaten jaulten über die eigenen Stellungen, unaufhörlich krachten Gewehre, und dazwischen, wie zur Untermalung dieser tödlichen Symphonie, ertönte das Rattern von Maschinengewehren. Die Panzerbesatzung verstand Barnes' Befehle nur über Interkom, ein Einwegsprechsystem, bestehend aus einem Mikrofon, das an einer Schnur um Barnes' Hals baumelte und mit dem er seine Anweisungen in die Kopfhörer der Männer übermittelte.

Barnes kniff die Augen zusammen. Der Bahndamm verschwand aus dem Periskop. Sie waren oben. Der Sergeant hatte den Anblick, der sich ihm bot, erwartet, aber nicht damit gerechnet, daß der Feind so stark war. Lange Ketten deutscher Soldaten in Feldgrau, auf dem Kopf Stahlhelme, wogten heran wie die Wellen bei einlaufender Flut, rollten über eine weite Ebene auf den Bahndamm zu. Sie trugen Gewehre oder Maschinenpistolen, und einige Abteilungen waren mit leichten Maschinengewehren ausgerüstet. Der Panzer war genau in dem Augenblick auf dem Bahndamm aufgetaucht, als der erste Angriff ins Rollen kam.

»Fahrer, auf den Gleisen weiterfahren – bis hinter die Lagerschuppen dort vorne. Kanone auf sechshundert einstellen.«

Davis justierte die Entfernung auf seinem Teleskop ein.

»Traverse links!«

Unter dem Zischen von Druckluft schwenkte der Turm mitsamt Besatzung herum, während der Panzer weiter geradeaus fuhr.

»Traverse links!«

Der Turm drehte sich schneller und schwenkte die Kanone in einen Winkel von fünfundvierzig Grad zum Chassis.

»Langsam«, mahnte Barnes.

Sein Auge saugte sich förmlich am Periskop fest und fixierte die Panzerabwehrkanone in der Ferne. Ein Hagel von Geschossen prasselte gegen die Panzerung.

»Pak im Visier!« rief Barnes und gab die Zielrichtung an.

»Feuer!«

Davis riß den Abzug durch. Der Panzer erbebte unter dem Rückstoß, beißender Korditgeruch füllte den Turm. Barnes hörte den Granateinschlag nicht, sah aber deutlich eine weiße Rauchwolke und hoch aufspritzende Erde genau über der Geschützstellung, ehe der Panzer in den Schutz der Lagerschuppen am Bahndamm rollte.

Für einige Sekunden waren sie der Sicht des Feindes entzogen. Rasch erteilte Barnes einen neuen Befehl.

»Besa…«

Die zerstörte Pak wäre die einzige wirkliche Bedrohung für Bert, wie die Besatzung ihren Panzer nannte, gewesen. Doch jetzt ging es der deutschen Infanterie an den Kragen. Das Besa-Maschinengewehr ratterte in dem Augenblick los, als der Panzer aus der Deckung der Schuppen hervorpreschte. Der Turm schwenkte im weiten Bogen von links nach rechts, spie den heranstürmenden Feinden einen tödlichen Geschoßhagel entgegen und mähte wie eine Sense die erste Welle der Deutschen nieder. Der Turm beschrieb einen zweiten Schwenk, der Lauf des Besa ruckte höher und zielte auf die zweite Reihe der Angreifer. Stetig rollte der Tank auf den Gleisen vorwärts. Penn hatte inzwischen die Panzerkanone geladen und hantierte am Funkgerät herum.

Barnes' Kompaniechef Parker meldete sich. »Wie sieht's aus, Barnes?«

»Der deutsche Angriff rollt – der Feind muß jeden Moment in Ihrem Abschnitt auftauchen. Sind 'ne ganze Menge, Sir. Feldgrau, soweit der Blick reicht. Over!«

Er drückte den Gegensprechknopf an seinem Mikro und wartete. Parkers Stimme klang verärgert.

»Die Franzosen, Barnes – sehen Sie die verdammten Franzosen?«

»Bis jetzt keinen Schwanz, Sir. Ich melde mich gleich wieder. Ende!«

Bei der Fahrt den Bahndamm hinauf und auf den Gleisen entlang blieb das Turmluk geschlossen, so daß Barnes nur über das Periskop das Geschehen draußen verfolgen konnte. Doch das Gerät bot nur ein ziemlich begrenztes Sichtfeld, ein Nachteil, den Barnes schon immer verflucht hatte. Er lauschte.

Das Prasseln der feindlichen Geschosse gegen die dicke Panzerung war verstummt. Barnes riskierte es. Vorsichtig hob er das Turmluk und schob den Kopf langsam ins Freie. Vorsichtshalber hatte er den Stahlhelm aufgestülpt. Mit einem raschen Rundblick vergewisserte er sich, daß sich keine Deutschen mehr in der Nähe befanden. Die Angreifer flohen panikartig über das freie Feld. Sie hatten nur zu gut gesehen, was mit ihren Kameraden passiert war.

Um ihnen Beine zu machen, ließ Barnes die Kanone zweimal abfeuern. Das Besa-Maschinengewehr spuckte einen Geschoßhagel hinterher. Wenn er die Lage draußen richtig überblicken wollte, mußte der Sergeant den Kopf ganz aus dem Turm stecken. Er kletterte nach oben und richtete sich zu voller Größe auf. Sein halber Oberkörper ragte über das Turmluk, als er sich rasch umschaute. Dabei gab er Reynolds automatisch seine Anweisungen.

»Fahrer, volle Pulle. Kitzeln Sie aus Bert heraus, was er unter der Haube hat.«

Der Panzer rasselte schneller vorwärts, eine Raupe außerhalb, die andere zwischen den beiden Stahlsträngen. In der Fahrerkabine klebten Reynolds' Augen an den Sehschlitzen, schmalen Scheiben mit zehn Zentimeter dickem Panzerglas. Normalerweise befand sich sein Kopf beim Fahrer im Freien, doch jetzt hatte er einen Drehsitz ganz heruntergeschraubt und saß tief im Chassis. Das Stahlluk des Einstiegs über seinem Kopf war geschlossen. Er fragte sich, was Barnes wohl vorhatte, eine Frage, die sich Barnes im gleichen Augenblick selbst stellte.

Linker Hand dehnten sich die fruchtbaren Ebenen Belgiens, bis sie in der Ferne von einem schwarzen Rauchvorhang verschluckt wurden – dem sichtbaren Zeugnis heftigen Beschusses durch die Royal Air Force und die Artillerie des britischen Expeditionskorps. Vor dem Vorhang bewegten sich kleine Gestalten wie die aufgeregten Bewohner eines Ameisenhügels, doch es war kein chaotisches Durcheinander, sondern ein geordnetes Vorströmen. Nur in dem Bereich unmittelbar vor dem Panzer blieb alles ruhig. Der Kampfwagen befand sich gute sechs Meter über der Ebene, und der Bahndamm stieg in Richtung Süden stetig an, was Barnes sichtliches Unbehagen bereitete. Die Seitenhänge wurden steiler und machten mit jedem Meter, den sie zurücklegten, ein eventuell notwendiges Ausweichen in die Ebene hinunter immer schwieriger. Barnes ließ seine Blicke über das Gelände auf der Seite der Alliierten schweifen, bemerkte aber nichts, was ihn ein wenig beruhigt hätte.

Wie erwartet, bot der Bahndamm einen guten Überblick über die Kampfzone. Stuka-Angriffe hatten die Vororte der belgischen Stadt Etreux fast völlig zerstört, doch selbst in diesen ersten Kriegstagen waren diese äußeren Zeichen von Tod und Verwüstung schon nichts Ungewöhnliches mehr für den Panzerkommandanten. Trotzdem jagte ihm auch diesmal wieder diese totale Leere einen eiskalten Schauer über den Rücken. Vergeblich suchten seine Augen nach einem Anzeichen menschlichen Lebens in den Ruinen.

Das Funkgerät knackte, jemand kam über den Sender.

»Hallo, Parker hier. Irgendwas zu sehen, Barnes?«

»Hier Barnes, Sir. Keine Spur von unseren Freunden – ich wiederhole, nichts zu sehen. Standort jetzt etwa dreihundert Meter vor den eigenen Linien. Ich wiederhole: dreihundert Meter. Ende.«

»Sind Sie ganz sicher, Barnes? Ich muß dem Bataillonsgefechtsstand sofort Meldung machen. Ende.«

»Ganz sicher, Sir. Ich kann von dem Bahndamm, der hier etwa sieben Meter hoch ist, die Gegend gut überblicken. Das Gelände ist so eben wie eine Tischplatte. Von den Franzmännern ist nichts zu sehen. Soll ich noch weiter vorrücken oder umkehren?«

»Fahren Sie noch dreihundert Meter weiter, und melden Sie sich dann wieder. Ende.«

»Verstanden. Ende.«

›Wenigstens nur eine kurze Strecke‹, dachte der Sergeant. Der Tank rumpelte auf dem schnurgeraden Bahndamm vorwärts. Etwa dreihundert Meter weiter verschwand die Bahnlinie in einem steil ansteigenden Hügel. Deutlich erkannte Barnes die dunkle Wölbung der Tunnelöffnung. Die Entfernung kam also ungefähr hin, doch vielleicht blieb ihnen nicht genug Zeit zur Ausführung des Befehls. Barnes warf einen Blick auf seine Uhr. In zwei, drei Minuten würden die Deutschen über Funk Artillerieunterstützung angefordert haben und den Bahndamm mit Sperrfeuer belegen. Im Moment konnte die erste Salve loszwitschern, und der Leitoffizier würde die Geschütze einweisen. Wenn Barnes nicht völlig schieflag mit seiner Vermutung, würden sie wohl kaum die dreihundert Meter schaffen, ehe die ersten Granaten den Panzer umschwirrten. Und der steile Anstieg der Bahnlinie erleichterte den deutschen Richtschützen ihre Aufgabe noch.

Barnes fragte sich, wie sich seine Männer als Zielscheiben wohl fühlen mochten. Er warf einen Blick in den Turm. Davis bückte sich gerade, und so konnte Barnes das Gesicht des Kanoniers nicht sehen, doch Corporal Penn schaute im gleichen Augenblick auf, und der Sergeant glaubte deutlich eine Spur von Angst in dem schmalen, intelligenten Gesicht zu erkennen. Doch machte sich Penn immer gleich Sorgen, weil er als einziger von ihnen genügend Phantasie besaß, um sich das, was ihnen zustoßen konnte, in allen Einzelheiten auszumalen. Zuviel Phantasie und Intelligenz konnten von Nachteil sein, wenn man auf Gedeih und Verderb in einem engen Panzerturm eingesperrt war.

Barnes gab Reynolds über Bordfunk den knappen Befehl, das Tempo beizubehalten. Unterhalb des Bahndammes glitten jetzt die gespenstischen Ruinen von Etreux vorbei. Unentwegt hielt Barnes Ausschau nach einer Geschützstellung, nach den französischen Truppen. In ihm verstärkte sich das Gefühl, daß hier irgendeine Schweinerei passiert war. Die ganze Geschichte stank. Zuerst dieser überstürzte Vorstoß vom 10. Mai, als die Nachricht von der deutschen Invasion in Holland und Belgien die alliierten Truppen aus den Verteidigungsstellungen an der belgisch-französischen Grenze herausgetrieben hatte, um sich dem deutschen Vormarsch auf offenem Feld entgegenzuwerfen. Jetzt schrieb man den 16. Mai, ein Donnerstag. Gerade sechs Tage waren seitdem vergangen, doch Barnes erschienen sie wie sechs Wochen. Wenigstens hatten sie die deutsche Offensive stoppen können. Barnes wandte kurz seinen Blick zu den Reihen der toten Deutschen, die das mörderische Feuer aus dem Besa niedergemäht hatte. Er empfand kein Bedauern, aber auch keine Freude, lediglich eine gewisse Befriedigung, daß sein Panzer, einer der wenigen des britischen Expeditionskorps, eine solche Effizienz bewiesen hatte.

Der Eisenbahntunnel lag nun dicht vor ihnen, vielleicht

noch etwa hundert Meter entfernt. Die dunkle Öffnung wuchs immer höher. Und immer noch keine Spur von den Franzosen. Auch dieser Frontabschnitt war vom Kampflärm erfüllt, von den dumpfen Abschüssen der schweren Artillerie, dem Winseln der Geschosse, dem Knattern der Gewehre und Maschinenpistolen. Deshalb bemerkte Barnes den heranjagenden Feind nicht. Außerdem fesselte ihn der Anblick der toten Ruinenstadt so sehr, daß er eine Minute lang vergaß, den Himmel nach feindlichen Flugzeugen abzusuchen.

Der Angriff der im Sturzflug herabstoßenden Messerschmidt, deren Leuchtspurgeschosse auf Bert zurasten, kam für Barnes völlig überraschend, von einer Sekunde auf die andere. Im letzten Moment tauchte er in den Turm und schloß hastig das Luk, wobei er sich beinahe die Finger einklemmte. Doch er war zu langsam, ein Geschoß zwitscherte durch den Spalt und verfehlte Barnes nur um Millimeter.

Im Panzer breitete sich Panik aus.

Bei geschlossenem Fahrer- und Turmluk konnte sich die Besatzung im Inneren eines MK II Matilda-Tanks im Jahr 1940 außer bei einem Direktangriff auf den Turm einigermaßen sicher fühlen. Doch findet die Kugel aus einem Gewehr oder einer Maschinenpistole durch irgendeinen unglücklichen Zufall mal den Weg ins Innere, verwandelte sich dieser relativ sichere Raum in eine tödliche Falle. Das Geschoß prallt mit ungeheurer Geschwindigkeit gegen Wände oder Armaturen der rollenden Festung und spritzt als Querschläger solange in alle Richtungen hin und her, bis es seine Geschwindigkeit verliert – meist durch den Einschlag in einen menschlichen Körper.

Die drei Männer im Turm hörten den heftigen Aufprall des Geschosses im Innern. Sie konnten nur die Köpfe einziehen und beten. Das Zirpen von Metall auf Metall dauerte nur Sekunden, doch diese Sekunden kosteten die ohnehin von der hin- und herwogenden Schlacht schon bis aufs äußerste erschöpften Männer ihre letzten Nerven- und Kraftreserven. Nackte Angst überfiel sie.

Dann war es ruhig. Reynolds raste mit Vollgas auf den Tunnel zu.

Penn sprach als erster der drei Männer im Turm.

»Ich glaube, das Funkgerät ist getroffen.«

Barnes probierte rasch das Bordsprechgerät aus und klopfte gegen das Mikro an seinem Hals. Dabei beobachtete er Penn, der das Funkgerät überprüfte. Plötzlich überkam ihn eine schlimme Ahnung. Hastig kletterte er in den Turm, stieß das Luk auf und starrte in den klaren Morgenhimmel hinauf.

Diese verdammten Hunde! Das hatten sie schlau eingefädelt. Sie hatten die Messerschmitt geschickt, um die Panzerbesatzung zu zwingen, das Turmluk zu schließen. Auf diese Weise hatte der Kommandant nur eine beschränkte Sicht und konnte das nächste Manöver nur ahnen. Im Bruchteil einer Sekunde erkannte Barnes, was da auf ihn und seine Männer zukam. Aus östlicher Richtung stürzte eine keilförmige Formation häßlicher, unförmiger Vögel auf Bert herab. Stukas!

Sie flogen eine Kehre. Barnes wartete darauf, daß der erste nach unten wegkippte, wartete auf das entnervende Heulen fallender Bomben, das selbst Toten noch Schrecken einjagte.

»Scheinwerfer einschalten«, befahl der Sergeant automatisch, während Bert auf den Tunnel zujagte.

Die erste Stuka kippte seitwärts weg, aus seinem Bauch fielen schwarze Eier. Barnes warf das Luk zu, sprang auf die schwenkbare Bodenplatte hinunter und drehte das Periskop in Richtung Tunneleingang.

»Wartet die ersten Dinger ab!« rief er über Bordfunk den anderen zu, hauptsächlich, um seinen Fahrer Reynolds zu warnen.

Sie hörten die erste Bombe fallen, der hohe Pfeifton verstärkte sich zu einem ohrenbetäubenden Heulen, das durch die dicken Panzerplatten drang und das schwere Bummen der Motoren völlig übertönte.

›Diesmal ist es ein Volltreffer‹, dachte Penn.

Er warf Davis einen Blick zu, doch der schaute krampfhaft zu Boden. Seine Wangenmuskeln mahlten, auf seiner Stirn bildeten sich Schweißperlen. Penns Augen wanderten zu Barnes, doch der Sergeant klebte förmlich am Periskop und ließ keinen Blick von dem näherkommenden Tunnel.

›Der Bursche hat anscheinend überhaupt keine Nerven‹, dachte Penn.

Die Bombe jaulte jetzt wie der Todesengel. Warum schlägt sie denn nicht endlich auf?

Vorn in der Nase des Panzers hörte auch Reynolds das Teufelsei kommen, und er mußte gegen eine Angstvision ankämpfen. Als das dunkle Tunnelloch immer größer wurde, fiel ihm ein Bericht ein, den er irgendwann einmal in irgendeiner Zeitung gelesen hatte. Er handelte von einem Spähwagen, der, um dem feindlichen Bombenhagel zu entgehen, gleichfalls in einen Tunnel geflohen und frontal gegen einen heranbrausenden Expreßzug geprallt war.

Unsinn, beruhigte Reynolds sich selbst, wer würde in der Hauptkampfzone schon Züge fahren lassen?

Der Tunneleingang lag dicht vor ihm – und im gleichen Augenblick detonierte die Bombe. Die Druckwelle traf den Tank mit voller Wucht und ließ die Panzerplatten in ihren Nieten erzittern, schien eine Sekunde lang das schwere Gefährt vom Bahndamm schleudern zu wollen. Einige lose Teile im Turm polterten auf die Bodenplatte, der Donner der Explosion hallte so laut im Innern wider, daß die Männer sekundenlang wie taub waren. Dann hörten sie die nächste Bombe – ein leises Pfeifen, das rasend schnell zu schrillem Heulen anschwoll. Diesmal war Barnes verdammt sicher, daß die Bombe sie erwischte: Ihr Heulen war viel lauter; sie schien genau auf den Turmaufbau zu fallen. Irgendwann in diesem verdammten Krieg mußte es ja mal so kommen – ein Ei genau auf das Turmluk, dann die Explosion in dieser Enge – aus.

Die Bombe schlug auf und detonierte. Der Tank hüpfte wie ein Spielzeugauto, die Druckwelle knallte wie ein Hammerschlag gegen die Panzerung, beißende Rauchschwaden drangen in den Geschützraum.

Das war verdammt nahe gewesen. Barnes warf einen Blick auf Davis, der immer noch den Blick zu Boden gesenkt hielt, als hinge davon sein Leben ab. Penn war blaß wie ein Leichentuch, sein sauber gestutzter Schnurrbart zitterte. Er preßte seine Lippen zusammen, um ihr Beben zu unterdrücken. Dann schnitt er eine Grimasse und sagte: »Es hat geklopft. Wer kann das sein?«

Keiner lachte oder verzog auch nur eine Miene. Sie sahen einander gequält an und warteten auf die nächste Bombe, die heulend auf sie herabstürzte. Reynolds im Fahrerteil hatte das Gaspedal bis zum Anschlag durchgedrückt und kitzelte aus Bert ein Tempo heraus, von dem er bisher selbst nichts geahnt hatte. Die Tunnelöffnung füllte jetzt die ganze Breite seiner Sehschlitze. An aus dunklen Tunnels herandonnernde Züge verschwendete er plötzlich keinen Gedanken mehr. Seine Hände an den Steuerknüppeln waren naß, als hätte er sie in Wasser getaucht. Von seiner breiten Stirn lief ihm der Schweiß in die Augen. Trotzdem hielt er sie weit offen, erkannte, daß sich Berts Scheinwerfer jetzt wie Finger in das Dunkel des Tunnels fraßen.

Die dritte Bombe jaulte heran. Die Tunnelöffnung näherte sich mit rasender Geschwindigkeit, das Heulen wurde lauter und lauter, klang näher als das der ersten zwei Bomben.

»Bitte, Bert!« Lautlos formten Reynolds Lippen die Worte.

Der Tunneleingang verschluckte den Tank just in dem Augenblick, als die Bombe detonierte. Der Explosionsdruck hob Bert von hinten leicht an und schob ihn noch tiefer in den Hügel hinein. Sekundenbruchteile später ertönte ein lautes Poltern, das sich rasch zu einem dumpfen Rumpeln verstärkte. Der Bahndamm bebte. Die Männer im Tank spürten deutlich die Vibrationen. Barnes fluchte laut, wirbelte das Periskop um hundertachtzig Grad herum und schaute zurück. Eigentlich hätte ihm jetzt ein bogenförmiger Flecken Tageslicht entgegenschimmern müssen, doch alles lag in undurchdringlichem Dunkel.

Die letzte Bombe war genau oberhalb des Tunnels eingeschlagen, die Explosion hatte den Hügelhang abrutschen lassen und den Eingang verschüttet.

»Sofort anhalten, aber den Motor laufen lassen«, rief Barnes ins Mikro.

Das durfte auf keinen Fall passieren, daß hier im Tunnel der Motor abstarb. Er warf seinen Leuten einen Blick zu, den sie stumm erwiderten, wie gelähmt von dieser plötzlichen Stille. Außer dem Brummen des Motors war nichts zu hören, keine heranjaulenden Granaten, keine herabstürzenden Bomben – nichts!

Langsam stieg Barnes in den Turm und schob das Luk auf. Ihm kam es vor, als klettere er in eine unterirdische Höhle hinaus, nur schwach erhellt von Berts Scheinwerferschlitzen. Sein Magen verkrampfte sich, als er den starken Strahl seiner Taschenlampe langsam durch die dunklen Nischen und über die rauhe Felsoberfläche wandern ließ. Über Interkom befahl er Reynolds, die Scheinwerfer auszuschalten, und löschte im gleichen Augenblick seine Taschenlampe.

Ringsum war es stockfinster, nirgends auch nur der geringste Lichtschimmer. Der Tunneleingang war völlig verschüttet. Barnes kletterte auf die Gleise, knipste die Taschenlampe an und ging zum Eingang zurück.

Nirgends der winzigste Lichtschein.

Also blieb nur eins: am anderen Ende aus dem Tunnel herauszufahren.

Penn hantierte am Funkgerät, als Barnes wieder in den Turm stieg. Der Sergeant setzte die Kopfhörer auf und befahl Reynolds, die Scheinwerfer einzuschalten. Der Corporal sah zu ihm hinauf und verzog hilflos das Gesicht.

»Hoffnungslos. Das Geschoß hat zwei Röhren durchschlagen. Jedenfalls ist es mir lieber, es steckt da drin als in meinem Bauch. Leider habe ich keine Ersatzröhren. Wir müssen eben warten, bis wir wieder beim Gefechtsstand sind.«

Barnes überprüfte hastig das Bordsprechgerät. Wenigstens das war unversehrt geblieben. Trotzdem war ihre Lage, ohne Verbindung zu Parker, äußerst ernst. Gott sei Dank hatte er wenigstens noch die Meldung über die Lücke im französischen Frontabschnitt absetzen können. Er zog die Kartentasche aus ihrer Halterung, stieg, gefolgt von Penn, wieder zu Boden und breitete die Generalstabskarte von Belgien und Nordfrankreich auf dem Panzerheck aus, unter dem der Motor röhrte. Der Strahl der Taschenlampe beleuchtete die Gegend um Etreux.

»Dieser Tunnel ist verdammt lang, Penn. Wir müssen so schnell wie möglich hier raus und versuchen, unsere Linien zu erreichen – die freundliche Erlaubnis der Deutschen vorausgesetzt. Wenigstens können wir eine genaue Beschreibung der Gegend hier liefern – wenn wir zurückkommen.«

»Der Weg um den Hügel herum ist ziemlich weit, nicht wahr? Sobald wir aus dem Tunnel kommen, müssen wir hier an diesem Kanal entlang bis zur nächsten Brücke – und dann dieser Straße folgen...«

Sein Finger beschrieb einen weiten Halbkreis, der in die hinteren Randbezirke von Etreux zurückführte. Barnes mußte zugeben, daß dies der einzige Weg war, und fluchte innerlich über den Ausfall des Funkgerätes. Parker würde sich sicher fragen, was mit ihm geschehen war, und außerdem den deutschen Angriff in seinem Abschnitt mit nur zwei statt drei Panzern zurückschlagen müssen. Doch es gab keine andere Möglichkeit, sie mußten es auf diesem Weg versuchen.

Die beiden Männer stiegen wieder in den Panzer, und Barnes erklärte Davis und Reynolds die Lage. Über Interkom informierte er den Fahrer: »Der Tunnel verläuft mit Sicherheit nicht schnurgerade, da wette ich meinen Kopf drauf. Fahren Sie deshalb nicht schneller als zehn Stundenkilometer – eher noch langsamer –, und achten Sie auf Kurven. Ich bleibe oben im Turm und lotse Sie durch den Tunnel. Was gibt's, Davis?«

Das kantige Gesicht des untersetzten Rotschopfes zeigte einen gehetzten Ausdruck, er wirkte verkrampft und hektisch. Der Kanonier öffnete den Mund, schloß ihn jedoch gleich wieder, ohne etwas zu sagen.

»Na los, Mann, spucken Sie's schon aus«, knurrte Barnes.

»Vielleicht ist es dumm von mir, Sergeant, aber ich hatte schon immer einen Horror vor Tunnels. Wie Sie wissen, habe ich mal in einer Kohlengrube gearbeitet. 1934 gab's ein Grubenunglück. Mit ein paar anderen war ich fünf Tage lang verschüttet. Wir alle dachten schon, wir seien lebendig begraben...«

»Hören Sie, Davis, das hier ist kein Bergwerk, sondern ein Eisenbahntunnel. In zehn Minuten sind wir wieder im Freien. Also kümmern Sie sich gefälligst um Ihr Geschütz.« Barnes zog eine Grimasse. »Man kann nie wissen – vielleicht kommt uns vom anderen Ende schon eine ganze Panzerdivision entgegen.«

Er war bereits in den Turm geklettert und hatte den Befehl zum Weiterfahren gegeben, als ihm der Hintersinn seines verunglückten Scherzes bewußt wurde. Wenn die Deutschen tatsächlich schon bis zum anderen Tunnelausgang vorgestoßen waren, wäre es für sie durchaus sinnvoll, Panzer durch den Tunnel zu schicken und Etreux von der Flanke her zu nehmen. Barnes beschloß, doppelt wachsam zu sein. In Gedanken versuchte er sich die Wirkung von in einem Tunnel abgefeuerten Panzergranaten vorzustellen.

Die starken Scheinwerfer reichten weit in das Dunkel vor dem Tank, und so konnte Barnes seinen Fahrer rechtzeitig vor den Kurven warnen. Reynolds hatte, da sie sich jetzt außerhalb der Kampfzone befanden, das Luk geöffnet und seinen Drehsitz hochgeschraubt. Sein Kopf ragte über die Panzerung wie der Kopf eines Mannes aus einem türkischen Bad. Die Fahrt durch den Tunnel war irgendwie unheimlich. Das Dröhnen des Motors und das Rasseln der Ketten auf den Schwellen hallte dumpf von den Felswänden wieder.

›So ähnlich könnte auch die Fahrt auf einer Lore in einem Kohlenbergwerk sein‹, dachte Barnes und warf einen Blick in den Turm. Penn hantierte immer noch am Funkgerät herum, als hoffe er, ein Wunder vollbringen zu können, doch Davis saß wie eine Statue an den Waffen, den Körper gegen die Schulterstütze gepreßt, eine Hand am Abzug der Panzerkanone. Zweifellos machte Schütze Davis seine ganz private Hölle durch bei der Vorstellung tief unter der Erde auf eine gegnerische Panzervorhut zu stoßen.

Das Donnern der Motoren und das Knirschen und Rattern der Ketten hallte infernalisch durch den Tunnel, kündigte das Näherkommen des größten Tanks der Welt an. Barnes warf nochmals einen Blick auf seine Uhr und spähte nach vorn. Wenn die Karte etwas taugte, müßte bald Tageslicht zu sehen sein. Nur mit größter Vorsicht konnten sie den Tunnel verlassen. Barnes hatte nicht die geringste Ahnung, wie die Lage in diesem Frontabschnitt war. Die Situation vorhin, vom Bahndamm aus, hatte jedenfalls absolut keinen Anlaß zu einer optimistischen Einschätzung dessen geboten, was sie beim Verlassen des Tunnels erwartete. Während Barnes seine Aufmerksamkeit halbwegs auf den Scheinwerferstrahl konzentrierte, spielte er in Gedanken die verschiedenen Möglichkeiten durch: Sie konnten in einem Überraschungsvorstoß aus dem Tunnel preschen – oder aber sich ganz vorsichtig dem Tunnelausgang nähern. Laut Karte gab es hinter dem Tunnel keinen Bahndamm mehr, die Strecke führte ebenerdig auf offenes Gelände hinaus. Im Westen, der Richtung, in die sie fahren mußten, versperrte ihnen der Kanal den Weg.

Man würde sehen...

Die Scheinwerfer schwangen sanft in eine Kurve. Irgendwo dahinter würde gleich Tageslicht aufschimmern und den Tunnelausgang ankündigen. Dort würde Barnes den Panzer halten lassen und zu Fuß die Lage sondieren. Er warf wieder einen Blick in die Kammer hinunter. Davis umklammerte immer noch den Abzug der Kanone, als hinge davon sein Leben ab – in einer Haltung solch unversöhnlicher Entschlossenheit, daß Barnes sich seine mögliche Reaktion auf unerwartete Ereignisse nur zu deutlich vorstellen konnte. Worüber er nicht übermäßig glücklich war.

»Gleich haben wir's hinter uns, Davis«, machte er seinem Kanonier Mut.

»Penn, setzen Sie sich auf Ihren Platz – nur für alle Fälle. Reynolds, Sie halten sofort an, wenn ich es sage.«

Der Tank ratterte vorwärts, die linke Raupe rumpelte über die Schwellen, die rechte mahlte über den Schotter neben dem Gleis, so daß der Panzer eine leichte Rechtsneigung hatte. Drei Geräusche – das Brummen des Motors, das Rasseln der Ketten und das Knirschen des Gesteins – vereinigten sich zu einer wahren Lärmsymphonie.

Plötzlich gab Barnes den Befehl zu stoppen. Er sagte kein Wort, sondern überlegte krampfhaft, wie er seinen Leuten beibringen sollte, was er da vor sich sah. Die Scheinwerfer durchdrangen die Dunkelheit und fielen einige Meter weiter vorn auf ein Hindernis.

Ein Erdrutsch!

Massige Felsbrocken ragten aus einer Lawine von Geröll

und Erdreich. Dieses Ende des Tunnels war ebenfalls blokkiert. Sie waren in dem Hügel gefangen.

Am 10. Mai war das britische Expeditionskorps, von Frankreich kommend, nach Belgien eingerückt, und Barnes' Einheit war mit von der Partie. Ebenfalls am 10. Mai, vier Stunden vorher gegen drei Uhr nachts, hatte General von Bocks Heeresgruppe B die Grenzen von Holland und Belgien überschritten. Ihr Auftrag war es, das britische Expeditionskorps und drei französische Einheiten aus ihren befestigten Stellungen herauszulocken. Noch vor Einbruch der Dunkelheit erhielten London und Paris Kenntnis von den Vorstößen dieses riesigen Truppenkontingents, doch ein dritter, noch gewaltigerer Stoßkeil war bis dahin unbemerkt geblieben.

Dort, wo Belgien, Frankreich und Luxemburg aneinandergrenzen, liegt eine der am wenigsten bekannten Landschaften Westeuropas – das Bergland der Ardennen, ein weites Gebiet langgezogener Hügelketten und dicht bewaldeter Täler, von Landstraßen zweiter Ordnung kaum erschlossen. Diesen Sektor der langgestreckten Frontlinie zwischen Belgien und der Schweizer Grenze hatte das französische Oberkommando als völlig unpassierbar bezeichnet und aus diesem Grund dort nur seine schwächsten Einheiten postiert.

In den frühen Morgenstunden des 10. Mai rückte General von Rundstedts Heeresgruppe A, eine Armee von bisher beispielloser Kampfkraft, unbemerkt durch die ›unpassierbaren‹ Ardennen vor. Zu der Heeresgruppe A gehörten vierundzwanzig Divisionen, größtenteils Panzerdivisionen mit über zweitausend gepanzerten Fahrzeugen. Die ganze Nacht hindurch sickerten die Einheiten in das unübersichtliche Gelände ein, rückten der französischen Grenze immer näher. Die Panzer fuhren hintereinander in geschlossener Formation, wobei sich jeweils der Hintermann an den abgedunkelten Rücklichtern des Vordermannes orientierte – eine Taktik, die die Panzerbesatzungen bis zum Überdruß geübt hatten. Von oben, durch eine Infrarot-Kamera betrachtet, mußten die vorrückenden deutschen Truppen wie gepanzerte Schlangen aussehen, die sich durch die Dunkelheit Richtung Maas wanden.

Die Panzerdivision an der Spitze von einem zweiunddreißigjährigen General kommandiert, der sich seine Sporen – und seinen hohen Rang – im Polen-Feldzug verdient hatte. Seine Einheit hatte der Wehrmacht den Weg in das brennende Warschau frei gemacht, und jetzt wollte er ihr den Weg ins ferne Paris ebnen. Ohne aristokratischen Fürsprecher, nur aufgrund seiner persönlichen Befähigung, war der General in wenigen Jahren zum Befehlshaber der Speerspitze aufgestiegen, die sich jetzt tief in das Herz des schlafenden Frankreich bohren sollte.

Sein Panzer rollte an der Spitze, und der General stand aufrecht wie eine deutsche Eiche im Turm. Vor seiner Brust baumelte das starke Nachtglas, an seinem Kragen blitzte das Ritterkreuz. Sein Blick folgte der Motorradstreife, die vor dem Panzer herfuhr. Sein Falkengesicht zeigte nicht die geringste Regung. Seine Hand, die in einem Handschuh steckte, lag auf dem Rand des Turmes und hielt den Körper im Gleichgewicht, während das unförmige Fahrzeug durch die Schlaglöcher rumpelte. In diesem Moment wirkte er wie ein Kommandeur, der nach gelungenem Manöver die Glückwünsche der Militärbeobachter entgegennimmt, um anschließend mit den Offizierskameraden im Kasino einen zu heben – mit dem kleinen Unterschied allerdings, daß der General nicht rauchte und auch keinen Alkohol trank, und dem zweiten kleinen Unterschied, daß er und seine Einheit sich nicht im Manöver befanden, sondern die Vorhut der deutschen Truppen bildeten. Er würde die entscheidende Rolle bei der völligen Vernichtung der Engländer und Franzosen spielen – dessen war sich der General sicher.

Am 12. Mai erreichte die deutsche Heeresspitze die Maas und überquerte sie am 13. Mai. Am 16. Mai, einem Donnerstag, stand der General schon in Laon, im Herzen Frankreichs. Er führte den Vormarsch an, aufrecht im Turm stehend, auf dem Kopf – trotz der Einwände seines Adjutanten Oberst Hans Meyer, der ihm riet, den Stahlhelm aufzusetzen – die Mütze der Panzersoldaten.

»Völlig unnötig, Meyer, Sie werden sehen«, hatte der General nur gesagt, »wir überrollen sie wie eine Lawine.«

Mürrisch hatte der Oberst den Helm wieder weggelegt. Dabei erinnerte er sich an ein Gespräch, das er vor einem Monat bei den letzten Kriegsmanövern in der Nähe von Wiesbaden mit dem General geführt hatte. Diese Unterhaltung schien Meyer nun mindestens ein Jahr zurückzuliegen; jetzt überquerten die Panzer bereits auf Pontons die Maas.

»Es wird zwei oder drei schwerere Gefechte geben, sobald wir die Maas überquert haben«, hatte der General behauptet. »Zwei, drei Wochen erbitterter Kämpfe, dann liegt der Feind am Boden.«

»Das sollte mich wundern«, hatte Meyer zweifelnd geantwortet.

Für seine Begriffe war der General ein wenig zu selbstsicher und überheblich, besonders, wenn er daran dachte, daß sein kommandierender Offizier eigentlich ein Niemand war, während er, Hans Meyer, aus einer der ältesten und angesehensten Familien Ostpreußens stammte. Doch man mußte mit der Zeit gehen, und Meyer war schließlich erst dreiundvierzig Jahre alt. Während er beobachtete, wie die endlose Panzerkette durch die französische Landschaft rollte, wurde Meyer wieder einmal schmerzlich bewußt, daß er sich von diesem Krieg Ehren, Beförderungen und Auszeichnungen versprochen hatte. Doch dies hing hauptsächlich von der Gunst seines Generals ab. Also machte er Zugeständnisse und verbarg die Zweifel an seinem Vorgesetzten tief in seinem Innern.

Hinter der Maas trafen die Panzerkolonnen nur auf sporadischen Widerstand – ein paar überhastet abgefeuerte Granaten, gelegentlich das Rattern eines Maschinengewehrs, hin und wieder die dumpfen Abschüsse einiger Mörser. Der General jagte seine Division ohne Rast die Hauptverbindungsstraße entlang; sie donnerte in einer Staubwolke durch Frankreich, von dessen Himmel die Frühsommersonne auf den eisernen Lindwurm herabstrahlte. Abseits der Straßen richteten sich die Frauen von ihrer Feldarbeit auf, um die Staubwolke zu betrachten, die wie ein Rauchschleier am tiefblauen Himmel emporquoll. Es war ein herrlicher Morgen, vom wolkenlosen Himmel sandte die Sonne wärmende Strahlen, die schon die Hitze des Sommers ahnen ließen und nicht zu dem blutigen Kriegsgeschehen zu passen schienen. Einige der Frauen glaubten, die Staubwolke markiere den Vormarsch der eigenen Truppen, obwohl sie offensichtlich in die falsche Richtung wanderten. Andere wunderten sich nur stumm, fühlten Trauer und Furcht im Herzen, wollten die Tatsache nicht akzeptieren, daß den deutschen Truppen der Durchbruch gelungen war. Denn es war eine Tatsache – die Deutschen waren genau an der Nahtstelle zwischen der 9. und der 2. Armee durchgebrochen, dem schwächsten Punkt der gesamten alliierten Front. Es hatte kaum schwerere Gefechte gegeben, nachdem Tiefflieger den Widerstand auf dem westlichen Maas-Ufer zusammengebombt hatten.

Der General war noch jung und verfügte über enorme Energiereserven und einen grenzenlosen Optimismus, daher vertraute er noch fest auf seinen sechsten Sinn. Und der befahl ihm, im Eiltempo weiter vorzurücken und sich von nichts aufhalten zu lassen. Oberst Hans Meyer war da ganz anderer Ansicht.

Als der General seinen Panzer auf dem Marktplatz eines kleinen französischen Dorfes kurz anhalten ließ, kam es zu einem häßlichen Zwischenfall. Hinter dem Kommandopanzer waren noch vier stählerne Kolosse auf den Platz gerollt und stoppten. Die schweren Kanonen strichen langsam über die oberen Fenster der alten Häuser und drohten jede Gegenwehr im Keim zu ersticken. Meyer kletterte aus seinem Gefährt und ging zu dem Panzer an der Spitze, in dessen Turm hochaufgerichtet der General stand und ihm mit ausdrucksloser Miene die Karte entgegenhielt.

»Meyer, der Spähtrupp hat diese Straße genommen.«

Der General deutete mit seiner Hand in eine Richtung. »Aber ist es auch die richtige? Was meinen Sie?«

Meyer warf rasch einen Blick auf die Karte, verglich sie mit seiner eigenen und gab sie schließlich dem General zurück.

»Ich bin sicher, es ist die richtige, Herr General.«

»Trotzdem sollten wir uns bei den Einheimischen vergewissern. Sie sprechen doch Französisch. Fragen Sie den Mann dort drüben.«

Der General streifte den Handschuh ab, nestelte an seiner Pistolentasche herum, zog die Waffe hervor und richtete sie auf einen Mann mit grauem Schnurrbart.

Es war eine seltsame Szene: Die Sonne schien heiß auf die Dorfbewohner herab, die, starr vor Furcht, wie Wachsfiguren auf dem Platz oder in den Eingängen ihrer Häuser standen. Noch vor wenigen Minuten waren sie, zwar mit einem seltsamen Gefühl im Magen, doch ohne Furcht ihrer täglichen Beschäftigung nachgegangen. Und dann war es geschehen – ein kleiner Junge war auf den Marktplatz gestürmt und rief etwas von einer riesigen Staubwolke. Er hatte kaum seine Geschichte erzählt, als Motorräder mit quietschenden Reifen über den Platz donnerten und auf der Straße nach Westen verschwanden.

Der ungewohnte Lärm und die Aufregung lockte die Leute aus den Häusern. Sie waren völlig verwirrt. Eine Frau wollte in den Seitenwagen der Motorräder deutsche Soldaten gesehen haben, behelmte Gestalten mit Maschinenpistolen. Streit brach los, die Leute wollten es nicht glauben. Die Frau mußte verrückt geworden sein, hatte sicherlich Halluzinationen. Und während die Dörfler noch aufgeregt miteinander debattierten, war der General mit seinen fünf Panzern auf den Marktplatz gerollt.

Das ganze Dorf hielt vor Schreck den Atem an, als er jetzt die Pistole zog und auf den Mann anlegte.

Der Mann trat instinktiv einen Schritt vor und stellte sich schützend vor eine Frau, wahrscheinlich seine Frau. Entsetzen machte sich auf dem sonnenbeschienenen Platz breit.

Auch Meyer stand wie erstarrt da. Schließlich sagte er hastig:

»Das wird nicht notwendig sein, Herr General.«

»Fragen Sie ihn, Meyer.«

Immer noch zielte die Pistolenmündung auf die Brust des Mannes. Wütend ging Meyer zu dem Mann hinüber, wobei er absichtlich den eigenen Körper in die Schußlinie brachte. In einwandfreiem Französisch fragte er ihn:

»Welche Straße führt am schnellsten nach St. Quentin? Denken Sie daran, wir sind bewaffnet. Deshalb überlegen Sie sich Ihre Antwort gut. Also, welches ist der kürzeste Weg dorthin?«

Der Franzose befeuchtete mit der Zunge die Lippen. Sein Blick wanderte zu dem Armeelastwagen, der gerade auf den Marktplatz kurvte und anhielt. Von der Ladefläche sprangen mit Gewehren und Maschinenpistolen bewaffnete deutsche Soldaten. Der Unteroffizier, der die Abteilung befehligte, warf einen Blick auf eine detailgetreue Stabskarte der Gegend. Dann blickte er kurz auf und deutete auf ein Haus. Mehrere Soldaten stürmten hinein.

Draußen auf dem Platz hatte der schnauzbärtige Franzose seine Entscheidung getroffen. Er wollte seine Frau und die anderen Dorfbewohner schützen. Er deutete auf die Straße, die die Motorradstreife genommen hatte, und versuchte dabei krampfhaft, das Zittern seiner Hand zu unterdrücken.

»Diese Straße führt nach St. Quentin. Ich schwöre Ihnen, es ist die einzige direkte Verbindung dorthin.«

Meyer nickte und wandte sich um. Sein Körper deckte immer noch den Franzosen. Der General schob die Pistole ins Halfter.

»Er behauptet, das sei die direkte Straße nach St. Quentin. Ich bin überzeugt, er sagt die Wahrheit.«

»Na schön, wenn Sie sich da so sicher sind.«

Der General drehte sich nach dem Feldwebel um, der mit seinen Leuten in der Nähe stand.

»Erzählen Sie ihnen, wir kämen als ihre Befreier. Warnen Sie sie aber, daß beim geringsten Anzeichen von Widerstand alle erschossen werden.« Ungeduldig winkte er ab. »Ach was, Sie wissen schon, was Sie zu tun haben. Wir rükken weiter vor.«

Der General gab seinem Fahrer einen knappen Befehl, und der Kommandopanzer rollte vom Platz. Eilig kletterte Meyer in seinen Panzer und folgte ihm. Die Dorfbewohner rührten sich nicht von der Stelle, konnten den Alptraum immer noch nicht begreifen, der sich am hellichten Tag vor ihren Augen abgespielt hatte.

›Ich habe recht‹, dachte der General in seinem Panzer, der

jetzt aus dem Dorf ins offene Land hinausrollte. ›Ich bin sicher, daß ich mit meiner Einschätzung richtig liege.‹

Er überließ sich einen Moment dem aufkeimenden Triumphgefühl. ›Es wird keinen nennenswerten Widerstand geben.‹

Die Dorfbewohner waren das beste Beispiel dafür. Der Schock über den Vorstoß hatte die Moral der Franzosen angeschlagen; der Feind war, psychologisch gesehen, völlig hilflos.

Weiter – nur weiter, den Keil tiefer ins Herz Frankreichs treiben!

Und die deutsche Panzerspitze – die 14. Panzerdivision unter dem Kommando von General Heinrich Storch – stieß im Eiltempo in Richtung Küste vor.

Seit über vierundzwanzig Stunden waren sie nun schon in dem Tunnel verschüttet, und die Anspannung machte sich immer deutlicher bemerkbar. Über sechzehn Stunden lang hatten sie versucht, sich den Weg nach draußen freizuschaufeln, hatten die großen Felsen mit bloßen Händen nach hinten gewälzt, hatten Erdreich und Felsgeröll mit den Spaten, die in Halterungen an den Außenwänden des Panzers hingen, beiseite geräumt. Doch hinderte selbst ihre Erschöpfung sie nicht am Nachdenken, und die Männer fragten sich allmählich, ob sie jemals lebend aus diesem verdammten Tunnel herauskommen würden.

Barnes richtete sich auf, stützte sich erschöpft auf die Schaufel und wischte sich den Schweiß von der Stirn. Er wandte sich dem Scheinwerferstrahl zu und schaute auf die Uhr. Es war genau 19 Uhr – am Freitag, dem 17. Mai.

Am Morgen des Vortages gegen elf Uhr waren sie in dem Tunnel in Deckung gegangen, und trotz aller Anstrengungen sprach nichts dafür, daß sie ihrem Ziel, dem Durchstich des Erdrutsches, auch nur einen Schritt näher gekommen waren. Davis und Reynolds mühten sich gerade im unbarmherzigen Licht der Scheinwerfer mit einem massigen Felsblock ab, versuchten mit vereinten Kräften, ihn aus der tonnenschweren Verschüttung herauszulösen. Davis und Reynolds arbeiteten als Team, während Barnes und Penn sich mit den Schaufeln bewaffnet hatten – eine vernünftige Arbeitsteilung, denn die beiden waren am kräftigsten. Barnes lehnte sich gegen die Tunnelwand und beobachtete die anderen. Er hatte jetzt eine Viertelstunde Pause. Ganz bewußt hatte er die Arbeit paarig aufgeteilt, so daß immer zwei Mann gleichzeitig fünfzehn Minuten pro Stunde pausieren und sich dabei auch ein wenig miteinander unterhalten konnten, die Arbeit aber trotzdem weiterging. Würden alle vier gleichzeitig Pause machen und dabei miteinander über ihre Befürchtungen reden, wäre die Moral beim Teufel.

»Pause, Penn«, rief Barnes.

»Sekunde, ich räume nur noch das hier weg.«

Mit seinen vierunddreißig Jahren war Barnes der älteste seiner Mannschaft – und der Kleinste. Gerade 1,70 Meter groß, hatte er einen zwar schlanken, aber durchtrainierten drahtigen Körper und war den anderen drei schon allein durch seine pure Willenskraft und Ausdauer überlegen. Barnes hatte ein schmales, glattrasiertes Gesicht, über vorspringenden Wangenknochen beobachtete ein Paar lebendiger, wachsamer brauner Augen Reynolds und Davis bei der Arbeit. Beide waren sie hochgewachsene, kräftige Burschen, jedoch von völlig unterschiedlichem Temperament. Davis, der ehemalige Hauer, war sehr stimmungsabhängig, manchmal sogar regelrecht melancholisch, Reynolds dagegen belastbar bis zum Umfallen. Er verbarg seine Gefühle, zeigte sich niemals enthusiastisch oder traurig. Blieb noch der dreißigjährige Corporal Penn. Er war der intelligenteste und gebildetste der vier Männer. Zu Kriegsbeginn hätte er die Offizierslaufbahn einschlagen können, doch aus irgendwelchen unerfindlichen Gründen hatte er dies abgelehnt. Er war groß und schlank, ein Witzbold und Bruder Leichtfuß, gleichzeitig aber auch der sensibelste der ganzen Crew.

Jetzt ließ er die Schaufel fallen und ging mit übertrieben weichen Knien zu Barnes hinüber.

»Dafür müßte es wirklich eine Zulage geben, Sir. Mich durch den Untergrund zu wühlen gehört mit Sicherheit nicht zu meinen soldatischen Pflichten. Bestimmt steht dies auch nicht im Handbuch für die Soldaten seiner Königlichen Majestät. Machen wir einen Spaziergang über die Promenade?«

Dieser Ausdruck war Penns Umschreibung für einen Gang durch den Tunnel. Barnes sprang vom Chassis, auf dem er gesessen hatte, griff nach der Taschenlampe und ging mit Penn los. Erst als sie außer Hörweite der beiden anderen waren, begann Penn zu sprechen.

»Davis' Gesichtsausdruck gefällt mir nicht. Ich glaube, er hält nicht mehr lange durch.«

»Er muß einfach. Schließlich geht's uns anderen auch nicht besser. Außerdem können wir jeden Augenblick durch sein.«

»Glauben Sie das wirklich? Der Erdwall kann über zehn Meter tief sein. Ich vermute, die Deutschen haben die Tunneleinfahrt gesprengt.«

»Sieht ganz so aus. Oder sie haben die Bahnlinie bombardiert und dabei einen Erdrutsch ausgelöst. Für uns macht das keinen Unterschied. Wir müssen nur tief genug vorstoßen, um unseren Zweipfünder einsetzen zu können.«

»Die Panzerkanone?« Penn blieb wie angewurzelt auf dem Gleis stehen. »Das ist doch wohl ein Scherz, oder?«

»Hören Sie zu, Penn. Wir werden verdammt müde sein, wenn wir wieder Tageslicht zu sehen bekommen. Außerdem sind wir jetzt schon seit über vierundzwanzig Stunden von unserer Einheit abgeschnitten. Gott allein mag wissen, wie es inzwischen draußen aussieht, aber es ist unsere Pflicht, schnellstens zu unserem Haufen zurückzukehren, selbst um den Preis, daß wir uns aus diesem verdammten Tunnel herausschießen müssen – wenn das überhaupt möglich ist. Sobald der Durchbruch genügend groß ist, krieche ich hinaus und schaue mich draußen ein wenig um. Dann kann Davis sich zur Abwechslung mal mit was anderem als mit sich selbst beschäftigen und den Rest der Verschüttung aus dem Weg schießen.«

»Vorausgesetzt, daß Davis noch so lange durchhält. Außerdem ist es fraglich, ob wir uns überhaupt so weit durchbuddeln können.«

»Jetzt reden Sie schon wie Davis. Keinem von euch scheint bis jetzt bewußt geworden zu sein, daß wir bei unserem unfreiwilligen Aufenthalt hier im Tunnel immer noch sicherer sind als draußen bei einem Tieffliegerangriff.«

Verblüfft schaute Penn zu Barnes hinüber. Der Sergeant meinte tatsächlich, was er sagte, dessen war sich der Corporal sicher. Er schien die Möglichkeit, daß sie noch in dieser Mausefalle sitzen konnten, wenn ihnen Wasser und Proviant längst ausgegangen waren und die Batterien keinen Strom mehr gaben, schlichtweg nicht zur Kenntnis nehmen zu wollen. Der Sergeant setzte einfach voraus, daß sie es schafften. Für ihn war es nur eine Frage der Zeit, bis sie das Hindernis durchstießen. Also schön, wenn der Glaube Berge versetzen konnte, dann würde Barnes wahrscheinlich auch diesen Erdrutsch beiseite schieben können. Ihr Panzerkommandant war ein Mann, der seine Zuversichtlichkeit durch sorgfältige Planung und weise Voraussicht untermauerte, der möglichst wenig dem Zufall überließ. So aßen sie beispielsweise auch jetzt noch Corned Beef und Zwieback, weil Barnes immer darauf bestanden hatte, daß seine Leute Proviant für mindestens eine Woche mitführten.

Penn machte kehrt und folgte Barnes zu dem Erdrutsch. Er spürte sofort, daß Ärger in der Luft lag.

Davis hatte sie offensichtlich schon erwartet. Der untersetzte Kanonier musterte den Sergeant wütend. Seine Stimme klang aufsässig:

»Wir schaffen den Durchbruch durch diese beschissene Wand nie.«

»Sicher nicht, wenn Sie hier nur herumstehen«, entgegnete Barnes seelenruhig. »Also machen Sie weiter.«

»Wir vergeuden doch nur unsere Zeit damit...«

»Wir nicht, Davis. Sie sind es, der Zeit vergeudet. Also, machen Sie endlich weiter.«

Barnes' Stimme klang immer noch sanft. Er stand völlig entspannt unmittelbar vor dem bulligen Kanonier und blickte ihm ungerührt in die Augen.

»Wir werden hier drinnen sterben. Haben Sie gehört, Sergeant, ich sagte: sterben. Und dann schaufeln sie eines Tages diesen verdammten Tunnel frei und finden unsere Überreste – vier Skelette.«

Davis' Tonfall wurde hysterisch, seine Lippen und Hände zitterten wie bei einem Fieberanfall. Der Kanonier stand kurz vor dem Zusammenbruch.

»Ich bin Bergmann – ich weiß, was ich sage. Ich...«

»Davis!« Barnes Stimme wurde hart. »Sie werden sich doch hoffentlich nicht eingeredet haben, daß dies hier ein Bergwerkstollen ist, oder?«

»Nein, aber...«

»Wir befinden uns hier nicht Hunderte von Metern unter der Erde, sondern wir sind auf gleicher Höhe mit der Oberfläche, stimmt's? Daß Sie früher Bergmann gewesen sind, ist jetzt ebenso unwichtig wie der frühere Beruf von Penn als technischer Zeichner. Also, was ist? Soll Reynolds diesen Brocken da alleine beiseite räumen, oder werden Sie ihm endlich dabei helfen?«

»Es kann noch zwei Wochen dauern, bis wir uns da durchgearbeitet haben«, beharrte Davis stur. »Da können Hunderte von Tonnen Gestein...«

»Davis, allmählich verliere ich die Geduld. Es ist gut möglich, daß wir mit vereinten Kräften durchstoßen werden. Und dazu haben Sie gefälligst Ihren Teil beizutragen. Ich befehle Ihnen jetzt zum drittenmal weiterzumachen.«

»Warum versuchen wir es nicht am anderen Ende? Vielleicht ist der Erdwall dort nicht so tief.«

Barnes' Gesichtszüge verhärteten sich. Bei jedem seiner Worte tippte er Davis mit ausgestrecktem Zeigefinger gegen die Brust.

»Sie haben dreimal einen Befehl erhalten und sich jedesmal geweigert, ihn auszuführen. Sobald wir wieder bei der Truppe sind, stehen Sie unter Arrest. Bis dahin werden Sie ebenso wie wir Ihre Pflicht tun. Da Sie inzwischen fünf Minuten mit unnützem Lamentieren vergeudet haben, ist Ihre nächste Pause nur noch zehn Minuten lang. Und jetzt helfen Sie gefälligst Reynolds, diesen Brocken da aus dem Weg zu räumen.«

Barnes drehte sich um und hockte sich wieder auf das Panzerchassis. Er warf einen Blick auf seine Uhr, um seine Pausenzeit nicht zu überziehen, und verfolgte mit zusammengekniffenen Augen, wie Davis wieder an seine Arbeit ging.

Penn stand grinsend neben ihm.

»Er glaubt wohl, jetzt, wo wir unter uns sind, könnte er den Bolschewiken herauskehren«, flüsterte er.

Doch Barnes gab keine Antwort, sondern blickte grimmig vor sich hin. Das hätte ins Auge gehen können. Es bedurfte nur eines faulen Apfels im Korb, um auch die anderen anzustecken, und die ansteckendste Krankheit ist Furcht.

Äußerlich blieb Barnes völlig gelassen, mit jedem Wort und jeder Geste machte er eindeutig klar, daß es nur einiger Geduld und Anstrengung bedurfte, bis sie wieder frei waren. Doch sich selbst gegenüber beurteilte er ihre Lage durchaus realistisch. Sie waren genau in der Mitte des Schlachtfeldes gefangen, und der Kampf konnte wochenlang hin- und herwogen, wie es vor einem Vierteljahrhundert schon einmal geschehen war. In solchen Zeiten waren Leute knapp, um verschüttete Tunnels freizuschaufeln, selbst wenn sie kriegswichtig waren. Der Sauerstoff war kein Problem – der Tunnel war lang genug und enthielt Luft für Wochen, doch ihre Wasser- und Nahrungsvorräte reichten nur noch wenige Tage, von Berts Batterien ganz zu schweigen. Wenn die ausfielen, saßen sie im Dunkeln, und dann war ein Weitergraben fast unmöglich. In den ersten Stunden ihrer unfreiwilligen Gefangenschaft hatte sich Barnes hauptsächlich darüber Sorgen gemacht, daß die Verbindung zu ihrer Einheit abgerissen war. Doch nachdem sie jetzt schon mehr als einen Tag in dieser Falle steckten, begann auch er ihre Lage fast mit Davis' Augen zu sehen. Der Vergleich mit einem Grubenunglück lag auf der Hand, und nur deshalb hatte er Davis zum frühestmöglichen Zeitpunkt zum Schweigen gebracht.

Barnes schaute wieder auf seine Uhr, gab Penn mit dem Kopf ein Zeichen und hob seine Schaufel auf.

Vierundzwanzig Stunden später, am Abend des 18. Mai, einem Samstag, hatten sie unglaubliche Massen von Erdreich und Gestein beiseite geräumt, doch der Wall vor ihnen blieb undurchdringlich. Sie arbeiteten nun im Schein der Petroleumlampe, die Barnes immer im Panzer mitführte. Er wollte damit nicht nur Berts Batterien schonen. Barnes sah voraus, daß ein Einschalten der Scheinwerfer der Mannschaft für eine Weile wieder ein wenig Mut und Kraft zum Weitermachen geben würde, wenn die Resignation übermächtig zu werden drohte. Doch behielt er diesen eigentlichen Grund wohlweislich für sich.

Am Nachmittag wäre es fast zu einem Unfall gekommen, als plötzlich ein Teil des Erdwalls nach innen wegrutschte. Nur Reynolds' blitzschnelle Reaktion und seine Kraft hatten Davis gerettet. Er hatte den Kanonier am Arm gepackt und ihn vor den herunterpolternden Felsbrocken zur Seite gerissen. Das ganze Ausmaß ihrer Furcht aber wurde deutlich, als ausgerechnet Davis, der als einziger ernsthaft in Gefahr gewesen war, sich als erster von seinem Schreck erholte, Reynolds beiseite stieß und voll verzweifelter Hoffnung über die herabgestürzten Felsen zur Mitte des Walles hinaufklettern wollte.

»Vielleicht sind wir jetzt durch«, rief er mit rauher Stimme.

»Bleiben Sie, wo Sie sind. Ich werde selbst nachsehen«, schrie Barnes ihn an.

Vorsichtig war er den Geröllhang hinaufgeklettert, jeden Moment mit einer neuerlichen Einbruch rechnend, doch der Wall war so fest wie die Mauer einer Burg. Also machten sie sich wieder an die Arbeit. Barnes und Penn schufteten wie besessen, um den Geröllberg des letzten Einbruchs beiseite zu räumen, damit die beiden anderen mit ihrer Brechstange so rasch wie möglich wieder an den Erdwall herankamen.

Es war kurz nach neunzehn Uhr. Barnes saß während der stündlichen Ruhepause auf dem Panzerchassis und beobachtete, wie Reynolds einen weiteren Felsbrocken herausstemmte, während Davis mit bloßen Händen nachzuhelfen versuchte. In diesem Augenblick ließ Penn eine Bemerkung fallen.

»Ist schon komisch, daß wir überhaupt keinen Kampflärm mehr hören, seit wir hier drinnen sind.«

»Wahrscheinlich haben wir sie ein gutes Stück zurückgetrieben. Außerdem war auf dieser Seite von Etreux ohnehin nicht viel los.«

Barnes beließ es dabei, fragte sich aber insgeheim, warum den anderen nicht schon längst dieser so offensichtliche Umstand aufgefallen war. Die Tatsache, daß sie nicht den geringsten Laut von den heftigen Kämpfen, die draußen tobten, mitbekamen, bewies eindeutiger als alles andere die Dicke des Erdwalls, der sie von der Außenwelt abschnitt. Schon vor vierundzwanzig Stunden war Barnes dieser Gedanke gekommen, und er hatte ihn so erschreckt, daß er wartete, bis die anderen schliefen, ehe er durch den Tunnel zum anderen Ende zurückging. Dort hatte er angestrengt gelauscht, doch kein Laut war von draußen durch den blokkierten Eingang in den Tunnel gedrungen. Sie saßen in einer an beiden Enden verschlossenen Röhre fest.

Barnes trank einen Schluck Wasser aus seiner Feldflasche. Plötzlich runzelte er die Stirn, stellte die Feldflasche vorsichtig auf dem Panzerchassis ab und ging zu Reynolds und Davis hinüber. Er betrachtete den Wall und wandte den Kopf, als würde er lauschen. Es war ein dramatischer Augenblick. Penn vermutete sofort, daß etwas Ungewöhnliches geschehen war. Langsam ging er zu den anderen hinüber. Irgend etwas an Barnes' Verhalten erregte die Aufmerksamkekeit auch der beiden arbeitenden Männer, und sie hielten ebenfalls inne.

»Was ist los?« fragte Penn schließlich.

Barnes schüttelte den Kopf und drehte sich wieder zur Wand. Er hatte die Hände in die Hüften gestemmt und ließ seinen Blick langsam über die Geröllmauer wandern. Als er endlich sprach, war seine Stimme sehr leise: »Ich glaube, wir sind fast durch.«

»Woraus schließen Sie das, Sir?« fragte Penn hastig.

»Ich spüre einen schwachen Luftzug. Kommen Sie mal her!«

»Großer Gott, Sie haben recht. Es stimmt!«

Fieberhaft arbeiteten sie an der Stelle weiter, wo Barnes den Luftzug gespürt hatte. Sie lag etwa 1,30 Meter über dem Tunnelboden. Eine Viertelstunde später befahl Barnes seinen Männern, die Arbeit kurz zu unterbrechen, und löschte die Lampe. In der Dunkelheit war kein Geräusch zu hören, außer dem erregten Atmen der Männer. Vier Augenpaare suchten den Wall nach einem Schimmer Tageslicht ab. Barnes entdeckte ihn als erster – einen winzigen grauen Spalt oberhalb eines großen Felsbrockens.

»Wir sind durch«, schrie Davis. »Heilige Mutter Gottes, wir sind durch.«

»Immer mit der Ruhe, Mann«, dämpfte Barnes seine Freude. »Das wird kein Zuckerlecken. Da liegt noch eine ganze Menge Geröll.«

Er entzündete den Docht der Petroleumlampe. Als er sich wieder umwandte, trieb Davis das Brecheisen in einen Spalt neben dem Lichtschlitz und stemmte es mit aller Kraft hin und her. Barnes wollte etwas sagen, verkniff es sich aber. Der arme Teufel mußte Höllenqualen erduldet haben – mehr als jeder andere von ihnen, denn er war als einziger schon einmal verschüttet gewesen. Barnes war dies durchaus bewußt, selbst als er Davis so hart angepackt hatte. Doch das geringste Zeichen von Sympathie und Verständnis hätten ihrer aller Moral zu diesem Zeitpunkt völlig kaputtmachen können. Schon Napoleon hatte einmal sinngemäß gesagt, daß eine gute Kampfmoral dreimal soviel wert sei wie eine gute Ausrüstung. Diesen Ausspruch hatte Barnes nicht vergessen. Deshalb ließ er Davis jetzt auch gewähren. Der Kanonier rammte das Brecheisen immer wieder in die Mauer und brach Gestein und Erdreich los, bis seine Hände schmerzten. Doch er schien das gar nicht zu bemerken. Während Penn mit der Schaufel die restlichen Felsen vom Erdreich befreite, sagte er zu Barnes:

»Jetzt kann ich ja offen drüber reden. Ich habe nicht mehr geglaubt, daß wir es schaffen.«

»Wir werden noch schlimmere Situationen durchzustehen haben, ehe dieser Krieg vorbei ist.«

Innerhalb von zehn Minuten hatte Davis den Felsen freigestemmt, und Reynolds packte mit an, um den zentnerschweren Brocken, fast so groß wie der Ofen im Innern von Bert, auf dem sie sich im Notfall Mahlzeiten zubereiten konnten, beiseite zu räumen.

Der Felsen löste sich ganz unerwartet. Schweißüberströmt stemmte sich Davis mit seinem vollen Gewicht auf die Brechstange. Der Brocken schwankte leicht und rollte dann nach innen weg. Nur mit einem gewaltigen Satz konnten sich die beiden Männer in Sicherheit bringen.

Barnes nahm die Petroleumlampe und hielt sie hinter seinen Rücken. Andächtig starrten die Männer auf die Öffnung in dem Wall, durch die helles Tageslicht in den Tunnel fiel.

Es war ein ergreifender Augenblick.

Viele Männer, die sich insgeheim schon mit ihrem sicheren Tod abgefunden hatten, wurden dem Leben zurückgegeben. Keiner sagte ein Wort, keiner wagte es, sich zu bewegen. Und dann drehte Davis durch.

Er griff nach der Brechstange, die zusammen mit dem Felsbrocken in den Tunnel zurückgerutscht war, rammte sie zwischen die Felsen oberhalb der Öffnung und begann mit aller Kraft daran zu zerren und zu ziehen. Barnes rief ihm eine Warnung zu, doch entweder hörte Davis sie nicht – oder wollte sie nicht hören. Er spürte, daß sich der Stein ein wenig bewegte, und ließ die Brechstange fallen. Er richtete sich zu seiner vollen Größe auf und drückte mit beiden Händen gegen den losen Stein, schob ihn durch die entstandene Öffnung nach draußen. Jetzt war die Höhlung schon groß genug, so daß der Kanonier hineinklettern konnte. Er richtete sich zu einer knienden Haltung auf und begann mit den Händen das lose Geröll über sich wegzuschieben. Barnes wiederholte seinen Warnruf, doch es war schon zu spät.

Der Felsen lag lose zwischen anderen Felsen über der Öffnung verkeilt, ließ sich aber leicht aus seiner Halterung lösen, als Davis mit voller Kraft dagegendrückte, und rollte nach außen weg. Gleichzeitig gerieten die Felsen oberhalb des Durchbruchs in Bewegung.

Davis kniete immer noch in der Öffnung. Plötzlich hörten die Männer ein dumpfes Grollen. Die Felswand über ihnen begann zu beben und kam ins Rutschen. Barnes stürzte vor, um Davis aus dem Loch zu zerren, doch Penn packte ihn am Arm und drängte ihn an die Tunnelwand zurück. Eine Sekunde später prasselte eine Erd- und Felslawine auf die Stelle nieder, an der Barnes eben noch gestanden hatte, begrub die Eisenbahnschienen unter Tonnen von Gestein und füllte den Tunnel mit donnerndem Getöse, das die Ohren der Männer taub werden ließ. Staub drang ihnen in Mund und Nase, sie krümmten sich hustend und rieben sich heftig die Augen.

Kaum hatte sich die Staubwolke ein wenig gelegt, sondierte Barnes die Lage. Reynolds stand schräg gegenüber an der anderen Tunnelwand. Ihm war nichts passiert. Neben Barnes rieb sich Penn den Staub aus den Augen.

Der Tunneleingang bot einen ehrfurchtgebietenden Anblick. Der neuerliche Erdrutsch hatte seine ganze obere Hälfte freigelegt und ein riesiges Loch oberhalb der Geröllhalde geschaffen, die sich tief in den Tunnel hineinstreckte. Darüber dehnte sich der Abendhimmel. Das Loch war groß genug, um Bert über die Geröllhalde hinauszusteuern.

Es dauerte einige Minuten, bis die Männer Davis fanden. Der Kanonier lag nur wenige Meter von der Stelle entfernt, wo die Lawine beinahe auch Barnes unter sich begraben hätte. Allerdings konnten die Männer nur Davis' Kopf sehen. Der übrige Körper lag unter dem Geröll begraben. Die drei Männer brauchten nur wenige Augenblicke, um festzustellen, daß Davis tot war.

2.
Samstag, 18. Mai

Etwas Seltsames schien in diesem Teil von Belgien geschehen zu sein. Der Krieg war verschwunden. Ehe sie den Tank über die Geröllhalde zum Ausgang lenkten, hatte Barnes einen Erkundungsgang in der herrlich warmen Abendbrise unternommen. Als erstes fiel ihm die unwahrscheinliche Stille auf, die durch ein einziges Geräusch, das friedliche Zwitschern eines unsichtbaren Vogels, nur noch verstärkt wurde. Hinter dem Tunnel lief die Bahnlinie ins offene Land hinaus. Die Gleise wirkten irgendwie nackt. Die grünen Felder waren verlassen, nirgends ein Anzeichen von Leben. Etreux – oder das, was von der Stadt noch übrig war – mußte hinter dem Hügel liegen, denn rechts von Barnes waren keine Häuser, keine Menschen zu sehen, nur das stille Gewässer des breiten Kanals, der ihnen den direkten Weg nach Etreux versperrte.

Barnes fand diese Stille ohne Gewehrfeuer und Kanonendonner so beunruhigend, daß er den Hügel oberhalb des verschütteten Tunnels ein Stück hinaufstieg. Doch er sah und hörte nichts Ungewöhnliches. Der Krieg war aus diesem Landstrich verschwunden – doch wohin?

Der Sergeant hockte sich einen Moment in das weiche Gras. Seine Nerven waren so angespannt, als ginge von der friedlichen Landschaft eine unheimliche Bedrohung aus. Er blinzelte in das warme Sonnenlicht und sog in tiefen Zügen die frische Luft ein. Wenig später erhob er sich, kehrte zu seinen Leuten zurück und gab den Befehl zum Aufbruch.

Es war nicht mehr nötig, Davis zu begraben, denn er war schon begraben, unter Tonnen von Gestein. Sie schrieben Namen, Rang und Erkennungsnummer auf ein Stück Papier und legten es neben seinem Kopf unter einen kleinen Felsbrocken. Dann fuhren sie los, viel zu erschöpft, um über den raschen Tod des Kanoniers mehr als ein leises Bedauern zu empfinden. Viel gravierender war für Barnes die Tatsache, daß sie jetzt nur noch zu dritt waren. Im Ernstfall konnte zwar jeder die Geschütze bedienen, trotzdem übertrug Barnes Penn ausdrücklich die Aufgaben des toten Kanoniers.

Sie fuhren in das offene Land hinaus. Barnes stand im Turm und studierte die Karte. Grimmig überdachte er ihre Situation.

Wenigstens waren die Tanks noch fast randvoll mit Sprit, genug für eine Strecke von über zweihundertvierzig Straßenkilometern. Bei einer Fahrt querfeldein allerdings reduzierte sich diese Reichweite um etwa fünfzig Prozent.

Die vollen Tanks waren der einzige Pluspunkt, den Barnes sehen konnte. Dagegen standen die Nachteile: Ein Besatzungsmitglied zuwenig, das Funkgerät zerstört, keine Verbindung zu Parker. Sie glichen einem Kriegsschiff, das ohne detaillierte Seekarten und ohne Funkverbindung mit dem Heimathafen durch unbekannte Gewässer dampft.

Barnes war unschlüssig. Einerseits wollte er gern so schnell wie möglich zu seiner Einheit zurück. Andererseits spukte ihm ein Gedanke durch den Kopf, der immer deutlicher Gestalt annahm: Was auch geschah, sie mußten ein wirklich lohnendes Ziel vor Augen haben.

Fünfzehnhundert Meter vom Tunnel entfernt kamen sie zu einem Bahnübergang und schwenkten von der Bahnlinie auf eine Landstraße zweiter Ordnung, die zwischen von niedrigen Hecken gesäumten Weiden verlief. Etwa acht Kilometer weiter führte eine Straße nach rechts zu den Außenbezirken von Etreux. Doch wo war die Front?

Barnes stand im offenen Turm und lauschte angestrengt auf das dumpfe Grollen von Geschützen, schaute sich die Augen aus nach Rauchwolken und Flugzeugen. Doch die Felder dehnten sich unberührt in die Ferne, der tiefblaue Himmel war blank und leer.

Das Unbehagen der Männer im Panzer wuchs. Sie fühlten sich wie Teilnehmer einer Expedition in ein unerforschtes Territorium. Die Ketten rasselten mit höchster Umdrehungszahl auf der Straße vorwärts, der Motor dröhnte, als freue er sich nach dem langen Stillstand im Tunnel über die rasante Fahrt.

Endlich entdeckte Barnes die ersten Spuren des Krieges: schwache Abdrücke von Panzerketten auf den Feldern, vereinzelte Granat- oder Bombentrichter. Die Spuren häuften sich, verdichteten sich zu einem wenig beruhigenden Bild.

Barnes ließ Reynolds anhalten, um einige Fahrzeugwracks neben der Straße näher zu inspizieren. Es waren fünf ausgebrannte Panzer, französische Renault-Panzer, die aussahen, als wären sie allein gegen die gesamte deutsche Armee angerannt.

Kurze Zeit später ließ Barnes erneut anhalten und untersuchte zusammen mit Penn ein Sammelsurium französischer Ausrüstungsgegenstände. Im Straßengraben lagen Gewehre, die anscheinend jemand auf der panischen Flucht vor etwas Entsetzlichem und Übermächtigem einfach weggeworfen hatte. Barnes hob eine Waffe auf. Sie war durchgeladen. Wenige Schritte weiter lagen französische Rucksäcke und Helme. Zwei Helme saßen noch auf den Köpfen ihrer Träger, die mit blicklosen Augen in den Himmel starrten. Und überall Gewehre, alle mit vollen Magazinen. Trotz intensiver Suche konnte der Sergeant nirgends deutsche Ausrüstungsstücke finden.

»Das sieht nicht gut aus«, brummte Barnes. »Die Gewehre hier überall. Scheint so, als seien unsere Verbündeten um ihr Leben gerannt. Wahrscheinlich haben die Panzer sie vor sich hergetrieben.«

»Sie sind also geflohen«, sagte Penn leise.

»Sieht ganz so aus. Muß ja höllisch was los gewesen sein hier draußen, während wir in dem verdammten Tunnel steckten. Laut Karte liegt acht Kilometer von hier ein Dorf. Vielleicht erfahren wir dort etwas. Am besten lasse ich Bert kurz vorher halten und gehe zu Fuß voraus. Das alles hier gefällt mir nicht.«

»Genausogut könnten sich doch die Deutschen zurückgezogen haben«, meinte Penn bedächtig. »Vielleicht steht Parker jetzt schon am Rhein.«

»Kriegsschauplätze verlagern sich nicht so schnell, Penn. Und wenn, dann nur in einer Richtung. Und die geladenen Gewehre im Graben lassen eher auf einen Rückzug der Franzosen schließen. Machen wir, daß wir weiterkommen.«

Während der Fahrt entdeckte Barnes immer häufiger Spuren der Kriegswalze, die über diese Landschaft gerollt war. Unzählige ausgebrannte Renault-Tanks und zerstörte Geschütze säumten die Straße, und auf den Feldern lagen regungslose Gestalten mit Stahlhelmen auf dem Kopf – immer nur französische Helme. Barnes hielt vergeblich nach deutschen Verlusten – an Menschen oder Material – Ausschau. Schließlich bemerkte er das erste Anzeichen von Leben in der öden Landschaft – eine waagerechte Rauchfahne. Die dunkle, wie mit Zeichenkohle gezogene Linie stand unbeweglich in der Ferne dicht über dem Horizont am Himmel. Nur an dem Ende, das in etwa achthundert Metern Entfernung fast an die Straße heranreichte, wurde die Linie etwas schmäler, und Barnes wurde klar, daß es die Dampfwolken einer Lokomotive waren, die einen von der Straße aus nicht sichtbaren Zug durchs Land zog.

Automatisch suchte der Sergeant den Himmel ab – und erstarrte. Seine Hand krampfte sich um den Turmrand. Hoch oben in der blauen Weite erkannte er eine Formation von Punkten, die offensichtlich einen Parallelkurs zu dem Zug einhielt. Barnes richtete seinen Feldstecher auf die Flugzeuge. Er war nicht sicher, doch schien es sich um eine Staffel britischer Blenheim-Bomber zu handeln, und sein Herz machte einen Sprung. Während der Panzer weiterrollte, verfolgte er den Anflug der Staffel und bemerkte bei einem Blick in das vor ihm liegende Gelände den Bahnübergang, den der Zug jeden Moment passieren mußte. Er richtete das Glas wieder auf die Flugzeuge – und hielt erschrocken den Atem an. Sie flogen nun in einer Linie und scherten zum Bombenabwurf ein. Sofort ließ Barnes den Panzer halten und warnte seine Leute über das Bordsprechgerät.

»Hier werden gleich ein paar Eier in der Umgebung hochgehen. Lacht nicht – sie kommen von unseren eigenen Jungs.«

Keiner lachte in dem stehenden Panzer, dessen Motor im Leerlauf brummte. Sollten sie kehrtmachen? Barnes entschied sich dagegen. Sie könnten dabei einen Treffer abbekommen. Er stellte sich darauf ein, sofort das Luk zu schließen, wartete aber noch ab, wollte sehen, ob die Blenheims ihr Ziel trafen.

»Auf was haben sie's denn abgesehen?« rief Penn herauf.

»Auf einen Zug, glaube ich. Er wird gleich die Straße weiter vorn überqueren, also macht euch auf ein hübsches kleines Tänzchen gefaßt.«

Er hielt den Feldstecher auf den Bahnübergang gerichtet und bemerkte, wie sich die Rauchwolke näherte. Der Zug rollte quer über die Straße auf die weiten Felder hinaus. Zwei Lokomotiven zogen eine lange Kette von Güterwaggons.

Der Sergeant zog scharf die Luft ein, als er auf einem Niederbordwagen ein langes Rohr erkannte, an dem sich winzige Gestalten zu schaffen machten. Ein Bofors-Geschütz? Er hörte die Abschüsse, mit der die Kanone Granaten in den Himmel spuckte. Als Barnes wieder hochschaute, sah er die ersten Bomben heruntertaumeln, schwarze Punkte im warmen Blau, Gott sei Dank zu weit entfernt, um Bert zu gefährden. Doch mit Sicherheit würden sie in der Nähe des Zuges aufschlagen.

Die Punkte verschwanden im Rauchvorhang der Lokomotiven, und Barnes wartete auf die Detonation. Während sein Blick wie gebannt an der Rauchwolke klebte, zerriß eine gewaltige Explosion den Abendfrieden. Eine heftige Druckwelle fegte über die Straße, als einer der Waggons in die Luft flog. Sie prallte heftig gegen den Panzerturm, und Barnes kroch rasch ins Innere. Seine Gedanken überschlugen sich.

Ein Munitionszug. Eine zweite, schon stärkere Druckwelle traf auf den Panzer, als Barnes schon halb unten war, sich nur noch mit einer Hand im Turm festhielt. Das Turmluk war immer noch offen. Der ungeheure Luftstoß brachte den Sergeant aus dem Gleichgewicht, er rutschte mit dem Fuß von der Sprosse und schlug hart mit dem Kopf gegen die Metallwand des Turms. In diesem Moment setzte eine überraschend aufgetauchte Messerschmitt, aus allen Bordwaffen feuernd, zum Sturzflug an. Doch Barnes war bereits bewußtlos.

Die 14. Panzerdivision stieß im Eiltempo tiefer nach Frankreich vor, hatte schon Laon passiert und näherte sich der Somme. General Heinrich Storch besaß nicht nur eine Nase wie ein Falke, sondern auch die Augen dieses Raubvogels. Und diese Augen fixierten gerade in einiger Entfernung eine Unebenheit im Gelände. Er hob seinen Feldstecher an die Augen und stieß pfeifend den Atem aus. Sofort erteilte er durch das Mikrofon an seinem Hals seine Befehle. Im nächsten Moment jaulte die erste Granate quer über die Felder auf die Panzerkolonne zu. Eine 75-Millimeter-Kanone, dachte Storch, das beste Geschütz der französischen Armee, vermutlich auch die einzige Waffe, um einen schweren deutschen Panzer zu knacken.

Er wandte den Kopf, als die Granate über die Straße hinwegjaulte und ins angrenzende Feld schlug. Ein Distanzschuß zur Zielbestimmung. Die Panzerkolonne reagierte also bereits auf seine Befehle.

Storchs Panzer erhöhte das Tempo und rumpelte wie ein wütender Dinosaurier über die Straße. Gleichzeitig drehte der Kanonier den Turm mit der schweren Kanone in Richtung der französischen Geschützstellung. Hinter dem Kommandopanzer fuhren die anderen vier Panzer mit unterschiedlicher Geschwindigkeit, zogen sich in kaum einer Minute weit auseinander und machten so den französischen Schützen eine genaue Zielbestimmung fast unmöglich. Der feindliche Richtschütze war nur in der Lage, einen einzigen Panzer ins Fadenkreuz zu nehmen, während die vier anderen völlig ungefährdet das Feuer erwidern konnten.

Die Panzerkolonne stoppte, fünf lange Rohre schwenkten in Richtung der getarnten Geschützstellung ein. Eine zweite Granate heulte heran, schlug dicht vor dem mittleren Panzer in den Boden und explodierte. Ein Regen aus Gestein und Erdreich prasselte auf die Panzerplatten nieder. Die Deutschen erwiderten das Feuer.

Storch, der mit einer Hand das Glas an die Augen hielt und sich mit der anderen am Turmrand abstützte, spürte den Rückstoß. Doch die Granate lag zu kurz. Vor der 75 Millimeter quoll eine Rauchwolke empor. Der General gab eine Anweisung durchs Mikrofon. Der nächste Schuß würde das Ziel genau treffen. Doch der Kanonier kam nicht mehr zum Feuern, denn der Schuß des nächsten Panzers traf ins Schwarze. Die Granate detonierte, Qualm quoll auf. Eine zweite Detonation ließ den Boden erzittern, als die Geschützmunition hochging und die Körper der Schützen durch die Luft wirbelten. Auch die beiden nächsten Panzer feuerten, scheinbar angefeuert durch den Treffer der Kameraden, mitten in die dichte Rauchwolke und zerschossen die Überreste des Geschützes.

Storch befahl, das Feuer einzustellen, und beobachtete die Stellung durch sein Glas. Seine Stimme klang gleichmütig:

»Glückwunsch, Meyer. Ihre Schießübungen bei der Entenjagd scheinen sich jetzt bezahlt zu machen.«

In seinem Panzer preßte Meyer die Lippen aufeinander. Es war typisch für Storch, daß er niemandem auf die Schulter klopfen konnte, ohne ihm im gleichen Atemzug einen Tiefschlag zu versetzen. Die ironische Bemerkung über die Entenjagd zielte wieder auf seine aristokratische Abstammung, dessen war sich der Oberst sicher. Während sie auf weitere Anweisungen warteten, putzte Meyer sein Monokel und klemmte es sich wieder vors Auge. Er trug es bei jeder sich bietenden Gelegenheit, weil er genau wußte, daß er Storch damit ärgerte, der Augengläser als Status- und Standessymbol verachtete.

Schließlich tönte die Stimme des Generals blechern durch die Kopfhörer, befahl den weiteren Vormarsch.

Storchs Laune besserte sich zunehmend. Er sah sich schon dicht vor Amiens stehen, nur vierzig Kilometer von der Küste entfernt. Seine Panzerdivision bildete die Spitze der vorstürmenden Armeen, und so sollte es bleiben. Über sein Mikro gab der General dem Fahrer Befehl, das Tempo zu erhöhen, selbst auf die Gefahr hin, daß sie die Motorradvorhut überholten. Das Aufklärungsflugzeug hatte gerade über Funk durchgegeben, daß die Straße vor ihnen frei war.

Im zweiten Panzer wischte sich Meyer den Staub aus dem Gesicht, den Storchs Kommandopanzer aufwirbelte, und unterdrückte mühsam seine schlechte Laune.

Wenig später donnerten sie ohne Halt durch das nächste französische Dorf. Auch hier das gleiche Bild: eine Kirche, ein Marktplatz – und die Einwohner standen zu Salzsäulen erstarrt vor den Häusern, zu erschrocken und überrascht, um hineinzulaufen, als die Panzer vorbeirollten.

›Das kann nicht mehr lange gutgehen‹, dachte Meyer skeptisch.

Sie hatten die eigene Infanterie schon weit hinter sich gelassen. Beim nächsten Stopp mußte er unbedingt mit Storch reden. Seine sämtlichen soldatischen Grundsätze rebellierten gegen einen solchen Wahnsinnsvorstoß einfach ins Blaue hinein.

Sie fuhren aus dem Dorf wieder in die offene Landschaft hinaus. Bis zum Horizont dehnten sich endlose Felder. Die Sonne brannte heiß auf verdörrtes Weideland. Während Storch die leere Weite vor ihnen als Zeichen des Zusammenbruchs der französischen Verteidigungslinien wertete, witterte Meyer ein ganzes Arsenal versteckter Gefahren. Er wußte zwar genau, daß der Manstein-Plan eine Umkesselung der alliierten Armeen im Norden vorsah, um sie von den französischen Streitkräften im Süden abzuschneiden; der zangenförmige Vorstoß sollte bis zur Küste vorgetragen werden. Doch Meyers Ansicht nach konnte dieser Plan nur dann Erfolg haben, wenn die Alliierten die Hände in den Schoß legten und nichts gegen diese Einkesselung unternahmen. Aus seiner Kampferfahrung im Ersten Weltkrieg wußte Meyer, daß nur ein Verrückter einen solchen Plan aushecken konnte. Jeden Moment mußte der Feind zum Gegenschlag ausholen und die weit vor dem deutschen Hauptheer operierenden Panzerkeile wie eine Flutwelle überrollen und vernichten. Meyer hoffte inständig, daß der Gegenstoß wenigstens nicht aus dem Rückraum kommen würde.

Aus dem Bordsprechgerät ertönte ein neuerlicher Befehl. Sie näherten sich einer Kreuzung. Storch wartete in seinem stehenden Panzer, bis Meyer heran war. Der Oberst kletterte aus seinem Fahrzeug, ging zum Panzer seines Kommandanten und schaute zu ihm hinauf. Nach einer unbehaglichen Pause erklärte der General:

»Der Aufklärer meldet einige Objekte auf der Straße vor uns. Er will sie sich mal genauer ansehen.«

»Ich weiß.« Meyer holte tief Luft. Insgeheim wünschte er, Storch würde aus seinem Turm herausklettern. »Ich habe schon damit gerechnet – der Gegenstoß kann jeden Augenblick erfolgen. Ich würde Ihnen vorschlagen, hier abzuwarten, bis unsere Infanterie nachgerückt ist. Vielleicht wäre es sogar klüger, die Panzerspitze ein paar Kilometer zurückzunehmen, damit die Einheit schneller aufrücken kann.«

»Weshalb?«

Storchs Stimme war seidenweich. Er lehnte sich über den Turmrand und betrachtete Meyer. Sein Gesicht lag unter der Panzerkappe im Schatten, so daß Meyer seine Miene nicht deuten konnte.

»Weil wir noch nicht genügend Infanterieeinheiten nachgezogen haben, um die eroberten Gebiete auch zu besetzen.« Meyer holte tief Luft. »Es ist doch sinnlos, wie der Berlin-Expreß quer durch das Land zu rasen, wenn man es nicht durch Besatzungstruppen halten kann.«

Er hatte die Worte kaum ausgesprochen, als ihm klar wurde, daß er zu weit gegangen war. Doch wollte er jetzt auch nicht mehr zurückstecken und war gewillt, seinen Standpunkt mit allen Mitteln zu verteidigen. Liefen die Dinge schief, sollte der übereilte Panzervorstoß fatal enden, wäre diese Unterhaltung für das Kriegsgericht ein wichtiges Indiz und äußerst aufschlußreich.

Der General antwortete nicht sogleich, sondern wandte den Kopf und hob eine Hand ans Ohr, als lausche er angespannt auf etwas, das sich jenseits des normalen menschlichen Hörvermögens abspielte. Storch besaß tatsächlich ein ausgesprochen scharfes Gehör, was er seiner völligen Enthaltsamkeit zuschrieb. Jetzt hob er den Kopf und zeigte Meyer gegen das Sonnenlicht sein markantes Profil – die vorspringende Hakennase, die dünnen Lippen seines breiten Mundes und ein kühn vorspringendes, energisches Kinn.

»Das sind Bombenexplosionen«, murmelte der General. »Unsere Stukas bepflastern die nächste Stadt. Also, Meyer, Sie meinen, wir sollten hier anhalten?«

»Oder uns zurückziehen in weniger offenes...«

»Oberst Meyer, darf ich Sie daran erinnern...«

Storch unterbrach sich und lauschte noch einen Moment.

»...daß hier immer noch ich die Befehle erteile? Diese Panzerdivision steht unter meinem Kommando, und ich wiederum bin nur dem Korpskommandeur, General Guderian*, verantwortlich, der seine Anweisungen von General von Rundstedt erhält.«

Meyer schwante Schlimmes. Was kam jetzt? Wollte Storch ihn zum Gefechtsstab zurückschicken? Ihm dämmerte langsam das Ausmaß seines taktischen Fehlers, und er erstarrte. Denn Storch konnte seine Bemerkung leicht als Feigheit vor dem Feind auslegen. Meyer zuckte innerlich zusammen, als der General jetzt in gleichbleibend sanftem Ton fortfuhr:

»Ich darf Sie an General Guderians ausdrückliche Anweisung erinnern, die Panzer von der Kette zu lassen. Auf gut deutsch bedeutet dies, möglichst rasch möglichst weit vorzustoßen – und das so lange, wie der Sprit reicht.«

Zum erstenmal schaute der General zu seinem Adjutanten herunter. Dabei streifte er den Kopfhörer über, lauschte kurz und nahm ihn wieder ab. Seine Stimme wurde schneidend.

»Es wird Sie vielleicht interessieren, daß der Aufklärer den Feind vor uns lokalisiert und identifiziert hat. Es sind zwei französische Bauernwagen. Ein solcher Gegner dürfte uns wohl kaum Kummer machen, Oberst Meyer.«

Seine Gestalt straffte sich.

»Los, Meyer, klettern Sie in Ihren Panzer. Wir stoßen weiter vor, in Richtung Amiens.«

Barnes spürte, daß etwas nicht in Ordnung war. Das war kein normales Erwachen, und so widerstand er der Versuchung, sofort die Augen zu öffnen. Statt dessen lauschte er. In seinem Kopf drehte sich alles. Er erinnerte sich dumpf,

* General Guderian, der General de Gaulles Abhandlung »Die Armee der Zukunft« sorgfältig gelesen und analysiert hatte, war verantwortlich für Aufbau und Einsatz der Panzerdivisionen. Er führte später ein Panzerheer bis südlich vor Moskau.

daß er geträumt hatte. Es war ein unangenehmer Traum gewesen, ein Traum vom Krieg, der bei der allmählichen Rückkehr seines Bewußtseins nur langsam wich. Barnes wurde normalerweise schnell wach, doch jetzt kämpfte er gegen den Traum, diesen Alptraum an, kämpfte sich mühsam zurück in die Wirklichkeit.

Wo zum Teufel, war er?

Um ihn herum war es ruhig. Barnes lag flach auf dem Rücken und blickte zu einer Balkendecke empor. Plötzlich durchzuckte ihn die Erinnerung. Die Blenheims, die lange Rauchfahne, der Munitionszug, die Explosion, der Schlag gegen die rechte Schulter, dann Dunkelheit und Vergessen. Er tastete mit der Hand über die Wolldecke zu seiner Schulter, berührte einen großen, klebrigen Verband. Stimmt, sie hatten ihn erwischt. Doch wo war er? Und wo waren Penn und Reynolds?

Er wollte sich aufsetzen, fiel aber sogleich kraftlos zurück. Vor seinen Augen wallten schwarze Nebel, sein Kopf schmerzte fürchterlich, er fühlte sich schlapp und ausgelaugt, war kaum fähig, klar zu denken. Unter dem Verband klopfte die Wunde, und Übelkeit rumorte in seinem Magen. Probeweise bewegte er seine Beine und winkelte zuerst das rechte, dann das linke Knie an. Die Beine waren in Ordnung. Nun die Arme. Er drehte sie leicht auf der Decke, ballte die Hände zu Fäusten, bewegte jeden einzelnen Körper ziemlich geschwächt, denn seine normalerweise durchtrainierten Muskeln fühlten sich an wie Pudding. Er drehte den Kopf zur Seite und sah ein paar Stiefel, die ordentlich neben seinem Lager standen. Das Leder glänzte wie schwarzes Glas. Es waren seine Stiefel, denn er erkannte den Kratzer auf der einen Stiefelspitze. Ihr Anblick freute ihn irgendwie, denn sie waren erst kürzlich mit großer Sorgfalt gereinigt worden, was bedeutete, daß Reynolds sie sich vorgenommen hatte. Um seine Schulter zu entlasten, drehte sich Barnes auf die Seite, hob den Kopf leicht an und musterte sein Quartier. Er lag in einer Art Anbau, wahrscheinlich in einer Scheune. Tatsächlich bemerkte er in einer Ecke einen verrosteten Pflug und daneben Teile ihrer Ausrüstung. Ein Feldkessel hing über der Asche eines Feuers an einem provisorischen Dreifuß, daneben standen zwei Blechbecher.

Der nächste Gegenstand aber jagte ihm einen eisigen Schauder über den Rücken. An der Wand lehnte eine deutsche Maschinenpistole; deutlich ragte das Magazin unter dem Lauf hervor. Der Schulterriemen war ordentlich zusammengelegt.

Barnes wollte aufstehen und sich die Waffe holen, aber seine Beine trugen ihn nicht. Er kroch also unter der Decke hervor und rutschte auf den Knien über den rauhen Holzboden. Sein Oberkörper war nackt. Als er bei der Waffe anlangte, sackte er in sich zusammen. Doch er biß die Zähne zusammen und zwang sich wieder auf die Knie, packte die Maschinenpistole an ihrem Lauf und zog sie hinter sich her zurück zu seinem Lager. Dort brachte er sich mühsam in eine sitzende Stellung und untersuchte die Waffe.

Er nahm das Magazin heraus, und während er sich mit dem Mechanismus vertraut machte, kehrte seine Erinnerung zurück. Jemand hatte seine Wunde versorgt, ein Mann mit roten Wangen und einem buschigen weißen Schnurrbart. Auch eine Injektion hatte er ihm gegeben, Barnes spürte deutlich die Einstichstelle im rechten Arm. Später war der Fremde dann wiedergekommen und hatte den Verband gewechselt. Er erinnerte sich deshalb so genau, weil er sich gegen das Aufwachen gesträubt hatte.

Verdammt, wie lange waren sie denn schon hier? Sechs Stunden? Oder gar zwölf? Er warf einen Blick auf seine Uhr. Die Zeiger waren auf 7.45 Uhr stehengeblieben, das Glas zersplittert. Das mußte ungefähr die Zeit gewesen sein, als der Munitionszug in die Luft geflogen war.

Durch ein Fenster oben in der Wand schimmerte helles Tageslicht herein. Wieder ein heißer Tag mit blauem Himmel. Wahrscheinlich morgens oder nachmittags – am Sonntag, dem 19. Mai.

Barnes hörte Schritte näher kommen. Rasch schob er das Magazin in die Waffe, zog die Decke bis ans Kinn und saß ganz still. Die Waffe war unter der Decke verborgen, seine linke Hand klammerte sich um den Lauf, die Finger seiner rechten Hand lagen am Abzug.

Durch das hohe Tor am anderen Ende der Scheune traten zwei Männer ins Innere. Es waren Penn und ein Fremder, der auf den ersten Blick kaum älter als achtzehn Jahre wirkte. Er trug eine blaue Drillichhose und eine Jacke aus dem gleichen Stoff. Sein Hemd stand über der Brust offen. Der Junge strotzte vor Gesundheit, war groß und wohlproportioniert. Jede seiner Bewegungen zeugte von Vitalität. Das blonde Haar war sauber zurückgekämmt, lebhafte Augen schauten neugierig auf Barnes hinunter.

Penn schien überrascht. »Sie sind schon wach, Sergeant?«

»Hätten Sie lieber eine Leiche vorgefunden? Wer ist das?«

»Das ist Pierre. Er spricht Englisch. Pierre, das ist Sergeant Barnes.«

»Freut mich, Sie kennenzulernen, Sergeant.«

Der Junge beugte sich vor und schüttelte Barnes feierlich die Hand, was den Sergeant einigermaßen verwunderte. Dann richtete er sich wieder auf und verharrte schweigend.

»Wo ist Reynolds?« fragte Barnes.

»Er schiebt draußen Wache.«

»Er bewacht Bert?«

»Ja, Bert steht im Schuppen nebenan. Machen Sie sich keine Sorgen – er ist von draußen nicht zu sehen.«

»Was heißt das? Weshalb sollte ich mir Sorgen machen?«

»Wie geht es Ihnen?« sagte Penn ausweichend. »Sie haben...«

»Es geht mir gut genug, um mich zu fragen, was, zum Teufel, hier eigentlich los ist. Wie lange sind wir schon hier, Penn?«

»Sie hatten eine Gehirnerschütterung. Beim Angriff des deutschen Jägers haben Sie sich eine Kugel in der Schulter eingefangen und sich eine Beule am Turm geholt.«

»Das weiß ich selbst«, fauchte Barnes gereizt. »Kommen Sie endlich zur Sache, beantworten Sie meine Frage. Wie lange sind wir schon hier?«

»Vier Tage.«

Die Antwort traf Barnes wie ein Faustschlag. Zum erstenmal in seinem Leben war er sprachlos. Die Gedanken überschlugen sich in seinem Kopf. Wo war ihre Einheit, wo das britische Expeditionskorps?

Seine Schulterwunde schmerzte höllisch. Er hätte sich gerne wieder hingelegt, doch das kam jetzt nicht in Frage. Er blinzelte, bis die Schleier vor seinen Augen verschwanden.

Penn fuhr fort: »Pierre kann Ihnen Einzelheiten berichten, er weiß besser Bescheid als ich.«

Barnes sah Pierre in die Augen und sagte höflich, aber bestimmt: »Würdest du bitte einen Moment nach draußen gehen, Pierre, und Soldat Reynolds für ein paar Minuten Gesellschaft leisten?«

Er bemerkte, wie Pierres Miene sich verdüsterte. Penn runzelte die Stirn. Als der Junge die Tür hinter sich schloß, sagte er: »Das hätten Sie besser nicht getan, Sir. Wir werden seine Hilfe noch brauchen. Sie kennen unsere Situation nicht.«

»Natürlich nicht, solange Sie mir nichts davon erzählen.«

Barnes schlug die Decke zurück und legte die Maschinenpistole zur Seite.

»Was wollen Sie denn damit?«

»Ich wußte doch nicht, was hier eigentlich los ist, als ich wach wurde. Durch die Tür da hätten ja auch ein paar Deutsche reinmarschieren können. Also, wie sieht es aus?«

Penn machte eine lange Pause. Dann brach es aus ihm hervor: »Wir befinden uns verdammt weit hinter den deutschen Linien – über dreißig Kilometer – oder sogar noch mehr.«

»Das kann doch nicht wahr sein...«

»Die Deutschen sind in breiter Front durchgebrochen und haben riesige Lücken in unsere Verteidigungslinien gerissen. Überall herrscht ein verdammtes Durcheinander. Niemand weiß, was los ist, und die Gerüchteküche kocht über...«

»Dann könnte der feindliche Durchbruch auch ein Gerücht sein?«

»Nein, soviel steht fest. Ich habe heute morgen gehört, daß die Panzer vor Arras stehen. Und die deutsche Luftwaffe kontrolliert den gesamten Luftraum. Die französische Luftwaffe und unsere Flieger sind schon in den ersten Tagen vom Himmel geholt worden. Die Deutschen stürmen mit Hunderten von Panzern und unzähligen Fliegern vor. So und nicht anders ist die Situation, auch wenn Ihnen das nicht schmeckt. Wir sind kilometerweit hinter den deutschen Linien.«

»Also ist heute Donnerstag?«

»Ja, Donnerstag, der 23. Mai.«

»Und wo sind wir genau?«

»Etwas außerhalb von Fontaine. So heißt das Nest hier. Liegt ziemlich nahe an der französischen Grenze.«

»Was?«

Zum zweitenmal innerhalb von fünf Minuten traf Barnes beinahe der Schlag. Grimmig starrte er dem Corporal ins Gesicht, dann stand er auf. Die Knie wollten unter ihm nachgeben, doch mit eiserner Willenskraft richtete er sich auf. Mit einer Hand stützte er sich gegen die Wand. Vor Anstrengung rann ihm der Schweiß über den Rücken, doch er lächelte mit verzerrtem Gesicht.

»Penn, ich bin doch nicht meschugge. Ich kann mich noch ganz gut daran erinnern, daß die französische Grenze gut fünfundsechzig Kilometer entfernt war, als der Munitionszug hochging.«

Penns Schnurrbart zitterte. Doch dann gewann sein Humor die Oberhand, und er sagte in beiläufigem Ton:

»Ich darf Sie darauf aufmerksam machen, Sergeant Barnes, daß Sie ganze vier Tage nicht in unserer schönen Welt weilten. Mit anderen Worten – Sie waren außer Gefecht. Und so blieb es an mir hängen, Sie sicher nach Hause zu bringen. Wenn man das hier als Zuhause bezeichnen kann – jedenfalls habe ich für meine Person schon ein besseres kennengelernt. Ich schlage vor, Sie hören sich jetzt einfach mal an, was ich zu erzählen habe. Dann werden Sie sich gleich wohler fühlen.« Er grinste. »Ich weiß, daß Sie das nicht zugeben wollen, aber wie Ihnen bekannt ist, pflege ich die Dinge immer höchst taktvoll zu umschreiben.«

»Okay, Sie haben das Wort.«

»Als der Zug in die Luft flog, griff uns eine Messerschmidt an, und Sie fingen sich ein Ding. Gleichzeitig schafften Sie es, Ihren Kopf kräftig gegen den Turm zu schlagen. Bei Ihrem etwas übereilten Weg nach unten gelang es Ihnen aber noch, das Luk zu schließen, und nur aus diesem Grund kann ich jetzt noch mit Ihnen sprechen. Der deutsche Jäger feuerte noch ein halbes Magazin auf uns ab, ehe er abdrehte. Als ich mich dann von Ihrem Wohlergehen überzeugen konnte, hatten Sie sich von dieser schönen Welt verabschiedet und bluteten wie ein angestochenes Schwein. Mir gelang es mit Müh und Not, Sie zu verbinden.«

Penn holte übertrieben Luft, um seine Schilderung auch recht dramatisch klingen zu lassen.

»Die nächsten Stunden bis nach Einbruch der Dunkelheit spielten wir Katz und Maus mit den Deutschen, und wir waren die Maus, die die Katze nicht kriegen durfte. Es war pures Glück, daß wir durchkamen, wahrscheinlich nur, weil wir die meiste Zeit querfeldein fuhren. Stunden später kamen wir dann hierher.«

»Sie sind nachts gefahren?«

»Ja, Gott sei Dank schien der Mond, denn wir wagten es nicht, die Scheinwerfer einzuschalten. Ich hatte nicht die geringste Ahnung, wo wir uns befanden, als wir hier eintrudelten. Und ehe Sie mir deswegen den Kopf abreißen, will ich Ihnen sagen, daß man nachts beim Fahren quer durchs Gelände nicht gleichzeitig mit einem Auge die Karte studieren, mit dem anderen nach den Deutschen schielen und zusätzlich auch noch darauf achten kann, daß der Panzerkommandant in der Zwischenzeit nicht den Löffel abgibt.« Er grinste breit. »Zumindest ich kann das nicht.«

»Das haben Sie prima hingekriegt, Penn, danke. Doch weshalb sind Sie ausgerechnet hier hängengeblieben?«

»Ich trieb einen belgischen Arzt auf, der versprach, sich um Sie zu kümmern und uns nicht zu verraten. Das Gehöft hier liegt etwas abseits von Fontaine. Niemand im Dorf weiß etwas von uns. Der Doktor ist ein netter alter Bursche namens Lepin. Bei seinem letzten Besuch sagte er, Sie seien über den Berg. Wir sollten nur regelmäßig die Wunde neu verbinden und warten, bis Sie wieder zu sich kämen. Wahrscheinlich wird er nicht mehr kommen – die Deutschen würden ihn dafür erschießen, daß er Sie verarztet hat. Wichtig ist, daß man uns bis jetzt noch nicht entdeckt hat...«

»Pierre weiß von unserer Anwesenheit.«

»Zu dem komme ich gleich. Wie geht es Ihnen jetzt?«

Während sie miteinander sprachen, machte Barnes probeweise ein paar Schritte; er ging langsam dicht an der Wand entlang und zwang seine schwachen Beine Schritt für Schritt vorwärts. Die Wunde in der Schulter klopfte jetzt stärker, doch das Schwindelgefühl wich langsam.

»Bestens«, antwortete er rasch. »Erzählen Sie weiter.«

»Lepin hat uns der liebe Gott geschickt. Sie wissen zum Glück nichts davon, doch während Sie bewußtlos waren, hat er Ihnen die Kugel rausgeholt. Er sagte, Sie bräuchten mindestens zehn Tage Ruhe. Das war gestern vor einer Woche.«

»Wie war das mit Arras? Wie kamen Sie an die Meldung über Arras?«

»Radio. Ich gehe einmal täglich nach Fontaine, um Nachrichten zu hören. Ein Feld grenzt direkt an Lepins Haus, und er hat mir das Radio in eine Scheune gestellt.«

»Der französische Rundfunk ist nicht besonders zuverlässig.«

»Das weiß ich, deswegen hörte ich nur BBC.«

Ein Schauer lief über Barnes' Rücken. Arras lag auf halbem Weg zur Küste. Er wollte das Ausmaß der Katastrophe einfach nicht wahrhaben und hegte insgeheim die Hoffnung, daß die Meldungen nur zum Teil zutrafen.

»Verdammt, wir müssen doch ungefähr wissen, wie weit wir hinter den deutschen Linien sind«, brummte Barnes ungehalten.

»Ich habe nicht den Schimmer einer Ahnung!«

Barnes lehnte sich erschöpft gegen die Wand.

»Hören Sie, Penn, da muß es doch irgendwo so was wie eine Front geben. Geben die Nachrichten denn nicht den geringsten Hinweis?«

»Sergeant, Sie haben noch nicht begriffen – die Franzosen haben südlich von Etreux unheimlich eine aufs Haupt bekommen. Die Deutschen haben ihnen das ganze Panzerheer entgegengeworfen. Hier gibt es keine Front mehr. Alles ist in Bewegung geraten. Die Deutschen haben eine tiefe Bresche in die Abwehrlinie geschlagen, und sie wird mit jedem Tag größer. Das britische Expeditionskorps steht jetzt weit westlich von Brüssel.«

»Und in Fontaine sind keine Deutschen?«

»Bis heute morgen noch nicht. Vor zwei Tagen kam eine Panzereinheit durch, ohne jedoch auch nur einen einzigen Soldaten zurückzulassen. Das scheint ihre Taktik zu sein.«

Für Barnes war dies eine interessante Neuigkeit. Er dachte darüber nach, während er seine Kleider zusammensuchte und sich langsam, unter heftigen Schmerzen, anzog. Wenigstens hatten sie ihm noch die Kampfhose angelassen, so daß er sich nicht auch noch damit abzumühen brauchte. Schließlich setzte er sein Kreuzverhör fort.

»Der Panzer steht nebenan, sagten Sie? In was für einem Zustand ist er?«

»Der Motor arbeitet einwandfrei. Das Besa ist auch in Ordnung, ebenso die Kanone. Das Funkgerät ist immer noch defekt, das Interkom funktioniert. Wir haben untereinander Kontakt, aber keine Verbindung nach draußen. Reynolds und ich standen die meiste Zeit in Sprechverbindung, während Sie selig schlummerten.«

»Etwas macht mir Sorgen. Dieser Pierre – was spielt der für eine Rolle in diesem Spiel?«

»Er hat uns enorm geholfen. Er hat unsere Ankunft beobachtet und sich seitdem um uns gekümmert. Da er ohnehin von unserer Anwesenheit wußte, hielt ich es für klüger, ihn zu unserem Verbündeten zu machen. Und daß er außer akzentfreiem Französisch auch noch Englisch spricht, ist beinahe ein Geschenk des Himmels.«

»Er ist Belgier?«

»Ja, seine Eltern leben im Norden. Er hat den Kontakt zu ihnen verloren, weil er gerade seinen Onkel in Fontaine besuchte, als der Krieg losging.«

Während er sich anzog, stellte Barnes unentwegt seine Fragen. Dabei erfuhr er auch, daß es jetzt etwa 14 Uhr war. Schließlich kam er nochmals auf Pierre zu sprechen.

»Sie sagten, er besuchte bei Kriegsausbruch seinen Onkel, also letztes Jahr im September.«

»Nein, ich sprach vom deutschen Einmarsch in Belgien vor zwei Wochen. Und ich glaube immer noch, daß Pierre uns sehr nützlich sein kann. Sie und ich – wir sprechen beide ein wenig Französisch, aber wenn wir durchkommen wollen, brauchen wir jemanden, der die Sprache der Einheimischen perfekt beherrscht. Und der Bursche brennt regelrecht darauf, mit uns zu kommen. Wie sollen wir herauskriegen, wo wir sind, wenn...«

»Holen Sie ihn her.«

Barnes nahm die Maschinenpistole, entfernte das Magazin und untersuchte den Abzugsmechanismus.

»Pierre hat sie mitgebracht...«, begann Penn.

»Ich sagte, Sie sollen ihn herholen.«

Barnes beschäftigte sich weiter mit der Waffe und ließ Pierre warten. Er hob auch nicht die Augen, als er seine erste Frage abfeuerte.

»Wo hast du das her?«

»Ich fand sie außerhalb des Dorfes an der Straße. Zufällig beobachtete ich einen Wagen, dessen Fahrer sie in den Graben warf. Dann fuhr er sehr schnell davon. Die Waffe ist in gutem Zustand, Sergeant Barnes.«

Er sprach den Namen mit ›ä‹ aus.

»Ich habe sie selbst ausprobiert«, fügte er stolz hinzu. »Aber erst, nachdem ich das Magazin herausgenommen hatte.«

»Verstehe. Und wo lernt ein junger Bursche wie du solche Dinge?«

»Mein Vater arbeitet in der Fabrik für Handfeuerwaffen in Herstal. Er kennt sich mit Pistolen und Maschinengewehren bestens aus.«

Wieder schwang in der Stimme des Jungen Stolz mit. »Einschließlich Ihres Bren-Gewehres. Die Waffe heißt so, weil sie zuerst in der tschechoslowakischen Stadt Brno hergestellt wurde.«

»Du hast einen Onkel hier in Fontaine?«

Barnes blickte den Jungen scharf an. Dessen blaue Augen erwiderten seinen Blick. Die Augenbrauen darüber waren so hell, daß man sie kaum bemerkte. Das ließ sein Gesicht älter wirken.

»Jetzt nicht mehr. Mein Onkel ist vor drei Tagen vor den Deutschen geflohen.«

»Verstehe. Warum bist du nicht mit ihm gegangen?«

»Weil ich keine Angst habe. Ich werde gegen die Deutschen

kämpfen.« Rasch fuhr er fort: »Ich werde im Juli achtzehn Jahre alt, alt genug zum Kämpfen also. Und mit Waffen kenne ich mich aus, ich brauche nicht erst Schießübungen zu machen. Corporal Penn sagte, ich könnte mit euch kommen.«

»Nun mal langsam, Kleiner«, unterbrach ihn Penn. »Ich sagte, daß du zuerst Sergeant Barnes fragen mußt. Das ist nicht das gleiche.«

Barnes wollte dem Jungen klarmachen, daß er unter keinen Umständen mitkommen konnte, behielt dies aber dann doch für sich. Warum den Burschen enttäuschen, solange sie noch in Fontaine waren? Statt dessen stellte er eine weitere Frage.

»Wo hast du so gut Englisch sprechen gelernt?«

»Vielen Dank, Sergeant.« Pierre strahlte. »Mein Vater schickte mich für sechs Monate nach Birmingham zur Firma Vickers, um mich über englische Waffen zu informieren. Man sagt, ich hätte einen leichten Midland-Akzent.«

»Unterhalte dich ein wenig mit Soldat Reynolds, Pierre. Ich schaue mir inzwischen mit Corporal Penn mal den Panzer an.«

Barnes erklärte Penn die deutsche Waffe, bis Pierre hinausgegangen war. »Man ist leicht versucht, die Pistole am Magazin zu fassen; man muß sie jedoch etwas höher am Lauf halten... Haben Sie mit dem Doktor, diesem Lepin, viel geredet, Penn, während er mich verarztete?«

»Wenig. Er ist ein sehr schweigsamer Mensch, und ich ließ Pierre den Dolmetscher spielen.«

»Waren Sie schon mal selbst in Fontaine?«

»Nein, ich habe mich immer nur übers Feld an Lepins Schuppen herangeschlichen, um Nachrichten zu hören. Jeden Augenblick konnten die Deutschen das Dorf besetzen, und ich wollte hierbleiben, bis es Ihnen besserging.«

»Wem gehören diese Gebäude? Vermutlich einem Bauern, oder?«

»Ja, doch der hat sich auch aus dem Staub gemacht. Wir können hier unbesorgt abwarten, bis die Straßen sich wieder leeren. Auf der Hauptstraße durch Fontaine und auf dem Marktplatz drängen sich die Flüchtlinge. Wahrscheinlich müssen wir noch einige Tage hierbleiben.«

»Holen Sie mir die Karte, Penn. Mir schmeckt es absolut nicht, noch vier Tage an einem Punkt hinter den deutschen Linien festzusitzen. Wir haben bis jetzt Glück gehabt, doch das kann sich jeden Moment ändern. Wir müssen hier weg.«

»Sie sind doch gerade erst aufgestanden...«

»Und ich bleibe auch auf. Sagen Sie Reynolds, er soll alle Vorkehrungen für den Aufbruch treffen. Und ich könnte etwas zu essen vertragen, wenn noch etwas da ist.«

Die Stimmung veränderte sich mit jedem von Barnes' Worten mehr, das spürte Penn ganz deutlich. Eine innere Unruhe hatte von dem Sergeant Besitz ergriffen und übertrug sich auch auf den Corporal. Trotzdem wagte er einen letzten Einwand.

»Ich bin dennoch der Meinung, Sie sollten sich noch ein wenig ausruhen, ehe...«

»Ich werde mit Pierre nach Fontaine gehen und mich dort umsehen. Wir brechen auf, sobald ich zurück bin. Damit wir uns nicht mißverstehen, Penn – bei Einbruch der Dunkelheit verschwinden wir von hier.«

Der Wunsch, so schnell wie möglich aufzubrechen, wurde immer stärker, während Barnes mit Pierre die Straße nach Fontaine entlangschritt. Die Nachmittagssonne schien hell auf die französischen Felder, brannte ihnen ins Gesicht und wärmte mit ihren heißen Strahlen die Hände.

Aus zweierlei Gründen wagte Barnes diesen Spaziergang. Er wollte die Lage mit eigenen Augen erkunden und gleichzeitig seine körperliche Verfassung testen.

Die brütende Hitze verstärkte sein Schwächegefühl. Neben dem Pochen der Wunde spürte er leicht stechende Schmerzen unter dem Verband. Am liebsten hätte er ihn abgenommen. Er hatte Kopfschmerzen, sein Gang war schwerfällig. Er machte lange, weit ausholende Schritte und fühlte bei jedem einzelnen den Schmerz bis in die Schulter hinaufschießen. Aber er hielt sich krampfhaft auf den Beinen, alles andere war unwichtig. In seinem Pistolenhalfter steckte der Webley-455-Revolver; die Klappe der Tasche stand offen.

»Das Dorf, Sergeant Barnes.«

»Was tun all die Leute auf der Straße?«

»Das sind Flüchtlinge. Sie ziehen ununterbrochen Tag und Nacht durch Fontaine. Es ist fast unmöglich, den Marktplatz zu überqueren.«

Aus einer Ansammlung geduckter kleiner Häuser ragte eine mit grauem Schiefer gedeckte Kirchturmspitze hervor. Die beiden Männer konnten von ihrem Standort aus die Straße einsehen, die von beiden Ortsausgängen im rechten Winkel zu der Straße abknickte, auf der sie standen. Über die Hauptstraße des Dorfes schob sich eine Menschenschlange so langsam vorwärts, daß sie sich kaum zu bewegen schien. Barnes verließ die Straße und marschierte quer über die Felder auf den östlichen Rand des Dorfes zu.

»Gehen wir nicht nach Fontaine hinein?« fragte Pierre.

»Ich will mir diesen Flüchtlingstreck mal näher ansehen. Später gehen wir dann ins Dorf und kaufen Proviant.«

»Da werden Sie Pech haben. Im Laden gibt es nichts mehr. Der Besitzer ist vor zwei Tagen getürmt. Er hatte fürchterliche Angst und sagte, es sei höchste Zeit zu verschwinden.«

»Er hatte Angst vor den Deutschen?«

»Nein, vor den Dorfbewohnern. Er behauptete, sie würden sich ohnehin bald nehmen, was sie wollten, ohne ihm einen Sou dafür zu bezahlen. Ich habe selbst gehört, wie ein Mann ihn einen Dieb schimpfte. Andere Kunden haben ihn bedroht.«

Dieser Zwischenfall war ein schlechtes Omen; er spiegelte deutlich die Stimmung in der Bevölkerung wider. Barnes' Unruhe verstärkte sich. Am besten verschwanden sie so schnell wie möglich aus dieser Gegend. Doch erst wollte er sich einen Überblick über die Situation auf der Straße verschaffen.

›Okay, wir sitzen in der Klemme‹, dachte er. ›Wenn alle Landstraßen so verstopft sind, müssen wir querfeldein fahren. Dadurch kommen wir langsamer vorwärts und brauchen mehr Sprit.‹

Sie näherten sich dem Flüchtlingsstrom von der Seite. Die Menschenschlange reichte bis zum Horizont. Ein paar Meter neben der Straße blieben die beiden stehen und beobachteten das Schauspiel. Von einem Straßenrand zum anderen drängten sich die Flüchtlinge. Einige Autos und eine große Zahl von Pferdefuhrwerken, auf denen sich Bettzeug, Matratzen und Haushaltsgegenstände stapelten, kamen kaum von der Stelle. Auf einem Wagen entdeckte Barnes ein Messingbett, das jeden Augenblick über den Rand zu kippen drohte. Noch niemals zuvor hatte der Sergeant in den Gesichtern von Menschen eine solche Schicksalsergebenheit gesehen – Männer und Frauen am Ende ihrer Kraft, müde und verzweifelt, die Augen starr auf den Wagen vor sich gerichtet, hinter dem sie unter der glühenden Sonne stumpfsinnig einhertrotteten wie eine Herde Schafe.

»Da kommen wir nie durch«, sagte Barnes mit verkniffener Miene.

»Da drüben zweigt eine Straße ab.« Pierre deutete über die Felder zu einer niedrigen Hecke hinüber. »Sie könnten mit dem Panzer dort entlangfahren. Aus dieser Richtung sind seit dem deutschen Angriff keine Flüchtlinge gekommen.«

»Weißt du, wo die Straße hinführt?«

»Natürlich. Nach Arras. Ich war noch nie dort, aber mein Onkel hat es mir gesagt. Ich bin nur mal ein Stück weit auf ihr entlang gefahren. Die Straße ist breit genug für den Panzer.«

Pierres Aussage deckte sich mit den Angaben auf der Karte, die Barnes vorher studiert hatte. In Gedanken beschäftigte er sich bereits mit der Stadt Arras. Penn hatte berichtet, der Rundfunk habe am Morgen gemeldet, daß ein alliierter Gegenstoß im Raum Arras geplant sei, ein Gegenstoß von britischen Panzereinheiten. Die Stadt schien einer der Punkte zu sein, an dem die Alliierten die deutschen Streitkräfte binden wollten.

Barnes hörte, wie sich ein Auto näherte, und blickte nach rechts. Unablässig betätigte der Fahrer die Hupe. Es war eine offene Renault-Limousine, ein grüner Viersitzer, und sah aus wie ein Stabswagen des Militärs. Einen Sekundenbruchteil glaubte Barnes schon, er habe den Kontakt mit den alliierten Streitkräften wiedergefunden, doch dann erkannte er, daß der einzige Insasse eine Frau war. Immer wieder drückte sie auf die Hupe, kam aber trotzdem nicht schneller von der Stelle. Barnes' Ansicht nach war sie schlichtweg verrückt, und während er sie beobachtete, verstärkte sich sein Unbehagen.

Die Frau verhielt sich absolut idiotisch. Sie kam nicht mal auf die Idee, einigen erschöpften Menschen, die mit schleppenden Schritten vor ihr herstolperten, einen Platz in dem Wagen anzubieten.

»Wie provozierend dumm Menschen doch sein können«, brummte Barnes aufgebracht.

»Was sagten Sie?«

Der deutsche Angriff kam völlig überraschend. Sie stießen genau aus der Sonne auf die Straße hinunter, so daß man die Gefahr erst im letzten Augenblick bemerkte. Doch Barnes hörte sie kommen.

»Runter mit euch, auf den Boden!«

Immer wieder rief er den erstaunten Menschen auf der Straße seine Warnung zu. Erst im letzten Augenblick, als die erste Messerschmitt auf die Flüchtlingsschlange zukurvte, warf er sich neben Pierre ins Feld. Im Tiefflug donnerte die Maschine über die Straße, die Bordwaffen hämmerten ein Stakkato. Die Menschen standen vor Entsetzen wie erstarrt, unfähig, in Deckung zu gehen. Barnes sah, wie ein alter Mann sich umwandte und zu dem Flugzeug hochschaute, das in wenigen Metern Höhe mit donnernden Motoren heranbrauste. Eine ganze Salve zersiebte seinen Oberkörper. Er fiel rücklings gegen einen Wagen.

Als die erste Maschine abdrehte, zog Barnes seinen Revolver und wartete auf die nächste. Seinen linken Arm hatte er unter den Lauf geschoben. Die zweite Messerschmitt beendete ihren Sturzflug und raste über die Menschenschlange hinweg. Barnes sah deutlich den Helm des Piloten in der Kanzel, das schwarze Kreuz auf dem Rumpf und das Hakenkreuz auf dem Seitenruder. Er feuerte dreimal in rascher Folge, wußte aber, daß es sinnlos war. Wenn die Kugeln nicht zufällig die Tanks der Maschine erwischten, waren sie so wirkungslos, als kämpfte er mit Pfeil und Bogen. Doch Barnes wollte nicht untätig zuschauen, er mußte etwas tun.

Die dritte Maschine brauste heran, sie zischte dicht über die Köpfe der vor Angst erstarrten Menschen hinweg. Immer wieder feuerte Barnes. Fluchend schaute er nach Westen, wo die nächste Maschine heranjagte. In diesem Moment ging ein Pferd durch und riß mit dem Wagen eine Schneise in die Menschenmenge, die verzweifelt versuchte, dieser neuerlichen Gefahr auszuweichen.

Insgesamt rauschten sechs Maschinen über die Flüchtlinge hinweg und spuckten Tod und Verderben. Nachdem ihr Brummen in der Ferne verklungen war, legte sich eine schreckliche Stille über die Szenerie, nur unterbrochen von dem herzzerreißenden Schluchzen einiger Frauen. Barnes taumelte auf die Füße und lief zu dem stehenden Renault hinüber. Er warf einen Blick auf die Frau und preßte grimmig die Lippen zusammen. Eine Salve des Bord-MGs hatte die Fahrerin buchstäblich in Stücke gerissen, von ihrem Körper war nicht mehr viel übrig. Der Motor des Wagens lief noch. Barnes beugte sich vor und drehte die Zündung aus. Er wollte diesen Flüchtlingen soweit wie möglich helfen und dann nonstop nach Arras rollen.

Mit Höchstgeschwindigkeit fuhr der Tank Richtung Süden. Nichts rührte sich auf der Straße vor ihnen; soweit das Auge reichte, dehnte sich das belgische Weideland. Nur vereinzelt sahen sie Bäume oder Strauchwerk, keinesfalls geeignet als Deckung gegen Luftangriffe. Barnes stand im Turm und beobachtete aufmerksam das Land ringsum – das verlassene Band der Straße vor sich und hinter sich, die Felder zu beiden Seiten, auf denen in der Ferne Menschen arbeiteten und keine Notiz von dem vorbeifahrenden englischen Panzer nahmen. Doch vor allem suchte er immer wieder den Himmel ab, aus dem der Tod ohne Vorwarnung auf sie herabstürzen konnte. Unter ihm hatte Penn den Platz von Davis an den Waffen eingenommen. Vorne im Chassis schwitzte Reynolds an seinen Steuerhebeln, sein Kopf ragte aus dem offenen Luk. Er schien froh zu sein, daß sie wieder unterwegs waren und Barnes das Kommando führte. Für Reynolds war die Welt in Ordnung, solange Barnes ihm sagte, was er tun sollte. Hinter dem Turm hockte Pierre auf der

Motorhaube und hatte sich schon an die sanfte Vibration gewöhnt, mit der sich die Ketten bei jeder Umdrehung südwärts fraßen.

Wegen des Belgiers wäre es beinahe zu einer Auseinandersetzung zwischen Barnes und Penn gekommen. Zuerst war Barnes strikt dagegen gewesen, ihn mitzunehmen.

»Wir brauchen ihn als Verbindungsmann«, hatte Penn protestiert. »Er kennt Land und Leute, wir nicht. Was ist, wenn wir in eine Stadt an der Front einfahren? Dann sind genaue Informationen über die Lage wichtig, sogar lebenswichtig. Und die kann uns nur Pierre schnell und mühelos beschaffen. Er hat schon einige kritische Situationen mit uns zusammen durchgestanden, zum Beispiel den deutschen Panzereinmarsch in Fontaine. Wir wußten das zwar zu der Zeit nicht, aber wenn die Deutschen ihn bei uns geschnappt hätten, wäre er erschossen worden. Außerdem hat er uns mit Lebensmitteln versorgt.«

Und genau das war wahrscheinlich der Grund, weshalb Barnes Pierre doch mitnahm, um ihn dann vielleicht in einer friedlicheren Gegend zurückzulassen. Sie wollten gerade abfahren, als der Junge aus dem Dorf zurückgelaufen kam, einige Stangenbrote unter den Armen und mit einem Beutel voll Fleischdosen. Sogar ein Paket Kaffee hatte er ergattert. Keiner hatte ihn gefragt, wie er an diese Kostbarkeiten gekommen war. Schließlich war Krieg.

Barnes ging alles mögliche durch den Kopf. Es war zwar schön, daß die Sonne schien, aber die deutsche Luftwaffe pflegte ihre Angriffe aus der Sonne heraus zu fliegen. Deshalb beschattete er die Augen immer wieder mit der Hand und suchte den Himmel ab, lauschte angespannt nach dem Brummen von Flugzeugmotoren. Die Landschaft vor ihnen wurde hügelig, sanfte Bodenwellen wechselten mit flachen Talmulden. Auf den Kämmen konnten feindliche Geschütze im Hinterhalt liegen, denn von dort aus beherrschten sie das Gelände ausgezeichnet. Doch bis jetzt waren den versprengten Kämpfern nur einige belgische Pferdefuhrwerke auf der einsamen Straße begegnet, die sich bis in die Unendlichkeit zu dehnen schien. Die Lenker der Fuhrwerke starrten verblüfft auf den Panzer, als trauten sie ihren Augen nicht. Hin und wieder zog Barnes die Karte zu Rate und verfolgte ihren Weg. Dabei machte er eine erstaunliche Entdekkung. Von Fontaine aus führte eine Straße in südwestlicher Richtung nach dem fernen Arras. Ihre Straße dagegen hatte einen weiten Bogen beschrieben und führte jetzt genau in südlicher Richtung. Der Sergeant verschwieg den anderen seine Entdeckung und achtete auf auffällige Markierungen im Gelände.

Der Kampf mußte bald losgehen, das spürte Barnes in den Knochen. Die Waffen waren durchgeladen, die Traverse drehbereit. Barnes hatte Pierre strikt befohlen, bei Gefahr sofort vom Panzerheck zu springen und in Deckung zu gehen. Seine innere Anspannung wuchs, je länger sie auf dieser friedlichen Landstraße vorwärtsrollten, beäugt nur von grasenden Kühen, die der Lärm des Kolosses beim Weiden störte. Es war nur noch eine Frage der Zeit, bis sie in irgendein Schlamassel gerieten, und dann mußte Barnes blitzschnell eine Entscheidung treffen. Er hoffte nur, daß er dazu auch in der Lage war. Er hatte inzwischen ein Stadium erreicht, wo er das Stechen und Klopfen seiner Schulterwunde als ständiges Übel akzeptierte. Er empfand es fast schon als Teil seines Lebens, wie das Atmen. Doch an die heftigen Kopfschmerzen konnte er sich einfach nicht gewöhnen. Unter diesen Voraussetzungen war es erstaunlich, daß er überhaupt reagierte, als der Tanz losging, aber daß er sofort reagierte, war fast ein kleines Wunder.

Er hatte den Befehl gegeben, das Tempo zu drosseln, weil sie sich einer gewölbten Brücke näherten. Die Landschaft hatte sich wieder verändert, sanfte Hügel reichten bis an die Straße heran. Auch von seinem erhöhten Standort im Turm aus konnte Barnes deshalb das Straßenstück dicht hinter der Brücke nicht einsehen. Während sie vorwärtsrollten, beobachtete der Sergeant die Hügelkuppe vor sich, von der sie noch etwa dreihundert Meter entfernt waren. Irgend etwas störte ihn an der Brücke. Sein Instinkt warnte ihn, und er befahl sofort Vorsichtsmaßnahmen.

»Kanone auf einhundert. Die Brücke da vorne.«

Unter ihm preßte Penn den Kopf in eine gepolsterte Stütze und beobachtete durch das Teleskop den begrenzten

Landstreifen, der sich zur Brückenmittel hin verjüngte. Er hatte den Arm durch den lederbezogenen Handgriff der Kanone gesteckt. Er lag fest in seiner Achselhöhle, so daß die geringste Bewegung der Schulter automatisch die Mündung der Kanone hob oder senkte. Mit der linken Hand hielt er den Hebel der Drucklufttraverse, die andere lag auf dem Abzug der Kanone. Das Fadenkreuz der Zieloptik zeigte genau auf die Brückenmitte, die Entfernung war eingestellt, und er war bereit. Das alles hatte nur wenige Sekunden gedauert.

Barnes hatte kaum seine Befehle erteilt und Penn die Ausführung bestätigt, als es geschah. Über die Brücke brauste mit hohem Tempo, einem Wahnsinnstempo, ein großer Lastwagen mit geschlossener Plane. Blitzschnell identifizierte Barnes den Wagen, nicht zuletzt mit Hilfe des Soldaten, der den Kopf durch die Abdeckplane nach draußen steckte. Er trug einen Stahlhelm, der aussah wie ein etwas zu eckig geratener Pudding. Deutsche Infanterie!

Ein deutscher Lkw. Feuer!«

Das Rohr senkte sich eine Spur, weil der Lastwagen nun über den diesseitigen Brückenbogen auf sie zurollte. Instinktiv hielt sich Barnes am Turm fest. Er wußte, was jetzt kommen würde. Der Panzer erbebte unter dem heftigen Rückstoß, das Geschoß fauchte aus dem Rohr und raste auf sein Ziel zu. Es schlug mit fürchterlicher Wucht genau in den Motor des Wagens und riß ihn in Stücke. Metallteile, Zelttuch und Körperteile wirbelten durch die Luft.

Die Luft im Turm war erfüllt mit Kordit-Gestank, doch Barnes merkte kaum etwas davon, als er eine neue Granate mit Schwung in das Rohr schob und die Ladeklappe schloß. Dann kletterte er wieder nach oben. Der Panzer rollte auf sein Opfer zu. Vorn im Fahrerabteil starrte Reynolds mit grimmiger Genugtuung auf die Überreste des Lastwagens. Bei Gott, der Schuß hatte gesessen!

Der Lastwagen war nur noch ein Trümmerhaufen, aber der Luftdruck einer Explosion treibt manchmal seltsame Spielchen. So hatte er einige der deutschen Soldaten mit ihren Maschinenpistolen in der Hand von der offenen Ladefläche ins Gras des Hügelhanges geschleudert, wo sie für einen Augenblick benommen liegenblieben. Doch als Barnes jetzt wieder den Kopf aus dem Turm steckte, hatten sie sich soweit erholt, daß sie aufsprangen und sich im Gelände verteilten, um den Panzer zu umzingeln. Barnes gab rasch einige Befehle.

»Fahrer, runter von der Straße, nach rechts. Das Besa! Weiter rechts. Gut so. Feuer!«

Penn griff nach dem Besa. Reynolds kurvte von der Straße, durchbrach einen niedrigen Drahtzaun und raste durch das Gras hinter den fliehenden Soldaten her. Das Besa begann zu rattern, ein Kugelhagel zersiebte einen Mann rechts außen, erwischte ihn mitten im Sprung. Er sackte zusammen, sein Körper bäumte sich unter den Einschlägen auf, die Maschinenpistole entglitt seiner kraftlosen Hand.

»Traverse links, noch weiter links. Besa, Feuer!«

Gelassen, ohne jede Spur von Erregung befolgte Penn Barnes' Anweisungen. Das Maschinengewehr ratterte los, der Turm schwang nach links. Zuerst holte sich Penn den Mann ganz rechts außen, dann nahm er während des Schwenks fünf vorwärtsstürmende Angreifer aufs Korn. Verzweifelt versuchten die Deutschen, die Schützenlinien weiter auseinanderzuziehen, doch Penn erwischte sie alle. Er unterdrückte den Wunsch, eine weitere Salve in die zu Boden Gestürzten zu jagen.

In weniger als dreißig Sekunden war der ganze Spuk vorüber, und Barnes ließ den Panzer auf die Straße zurückkehren. Der zerstörte Lastwagen hing schief auf seinen Rädern, Flammen züngelten aus dem zerfetzten Motor und fraßen sich an der Plane der Ladefläche empor. Dann explodierte der Tank mit dumpfem Knall. Flammen schossen hoch, die Plane brannte jetzt lichterloh und schwärzte die Metallbügel, über die sie gespannt war. Barnes ließ den Panzer halten und wartete, bis das Feuer verlosch. Angespannt hielt er Ausschau nach Flugzeugen an dem sommerlichen Himmel, doch der Krieg in der Luft machte eine Pause. Nur die Spuren des Todes auf der Erde paßten nicht zu dem herrlichen Sonnenschein.

Kaum waren die Flammen erloschen, gab Barnes den Befehl zur Weiterfahrt. Der Treffer hatte den Lastwagen mitten auf der Straße erwischt. Das Wrack blockierte die Fahrbahn. Vorsichtig lotste Barnes den Panzer über die grasbewachsene Brückenrampe, bis er die Breitseite des Wracks vor der Nase hatte.

»Fahrer, langsam vorwärtsfahren und das Hindernis von der Auffahrt schieben.«

Der Panzer kroch vorwärts und drückte gegen Führerhaus und Ladefläche des Lastwagens. Zentimeter für Zentimeter schob er das Wrack vor sich her bis zum Anfang der Brücke. Der Abhang der Rampe senkte sich steil zum Kanal hinunter. Vom Turm aus konnte Barnes die Straße hinter der Brücke jetzt gut einsehen. Sie war leer, so weit der Blick reichte.

Auch Führerhaus und Ladefläche des zerstörten Lastwagens waren von dort oben aus gut zu überblicken. Das Knäuel Menschenleiber in blutdurchtränkten Kleidern erinnerte kaum noch an uniformierte Soldaten. Der Wagen hing schon halb über der Rampe, und der Panzer schob ihn weiter wie ein Bulldozer, der die Straße von Schutt und Gerümpel räumt.

Plötzlich arbeitete sich unter dem Berg von Leichen eine behelmte Gestalt hervor, rollte sich aus dem stürzenden Wagen auf die Straße und brachte seine Maschinenpistole in Anschlag. Gott allein wußte, wie der Mann das Flammeninferno überlebt hatte, doch jetzt lebte er nur noch Sekunden. Als die Maschinenpistole herumschwang, feuerte Barnes mit seinem Revolver. Im gleichen Augenblick ratterte das Bea los. Der Deutsche warf die Arme hoch und stürzte Sekundenbruchteile vor dem Wrack rückwärts über die Rampe. Der Wagen riß seinen Leichnam mit in die Tiefe, rollte krachend den Abhang hinunter und blieb zusammengequetscht wie eine Ziehharmonika dicht am Kanalufer liegen.

In der Luft hing der Gestank von verbranntem Gummi. Barnes gab den Befehl, die Brücke zu überqueren und auf der anderen Seite anzuhalten. Er kletterte aus dem Panzer und ging zu Fuß über die Brücke zurück. Er sah, wie sich Pierre im Straßengraben aufrichtete, in den er geistesgegenwärtig gesprungen war, als der Lastwagen auftauchte. Der Belgier kam langsam auf der Straße näher, während Barnes den Abhang hinunterkletterte, um das Fahrzeugwrack näher in Augenschein zu nehmen.

Der Uferrand sah aus wie ein Miniaturschlachtfeld. Der Wagen hatte seine schreckliche Fracht beim Absturz herausgeschleudert, überall lagen zerfetzte Leiber. Ein Soldat hing mit dem Gesicht nach unten halb im Kanal. Die verrenkten, zerschmetterten Körper zeigten kein Lebenszeichen mehr. Nur etwas abseits lag ein Schwerverwundeter, der laut stöhnte. Mit grimmiger Miene ging Barnes zu ihm hinüber. Das Stöhnen des Mannes erinnerte ihn an die Schmerzlaute eines Tieres im Todeskampf. Der Mann lag auf dem Bauch, die Granate hatte ihm beide Beine weggerissen, der untere Teil seines Körpers war nur noch ein blutiger Stumpf. Er hatte den Stahlhelm verloren, sein Mund war voller Erde. Er würde die nächste halbe Stunde kaum überleben, doch diese dreißig Minuten wären eine Hölle voller Qualen.

›Verdammt, warum konntest du nicht auch gleich krepieren wie die anderen‹, dachte Barnes bitter. ›Armer Hund!‹

Seine Lippen formten lautlos diese Gedanken, aus Furcht, der Sterbende könnte sie hören, aus Furcht, er könnte seinen Kopf umwenden. Barnes beugte sich mit zusammengepreßten Kiefern zu dem Deutschen hinunter, hielt die Münung seiner Waffe dicht an dessen Schläfe und riß, ehe er lange nachdenken konnte, den Abzug durch. Der Körper des Deutschen bäumte sich noch einmal auf und lag dann still.

Pfeifend stieß Barnes die Luft aus und richtete sich auf. Er spürte, daß er nicht allein war, und wandte sich um. Von der Brücke schauten die Gesichter von Penn und Pierre zu ihm herunter.

»Pierre, komm mal her zu mir!« rief er.

Der Junge folgte nur zögernd seiner Aufforderung. Er blickte nicht nach rechts oder links, wich vorsichtig allem aus, was ihm im Weg lag. Von der Brücke beobachtete Penn mit versteinerter Miene die Vorgänge. Pierre blieb vor Barnes stehen und schaute ihn mit nichtssagendem Blick an. Unterwegs war er mit dem Kamm durch seine Haare gefahren.

»Schau dich genau um«, ermunterte ihn Barnes. »Das ist

der Krieg, bei dem du so eifrig mitmachen möchtest. Wenn du alt genug bist, wird man dich zur Waffe rufen – und ich wette meinen Kopf, daß der Krieg noch so lange dauert. Glaube ja nicht, daß es ein Spaß sein wird.«

Pierre ließ seinen Blick über die Toten schweifen, sein Gesicht zeigte keinerlei Regung. Er stand kerzengerade vor Barnes.

»Sieh sie dir genau an«, forderte Barnes ihn erneut auf und ließ ihn dabei nicht aus den Augen. »Das sind die Hunde, die mit ihren Maschinengewehren aus Panzern und Flugzeugen auf Frauen und Kinder schießen.«

»Kann ich jetzt gehen?« fragte Pierre kühl und vermied es, seiner Frage das Wort ›Sergeant‹ anzuhängen.

»Ja, geh zum Panzer und warte dort mit Soldat Reynolds. Penn, kommen Sie einen Augenblick herunter!«

Pierre stieg zur Brücke hoch und verschwand.

»Mußten Sie ihm das antun?« schnaufte Penn aufgebracht, als er bei Barnes anlangte.

»Dafür hatte ich meine Gründe. Suchen Sie für jeden von uns eine intakte Maschinenpistole und so viele Reservemagazine, wie Sie finden können. Möglicherweise können wir sie brauchen.«

Schweigend machten sie sich an die Arbeit. Barnes zählte die Leichen. Wenn er die Toten in dem Feld jenseits der Straße dazurechnete, mußte der Wagen eine Abteilung von zwanzig Mann transportiert haben. Gerne hätte Barnes die Kleider des Offiziers durchsucht, der sicher vorne neben dem Fahrer gesessen hatte. Doch in diesem Durcheinander hätte die Suche nach ihm Stunden gedauert. Statt dessen ging er zu dem Soldaten ohne Beine zurück und zog dessen Soldbuch aus der Brusttasche.

Gustav Freisler, 75. Infanterie-Regiment. Jedenfalls glaubte Barnes, daß das lange Wort die Einheit bezeichnete. Er schob das Soldbuch in seine Tasche. Es würde Aufschluß geben über die Einheit, sobald er die alliierten Linien erreichte. Außerdem wollte er, daß der Tod dieses armen Teufels so schnell wie möglich über das Rote Kreuz nach Deutschland gemeldet wurde.

Sie kehrten zum Tank zurück. Barnes erklärte Penn und

Reynolds kurz die Bedienung der Maschinenpistolen und ließ sie ein paar Minuten ohne Magazin üben. Währenddessen saß Pierre auf der Motorhaube und starrte Löcher in die Luft, ohne von Barnes Notiz zu nehmen. Penn übte fleißig mit seiner Waffe und kletterte danach mit ausdruckslosem Gesicht in sein Abteil. Nur Reynolds schien die plötzliche Spannung nicht zu bemerken. Während er sich auf den Fahrersitz schwang, sagte er mit zufriedener Stimme:

»Alle Achtung, Penn! Kannst verdammt gut mit der Kanone umgehen.«

»Stimmt, war gute Arbeit. In dem Wagen saßen zwanzig Mann!«

Der gute alte Penn. Reynolds hatte recht. Hätte er nicht den Wagen mit dem ersten Schuß in seine Einzelteile zerlegt, würde der deutsche Offizier wahrscheinlich jetzt ihre Soldbücher studieren. Doch Barnes' Gedanken beschäftigten sich schon mit der Zukunft, und während er den blauen Himmel absuchte, verstärkte sich in ihm das Gefühl, daß sie in der kommenden Nacht mit ernsten Schwierigkeiten rechnen mußten.

Seine Entscheidung barg ein gewisses Risiko in sich, doch Barnes nahm es auf sich. Er entschloß sich, die Nacht an der Flußbrücke zu verbringen. Die Nervenanspannung hatte sich während des ganzen Abends bis zur Unerträglichkeit gesteigert, seitdem sie vom Kanal aufgebrochen waren. Hinzu kam, daß Penn und Reynolds vier Tage und Nächte abwechselnd neben dem bewußtlosen Sergeant in der Scheune bei Fontaine Wache gehalten hatten. Sie alle befanden sich in einem Stadium am Rande der totalen Erschöpfung. Und die Tatsache, daß sie sich im Hinterland des Feindes bewegten, machte die Situation nicht gerade angenehmer. Jeden Augenblick mußten sie damit rechnen, auf überlegene deutsche Kräfte zu stoßen, die sie in Minutenschnelle vernichten konnten. Am meisten fürchtete Barnes die Begegnung mit einer deutschen Panzereinheit.

Ihre Anspannung zeigte sich auf verschiedene Weise. Unterwegs war ihnen plötzlich der Motor abgestorben. Zwei geschlagene Stunden hingen sie am Straßenrand fest, ehe sie den Defekt fanden und reparieren konnten. Die ganze Zeit hatte Pierre im Gras gesessen und kein Wort gesprochen, während die anderen den Motor durchcheckten. Barnes hatte das Gefühl, daß auch Penn sich langsam wünschte, den Belgier nicht mitgenommen zu haben. Jedenfalls war der Corporal ungewöhnlich still. Reynolds hantierte verbissen am Motor herum, merkte überhaupt nicht, daß die Stimmung getrübt war. Aber er war von Natur aus nicht übermäßig sensibel.

Schließlich fanden sie den Fehler, behoben ihn, tranken einen Schluck Wasser und verließen die Straße, um querfeldein wieder eine kleinere Stadt zu umgehen. Bis jetzt hatten sie drei Städte in weitem Bogen umrundet, eine Taktik, die ebenfalls Penns Widerspruch hervorrief.

»Warum riskieren wir es nicht einfach?« hatte er wissen wollen. »Wir haben doch Pierre. Einer von uns könnte mit ihm vorausgehen und die Lage sondieren.«

»Vielleicht müssen wir später sogar so vorgehen«, hatte Barnes geantwortet. »Doch jetzt noch nicht. Ich möchte erst einigermaßen genau wissen, wo wir uns befinden.«

»Können Sie das nicht auf der Karte erkennen?«

Sie hatten gerade den Motor repariert, und während Reynolds einen letzten Probelauf vornahm, vertraten sich die beiden ein wenig die Beine.

»Nein, wir umgehen diese Stadt wie die letzte auch, Penn.«

In der Ferne ragte die Stadt vor ihnen auf: ein hoher Kirchturm, einige Fabrikschornsteine und eine lange Kette von Gebäuden. Hoch oben am Himmel flog eine Rotte Stukas in nordwestlicher Richtung. Seit Fontaine hatten sie viermal angehalten, während feindliche Kampfflugzeuge über sie hinwegzogen.

Penn war irritiert.

»Wieso, man braucht doch bloß der Straße von Fontaine zu folgen...«

»Penn, die Straße, auf der wir jetzt sind, führt nicht zurück nach Fontaine. Wir fahren zwar jetzt in südwestlicher Richtung, doch eine ganze Weile führte diese Straße genau nach Süden.«

»Vielleicht spielt der Kompaß verrückt. Sie wissen doch, wenn ein Haufen Metall in der Nähe ist...«

»Ich richte mich nach der Sonne, und die wird doch nicht durch Metall beeinflußt, oder?«

»Heißt das, wir sind bei einer unserer Umgehungstouren auf der falschen Straße weitergefahren?«

»Das heißt, daß die ganze Sache ziemlich faul ist.« Barnes betonte jedes einzelne Wort. »Das heißt auch, daß wir die Stadt da vorn ebenfalls meiden. Wir umgehen sie, wo immer sie liegen mag. Machen wir, daß wir weiterkommen.«

Bei Anbruch der Dämmerung entdeckte Barnes die Brükke, eine große Steinkonstruktion mit einem breiten Bogen, unter dem zwei Fahrbahnen verliefen. Sie befanden sich mitten im offenen Gelände, kilometerweit von nirgendwo. In einer knappen halben Stunde würden sie ohne Scheinwerfer keinen Meter mehr fahren können. Dieses Risiko war Barnes zu groß. Als sie näher kamen, bemerkte der Sergeant eine Baumgruppe rechts von der Brücke. Er ließ anhalten und ging mit Penn voraus.

»Ein guter Platz«, sagte Penn. »Brücken scheinen uns Glück zu bringen. Wir könnten Bert unter den Bäumen parken.«

Doch die Baumgruppe bot nur eine notdürftige Deckung. Die jungen Bäume hatten dünne Stämme und standen viel zu weit auseinander, um Bert mit ihrem Blätterdach gegen Feindsicht zu verbergen. Von der Straße aus wäre er immer zu sehen, und genau die Straße machte Barnes Kummer.

Penn war mal wieder anderer Meinung.

»Das ist ein prima Plätzchen, besonders bei Nacht.«

»Falsch, Penn. Die Scheinwerfer eines jeden Wagens, der von Süden kommt, streifen diesen Platz. Bis jetzt hatten wir Glück. Ich glaube, die deutsche Offensive hat jeglichen Zivilverkehr von der Straße da verdrängt. Das bedeutet aber nicht, daß die Deutschen nicht ihre Truppen hier nachkommen lassen. Wir müssen einen Platz finden, wo wir Bert völlig außer Sicht parken können. Vielleicht unter der Brücke.«

»Unter der Brücke?«

Barnes ließ ihn einfach stehen und kletterte die Böschung hinab, bahnte sich einen Weg durch dichtes Buschwerk zum

Ufer. Ja, da war genug Platz unter dem hohen Steinbogen. Aber wie tief war der Fluß? Bert konnte ohne weiteres Gewässer von einem Meter Tiefe durchqueren, wenn man die Wasserklappen über die hinteren Luftansaugschlitze deckte.

Das Wasser unter der Brücke war jedoch kaum dreißig Zentimter tief, und Barnes dankte Gott, daß es vierzehn Tage lang nicht geregnet hatte. Aus dem Flußbett ragten nur einige wenige Felsbrocken, sonst bestand es aus feinem Kies. Ein Fußweg führte am Ufer entlang, halb zugewachsen mit Gras und hohem Schilf – ein ausgezeichneter Schlafplatz in der Nähe des Tanks. Barnes versuchte die Höhe des Brückenbogens zu schätzen. Zwischen der Wölbung und Berts 2,40 Meter hohem Turm blieb noch genügend Zwischenraum. Wie breit war das Versteck? Er folgte dem Fußweg unter der Brücke entlang. Fast acht Meter. Bert war nur knapp sechs Meter lang, paßte also auch der Länge nach unter die Brücke.

Blieb die Uferböschung als einziges Problem. Wie bekamen sie Bert zum Fluß hinunter? Die Böschung war mindestens vier Meter lang und sehr steil, mit dichtem Unterholz und einigen größeren Büschen bewachsen. Barnes ging zum Panzer zurück und gab seine Anweisungen. Er ließ Pierre an der Straße zurück und dirigierte Bert über ein sonnenbeschienenes Feld in einiger Entfernung, ehe sie die Abfahrt zum Flußbett wagten. Barnes wollte damit vermeiden, daß umgewalztes Unterholz ihr Versteck unter der Brücke verriet.

Er prüfte nochmals die Wassertiefe und befahl Reynolds, die Scheinwerfer einzuschalten, eine Maßnahme, die zwar gefährlich, aber notwendig war, weil es unterhalb des Flußufers jetzt schon fast dunkel war. Die Ketten rollten über den Rand der Böschung; krachend brach das Gestrüpp unter dem Gewicht. Der schwere Stahlkoloß tippte nach vorn, glitt die Böschung hinunter und rutschte in das aufspritzende Wasser. Reynolds bremste kurz die rechte Kette und nutzte den Schwung, um den Koloß um neunzig Grad in Richtung des Flußlaufs einzuschwenken. Barnes ließ den Strahl der Taschenlampe kurz über die Ketten gleiten. Das

Wasser reichte kaum dreißig Zentimeter hoch. Sogar auf diesem ungewohnten Untergrund hatte Reynolds das tonnenschwere Vehikel meisterhaft unter Kontrolle. Der Tank rollte mitten durch das Flußbett bis unter den Brückenbogen. Drinnen in seiner Kabine hörte Penn deutlich das Wasser gegen die Ketten plätschern.

»Zeit fürs Abendessen«, verkündete Barnes knapp. »Penn, Sie schieben auf der Brücke Wache, bis Reynolds das Essen fertig hat. Dann löse ich Sie ab. Wo, zum Teufel, bleibt Pierre eigentlich?«

Er wollte schon die Uferböschung emporklettern, als er den Jungen auf dem Weg flußaufwärts kommen sah. Er trug etwas in seiner Hand. Barnes ließ kurz seine Taschenlampe aufblitzen. Es war ein großer Fisch.

»Ich habe ihn weiter oben in einem Wasserloch gefangen. Wir können ihn braten. Da sind noch mehr – mindestens einer für jeden.«

Penn, schon auf dem Weg zur Brücke, blieb stehen.

»'ne tolle Idee. Mir läuft das Wasser im Mund zusammen. Schade, daß wir keine Kartoffelchips dazu haben.«

»Gib her«, rief Reynolds und streckte begierig die Hand aus.

Barnes erinnerte sich daran, daß der Fahrer vor seinem Eintritt in die Armee Fischhändler gewesen war.

»Ich werde ihn säubern und zubereiten.«

»Ihr wollt wirklich rohen Fisch zum Abendessen?« fragte Barnes seelenruhig.

»Wieso roh?« protestierte Penn. »Wir braten den verdammten Hecht im Handumdrehen.«

»Hier wird heute nicht gekocht. Es ist ein warmer Abend, kein Lufthauch zu spüren. Der Fischgeruch bleibt vielleicht für Stunden in der Luft um die Brücke hängen. Ich will jedes Risiko vermeiden. Wir müssen uns mit Tee und Dosenfleisch begnügen – zu dem Stangenbrot, das Pierre organisiert hat.«

»Großer Gott im Himmel!« ereiferte sich Penn.

»Sollten Sie nicht auf der Brücke Wache halten?« erinnerte ihn Barnes sanft.

»Verzeihung.« Penn machte steif kehrt und stieg den Abhang hinauf.

Reynolds sagte nichts und wandte sich wieder seinen Kochutensilien zu. Barnes wartete gespannt auf die Reaktion des Belgiers. Pierre holte aus und schleuderte den Fisch, so weit er konnte, flußabwärts. Dann hockte er sich auf den Weg, ohne Barnes eines Blickes zu würdigen.

Unter dem Brückenbogen baute Reynolds schweigend den Kocher auf, steckte den weißen Trockenspiritus in die Halterung, zündete ihn an und deckte den Brenner mit einer Metallkappe ab. Dann nahm er seinen Kessel und verschwand stromaufwärts. Barnes vermutete, daß er zu Pierres Wasserloch gegangen war, um sich die Fische anzuschauen, denn er blieb ziemlich lange weg.

Der Kocher gehörte nicht zur Standardausrüstung, doch viele Dinge wie beispielsweise ihre Kampfmesser standen nicht auf den offiziellen Beschaffungslisten. Barnes hatte von Anfang an dafür gesorgt, daß sein Panzer im Notfall auch als unbändige Kampfabteilung operieren konnte, obwohl er sich selbst in seinen schlimmen Befürchtungen niemals eine solche Situation, weit hinter den Linien des Feindes ohne Verbindung zur eigenen Truppe völlig auf sich selbst gestellt zu sein, hatte träumen lassen. Der Sergeant wunderte sich nicht über Penns Gereiztheit und Reynolds Trödelei bei der Zubereitung des Essens. Die zwei hatten seit ihrer Ankunft in Fontaine kaum mehr als vier Stunden Schlaf pro Nacht bekommen, und auch ihre Tour heute war nicht gerade eine Spazierfahrt gewesen. Keiner von uns kann gegen den Feind etwas ausrichten, solange wir nicht ausgeruht sind, dachte er. Also machen wir uns eine Zeit lang unsichtbar und schlafen uns aus. Hoffentlich haben wir eine ruhige Nacht.

Er stieg zur Brücke hinauf, um Penn abzulösen.

Sie waren zu müde, um miteinander zu reden. Schweigend aßen sie ihre Ration im flackernden Schein des Spirituskochers. Pierre, Penn und Reynolds saßen nebeneinander auf dem Fußweg unter der Brücke. Das Wasser gluckerte über die Ketten des Panzers. Es war jetzt fast völlig dunkel, und im bläulichen Licht der Flammen wirkte der Stahlkoloß riesig und drohend, wie ein abschreckendes Mahnmal in einem Kriegsmuseum.

Penn fluchte und klatschte sich mit der Hand in den Nakken. Es war schon nach 22 Uhr, doch die Luft war schwül, und die Mücken wurden allmählich eine richtige Plage. Eine war besonders hartnäckig, ständig hörte er ihr Summen dicht an seinem Ohr. Penn beeilte sich mit dem Essen, damit Barnes oben auf der Brücke nicht zu lange hungern mußte. Er hatte sich mit ihrer Situation abgefunden, fand Barnes' Idee, im Schutz der Brücke zu kampieren, inzwischen sogar ausgesprochen gut. Es war, als ob sie in einer Höhle übernachteten, was er als Junge immer gern getan hatte. Er durfte nicht vergessen, Barnes' Verband zu wechseln. Er würde darauf bestehen, die erste Wache zu übernehmen. Vielleicht konnte er damit seine Widerborstigkeit während des Tages etwas wettmachen.

Eine halbe Stunde später hatte er Barnes den Verband gewechselt und danach auf der Brücke Posten bezogen. Der Sergeant war froh, den Notverband los zu sein. Er fühlte sich unglaublich müde, obwohl er sich das selbst nicht eingestehen wollte. Während er seine Jacke wieder überzog, beobachtete er Pierre aus den Augenwinkeln. Deutlich hatte er gespürt, wie der Junge ihn einige Minuten abschätzend musterte.

»Wahrscheinlich werden wir dich morgen an einem geeigneten Ort absetzen«, sagte er zu ihm.

»Das bleibt Ihrer Entscheidung überlassen.«

»Stimmt genau. Deswegen ist es besser, wenn du jetzt eine Mütze voll Schlaf nimmst. Wir haben morgen einen anstrengenden Tag vor uns.«

»Ich möchte auch zur Wache auf der Brücke eingeteilt werden, Sergeant.«

»Schön, mal sehen. Doch jetzt sei still und leg dich hin.«

Fünf Minuten später lag Pierre lang ausgestreckt neben dem Weg, seine Füße neben Barnes' Kopf, den Rücken gegen die Brückenmauer gelehnt. Über seinen Körper hatte er eine Armeedecke gebreitet. Reynolds wusch noch das Geschirr im Fluß ab und machte sich dann ein Lager am Ufer oberhalb von Bert. Normalerweise schlief er sehr unruhig, und deshalb zog er seine Armeedecke eng um den Leib aus Furcht, sie während der Nacht ins Wasser zu schieben. Doch kaum hatte er sich niedergelegt, war er schon in einen tiefen Schlaf der Erschöpfung gesunken und schnarchte laut.

Barnes dagegen fühlte sich zwar schlapp, aber nicht müde. Es war jetzt etwa 23 Uhr, und in zwei Stunden mußte er Penn ablösen. Reynolds würde die letzte Schicht übernehmen. In Barnes' Kopf überschlugen sich die Gedanken: Sie mußten unbedingt ein geeignetes Objekt finden, um den Deutschen einen empfindlichen Schlag zu versetzen.

Ohne es zu bemerken, versank er in einen unruhigen Schlummer, obwohl eine Stimme in seinem Innern ihn verzweifelt mahnte, wach zu bleiben.

3.
Freitag, 24. Mai

»Sergeant, aufwachen! Schnell, wachen Sie auf!«

Barnes schlug die Augen auf und blinzelte. Seine Hand schloß sich um den Revolver, den er unter der Decke verborgen hielt.

»Was ist los, Penn?«

»Kommen Sie mit auf die Brücke! Wir bekommen Gesellschaft.«

Barnes hatte vorsichtshalber die Stiefel anbehalten; er richtete sich langsam auf und schaute zu Pierre hinüber. Dabei knipste er kurz die Taschenlampe an und schirmte ihren Strahl mit der Hand ab. Der Junge lag noch genauso da wie beim Einschlafen; eine Hand lag auf der Decke. Barnes schaltete die Lampe aus und taumelte auf die Füße, wäre beinahe in den Fluß gefallen.

Vom Panzer her ertönte lautes Schnarchen. Reynolds nutzte seine Ruhepause gut. Barnes folgte Penn die Brückenböschung hinauf. Er stemmte die Füße fest in den Boden und ertastete sich mit der Hand den Weg. Die Leuchtzeiger der Uhr, die er sich von Penn geliehen hatte, zeigten 1.30 Uhr.

Noch zweieinhalb Stunden bis zum Morgengrauen.

Penn hatte ihn eine halbe Stunde länger schlafen lassen.

Oben auf der Brücke blieb der Sergeant wie angewurzelt stehen. Ein Schauer lief ihm kalt über den Rücken.

Der Mond stand am Himmel und erhellte die Landschaft ringsum mit seinem blassen Schein. Vom Süden her näherte sich eine lange Scheinwerferkette der Brücke. Durch die nächtliche Stille drang deutlich das schwache Brummen zahlreicher Motoren zu ihnen herüber. Barnes versuchte, die Fahrzeuge zu zählen, gab aber bei zwanzig auf. Und das war nur ein kleiner Teil der Scheinwerferkette gewesen.

»Penn, wecken Sie Reynolds, aber leise. Er soll in seine Stiefel springen.«

»Und Pierre?«

»Unter keinen Umständen wecken!«

Barnes blieb oben stehen und wartete. Er fröstelte ein wenig in der Kälte. Die ersten Scheinwerfer näherten sich, das Motorengebrumm wurde lauter. Das war kein Flüchtlingstreck, der da über die Brücke wollte. Dafür war die Lichterkette zu geordnet. In der Kolonne hielten die Fahrzeuge ausreichenden Abstand voneinander. Barnes schätzte ihr Tempo auf etwa dreißig Stundenkilometer. Er neigte den Kopf und lauschte angestrengt, hörte aber keine Flugzeuge am Himmel. Zwar vernahm er das sanfte Plätschern der Wellen, die Berts Rumpf umspielten, doch wurde es von den Motorengeräuschen der sich nähernden Armada, einer Heereskolonne von unglaublicher Kampfkraft, fast ganz übertönt. Waren es Engländer, Franzosen oder – Deutsche? Von dieser Frage konnte ihr Leben abhängen.

Penn kam wieder zu ihm herauf.. Barnes lauschte angestrengt. Nein, er hatte sich nicht getäuscht. Das Motorengeräusch wurde von einem vertrauten Klang überlagert – dem hellen Rasseln von Panzerketten. Eine ganze Panzerkolonne rollte auf sie zu.

Barnes stolperte die Böschung hinunter und schaltete unter der Brücke kurz seine Taschenlampe ein. Reynolds stand neben Pierre, der sich gerade seine Schuhe zuband. Der Junge hatte sein Haar gekämmt und schaute zu Reynolds auf, der seinen Revolver in der Hand hielt.

»In ein paar Minuten werden sie die Brücke überqueren«, zischte Barnes. »Wahrscheinlich eine Panzerkolonne. Ihr beide bleibt hier unten, bis ich zurückkomme – egal, was geschieht. Haben Sie verstanden, Reynolds?«

Er bedachte den Fahrer mit einem langen Blick und hastete wieder zum Nordende der Brücke hinauf, wo Penn wartete. Als er oben ankam, sah er gerade noch, wie der Corporal im Laufschritt von der Straße verschwand. Sofort ging Barnes hinter einem dichten Gebüsch ein paar Meter seitlich in Deckung. Im nächsten Augenblick hörte er das laute Knattern eines Motorrades. Ein Scheinwerfer flammte auf, huschte über die Brücke und schwenkte um die Kurve in Richtung Norden. Ein zweites Motorrad folgte. Sein Scheinwerfer beleuchtete kurz das erste Motorrad, und Barnes konnte deutlich den Soldaten im Seitenwagen erkennen. Er trug einen puddingförmigen Stahlhelm und hielt die Maschinenpistole schußbereit vor der Brust.

Jesus! Es waren Deutsche.

Die erste Motorradstreife fuhr in Richtung Fontaine weiter, doch das zweite Krad verlangsamte das Tempo und hielt auf den Abhang zu. Sein Scheinwerfer huschte über den Busch, unter dem Barnes in Deckung lag. Auf der Grasnarbe neben der Straße blieb es mit laufendem Motor stehen. Der Soldat im Seitenwagen stieg aus. Das Motorrad rollte davon. Der Posten kam zur Brücke zurück und spähte über das Geländer. Barnes wagte kaum zu atmen.

Eine Stablampe flammte auf, ihr Strahl wanderte über die Böschung zum Flußbett hinunter. Ein Glück, daß sie Bert nicht hier abgestellt hatten.

Das Licht verlosch, die Schritte entfernten sich zur anderen Seite der Brücke. Wieder blitzte die Stablampe auf, ihr Strahl fiel auf das Ufer hinter der Brücke und begann sich dann den Abhang hinunter zu bewegen. Barnes knirschte mit den Zähnen. Deutlich hörte er, wie sich der Deutsche seinen Weg durch die Sträucher zum Flußbett bahnte.

Dieser verdammte Bastard schaute auch unter der Brücke nach.

Lautlos ließ Barnes seine rechte Hand zur Hüfte gleiten, packte das Kampfmesser am Griff und zog es aus der Scheide. Das Brummen der Motoren kam rasch näher. Barnes stöhnte lautlos auf. Es war schon zu spät für sein Vorhaben. Er blieb liegen und hoffte inständig, daß Penn nicht das Feuer eröffnete.

Der Deutsche brach nur wenige Meter von dem Versteck des Sergeant entfernt durch das Unterholz. Barnes erhob sich vorsichtig, huschte zur Steinmauer der Brücke hinüber und stützte sich mit der Hand daran ab. Langsam folgte er dem Deutschen und hielt dabei das Messer in der rechten Hand. Er mußte seinen Gegner mit einem einzigen Stoß erledigen. Gegen den Strahl der Stablampe hob sich der Körper des Postens als deutliche Silhouette ab. Jeden Moment mußte der Lichtschein jetzt nach links wandern und auf den im Fluß geparkten Panzer fallen. Wie würde der Deutsche reagieren?

Leise folgte ihm der Sergeant. Plötzlich glitt er aus, bohrte verzweifelt seinen rechten Stiefelabsatz in den Boden, die Hand mit dem Messer wedelte hilflos durch die Luft. Doch er schaffte es, sein Gleichgewicht zu halten.

Der Posten hatte nichts gemerkt. Er ging jetzt etwa zwei Meter von Barnes. Von der Brückenauffahrt her scholl das Brummen der Motoren immer lauter. Barnes mußte noch näher an den Mann heran. Er machte noch einen Schritt. In diesem Augenblick schwenkte der Deutsche seine Stablampe zur Seite, und ihr Strahl fiel direkt auf die massige Silhouette des geparkten Panzers. Die Kanone zeigte flußabwärts. Barnes hob das Messer und sprang. Die Klinge durchdrang mühelos den grauen Uniformmantel und bohrte sich in den Körper des Mannes, der von dem Aufprall von Barnes' Körper nach vorne geschleudert wurde. Beide gingen zu Boden; der Deutsche stöhnte ein letztes Mal, als Barnes' Körper auf ihm landete. Die Lampe segelte in den Fluß. Bei seinem Sturz schlug Barnes heftig mit der Stirn gegen den Helm seines Gegners. Sekundenbruchteile schüttelte er benommen den Kopf, rappelte sich dann aber auf die Füße und zerrte wie wild an dem Heft des Messers, bekam die Waffe aber nicht frei.

Unter dem Brückenbogen tauchte Penn auf.

»Ich wollte ihn gerade erschießen.«

»Genau das hatte ich befürchtet. Hier, leuchten Sie mal!«

Barnes gab dem Corporal seine Taschenlampe. Er drehte den Deutschen auf den Rücken, öffnete mühsam den Kinnriemen des Stahlhelms und reichte ihn Penn.

»Setzen Sie den Helm auf – jemand muß seine Rolle übernehmen. Da oben muß ein Posten stehen, sonst schöpfen sie Verdacht. Ich bin zu klein, also müssen Sie das machen. Nun nehmen Sie schon die Maschinenpistole, Mann!«

Barnes knöpfte den Mantel auf und versuchte den Leichnam auf den Bauch zu drehen. Penn mußte ihm dabei helfen. Das Donnern der heranrollenden Fahrzeuge dröhnte Barnes in den Ohren.

»Reynolds, Sie bleiben mit Pierre hier.«

Zusammen mit Penn zog er die Ärmel von den kraftlosen Armen des Toten.

»Das Messer«, sagte Penn. »Wir können doch nicht...«

»Doch, wir können. Sie stehen mit dem Rücken zum Geländer. Niemand wird den Riß im Mantel bemerken.«

Die Ärmel waren jetzt frei; Barnes packte sie, riß den Mantel mit einem heftigen Ruck über das Heft des Messers und warf ihn Penn zu.

»Folgen Sie mir, aber bleiben Sie in Deckung, bis ich Ihnen ein Zeichen gebe. Vielleicht ist es schon zu spät...«

Auf allen vieren kroch Barnes zur Brücke hinauf. Das Gestrüpp zerkratzte ihm Hände und Gesicht, doch er achtete nicht darauf. Vorsichtig spähte er über das Geländer. Das erste Fahrzeug war zwar schon verdammt nah, doch seine Scheinwerfer fielen noch nicht auf die Brücke. Deutlich war hier oben das Rasseln der Ketten zu hören. Da kamen Panzer, das war ganz klar.

»Gerade noch rechtzeitig, Penn. Ihr oberster Knopf ist noch offen. Gehen Sie auf die andere Straßenseite, und stellen Sie sich mit dem Rücken zum Steingeländer. Halten Sie die Maschinenpistole quer über die Brust. Sie brauchen nichts zu tun, müssen nur deutlich sichtbar sein. Und jetzt ab mit Ihnen!«

Penn hastete über die Fahrbahn und bezog seinen Posten. Barnes schaute noch einmal zu den näher kommenden Scheinwerfern hinüber und rutschte dann an der Mauer entlang den Abhang hinunter. Unten stieg er ins Wasser, angelte die brennende Stablampe heraus und knipste sie aus. Dann schleuderte er sie unter die Brücke und verließ das Flußbett.

Jetzt kam der schwierigste Teil. Er tastete sich im Dunkeln zu dem toten Deutschen hin. Seine Hände fuhren über die Beine und packten die Knöchel. Barnes holte tief Luft, ging rückwärts auf den Brückenbogen zu und zerrte die Leiche mit sich. Er wußte nicht, ob er es schaffen würde. Der Körper des Deutschen wog erheblich mehr als Barnes, und ihm kam es fast vor, als versuchte er einen ausgewachsenen Büffel von der Stelle zu zerren. Doch Zentimeter für Zentimeter zog er den Toten unter den Brückenbogen. Dort gab er dem

Leichnam einen Stoß, und er fiel über die Uferkante ins Flußbett, dicht neben Berts rechte Kette. Barnes richtete sich schwer atmend auf. Seine Knie zitterten, und über Rücken und Stirn floß der Schweiß in Strömen. Er hob die Hand – und berührte Pierre. Die Stimme des Jungen klang erstickt.

»Ich glaube, mir wird schlecht. Reynolds hat mich angegriffen.«

»Reynolds hat ihm nur die Revolvermündung vor den Bauch gehalten«, grollte Reynolds. »Der Junge wollte unbedingt den Helden spielen und euch da oben zu Hilfe kommen.«

»Schluck's runter«, zischte Barnes. »Schließlich bist du selbst daran schuld.«

»Es geht schon wieder.«

»Du setzt dich jetzt hin, Pierre, und rührst dich nicht von der Stelle.« Barnes stieß ihm den Finger gegen die Brust. Gehorsam setzte sich der Junge auf den Boden. »Wenn du nur einen Pieps sagst, pumpt Reynolds dich mit Blei voll...«

Barnes atmete schwer und lehnte sich gegen die Wand. Ein Fahrzeug rollte über ihre Köpfe hinweg. Die Lichtfinger der Scheinwerfer schwenkten über das Flußufer und erhellten kurz die Baumgruppe. Das Fahrzeug verschwand nach Norden. In Sekundenabständen rumpelten unzählige Räder über sie hinweg, unzählige Scheinwerfer flammten auf und verschwanden wieder. Um seinen Worten Nachdruck zu verleihen, setzte Barnes dem Jungen kurz seinen Revolver an die Schläfe und flüsterte ihm zu:

»Bleib also ganz ruhig, Junge, dann brauchst du dir keine Sorgen zu machen.«

Ein frommer Wunsch, dachte der Sergeant bei sich. Vier weitere Fahrzeuge brausten über sie hinweg, dann veränderten sich die Geräusche. Barnes hörte deutlich das Rattern von schweren Panzerketten. Die Brücke schien unter dem Gewicht des deutschen Panzers zu erbeben, der kaum vier Meter über ihren Köpfen mit mäßiger Geschwindigkeit über die Fahrbahn rollte. Das Rattern der ersten Kampfmaschine war noch nicht verklungen, da hörten sie schon den nächsten Koloß mit gedrosseltem Motor auf die Brücke fahren. Die Raupen kratzten wie die Krallen eines Ungeheuers über den Asphalt. Barnes lehnte unbeweglich an der Mauer und fragte sich, wie sich Penn wohl fühlen mochte.

Penn war starr vor Angst. Er hatte beinahe jegliches Empfinden verloren. Er stand kaum an seinem Platz, als das erste Fahrzeug an ihm vorbeirollte. Die Scheinwerfer erhellten kurz sein Gesicht, fielen über die Brücke und schwenkten auf die Straße nach Fontaine ein. Es war ein Panzerwagen. Penn hatte sich an einer Stelle postiert, an der das Steingeländer von der Fahrbahn abbog. So präsentierte er den Fahrzeugen nur sein Profil – eine Seite seines blassen Gesichtes unter dem puddingförmigen Stahlhelm. Und die Maschinenpistole vor der Brust des grauen Feldmantels. Die Mündung deutete auf die andere Straßenseite. Der nächste Panzerwagen rollte vorbei, und Penn begann zu zählen. Barnes würde später sicher über die Stärke der Kolonne und die Art der Fahrzeuge Meldung erstatten wollen – vorausgesetzt, es gab ein ›Später‹. Penn wußte genau, daß nur ein Wagen mit einem Offizier anzuhalten brauchte, dann war er geliefert.

Vier weitere Panzerwagen fuhren vorbei. Penns Furcht wuchs beinahe ins Unermeßliche, als er plötzlich das vertraute Rumpeln vernahm. Die Panzer rollten heran. Die Kommandanten im offenen Turm hatten Zeit genug, ihn genau zu betrachten, wenn die riesigen Kolosse die Kurve nahmen. Penn fror innerlich, seine Hände krampften sich um die Maschinenpistole. Hastig lockerte er den Griff ein wenig und schickte ein Stoßgebet zum Himmel, als der erste Panzer über die Brücke auf ihn zufuhr. Den Blick hielt er starr auf die gegenüberliegende Mauer gerichtet. Das schwere Fahrzeug erreichte seinen Standort. Penn fühlte fast körperlich die Nähe der aufrecht stehenden Gestalt hoch über sich. Der Panzer rasselte vorbei in die Kurve und beschleunigte.

Penn stieß den Atem aus, den er unwillkürlich angehalten hatte, und fragte sich, wie lange er diese Spannung noch ertragen konnte. Er war fast am Ende seiner Kraft...

Der Corporal hatte sich in gefährlichen Situationen eine Art mentales Training angewöhnt. Er nannte das ›den Geist ins Kühlfach legen‹. Er unterdrückte einfach alle Gefühlsregungen oder normalen Reaktionen und schaltete seine geistige Aktivität dadurch aus, daß er sich auf eine einzige Sache konzentrierte. Jetzt konzentrierte er sich einfach aufs Zählen der Fahrzeuge. Er war schon beim zwanzigsten schweren Panzer angelangt, als ihm etwas auffiel. Keiner der Kommandanten hatte ihn bis jetzt auch nur eines einzigen Blickes gewürdigt. Sie waren viel zusehr mit dem Schwenkmanöver in der Kurve hinter der Brücke beschäftigt, um sich um einen Posten zu kümmern, der für sie schon fest zum nächtlichen Landschaftsbild gehörte. Penn war schon fast soweit, sich über jeden Panzer zu freuen, der an ihm vorüberrollte. Die Lastwagen waren viel gefährlicher.

Die Ankunft des ersten, einer genauen Kopie des Wagens, den er am Kanal mit der Kanone in die Luft gejagt hatte, versetzte ihm deshalb auch einen regelrechten Schock. Der Lastwagen fuhr langsam an ihnen vorbei, und unter dem Helmrand hervor bemerkte Penn den Offizier, der vorne neben dem Fahrer saß. Der Offizier schaute herüber, doch schon war der Wagen vorbei. Dafür bot er Penn ohne Vorwarnung seine offene Ladefläche, gedrängt voll mit behelmten Infanteriesoldaten, die sich auf ihre Gewehre stützen. Ein Meer ausdrucksloser Gesichter starrte zu ihm herüber.

Kurz vor der Kurve gab es einen lauten Knall, und der Transporter blieb fast stehen.

Fahr, um Gottes willen, weiter! dachte Penn. Der Lastwagen fuhr in die Kurve und verschwand. Seine Hände waren so feucht, daß ihm die Waffe fast aus der Hand gerutscht wäre. Zählen, weiter zählen! Nur das Zählen ist wichtig. Penn wischte sich die Hände an dem Überzieher ab. Der nächste Lkw. Der gleiche uninteressierte Blick des Offiziers in der Fahrerkabine, die gleichen leeren Gesichter auf der Ladefläche. Penn reichte es langsam. Lieber Gott, schick mir doch noch ein paar Panzer. Bei diesem Gedanken hätte Penn beinahe laut gekichert, doch bereitete ihm seine Reaktion Sorge. War er schon dabei, durchzudrehen? Der nächste verdammte Laster. Zählen! Als der Wagen um die Kurve verschwand, hörte Penn hinter dem Steingeländer in seinem Rücken Barnes' vertraute Stimme:

»Durchhalten, Penn! Sie machen das verdammt gut!«

Es tat gut, Barnes' Stimme zu hören. Penn fühlte sich nicht mehr so fürchterlich allein, dem Feind ausgeliefert.

›Für die da unten ist es bestimmt auch nicht viel angenehmer‹, dachte er. ›Wahrscheinlich sogar noch schlimmer, weil sie die Vorgänge hier oben nicht beobachten können.‹ Penn begann wieder zu zählen.

Eine halbe Stunde später entschied das Schicksal, die Schraube noch ein wenig stärker anzuziehen und den Nervenkrieg zu verschärfen, als ob es Penn nicht schon genügend strapaziert hätte. Der Corporal sah sich plötzlich ohne jede Vorwarnung einer Nervenzerreißprobe ausgesetzt, wie er sie in solcher Härte nie für möglich gehalten hätte.

Der Lastwagen rollte wie seine Vorläufer auf die Brücke, die Scheinwerfer huschten über Penns Gesicht. Der Wagen fuhr über den Brückenbogen und passierte Penn. Wieder der Blick des Offiziers im Fahrerhaus, wieder die leeren Gesichter auf der Ladefläche. Genau in der Kurve hatte der Wagen in dichter Folge eine Reihe von Fehlzündungen. Er wurde langsamer, der Motor spuckte und hustete. Penn hörte, wie der Fahrer immer wieder Gas gab und versuchte, den Motor auf Touren zu bringen. Einen Moment lang setzte die Maschine völlig aus und begann dann wieder zu drehen. Der Wagen rollte von der Straße, die Scheinwerfer lagen genau auf der Baumgruppe.

Der Fahrer fuhr einige Meter auf das Feld und hielt dort an. Entsetzt beobachtete Penn, wie Soldaten von der Ladefläche heruntersprangen und sich die Beine vertraten. Der Offizier und der Fahrer öffneten die Motorhaube und hantierten am Motor herum. Der Bursche, dessen Rolle ich jetzt hier spiele, hatte doch bestimmt einige Kumpels und Freunde in seiner Einheit, dachte Penn. Vielleicht sogar unter diesen Burschen da auf dem Feld. Was war, wenn einer von ihnen zu ihm herüberkam?

Trotz dieser Gefahr registrierte Penn jede Einzelheit. Ein Panzer rollte auf die Brücke. Jeder Fahrer hatte anscheinend strikte Anweisungen, bei Motorpannen unter allen Umständen die Fahrbahn zu räumen. Der Vormarsch der Panzer durfte auf keinen Fall gestört werden. Und die Meute da drüben turnte möglicherweise bei Tagesanbruch noch immer hier herum. Reizende Aussichten!

»Penn!« Barnes' Stimme war kaum ein Flüstern hinter der Steinmauer.

»Ich weiß, was los ist. Bleiben Sie ganz ruhig. In einer Minute haben sie die Kiste wieder am Laufen.«

Barnes schwieg, während ein weiterer Panzer die Brücke überquerte, und preßte sich flach gegen die Mauer, damit der Kommandant im Turm ihn nicht entdeckte.

»Penn, ich bin direkt hinter Ihnen. Wenn die Sache auffliegt, verpasse ich denen eine Ladung aus ihrer eigenen Maschinenpistole. Rühren Sie sich nicht von der Stelle... Ich...«

Der Rest seiner Worte ging unter im Kettengerassel des nächsten Panzers. Doch allein die Tatsache, daß sich Barnes hinter der Mauer, jedenfalls in der Nähe, befand, machte Penn wieder Mut. Er packte die Maschinenpistole fester. Wenn's denn so sein sollte, würde er sein Spielchen bis zum bitteren Ende durchziehen.

Ein paar Soldaten schlenderten zur Straße hinüber. Der Fahrer und der Offizier beschäftigten sich noch immer mit dem Motor. Wenn sie ihn nicht bald flott kriegten, würden einige der Burschen zu einem kurzen Schwatz über die Straße kommen.

Ein Soldat wollte die Straße überqueren, doch tauchte gerade noch rechtzeitig ein Scheinwerferpaar auf der Brücke auf, und ein Wagen schoß mit überhöhter Geschwindigkeit auf die Kurve zu. Bremsen kreischten, der Motor heulte auf, als der Fahrer vor der Kurve herunterschaltete. Der Soldat war von der Fahrbahn zurückgesprungen und zögerte. Irgend etwas mußte geschehen. Und zwar bald.

Barnes hatte sein Versteck verlassen und kroch auf der Seite jenseits des Flusses die Böschung empor. Er hatte sich am Unterholz die Hände blutig gerissen, das frische Blut vermischte sich mit Schmutz und Schweiß. Er erreichte den Hang der Böschung gerade, als ein Wagen heranrollte, und warf sich flach auf den Boden, bis das Fahrzeug vorbei war.

Dann bog er vorsichtig die Zweige des Gehäuses auseinander. Ihm stockte der Atem.

Fast wäre es zu spät gewesen. Hastig rutschte er die Böschung hinab, packte die Maschinenpistole, die er auf dem Weg am Fluß zurückgelassen hatte, watete durch den Fluß und kletterte auf der anderen Seite zu dem Corporal hinauf. Er wartete, bis der nächste Panzer vorbei war.

»Hören Sie, Penn, da kommen nur noch vier Fahrzeuge – und die letzten beiden sind höchstwahrscheinlich Kräder.«

»Ich glaube, der Lastwagen auf dem Feld fährt gleich weiter...«

»Ich weiß, ich habe gehört, wie der Motor ansprang. Hören Sie zu. Lassen Sie die zwei Wagen vorbei, und dann verschwinden Sie wie der Teufel nach unten, sobald ich es Ihnen sage.«

»Aber der Lastwagen...«

»Halten Sie den Mund!« zischte Barnes.

Es wurde verdammt knapp. Barnes wußte es. Er spähte zum Ende der Brückenabfahrt, wo der Lastwagen auf dem Feld stand. Die Soldaten kletterten gerade auf die Ladefläche, der Offizier und der Fahrer saßen schon wieder im Führerhaus. Die letzte Kradstreife würde wahrscheinlich auf der Brücke anhalten, um Penn aufzunehmen. Mit ihr würden sie fertig werden, doch nur, wenn der Wagen mit den Soldaten vorher losfuhr.

Barnes wußte, daß jetzt Sekundenbruchteile über Erfolg und Mißerfolg entschieden. Alle Soldaten waren nun aufgesessen, die Heckklappe wurde geschlossen. Der Transporter fuhr einen Halbkreis. Über die Brücke rollte ein Panzerwagen. Jetzt kam nur noch ein Wagen. Der Lastwagen fuhr auf die Straße zu, schaukelte unendlich langsam durch die tiefen Bodenfurchen. Würde er die Straße erreichen, ehe der nächste Wagen heran war?

Barnes faßte die Maschinenpistole fester und überlegte die möglichen Entscheidungen, die er innerhalb der nächsten sechzig Sekunden zu treffen hatte.

Der Lastwagen hatte die Fahrbahn erreicht und stoppte, um abzuwarten, bis die Straße frei war. Barnes beobachtete dieses Manöver mit grimmiger Miene. Diese verdammte

Blechkiste war der wahre Feind, denn sie entschied über Leben und Tod seiner Panzerbesatzung!

Zögernd setzte sich der Wagen in Bewegung, als spüre der Fahrer innerlich, daß es hier noch etwas zu erledigen gab. Ein Gedanke schoß Barnes durch den Kopf, und er betete zu Gott, daß er und seine Leute nicht durch einen unglücklichen Zufall zu Tode kamen – dadurch, daß der Offizier im Wagen befahl, den Posten auf dem Lkw mitzunehmen.

Endlich schwenkte der Transporter schwerfällig auf die Straße ein und fuhr davon. Im gleichen Moment rollte der letzte Panzerwagen über die Brücke und durch die Kurve in Richtung Fontaine.

Barnes sprang auf. »Nichts wie weg, Penn!«

Er sprang über die Brüstung, packte den Corporal am Arm und zerrte ihn die Böschung hinunter.

»Hinter die Büsche da. Was auch immer geschieht – auf keinen Fall feuern, wenn es nicht unbedingt nötig ist. Die erste Streife fährt wahrscheinlich vorbei und überläßt es der zweiten, den Posten aufzunehmen. Sollte sie doch stoppen, machen wir sie unschädlich und kümmern uns dann um das zweite Motorrad.«

»Sicher werden sie nach mir suchen...«

»Nicht unbedingt. Sie könnten ja schon auf einen der letzten Lkws aufgesprungen sein. Ich bin drüben auf der anderen Seite.«

Barnes sprintete über die Straße, huschte an der Böschung entlang und ließ sich etwa zwanzig Meter von der Fahrbahn entfernt hinter ein paar Büsche fallen. Von dieser Stelle aus konnte er die Nordseite der Brücke und die Straße weiter unterhalb überblicken. Jetzt hatten sie die Motorradstreifen im Kreuzfeuer. Doch Barnes hoffte inständig, daß es nicht soweit kam, denn die Panzerkolonne war noch nicht weit genug entfernt. Hoffentlich sind sie müde, dachte er. Zu müde, um unter der Brücke herumzuschnüffeln.

Der Scheinwerfer des ersten Krades mit Seitenwagen blitzte auf. Wenige Sekunden später brauste es mit hoher Geschwindigkeit an Barnes vorbei und verschwand mit quietschenden Bremsen in der Kurve.

Gott sei Dank! Jetzt hatten sie es nur noch mit der letzten

Streife zu tun, die anhalten mußte, um den Posten mitzunehmen. Barnes preßte sich ganz flach auf den Boden, die Maschinenpistole hatte er dicht an den Körper gezogen, damit ihr Lauf nicht zufällig den Lichtstrahl des Scheinwerfers oder einer Taschenlampe reflektierte. Er hörte, wie das Motorrad heranbrauste, als sei der Fahrer nur darauf bedacht, möglichst schnell den Posten aufsitzen zu lassen und sich dann der Kolonne anzuschließen. Der Bursche war wohl einer von der ungeduldigen Sorte. Er gehörte wahrscheinlich zu den Leuten, die sich ungern mitten in der Nacht bei einsamen Brücken aufhielten. Durch das Gesträuch sah Barnes das Scheinwerferlicht auf die Brücke zujagen. Seine Beinmuskeln spannten sich, seine Hände umschlossen die Pistole fester. Das Knattern des Motors war jetzt über ihnen, der Scheinwerfer beleuchtete die Brückenbrüstung. Das Gefährt überquerte die Brücke, bremste vor der Kurve hart ab, wobei sich der Seitenwagen leicht von der Straße hob, und raste dann hinter der Kolonne her.

Barnes lachte lautlos. Krämpfe schüttelten seinen schmerzenden Körper. Natürlich! Er hatte das Verhalten des Gegners falsch ausgelegt, brauchte anscheinend einen Auffrischungskurs in Kriegstaktik. Der echte Posten hätte den Durchmarsch der Kolonne gesichert und dann einen der letzten Lastwagen angehalten. Die Motorradstreifen hatten keine Sprechverbindung zum Stab. Woher konnten sie also wissen, daß sie den Brückenposten mitnehmen sollten? Und außerdem, in dem Seitenwagen hatte schon ein Soldat gesessen. Die ganze Anspannung und Nervenbelastung für nichts und wieder nichts.

Barnes ging über die Straße und sprach mit Penn darüber.

»Wirklich sehr lustig.« Mehr fiel Penn dazu nicht ein. »Egal, jetzt ist's vorbei«, fügte er schließlich hinzu.

»Ich fürchte, noch nicht – es gibt noch ein schwieriges Problem zu lösen, ehe es hell wird.«

Es war eine halbe Stunde vor Morgengrauen. Unter der Brücke sah man kaum die Hand vor Augen. Barnes schaltete die Taschenlampe an und weckte Pierre. Der Junge schüttelte benommen den Kopf, blinzelte in das Licht und setzte sich auf. Dann fuhr er sich mit gespreizten Fingern durchs Haar.

»Schon wieder Ärger, Sergeant?«

»Nein, aber du wolltest doch unbedingt etwas tun. Wir sind alle ein wenig müde, und ich möchte, daß du anstelle von Reynolds die Wache übernimmst. Das heißt drei Stunden auf der Brücke Posten zu stehen, denn wir werden nicht vor sieben Uhr aufbrechen.«

»Selbstverständlich!« Pierre schnürte sich die Schuhe zu. »Ich hatte Ihnen ja angeboten, eine Wache zu übernehmen.«

»Warten wir mal ab, wie du das machst. Du brauchst nur auf der Brücke Augen und Ohren offenzuhalten. Denk aber daran, daß ein Fahrzeug nicht unbedingt mit Licht fährt. Es muß auch nicht unbedingt aus Süden kommen wie die Panzerkolonne. Eher befürchte ich, daß es aus Norden kommt, wenn sie merken, daß ihnen ein Posten verlorengegangen ist.«

»Ich werde schon aufpassen.«

»Du weckst mich sofort, wenn du etwas hörst oder siehst, verstanden?«

»Ja, mach' ich.«

Der Junge streckte die Hand nach der Maschinenpistole aus, doch Barnes nahm die Waffe zur Seite.

»Ich brauche doch eine Waffe, oder?« begehrte Pierre auf.

»Ja, deine Augen und deine Ohren. Ich möchte vermeiden, daß du im Dunkeln auf Büsche oder eine Ratte losballerst. Und nun geh auf deinen Posten.«

Barnes wartete, bis Pierre langsam die Böschung hochstieg. Dann durchquerte er lautlos den Fluß, kletterte die gegenüberliegende Böschung empor und duckte sich hinter das Gebüsch, das ihm schon vorher als Deckung gedient hatte. Er war jetzt von keiner Stelle aus zu sehen, denn seine untere Körperhälfte war ebenfalls von Sträuchern verdeckt. Von seinem Versteck aus hörte er, wie Reynolds und Pierre auf der Brücke ein paar Worte wechselten, und der Fahrer danach die Böschung hinunterstolperte. Dann war nur noch das Geräusch von Pierres Schritten zu hören, der auf der Brücke auf und ab ging. Beiläufig registrierte Barnes, daß er den Jungen als vagen Schatten durch das Steingeländer erkennen konnte, eine Gestalt, die nicht ahnte, daß sie beobachtet wurde.

Als ein grauer Streifen im Osten die Morgendämmerung ankündigte, war Barnes schließlich überzeugt, daß Pierre seine Aufgabe sehr gewissenhaft versah. An jedem Ende der Brücke blieb er eine Minute lang stehen und lauschte, ehe er seine Wanderung wieder aufnahm. Mehrmals trat er auch ans Geländer und spähte flußauf- oder -abwärts, als fürchte er von dort einen Überraschungsangriff. Zum Teufel auch, dachte Barnes, der Bursche erledigt seinen Job, als sei er speziell dafür ausgebildet.

Wenig später dämmerte der Morgen, blasse Lichtstreifen zogen am Horizont auf. Barnes wußte nicht, was er jetzt tun sollte. Er hatte die ganze Zeit bewegungslos in Deckung gelegen. Jetzt spürte er plötzlich einen ziehenden Schmerz in seinem rechten Bein, erstes Warnzeichen für einen drohenden Krampf. Er mußte sich zwingen, ruhig liegenzubleiben. Der Krampf wurde stärker, stach gnadenlos in seine Beinmuskulatur. Barnes biß vor Schmerz die Zähne zusammen und krallte die Hände in den Boden. Er durfte sich nicht rühren, denn Pierre stand gerade an diesem Ende der Brükke und hatte Barnes das Gesicht zugewandt, während er im Osten die heraufziehende Dämmerung beobachtete. Das kleinste Geräusch mußte ihn aufschrecken, und dann würde er wissen, daß man ihn beobachtete.

Schweißtropfen rannen über Barnes' Gesicht, und er mußte seine ganze Willenskraft aufbieten, um das Bein stillzuhalten. Allmählich ließ der Schmerz nach, und erst jetzt wanderte Pierre wieder zum anderen Brückenende, als hätte er bewußt abgewartet, bis der Schmerz für Barnes fast unerträglich wurde. Durch Zweige des Gebüschs konnte Barnes das Gelände unterhalb der Brücke einsehen. Es stieg sanft zu einer Hügelkuppel an. Von seiner Patrouille kurz nach ihrer Ankunft wußte der Sergeant, daß es hinter der Kuppe steil abfiel zu einer langgezogenen Senke. Tatsächlich war dies die einzige nicht einsehbare Stelle, an der der Feind ungesehen bis dicht an die Brücke herankommen konnte.

Barnes' Blick hing wie gebannt an dieser Hügelkuppe, die

sich langsam aus dem Dunkel der Nacht schälte, bis sie sich scharf gegen den grau und golden gestreiften Himmel abzeichnete, der die Geburt eines weiteren herrlichen Tages ankündigte.

Pierre war auf der anderen Brückenseite stehengeblieben. Diese absolute Morgenstille schien unfaßbar, unwirklich, so daß Barnes sie beinahe zu hören glaubte. Kälte lag in der Luft und fraß sich durch seinen Kampfanzug bis auf die Haut. Die Uniform war klamm vom Tau, sogar die Hände waren mit einem Nässefilm überzogen. Unterhalb der Hügelkuppe stiegen weiße Nebelschwaden vom Boden auf. Sie dämpften das Licht und gaukelten Barnes eine näher kommende menschliche Gestalt vor.

Im nächsten Augenblick wurde sie wirklich. Langsam wuchs sie gegen den scharfen Rand der Hügelkuppe auf und stand plötzlich stocksteif da.

Barnes ließ seine rechte Hand zum Revolver gleiten; sein Blick hing wie gebannt an der regungslosen Erscheinung, die der Nebel halb verbarg. Es war nicht auszumachen, welche Kleidung sie trug. Zweidimensional stand sie gegen den Morgenhimmel.

Langsam verzogen sich die Nebelschwaden. Der Mann trug einen Überzieher, auf seinem Kopf saß der puddingförmige Helm.

Barnes hörte, wie Pierre über die Brücke kam. Abrupt hörten die Schritte auf. Er warf einen Blick zur Seite. Pierre war verschwunden, hatte hinter dem Steingeländer Deckung gesucht. Das wird seine Reflexe ein wenig trainieren, dachte Barnes grimmig.

Der Soldat verharrte regungslos und schaute zur Brücke hinüber, als ahne er die Gefahr. Die Stille wirkte nun beängstigend und drohend, wie die Stille vor dem Sturm.

Barnes wartete. Pierre wartete.

Der deutsche Soldat wartete. Er stand so regungslos da wie eine Statue. Barnes fixierte abwechselnd zwei Punkte – die Hügelkuppe und das Brückengeländer zu seiner Seite. Plötzlich kam Bewegung in die Gestalt auf dem Hügel. Mit zögernden Schritten ging der Soldat den Abhang hinunter, als traue er dem Frieden nicht. Vielleicht gehörte er zu einer

Streife, die den Auftrag hatte, den Brückenposten zu suchen. Vielleicht hatte der Streifenführer seine Leute weiter oberhalb den Fluß überqueren lassen, um plötzlich unerwartet im Süden aufzutauchen und den Feind zu überrumpeln.

Der Soldat hielt die Maschinenpistole schußbereit vor der Brust. In geduckter Haltung schlich er näher. Das Gesicht war in den Nebelschwaden nicht zu erkennen. Barnes hörte ein Rascheln von der gegenüberliegenden Straßenseite, wo Pierre langsam hinter einen Busch kroch. Dann war in der drohenden Stille nur noch das leise Knarren der Stiefel des näher kommenden Deutschen zu hören. Auf halbem Weg zwischen der Hügelkuppe und der Brücke blieb er einen Augenblick lang lauschend stehen und ging dann weiter.

Barnes richtete sich leicht auf. Das war's dann wohl.

Er hörte ein Rascheln von der anderen Straßenseite, als Pierre mit erhobenen Händen aufstand. Er rief dem Soldaten ein paar Worte zu und begann, als er bemerkte, daß der Deutsche nicht das Feuer eröffnete, auf ihn zuzugehen. Barnes erhob sich ebenfalls. Sein Kampfanzug war schmutzig und zerknittert. Der Sergeant behielt die Hände unten und trat auf die Fahrbahn. Als der Soldat jetzt die Waffe herumriß und auf Barnes zielte, hatte Pierre die halbe Wegstrecke zu ihm schon hinter sich gebracht. Jetzt wandte er den Kopf, deutete auf Barnes und rief einige Worte. Er begann auf den Deutschen zuzulaufen und schrie dabei laut und beschwörend immer wieder dieselben Sätze. Wenige Schritte vor dem Deutschen blieb er plötzlich wie angewurzelt stehen, das Wort erstarb ihm auf den Lippen.

Mit schnellen Schritten ging Barnes auf die beiden Männer zu. Es waren deutsche Worte gewesen, die Pierre ununterbrochen gerufen hatte, bis er das Gesicht unter dem Stahlhelm erkannte.

Es war das Gesicht von Penn.

»Sie hatten recht mit dieser Ratte.«

Penn richtete den Pistolenlauf auf Pierres Bauch.

»Merkwürdiges Verhalten für einen belgischen Patrioten«, knurrte Barnes. »Sehr seltsam. Er sieht einen deutschen Soldaten und läuft auf ihn zu, statt uns zu warnen.«

Penn hatte den Pistolenkolben unter den Arm geklemmt. Der Finger lag am Abzug. Mit der anderen Hand öffnete er jetzt den obersten Knopf des Wehrmachtsüberziehers.

»Das haut einen doch glatt vom Sockel. Beinahe wären wir einem schmutzigen Verräter aufgesessen. Ich dachte schon, er würde überhaupt nicht mehr reagieren.«

»Er wartete ab, weil er hoffte, hinter Ihnen käme eine ganze Abteilung Infanterie über den Hügel. Erst als ich aufstand, war er zum Handeln gezwungen. Du hast ein paar kleine Fehler gemacht, Pierre.«

»Was für Fehler? Ich mache keine Fehler.«

Die Gestalt des Jungen straffte sich, verächtlich musterte er die beiden Männer. Er versuchte gar nicht erst, Penns Beschuldigungen abzustreiten, sondern fuhr sich nur mit einer Hand durch die Haare.

»Also gut, zählen wir sie auf. Du achtest sehr auf dein Äußeres. Das ist bei dir schon fast eine Manie. Als wir gestern den Lkw am Kanal abgeschossen haben, erschienst du frisch gekämmt auf dem Schauplatz des Geschehens – obwohl du in einem Graben Deckung gesucht hast. Kein normaler Siebzehnjähriger reagiert so, nur ein ausgebildeter Soldat, der sich viel auf sein gutes Aussehen einbildet. Vorausgesetzt, er ist hart im Nehmen und zudem ein gefühlloser Schweinehund. Denn es waren schließlich deine Leute, die wir am Kanal über den Jordan geschickt haben.«

Pierres Augen blitzten auf.

»Ich hatte keine Gelegenheit, rechtzeitig etwas dagegen zu unternehmen.«

»Nein, das lag auch nicht in deinem Interesse. Du hast doch nur darauf gewartet, deinen Leuten einen völlig intakten Matilda-Panzer in die Hände zu spielen. Alles andere war dir gleichgültig. Und nun der zweite Fehler: dein Verhalten am Kanal. Kein Junge verhält sich so beim Anblick zerfetzter Körper – jedenfalls keiner, der angeblich erst siebzehn ist.«

»Ein deutscher Soldat versteckt sich nicht unter Brücken vor dem Feind.«

Penn trat einen Schritt vor, doch Barnes hielt ihn mit einem Blick zurück. Seine Stimme klang immer noch sanft.

»Lassen Sie ihn ruhig sein Gift verspritzen, Penn. Er wird ohnehin gleich erschossen – es sei denn, er gibt uns ein paar Auskünfte.«

Zum erstenmal glaubte Barnes eine Spur von Angst in dem arroganten Gesicht des Jungen zu entdecken. Sein Blick wanderte kurz zu Penn und dann wieder zu Barnes. Er versuchte, seiner Stimme einen hochmütigen Ton zu geben, konnte aber ihr Beben nicht ganz unterdrücken.

»Das wäre Mord, Barnes.«

»Für dich immer noch Sergeant, mein Freund. Außerdem darf ich dich daran erinnern, daß du keine Uniform trägst und somit ein Spion bist. Spione darf man sofort standrechtlich erschießen. Zu welcher Einheit gehörst du, Pierre?«

»Ich brauche diese Frage nicht zu beantworten.«

»Stimmt, das brauchst du nicht. Wir können dich auch sofort erschießen.«

»Ich bin bereit, bestimmte Fragen zu beantworten.«

»Schon besser. Wie alt bist du?«

»Zwanzig.«

»Und hat immer noch einen Milchbart.«

Barnes schaute Penn an.

»Wahrscheinlich entwöhnt man Jungs in Deutschland erst sehr spät von der Mutterbrust.«

Pierre zuckte zusammen und ballte die Hände zu Fäusten. Röte schoß ihm ins Gesicht.

»Wie heißt du wirklich, Pierre?«

»Gerhard Seft. Feldwebel Gerhard Seft.«

»Von welcher Einheit?«

Schweigen. Seft hatte den Mund zu einem Strich zusammengepreßt. Wieder warf er einen Blick über Penns Schulter.

»Du hast noch nicht viel vom wirklichen Krieg gesehen, stimmt's?«

Barnes reizte ihn bewußt.

Sefts Haltung veränderte sich. Er drückte die Schultern durch und starrte Barnes haßerfüllt an.

»Ich habe den Polen-Feldzug mitgemacht. Ich war in Warschau. Wir haben die Polen in Stücke gehauen, sie am Boden zertreten – und ich war dabei!«

»Schön, dann weißt du ja, was einen Soldaten erwartet, den man in Zivilkleidern erwischt.«

Der Blick des Deutschen flackerte. Er wechselte rasch das Thema.

»Wie ist es Corporal Penn gelungen, hinter den Hügel zu gelangen, ohne daß ich es bemerkte?«

»Er marschierte einfach durchs Flußbett davon, während Sie Reynolds ablösten.«

Barnes wartete auf eine Reaktion, aber der Deutsche sagte nichts und schaute ihn seinerseits an, als warte er auf etwas Bestimmtes.

»Seft, warum hat man dich auf ein solches Himmelfahrtskommando geschickt, allein in Zivilkleidern hinter den feindlichen Linien? Das wüßte ich zu gern.«

»Weil ich perfekt Englisch und Französisch spreche. Meine Mutter war Französin.«

Hatte er den letzten Satz nur angehängt, um Sympathie zu schinden, um an die Menschlichkeit seiner Gegner zu appellieren? Barnes vermutete es, seine Abneigung gegen Seft wuchs. Seine Stimme klang jetzt härter.

»Wohin führt diese Straße?«

»Nach Arras – wie ich Ihnen schon sagte.«

»Du hast mir eine Menge Lügen erzählt, mein Junge. Aber wenn wir schon dabei sind – woher kommen wir?«

»Aus Fontaine natürlich.«

Seft schien allmählich seine Selbstsicherheit zurückzugewinnen. Sein Verhalten zeigte wieder eine Spur der ihm eigenen Arroganz, als er merkte, daß man ihn nicht einfach so umlegen würde.

»Von Fontaine?« wiederholte Barnes gedehnt. »Denk noch mal genau nach, Bürschchen.«

»Aber das stimmt doch«, rief Penn erstaunt dazwischen.

»Tatsächlich? Hat Ihnen außer Seft noch jemand aus dem Dorf gesagt, daß Sie in Fontaine seien? Wohl kaum. Die Straße, die wir von Fontaine aus hätten nehmen müssen, verläuft auf der Karte in südwestlicher Richtung, während die hier genau nach Süden verlief, ehe sie vor ein paar Stunden nach Südwesten schwenkte. Außerdem müßten wir inzwischen eine ganze Reihe von Dörfern passiert haben.

Statt dessen haben wir vier Städte umgangen, aber kein einziges Dorf durchfahren. Seft hatte die Absicht, uns immer tiefer in deutsches Besatzungsgebiet zu führen, bis sich ihm eine Gelegenheit bot, Bert unversehrt seinen Kumpanen in die Hände zu spielen. Das hätte ihm sicher einen Orden eingebracht. Das deutsche Oberkommando brennt darauf, einen völlig intakten Matilda-Panzer in die Finger zu kriegen, um sich über unseren technischen Standard informieren zu können. Denn sie möchten zu gern wissen, was der Feind ihnen entgegenzusetzen hat. Seft muß bald verrückt geworden sein, als Reynolds ihn mit dem Revolver hier unten festhielt, während ein paar Meter über ihm eine ganze Panzerdivision vorbeirollte. Und das, Seft, war der dritte Fehler. Du wolltest ein wenig zu eilig aus dem Versteck heraus, als deine Leute über die Brücke kamen. Also, wie heißt das Dorf nun wirklich?«

Er stand vor dem Deutschen und schaute ihn mit halb geschlossenen Lidern von unten herauf an. Es war seine erste Begegnung mit einem fanatischen jungen Nazi, und er beobachtete interessiert des Deutschen arrogantes Auftreten in der für ihn äußerst prekären Situation. Doch wunderte sich Barnes in keiner Weise darüber, noch ließ er sich davon beeindrucken. Seiner Meinung nach war es nur Schau, um die pure Dummheit, die dahintersteckte, zu überspielen. Seft antwortete mit sich überschlagender Stimme: »Ich bin nicht befugt, einem Feind Auskünfte zu dessen Nutzen zu geben. Sie sind mein Feind. Heil Hitler!«

Penn schlug ihm mit dem Handrücken auf die Wange. Der Schlag hinterließ einen deutlichen Abdruck im Gesicht des Deutschen. Er taumelte einen Schritt zurück. Penn fauchte ihn an:

»Man hat dir gesagt, daß du Sergeant Barnes mit ›Sergeant‹ anzureden hast, wenn du mit ihm sprichst. Ich habe keine Lust, mich zu wiederholen. Das nächste Mal fehlen dir ein paar Zähne.«

Seft schaute Penn lange an, als wolle er sich sein Gesicht genau einprägen. Dann verzog er den Mund und spuckte verächtlich dicht vor die Stiefel des Engländers. Zum zweitenmal hielt Barnes Penn mit einem Blick zurück.

»Strapazieren Sie nicht unnötig Ihre Nerven, Penn. Der Knabe ist ja kaum erst aus den Windeln heraus.«

Diese letzte Bemerkung veranlaßte Seft zum Handeln, auch wenn er ihren Sinn möglicherweise nicht richtig mitbekommen hatte. Er richtete sich auf, reckte energisch das Kinn vor und machte einen Schritt auf Barnes zu. Im Kasernenhofton bellte er:

»Die deutsche Wehrmacht wird in Kürze zur Stelle sein. Sie befinden sich auf deutsch besetztem Territorium und sind somit meine Gefangenen. Sergeant Barnes, übergeben Sie mir Ihre Pistole.«

Er machte noch zwei Schritte auf Barnes zu. Sein Gesicht war wutverzerrt. Er streckte die Hand nach Barnes' Waffe aus. Eine solche Arroganz und die blinde Dummheit dieses Manövers brachte Penn für einen Moment aus der Fassung, doch Barnes reagierte, als habe er von dem Deutschen nichts anderes erwartet. Er sprang zurück, zog den Revolver aus der Pistolentasche und holte kurz aus. Der Lauf traf Seft hart an der linken Schläfe, der Schlag war so heftig, daß der Revolver beinahe aus Barnes' Hand geglitten wäre. Der Deutsche sackte wie ein Stein zu Boden und blieb regungslos mit ausgestreckten Armen liegen. Sein blondes Haar kontrastierte seltsam mit dem grünen Gras.

Barnes bückte sich und tastete nach der Halsschlagader des Jungen. Schließlich zuckte er mit den Schultern und schaute zu Penn hoch.

»Der Narr ist tot. Auch gut. In unserer Situation können wir uns ohnehin nicht mit Gefangenen belasten.«

»Er war ein übereifriger Spinner.«

»Er war ein Fanatiker mit einer unglaublichen Selbstüberschätzung. Aber er hat nicht gesponnen. Drehen Sie sich mal um. Ich glaube, Seft hatte sie schon entdeckt.«

Weit im Süden, wo die Straße nun deutlich sichtbar im Sonnenlicht lag, erkannte Penn einen langen Zug winziger Spielzeugfahrzeuge, die sich hinter einer Bodenerhebung hervor auf sie zu bewegten. Immer neue Fahrzeuge tauchten in ihrem Blickfeld auf.

»Wenn mich nicht alles täuscht, rollt da schon wieder eine

Panzerkolonne auf uns zu. Also ist uns dieser Weg versperrt. Wenn wir aber in das Dorf zurückfahren, das angeblich Fontaine heißt, stoßen wir auf die nächtliche Kolonne.«

»Was machen wir jetzt? Ein zweites Mal kommen wir nicht ungeschoren davon.«

»Mit Bert so schnell wie möglich auf der einzigen Route verschwinden, die noch frei ist.«

4.
Freitag, 24. Mai

Sie fuhren um ihr Leben. Gegen 4.30 Uhr früh rollte Bert aus seinem Versteck unter der Brücke und fuhr im Zehnkilometertempo zwischen den mit hohem Gebüsch bestandenen Böschungen im Flußbett stromabwärts, wie eine monströse Insel aus Metall. Barnes stand aufrecht im Turm. Er war froh, daß er nicht über den Uferrand einen Meter über seinem Kopf hinaussehen konnte. Also sah der Feind sie auch nicht. Barnes blickte des öfteren zurück, um sicher zu sein, daß sie keine verräterischen Spuren hinterließen. Nur das Wasser war etwas lehmig vom aufgewirbelten Sand, ansonsten war nichts zu erkennen. Vor ihm führte das Flußbett etwa hundert Meter geradeaus und verschwand dann hinter einer Kehre. Diese Biegung mußten sie erreichen, ehe die Vorhut der Panzerkolonne die Brücke passierte. Ihre Chancen standen fünfzig zu fünfzig, doch es war ihre einzige Chance.

Etwas weiter unterhalb der Brücke säumten Baumreihen beide Ufer, streckten ihre Äste über den Fluß und bildeten ein Laubdach, dessen unterste Zweige fast bis zum Wasser reichten. In diesem Tunnel war es so dunkel, daß Barnes kaum das Flußbett erkennen konnte. Wenn das Gewässer plötzlich tiefer wurde, waren sie ohnehin am Ende. Die Klappen über den Auspuffrohren waren zwar geschlossen und machten Bert wassertauglich, doch nur bis zu einer Höhe von etwa einem Meter. Barnes streifte die traurige Ladung, festgezurrt auf dem Heck des Panzers, mit einem Blick. Hoffentlich waren sie nicht zu spät aufgebrochen.

Die Beseitigung der Leichen – der Posten und Seft – hatte ihre Abfahrt verzögert. Da sie nichts zurücklassen durften, was Verdacht erweckte und eine Suche ausgelöst hätte, hatte Barnes sich gezwungen gesehen, die beiden Toten mitzunehmen. Er ließ sie mit Seilen am rückwärtigen Teil des Turms festbinden.

Am gefährlichsten für sie waren die Motorradstreifen, die vor der Panzerkolonne herfuhren, wie er durch seinen Feldstecher beobachten konnte. Sie würden sich ähnlich verhalten wie die nächtlichen Streifen, das wußte er. Das erste Krad würde kurz anhalten, den Posten absetzen und dann weiterfahren. Der Posten würde als erstes zur Brückenmitte gehen und zum Fluß hinuntersehen.

Barnes spähte das Flußbett entlang. Stimmt, etwa hundert Meter waren es noch bis zur Kehre. Und da gab's noch so einiges, das ihm Kopfzerbrechen bereitete. Einen Panzer durch ein Flußbett zu steuern, selbst wenn es verhältnismäßig gerade verlief, war nicht unbedingt einfach. Über sein Mikro gab er pausenlos Anweisungen an Reynolds durch. Vielleicht schafften sie es, wenn der Untergrund einigermaßen fest blieb. Von seinem erhöhten Standort aus versuchte er angestrengt, die Bodenbeschaffenheit unter der Wasseroberfläche zu erkennen. Nur keine Schlammbank jetzt. Oder Stromschnellen. Oder der Motor machte Zicken, und sie saßen in voller Sicht der Deutschen mitten im Flußbett fest.

Als Penn zu ihm hinaufkletterte, schob er diesen Gedanken rasch beiseite.

»Meinen Sie, wir schaffen es?« fragte der Corporal leise.

»Wenn wir rechtzeitig die Flußkehre hinter uns bringen.«

»Können wir nicht schneller fahren – wir kriechen ja nur.«

»Absichtlich, denn das hier ist schließlich keine Autobahn. Das Flußbett macht mir Sorgen. Es wird tiefer.«

Der Wasserspiegel an den Ketten stieg rasch höher, und Barnes schätzte die Tiefe hier auf siebzig Zentimeter. Bert konnte maximal einen Meter Wassertiefe verkraften. Außerdem rückten die Ufer enger zusammen, und Reynolds hatte nur wenige Zentimeter Spielraum nach beiden Seiten. Die Ketten mahlten vorwärts, rauschten durch das Wasser, ratterten über unsichtbare Felsbrocken, wirbelten den Schlamm auf und tauchten tiefer und tiefer unter die Oberfläche. Penn verzog das Gesicht. Barnes schaute zur Brücke zurück.

»Müssen mindestens schon sechzig Zentimeter sein.«

»Mit Sicherheit.«

Auf halber Strecke zwischen der Brücke und dem schützenden Blätterdach sahen sie sich plötzlich einer neuen Gefahr gegenüber. Das Brummen eines Flugzeugs wurde rasch lauter. Aus dem hohen Motorengeräusch schloß Barnes, daß es ein kleines, niedrig fliegendes Flugzeug sein mußte. Die Panzerkolonne ließ von einem Aufklärer das Gelände sondieren. Der Pilot würde jeden Zentimeter Boden unter sich genau absuchen. Wenn er über den Fluß flog, müßte er sie sehen.

Barnes sah die Situation fast bildhaft vor sich: das kreisende Flugzeug über ihnen, dessen Pilot über Funk seine Entdeckung dem Gefechtsstab meldete, das Auffahren der schweren Panzer an beiden Flußufern – vor ihnen, hinter ihnen, über ihnen. Dann der ungleiche Kampf, das Donnern der Kanonen, bis Bert nur noch ein Schrotthaufen war. Es sah ganz so aus, als habe Barnes seine Mannschaft in eine tödliche Falle manövriert.

»Fahrer, Geschwindigkeit auf etwa fünfzehn Stundenkilometer erhöhen«, sagte er ins Mikro. »Folgen Sie genau meinen Anweisungen. Sie fahren zu dicht am linken Ufer.«

Das rettende Blätterdach schien noch immer schrecklich weit entfernt. Es könnte sie auch gegen das Flugzeug schützen – wenn sie es nur rechtzeitig bis dorthin schafften. Das Brummen des Flugzeugmotors klang nun schon sehr nahe, die Maschine flog tiefer. Wahrscheinlich hatte der Pilot die Brücke ausgemacht und wollte sich jetzt das Gebiet am Fluß näher ansehen. In diesem Augenblick stieß der Panzer leicht gegen das rechte Ufer. Barnes fuhr Reynolds scharf an. Einen Augenblick später wurde ihm sein ungerechtes Verhalten bewußt, denn Reynolds konnte, obwohl er mit offener Klappe fuhr und nach vorne eine gute Sicht besaß, die Seitenfreiheit des Kolosses nur schwer abschätzen.

Das Flugzeug über ihnen verlor immer mehr an Höhe. Barnes hörte das deutlich am Motorengeräusch.

»Das wird ein Vabanque-Spiel«, sagte Penn.

»Behalten Sie die Brücke im Auge, klar? Ich werde mich auf den Himmel konzentrieren.«

Am liebsten hätte Barnes alles selbst gemacht – den Himmel abgesucht, die Brücke beobachtet, auf den Seitenabstand geachtet und den Flußverlauf verfolgt. Doch das ging nicht. Wie immer erledigte Reynolds seine Aufgabe vorzüglich. Jeder andere Fahrer hätte in dieser Situation den Motor abgewürgt, wäre in die Uferböschung gefahren oder hätte viele andere – durchaus verständliche – Fehler gemacht, doch Reynolds fuhr stur seinen Panzer und kümmerte sich um nichts sonst.

Barnes sog heftig die Luft ein, als Bert plötzlich merklich tiefer sackte. Penn wurde blaß im Gesicht. Rasch warf er einen Blick nach unten, schaute aber sofort wieder zu der Brücke hinüber, die immer noch verlassen im Sonnenschein lag. Sie waren mindestens noch dreißig Zentimeter tiefer eingesackt und befanden sich bis zur halben Höhe im Wasser. Das Chassis würde bald ganz unter der Oberfläche verschwinden. Barnes fluchte, prüfte den Seitenabstand und beobachtete dann wieder den Himmel. Sie konnten nur hoffen, daß der Fluß nicht tiefer wurde. Sie mußten es einfach riskieren.

Das Flugzeug hing jetzt fast über ihnen. Barnes' Hand krampfte sich am Turm fest. Jeden Moment mußte der Flieger auftauchen. Der Panzer rumpelte über einen Felsen, und Barnes' schweißfeuchte Hand verlor den Halt. Er versuchte, das Gleichgewicht zu bewahren, und hielt dabei den Blick starr zum Himmel gerichtet – der plötzlich von einem Blättergewirr verdunkelt und dann gänzlich ausgesperrt wurde. Über das grüne Laubdach hinweg donnerte das Flugzeug quer über den Fluß und verschwand auf seinem ursprünglichen Kurs nach Norden.

»So weit, so gut – sagte der Mann zu dem Mädchen«, witzelte Penn.

»Da ist immer noch die Brücke.«

»Aber, aber, Sergeant, holen Sie mich doch nicht so unsanft in die Wirklichkeit zurück.«

Barnes schaute zur Brücke. Der schimmernde Steinbogen war nun viel kleiner und vermittelte im hellen Sonnenlicht ein Bild tiefsten Friedens. Kaum zu glauben, daß jede Sekunde die Kriegsmaschinerie auf ihrem Weg zu den Schlachtfeldern darüber hinwegdonnern würde. Barnes wandte den Kopf. Er fühlte die erfrischende Kühle unter dem Laubdach auf seinem Gesicht...

Sein Herz schlug ihm plötzlich bis zum Hals. Ihnen war der Weg versperrt.

In dem Dämmerlicht unter den Bäumen hatte Barnes das Hindernis früher bemerkt. Genau in der Mitte des Flugbettes ragte ein großer schwarzer Felsen aus dem Wasser. Er war verwittert, lief nach oben spitz zu und teilte den Fluß. Bert war in der Lage, über ein sechzig Zentimeter hohes Hindernis hinwegzuklettern. Der Felsen aber war mindestens doppelt so hoch. Während der Panzer langsam auf das Hindernis zurollte, überdachte Barnes ihre Möglichkeiten. Über das Hindernis hinwegzufahren war unmöglich. Den Felsen zu rammen wäre Selbstmord – sie konnten dabei den Motor oder das Chassis beschädigen. Das Hindernis auf der Uferböschung zu umgehen, kam ebenfalls einem Selbstmord gleich. Doch blieb dies als einzige Möglichkeit, und so gab er unverzüglich dem armen Reynolds, der jetzt das Unmögliche möglich machen sollte, seine Anweisungen. Die Operation verlangte nicht mehr, als den tonnenschweren Koloß die steile Uferböschung hinaufzusteuern, ihn auf der rechten Kette um neunzig Grad zu wenden und dann in einer höchst gefährlichen Seitenneigung das Hindernis auf der Böschung zu umfahren.

Penn wartete mit angespannter Miene, bis Barnes seine Befehle gegeben hatte. Dann sagte er mit belegter Stimme: »Geht das überhaupt? Wir könnten uns seitlich überschlagen.«

»Es ist die einzige Möglichkeit – wir müssen es riskieren. Behalten Sie die Brücke im Auge.«

»Na schön«, sagte Penn leichthin. »Ist ja nur eine Kleinigkeit, und wir haben massig Zeit.«

»Kümmern Sie sich um die verdammte Brücke, Penn!«

Barnes hatte für Penns Späßchen im Moment keinen Sinn. Penn tat zwar die ganze Zeit nichts anderes, hatte nur kurz beim Einsinken den Blick zum Flußbett gerichtet, aber er verstand, daß der Sergeant im Moment nicht zu Scherzen aufgelegt war.

Sie näherten sich dem Felsen, und ihr Vorhaben schien

mit jedem Meter aussichtsloser zu werden. Es stimmte, der einzige Weg an dem Hindernis vorbei führte über die Böschung. Reynolds konzentrierte sich auf Barnes' Anweisungen und wendete den Tank über die linke Kette dem Ufer zu. Kaum hatten sie das Flußbett verlassen, kamen dem Sergeant Zweifel. Die Uferböschung war doch steiler als vermutet. Auch war der Untergrund fester als erwartet, das tonnenschwere Ungetüm sank kaum ein paar Zentimeter ein, wodurch das Risiko sich noch erhöhte. Es war wirklich ein Tanz auf dem Seil ohne Netz und doppelten Boden. Wie hatte Penn gesagt? Sie könnten sich seitlich überschlagen. Barnes war sich im klaren, was das für die Männer im Turm hieß: Sie würden kopfüber im Fluß liegenbleiben, mit sechsundzwanzig Tonnen Gewicht über sich.

Die Ketten mahlten, der Panzer kroch die Böschung empor und begann die Wende, was durchaus tödlich enden konnte. Reynolds hatte die rechte Kette abgebremst, die Vorwärtsdrehung der anderen Kette bewegte den Koloß um seine Achse. Reynolds stoppte kurz ab. Der Panzer stand nun parallel zum Fluß in einer Schräglage, so daß der Turm über den Uferrand hinaus über das Wasser ragte. Barnes und Penn konnten nur mit Mühe das Gleichgewicht wahren. Jetzt kam es darauf an.

Ihnen allen war klar, daß der kleinste Fehler den Panzer zum Absturz bringen mußte. Selbst wenn sie den Sturz heil überstanden, würde Bert wie ein hilfloser Käfer auf dem Rücken liegenbleiben. Ihr Leben hing jetzt von der geringfügigsten Neigungswinkelveränderung von Bert ab. Sogar ein paar Pfund mehr Gewicht auf der rechten Kette konnten den Koloß umkippen lassen.

Mit ruhiger Stimme gab Barnes seine Anweisungen. Der Panzer kroch vorwärts, Zentimeter für Zentimeter fraßen sich die Ketten über den Hang, fanden kaum Halt. Keiner sagte ein Wort, keiner wagte sich zu bewegen, angespannt lauschten sie dem Rumpeln der Ketten. Sie hingen genau über dem Felsen im Fluß, als es kritisch wurde. Barnes sah, wie die linke Kette leicht vom Boden abhob und sich der Neigungswinkel verstärkte. Mit einem Blick über die Schulter erkannte er die Ursache. Die Körper von Seft und dem

Posten waren über die Motorhaube nach rechts gerutscht. Die beiden Leichen erhöhten das Gewicht des Panzers, waren totes Gewicht im wahrsten Sinn des Wortes.

»Penn, kappen Sie die Seile – schnell!«

Penn reagierte sofort, zog sein Messer aus der Scheide und beugte sich weit nach hinten aus dem Turm, wobei er sorgfältig sein Gewicht nach links verlagerte. Das Gewicht der Toten hatte die Seile gestrafft. Penns Nerven waren so angespannt, daß er jede einzelne Seilfaser zu spüren glaubte, die er mit raschen Bewegungen durchsäbelte, bis die letzten durch die Überbelastung von selbst rissen. Sefts Körper rutschte vom Chassis und klatschte in den schmalen Wasserlauf neben dem Felsen.

Penn, der gleichzeitig versuchte, die Brücke im Auge zu behalten, sah nicht, wie der Leichnam ins Wasser fiel, doch Barnes verfolgte gespannt, wie er unter der Wasseroberfläche versank. Erst dann richtete der Sergeant den Blick wieder auf die Ketten, die sich langsam durch das Unterholz gruben. Die kleinste Überhöhung konnte Bert aus seinem prekären Gleichgewicht werfen. Auf seinem Sitz zog Soldat Reynolds alle Register seines fahrerischen Könnens. Verzweifelt versuchte er, den Panzer so langsam wie möglich vorwärtskriechen zu lassen, ohne dabei den Motor abzuwürgen. Denn die Vibration beim Starten reichte möglicherweise aus, den Koloß zu kippen. Kein noch so intensives Fahrtraining hatte eine solche Situation jemals vorgesehen. Nur aufgrund von Reynolds' außerordentlichen Kenntnissen des Innenlebens und Fahrverhaltens des Panzers konnten sie ihre gefährliche Lage meistern. Alles hing jetzt von ihm ab.

Barnes wußte dies und sagte eine ganze Weile kein Wort. Hier waren Befehle überflüssig, würden Reynolds bei seiner höllisch schweren Aufgabe nur stören. Sie hatten den Felsen fast umrundet, als der Sergeant die Vorderkette gegen einen niedrigen Strauch rollen sah. Doch anstatt ihn niederzuwalzen, hob sie sich leicht an und glitt über ein unsichtbares Hindernis unter dem Strauch. Jetzt ist's passiert, dachte Barnes, und wollte Penn schon den Befehl zum Absprung geben. Er selbst mußte an Bord bleiben, weil sonst Reynolds nicht die Spur einer Chance hatte, sich rechtzeitig aus seiner Fahrerkabine zu befreien.

Die Kette stieg noch höher, doch Bert hing wie angeklebt in einem unglaublichen Winkel an der Böschung. Barnes fühlte deutlich das Schwanken, mit dem der Koloß Übergewicht bekam. Im gleichen Augenblick durchtrennte Penn die letzten Fasern des zweiten Seils, und der Leichnam des Postens rutschte in den Fluß. Die linke Kette senkte sich zehn Zentimeter nach unten, sie hatten ihr Gleichgewicht wieder.

Penns Stimme klang atemlos.

»Dachte schon, wir wären hinüber. Allerdings haben zwei Fahrgäste die Anspannung nicht ausgehalten und sind über Bord gegangen.«

»Meiner Meinung nach gerade noch rechtzeitig, aber die Kiste steckt immer noch tief genug im Dreck. Ist von den Panzern schon was zu sehen?«

»Nein, sieht alles noch aus wie eine Bilderbuchlandschaft. Kann aber nicht mehr lange dauern.«

»Bestimmt nicht. Halten Sie weiter die Augen offen.«

Die ganze Angelegenheit war tatsächlich noch schwierig genug, denn Reynolds hatte jetzt ein Manöver vor sich, das mindestens ebenso kompliziert und gewagt war wie das gerade überstandene. Die obere Kette bewegte sich über das niedrige Hindernis, und Barnes beschloß, es sofort zu wagen, ehe die Kette noch höher kletterte. Das Feld im Flußbett lag hinter ihnen. Barnes gab einen kurzen Befehl und verfolgte aufmerksam Reynolds' Lenkmanöver. Wiederum hing alles vom Können des Fahrers ab.

Wollte er ins Flußbett hinunter, mußte Reynolds die rechte Kette stoppen und die Wendung mit der oberen Kette durchführen, um den Tank in die gewünschte Schrägrichtung zu drehen. Die kleinste falsche Bewegung, und es war aus. Außer der Gefahr, sich zu überschlagen, fürchtete Reynolds ein Abrutschen nach der Drehbewegung der oberen Kette. Er stoppte, wischte sich die schweißfeuchten Hände an der Hose ab und legte sie fest um die Steuerhebel. Barnes verließ sich ganz auf ihn, das wußte er. Die obere Kette begann zu rotieren, Bert drehte sich langsam auf der Stelle.

Gefühlvoll handhabte Reynolds die Steuerung und meisterte die Situation hervorragend, wenn auch nicht ganz zu seiner eigenen Zufriedenheit, denn Bert kam auf den letzten ein, zwei Metern tatsächlich ins Rutschen und ließ das Wasser hoch aufspritzen. Doch rehabilitierte Reynolds sich vor sich selbst sehr schnell durch eine perfekte Wendung im engen Flußbett, ohne das andere Ufer mit der rechten Kette zu berühren. Der Tank stand nun wieder mit der Nase flußabwärts.

Hastig sagte Barnes:

»Gut gemacht, Reynolds. Und jetzt los, fahren Sie wie der Teufel!«

Reynolds beschleunigte, die Ketten wirbelten das Wasser auf, der Tank schaufelte den Fluß regelrecht beiseite und schoß auf die Biegung zu, der er jetzt wesentlich näher gekommen war.

Alles oder nichts, dachte Reynolds und beschleunigte noch stärker. Er konnte schon einen Teil des Flußbettes weiter vorn sehen, stellte fest, daß es eine sanfte Biegung beschrieb, in der er keine Geschwindigkeit wegzunehmen brauchte. Im Gegenteil, er gab noch mehr Gas.

Im Turm blickten zwei Augenpaare zur Brücke zurück. Sie lag immer noch verlassen da, ihr weißes Steingemäuer schimmerte hell in der Sonne.

Wie weit war es denn noch bis zur Kehre, verdammt? Barnes drehte sich um – und hatte gerade noch Zeit, Penn eine Warnung zuzurufen. Blitzschnell duckten sich beide Männer in den Turm. Sie hörten den dumpfen Schlag des überhängenden Astes gegen den Aufbau, das Krachen, mit dem er brach. Als Barnes den Kopf aus dem Luk steckte, stand Penn schon wieder aufrecht da und beobachtete die Brücke.

Barnes folgte seinem Beispiel. Die beiden Männer spürten, wie der Tank in die Flußbiegung donnerte, sahen die Brücke hinter der rechten Uferböschung verschwinden. Vor ihnen dehnte sich das Flußbett schnurgerade unter dem Schutz eines dichten Blätterdaches. Sie hatten es geschafft.

Kaum eine halbe Stunde später brach neues Unheil über sie herein – als wären ihre Nerven nicht sowieso bis zur Unerträglichkeit angespannt. Flußabwärts kamen ihnen deutsche Panzer entgegen.

Barnes hatte Bert hundert Meter hinter der Flußbiegung halten lassen. Sie waren die südliche Uferböschung emporgestiegen, um einen Blick auf die Kolonne zu werfen, der sie so knapp entkommen waren. Sie erreichten den oberen Raum genau in dem Augenblick, als die erste Motorradstreife auf die Brücke fuhr. Jenseits der Flußbiegung konnten sie über das offene Gelände hinweg deutlich die Brücke sehen. Penn verschluckte sich fast, als er durch die Bäume spähte: Das Motorrad hatte in der Brückenmitte angehalten, und der Soldat aus dem Beiwagen stieg aus. Trotz der Entfernung war Penn sicher, daß der Posten mit den Augen das Flußstück absuchte, das sie gerade hinter sich gelassen hatten.

»Großer Gott«, keuchte Penn. »Das war knapp – haarscharf. Was mich daran erinnert, daß ich heute morgen leider noch nicht zum Rasieren gekommen bin.«

»Und außerdem müssen wir hier ein wenig aufräumen, sobald wir etwas Zeit haben.«

Barnes hob den Feldstecher an die Augen, und die Brücke rückte näher. Der Posten schlenderte zur Nordseite hinüber, schaute über das Geländer und bahnte sich einen Weg durch das Unterholz der Böschung, um unter der Brücke nach dem Rechten zu sehen, ehe die Kolonne heran war.

Ja, das war wirklich verdammt knapp gewesen. Barnes schwenkte langsam das Glas, und die Zwillingsoptik wanderte an der Kolonne entlang – über gedrungene Panzerwagen, Kanonen auf flachen Selbstfahrlafetten und schwere Panzer, deren tödliche Rohre drohend in Fahrtrichtung zeigten. Eine ziemlich starke Einheit. Barnes begann zu zählen, trug das Ergebnis gewissenhaft in einer Art Kurzschrift, die nur er entziffern konnte, in sein Notizbuch ein und ergänzte die Notizen, die er sich unter der Brücke über Anzahl und Beschaffenheit der nächtlichen Kolonne gemacht hatte, bevor er Pierre zu seiner ›Testwache‹ wecken ließ.

Reynolds war beim Panzer geblieben, der wieder wie eine Insel aus Metall mitten im Strom stand. Vereinzelte Sonnenstrahlen spielten über seine stählerne Hülle und zeichneten dort, wo sie die Blätter durchdrangen, ein seltsam geschecktes Muster. Das Laubdach war immer noch dicht genug, um sie gegen Feindsicht aus der Luft zu decken. Der Fluß war hier flacher, hatte eine Tiefe von ungefähr neunzig Zentimetern. Die Ufer wichen ein wenig zurück, und zu beiden Seiten der Ketten war mindestens ein Meter Spielraum. Reynolds, der die Pause zu einer kleinen Inspektion nutzte, glaubte sich eher an Bord eines Bootes zu befinden. Da er sich fast zwei Meter unter dem oberen Rand der Böschung aufhielt, konnte er das dumpfe Brummen der Panzer, das dem Rumpeln eines Zementmischers ähnelte, nicht hören.

Zwischen den Bäumen beschäftigte Barnes sich mit seinen Notizen, während Penn mit verschränkten Armen neben ihm stand und die Brücke nicht aus den Augen ließ.

»Was ist mit den Leichen passiert? Wie Sie sich erinnern, sollte ich ja die Brücke beobachten.«

»Sie sind versunken und wahrscheinlich schon kilometerweit abgetrieben.«

Barnes beendete seine Eintragungen und runzelte die Stirn. Das Dröhnen der starken Motoren und das Rasseln von Panzerketten drang gedämpft über das Feld, doch hatte er mit seinem scharfen Gehör noch ein anderes Geräusch vernommen. Nein, es war das gleiche Geräusch, kam aber aus einer anderen Richtung. Er drehte den Kopf und lauschte.

Penn wurde aufmerksam.

»Was ist los?«

»Ruhe!«

Barnes schaute nach rechts über die Felder. Etwa achthundert Meter entfernt stieg der Boden sanft an und verbarg die Gegend dahinter. Verlief hinter der Bodenwelle noch eine Straße? Das Motorengeräusch wurde stärker. Auch Penn hatte es jetzt gehört.

»Bitte nicht noch eine Abteilung!« stöhnte er in gespielter Verzweiflung, die er aber teilweise tatsächlich verspürte. Er hatte sich noch nicht von seinem nächtlichen Sondereinsatz auf der Brücke als deutscher Posten erholt, ganz zu schweigen von der Wahnsinnsfahrt um den Felsen im Fluß. Es war jetzt kaum sechs Uhr morgens, und Penns Moral hatte schon ihren Tiefpunkt erreicht. Hinzu kam, daß er sich schmutzig fühlte, unrasiert und hungrig war. Nicht einmal einen Schluck Wasser hatte er seit ihrem Aufbruch von der Brücke zu sich nehmen können.

»Ich werde mal nachsehen«, sagte Barnes ruhig. »Sie bleiben hier und zählen die Fahrzeuge – von dem Panzer an, der gerade auf die Brücke fährt.«

»Wenn Panzer den Fluß heraufkommen, werden sie uns entdecken.«

»Warten Sie hier.«

Barnes blieb kaum fünfzehn Minuten weg, doch Penn schien es eine Ewigkeit. Da er dem Sergeant seine Uhr geliehen hatte, war ihm jegliches Zeitgefühl abhanden gekommen. Verdrossen begann er zu zählen, registrierte die Fahrzeuge auf der Brücke und lauschte auf das näherkommende Motorengeräusch flußabwärts. Die Bastarde haben uns in die Zange genommen, wir sitzen in der Falle zwischen zwei feindlichen Panzerspitzen, dachte er. Das mußte ja so kommen. Wir können ja nicht immer Glück haben...

Er drehte sich um, als er Barnes durch das Unterholz brechen hörte.

»Stimmt, es sind Panzer. Etwa hundert Meter weiter hinter der nächsten Flußbiegung überquert noch eine Brücke den Fluß. Eine zweite Kolonne passiert gerade den Übergang – wahrscheinlich die Flankensicherung.«

»Und wir sind die Wurst auf dem Sandwich.«

»So ähnlich. Unser Glück, daß wir hier angehalten haben, statt weiter flußabwärts vorzustoßen. Wir wären ihnen genau in die Arme gefahren. Der Fluß schlängelt sich durch offenes Gelände. Und wie immer haben sie auf der Brücke einen Posten aufgestellt. Der Bursche schaute gerade herüber, als ich meine Nase aus den Bäumen steckte.«

»Wir sitzen also fest.«

Penn machte eine Eintragung in Barnes' Notizbuch. »Ich könnte einen Schluck vertragen, ehe Sie weitererzählen.«

»Ich bringe Ihnen Ihre Feldflasche mit.«

Barnes wollte gerade die Böschung hinuntersteigen, als er mitten in der Bewegung erstarrte. Ein unförmiges Gebilde trieb am Panzer vorbei und wurde von der schnellen Strömung in der Flußmitte erfaßt. Reynolds bemerkte es nicht, weil er die Motorhaube aufgeklappt hatte und mit dem Rükken zum Wasser kniete. Doch Penn hatte es gesehen und fluchte kräftig.

»Die Leiche des Postens. Der Deutsche drüben auf der Brücke müßte schon blind sein, um sie zu übersehen.«

»Sie bleiben, wo Sie sind.«

Barnes stolperte die Böschung hinunter und rannte am Ufer hinter dem Toten her. Es war mühsam, denn er mußte die Füße jedesmal hoch anheben, um nicht in dem Gestrüpp hängenzubleiben. Die schiere Verzweiflung verlieh ihm ungeahnte Kräfte. Sie hatten aber auch verdammtes Pech. Bis jetzt war alles so einfach erschienen. Sie hätten bloß die Köpfe unten zu halten und sich so lange unsichtbar zu machen brauchen, bis die Panzerkolonnen auf beiden Straßen nach Norden verschwunden waren. Und jetzt das!

Es war, als spielten die Fluten ihnen einen Streich, als wollten sie ihre Rettung und Sicherheit davonspülen. Wie, zum Teufel, hatte das passieren können? Der Körper des Postens mußte an irgend etwas hängengeblieben sein, bis ihn die Flußströmung freischwemmte. Barnes war nach Heulen zumute, doch er lief mit gesenktem Kopf weiter, hob ihn nur, um ab und zu einen Blick auf den dahintreibenden Körper zu werfen, dessen deutsche Uniform deutlich zu erkennen war.

Die Leiche schwamm bäuchlings im Wasser, nur Schultern, Rücken und Beine ragten über die Oberfläche. Nicht einmal der dümmste Offizier würde lange rätseln müssen, wieso der Leichnam ausgerechnet in diesem Flußstück zwischen den beiden Brücken auftauchte, die die Wehrmacht gerade überquerte.

Barnes lief schneller, stürzte aber nach wenigen Schritten der Länge nach hin. Er rappelte sich wieder auf, spürte kaum die Dornen und das Gestrüpp, an denen er sich die Hände blutig riß. Doch seine Schulterwunde begann heftig zu schmerzen. Er fluchte und rannte verzweifelt weiter. Er mußte die Leiche vor der Flußbiegung abfangen, ehe sie ins Blickfeld des Postens geriet, der immer wieder herüberschaute. Erneut stürzte Barnes, rappelte sich wieder auf und lief weiter. Am Anfang der Biegung blieb er stehen. Der Körper trieb in der Flußmitte. Jetzt kam es darauf an. Barnes zog hastig die Stiefel aus, schlüpfte aus dem Kampfanzug und sprang ins Wasser. Die Kälte nahm ihm einen Moment die Luft, doch der Sergeant atmete tief durch und schwamm flußabwärts. Sein Körper schoß durch die Fluten, wurde durch die starke Strömung vorwärts getragen. Während seiner Zeit als Berufssoldat in Indien war Barnes Divisionsschwimmeister gewesen. Doch jetzt brach er alle Rekorde, er schwamm um sein Leben und das seiner Kameraden. Unter seinem Hemd begann die Wunde zu pochen, und er spürte seine Kräfte langsam schwinden. Er schwamm mit zusammengebissenen Zähnen weiter. Gleich hatte er den Toten eingeholt. Meter um Meter arbeitete er sich heran, Meter um Meter näherte er sich auch der Flußbiegung. Er war nur noch eine Armlänge hinter dem Leichnam, als er mit dem Knie gegen einen Felsen unter der Wasseroberfläche stieß. Ein stechender Schmerz durchzuckte sein Bein und lähmte ihn eine Sekunde. Doch er schwamm weiter, die Augen sogen sich am Ende der Flußbiegung fest, die der Leichnam, jetzt wieder einige Meter vor ihm, schon erreicht hatte. Der Tote in der deutschen Uniform rollte leicht in der Strömung und trieb auf das Flußstück oberhalb der Brücke zu.

Barnes hatte es nicht geschafft.

Rasch überflog er die Szenerie, sah den Brückenbogen mit dem niedrigen Geländer und den Posten auf der anderen Seite, der ihm den Rücken zuwandte. Barnes holte tief Luft und tauchte fast bis zum Grund, schob sich mit kraftvollen Armbewegungen vorwärts, bis er über sich einen dunklen Schatten gewahrte. Er langte hinauf, packte den Körper um die Hüfte und zerrte ihn mit aller Kraft nach unten. Der Körper drehte sich im Wasser, und Barnes mußte mehrmals nachfassen. Die Brücke lag nicht weit von der Flußbiegung entfernt, doch dem Sergeant kam die Strecke endlos vor. Der Körper schien ein Eigenleben zu entwickeln, um Barnes' Griff zu entschlüpfen.

Angestrengt beobachtete der Sergeant das Licht auf der Wasseroberfläche über sich, um rechtzeitig zu erkennen, wann er unter der Brücke war. Seine Lungen drohten zu bersten, er mußte die Zähne aufeinanderbeißen, um nicht nach Luft zu schnappen. Sein Herz pochte wie ein Dampfhammer.

Immer noch kein Schatten auf der Oberfläche. Barnes stieß langsam den Atem aus, sah endlich das ersehnte Dunkel auf der Oberfläche, tauchte genau unter der Brücke auf und füllte die Lungen mit Luft. Dann wartete er am Ufer und hielt sich mit einer Hand fest.

Ein Panzer ratterte über die Brücke. Niemand würde verdächtige Geräusche unter der Brücke wahrnehmen. Mit der linken Hand hielt der Sergeant sich an der Uferböschung fest, die rechte hatte er in die Kleidung des Toten gekrallt. Jetzt kam der schwierigste Teil. Wie kam er am besten ans Ufer?

Der Panzer rollte davon. Barnes wartete. Als der nächste herankam, kletterte er ans Ufer und versuchte den Toten an Land zu hieven. Der Körper war schwer wie Blei, und beinahe hätte er Barnes wieder in den Fluß gezogen. Doch der Engländer schlang beide Arme um die Hüften der Leiche, stemmte sie hoch und versuchte sie mit einem kräftigen Schwung über den Uferrand zu zerren. Es war eine grausige Arbeit. Barnes sprang nochmals ins Wasser und rollte den Körper der Länge nach die Böschung hinauf. Dabei hatte er den Kopf nahe beim Gesicht des Toten, dessen weit offene Augen ihn klagend anstarrten. Die nassen Haare klebten an der bleichen Stirn.

Barnes wartete, bis der nächste Panzer heran war, zerrte den Oberkörper des Toten mit letzter Kraft in ein dichtes Gebüsch. Danach sank er selbst erschöpft ins Gras.

Die Brücke, unter der er lag, war viel schmäler als die erste, gerade breit genug für eine Fahrspur, der Fußweg bis dicht an die Mauer von Strauchwerk überwuchert. Ausgezeichnet, niemand würde den toten Posten finden, wenn man nicht nach ihm suchte. Barnes kannte das Vorgehen der Deutschen inzwischen zur Genüge. Die Vorhut kontrollierte alles gründlich vor Ankunft der Einheit, doch niemand hielt eine weitere Überprüfung für nötig, wenn die Kolonne durch war. Er durfte nur keine Aufmerksamkeit erregen.

Der Sergeant war völlig außer Atem. Seine Schulterwunde und die Kniescheibe schmerzten höllisch, die Hände und das Gesicht waren verkratzt von Dornen und Ästen. Er blieb mehrere Minuten lang liegen und hielt dabei die Pistole schußbereit in der Hand. Nur der Himmel wußte, ob das Ding nach dem Bad im Fluß überhaupt noch funktionierte.

Barnes hörte die Kolonne über sich hinwegrumpeln und erholte sich allmählich wieder. Doch wehrte sich sein Geist mit aller Macht gegen den Gedanken, die gleiche Strecke zurückschwimmen zu müssen. Als er vorsichtig an der entgegengesetzten Seite der Brücke den Kopf aus den Büschen steckte, sah er auf der sonnenbeschienenen Böschung den langen Schatten des Postens oben. Der puddingförmige Helm war grotesk in die Länge gezogen. Der Hundesohn stand auf der rechten, flußabwärts gerichteten Brückenseite.

Barnes hatte es langsam satt, dauernd unter Brücken festzusitzen. Er beschloß, es zu wagen. Penn würde durchdrehen, wenn er nicht bald zurückkam. Die größte Gefahr bestand darin, daß man ihn unter Wasser entdeckte, ehe er die Flußbiegung erreichte, doch der Fluß war hier mindestens 1,20 Meter tief, und er würde dicht über dem Grund schwimmen.

Barnes wartete, bis der nächste Panzer über die Brücke gerollt war, um nicht vom Kommandanten in seinem erhöhten Turmausguck gesehen zu werden. Dann holte er tief Luft, glitt geräuschlos ins Wasser und begann, flußaufwärts zu schwimmen.

Diesmal konnte er die Strecke nur in zwei Tauchgängen zurücklegen, da er gegen den Strom schwamm. Er tauchte zum Atemholen kurz unter einem Uferüberhang auf, von dem langes Riedgras ins Wasser hing. Tatsächlich, auf einen Rutsch schaffte er es nicht. Er mußte halt die Kirsche in zwei Bissen schlucken – eine von Penns Lieblingsredensarten zur Umschreibung eines zweiten Rendezvous mit demselben Mädchen.

Die Unterströmung war stärker als erwartet, und Barnes mußte schon all seine Kräfte aufbieten, um überhaupt von der Stelle zu kommen. Er schwamm dicht am Ufer entlang und achtete höllisch auf vorspringende Felsen, um nicht mit dem Kopf dagegenzustoßen.

Als er unter dem Uferüberhang auftauchte, hatte er ungefähr die Hälfte der Strecke hinter sich. Während seiner Verschnaufpause nahm er den Kopf nur bis zum Mund aus dem Wasser und beobachtete durch den Grasvorhang den nächsten heranrollenden Panzer. Zum erstenmal sah er diese Waffen, die in einer nicht endenwollenden Woge Frankreich überschwemmten, ganz aus der Nähe. Gleichzeitig beschäftigte er sich in Gedanken mit den vor ihm liegenden Problemen. Bei dieser Wassertiefe konnte es gerade eben klappen, mit Bert weiter durch den Fluß zu fahren. Hinter der Brücke wurden die Ufer, wie er aus seinem Versteck unter der Brücke gesehen hatte, flacher, und dort konnten sie den Fluß verlassen. Der Panzer oben hatte die Überführung erreicht, der Kommandant beugte sich weit aus dem Turm, um den Seitenabstand zu prüfen.

Sobald wir diese Einheiten hinter uns haben, dachte Barnes, fahren wir in Richtung West – Südwest. Trotz Sefts Täuschungsmanöver hatte er eine ungefähre Vorstellung, wo sie sich befanden, denn auf der Karte waren ihm zwei Orte aufgefallen, die mit dem fiktiven Fontaine identisch sein konnten. Auch Arras mußte ungefähr in dieser Richtung liegen. Der Panzer rasselte davon.

Barnes tauchte wieder ins Wasser. Er spürte gleich, daß seine Schwimmbewegungen nicht mehr so kraftvoll waren, und er verdoppelte seine Anstrengung. Diesmal mußte er es einfach bis zur Biegung schaffen, sonst würde man ihn entdecken.

Du hast dein Glück aufs äußerste strapaziert, also mach weiter, egal was geschieht. Mach einfach weiter. Er versuchte, die Strecke abzukürzen, und sah vor sich einen Wald treibender Schlinggewächse. Mühsam schob er das teuflische Gewirr mit den Händen beiseite. Er war fast durch, als er eine Berührung an seinem rechten Oberschenkel spürte. Er schwamm weiter, kam aber nicht mehr von der Stelle. Er hatte sich in den Schlingpflanzen verfangen. Er versuchte, sich mit heftigen Schwimmbewegungen zu befreien, doch die Ranken schlangen sich nur noch enger um sein Bein.

Barnes mußte Luft holen. Also auftauchen und durchatmen! Er versuchte, nach oben zu stoßen, doch die Ranken hielten ihn fest wie die Fangarme eines Kraken. ›Du kannst doch nicht in einem 1,20 Meter tiefen Gewässer ertrinken, Barnes‹, dachte er. ›Und doch wird es geschehen, wenn du dein Bein nicht bald frei bekommst.‹ Dieser Gedanke machte ihn fast verrückt, Panik ergriff ihn. Mühsam kämpfte er die Anwandlung nieder und konzentrierte sich auf seine Befreiungsversuche. Laß dir was einfallen – schnell! Vorwärts geht's nicht. Also zur Seite, zur Flußmitte.

Seine Lungen begannen zu stechen, sein Brustkorb drohte zu platzen. Das Wasser begann vor seinen Augen zu wirbeln, seine Ohren dröhnten. War das schon das Ende? Er stieß sich heftig zur Seite ab. Die Ranken straffte sich wieder, gaben ihn nicht frei. Gott, er war wirklich am Ende. Beweg dich, Barnes!

Er unternahm einen letzten Versuch und fühlte, wie die Ranken widerwillig nachgaben. Ein letzter heftiger Schwimmstoß – und er war frei, kämpfte sich stromaufwärts, bis ihm beinahe das Bewußtsein schwand. Dicht beim Ufer durchstieß er die Wasseroberfläche, schluckte Wasser und rang keuchend nach Luft Gleichzeitig schaute er sich um.

Er hatte die Biegung hinter sich.

Wenn das so weitergeht, dachte er, als er an Land kletterte, sind wir alle hinüber. Sein Instinkt hingegen verriet ihm, daß es noch dicker kommen würde.

Achteinhalb Stunden später, gegen 15.00 Uhr nachmittags, fünfundvierzig Kilometer von der Brücke entfernt. Der Tank glich einem gehetzten Tier, das nur noch dank des scharfen Auges und des ausgeprägten Instinktes seines Herrn für Gefahr seinen Jägern bis jetzt entkommen war. Viermal hatte Barnes Bert jetzt vor Entdeckung durch den Feind bewahrt. Doch wie ein gejagtes Tier war auch der Panzer sehr gefährlich. Über siebzig Panzergranaten und zehn Kisten Besa-Munition barg er in seinem Innern.

Gegen 8.30 Uhr waren die Panzerkolonnen aus der Flußgegend verschwunden. Um 9 Uhr war die Besatzung von

Bert rasiert – Barnes hatte darauf bestanden – und aß etwas Rindfleisch mit den Resten des Stangenbrotes, das Seft organisiert hatte. Die nächsten Rationen würden spärlich ausfallen, denn sie besaßen nur noch etwas Rindfleisch. Die zwei Dosen Fleisch, die Seft noch angeschleppt hatte, waren aus irgendeinem unerfindlichen Grund geplatzt. Im Klartext hieß das: Sie hatten kaum noch etwas zu essen.

Auch das Trinkwasser ging aus. Schuld daran waren ein unglücklicher Zufall wie auch Vergeßlichkeit, die wiederum aus der Übermüdung der Mannschaft resultierte. Ehe sie den Fluß verließen, hatten sie den Kühler überprüft und gleichzeitig für den Eigenbedarf einen Kessel mit Wasser gefüllt. Der Zufall wollte es, daß sie eine Stunde später eine steile Böschung emporfahren mußten, um vor einem Geschwader Stukas in Deckung zu gehen. Der Kessel war umgekippt, und das kostbare Naß ergoß sich über die Drehplattform. Nur Barnes hatte als einziger daran gedacht, auch seine Feldflasche zu füllen. Hinterher machte er sich Vorwürfe, weil er sich nicht davon überzeugt hatte, daß die anderen ebenfalls ihre Flaschen gefüllt hatten. Kurz gesagt, es blieb nur eine Feldflasche, um den Durst von drei Männern zu stillen. Obwohl es keiner von beiden zugab, war der Durst die Ursache für einen heftigen Disput zwischen Barnes und Penn. Es war kurz nach 13 Uhr.

»Ich denke, wir sollten es riskieren«, sagte Penn und deutete auf die Stadt vor ihnen am Horizont.

»Wir werden sie wieder umgehen – querfeldein«, antwortete Barnes ruhig.

Die Hitze ließ die Luft über den Feldern flimmern, und die Silhouette der Stadt – wieder ein Kirchturm und eine Reihe von Häusern – tanzte wie eine Luftspiegelung im Dunst. Die ganze Gegend wirkte einsam und verlassen, weil niemand auf den Feldern arbeitete, obwohl jetzt die Jahreszeit dafür war. Das Fehlen der Bauern bestärkte Barnes in seinem Entschluß.

»Man kann auch übervorsichtig sein«, widersprach Penn erregt.

»Wir können in etwas hineingeraten, aus dem wir nicht

mehr herauskommen.« Barnes blieb sachlich. »Hier ist keine Menschenseele zu sehen. Die Sache stinkt.«

»Wir haben schon stundenlang keinen Menschen mehr gesehen. Wo liegt der Unterschied?«

»In der Tatsache, daß das da drüben eine Stadt ist. Wenn sie von den Deutschen besetzt ist, haben sie vielleicht eine Ausgangssperre verhängt, und die Leute hocken alle in den Häusern. Eigentlich müßten sie auf den Äckern arbeiten.«

Barnes kletterte in den Turm zurück. »Noch irgendwelche Fragen, oder können wir weiterfahren?«

»Wir haben schon seit unserer Abfahrt nichts mehr von den Deutschen gesehen. Wieso glauben Sie, es gäbe welche hier in der Nähe?«

»Penn, ich weiß nicht, wo die Deutschen sind. Aufgrund meiner Beobachtungen und der Nachrichten, die Sie im Radio gehört haben, vermute ich, daß die Deutschen eine Bresche von fast vierzig Kilometern Länge* in die alliierte Front geschlagen haben.

Im Moment befinden wir uns irgendwo in dieser Lücke, doch bis ich mehr weiß, werden wir möglichst alle Städte und Dörfer meiden. Wir fahren weiter!«

Zwei Stunden später rollten sie über eine verlassene Landstraße. Die Sonne brannte heiß vom Himmel. Dreimal hatten sie schon vor feindlichen Fliegern in Deckung gehen müssen, hatten sich hinter Hecken und einmal in einer Meierei, wo Bert inmitten von leeren Milchkannen zum Stehen gekommen war, verstecken müssen. Eine Herde Kühe auf der Weide neben dem Gehöft brüllte unablässig. Die Euter der Tiere waren dick angeschwollen, und ihr fortwährendes Geschrei nervte die Panzerbesatzung mehr als das Brummen der Stukas am Himmel. Niemand war da, um die Tiere zu melken. Barnes und seine beiden Kameraden waren froh, als Berts Motor das Gebrüll der gepeinigten Tiere übertönte. Nicht nur die Menschen leiden in diesem Krieg, dachte Barnes.

* Barnes lag mit seiner Lageeinschätzung viel zu niedrig. Tatsächlich hatte die deutsche Wehrmacht die alliierte Front auf einer Breite von fast hundert Kilometern niedergewalzt.

Während sie auf der heckengesäumten Landstraße zwischen den endlosen Feldern weiterfuhren, spürte der Sergeant deutlich seine Erschöpfung. Das Stehen im Turm, Stunde um Stunde in der heißen Sonne, zehrte an seinen Kräften. Hemd und Hose, vorher noch naß von seinem unfreiwilligen Bad im Fluß, waren jetzt naß von Schweiß. Die Stunden im Turm, ständig Ausschau haltend nach feindlichen Fliegern oder Bodeneinheiten, konnten auch den gesündesten und durchtrainiertesten Mann von den Beinen holen. Ein Augenblick der Unachtsamkeit konnte mit einem überraschenden Angriff einer Messerschmitt bestraft werden. Barnes aber war körperlich nicht fit. Die Schulterwunde machte ihm schwer zu schaffen. Wegen des Blutergusses am rechten Knie, das er sich an dem Felsen unter Wasser gestoßen hatte, stand er fast ständig auf dem linken Bein, um das rechte weitgehend zu entlasten. Sein Verstand funktionierte zwar noch, doch physisch war der Sergeant fast am Ende.

Er schützte seine Augen mit der Hand gegen das Sonnenlicht und spähte zu einer Ruine am Rand der Straße hinüber. Das Gebäude hatte anscheinend einen Bomben- oder Granatvolltreffer erhalten. Doch nicht das Haus, sondern der rot-weiß gestrichene Schlagbaum quer über der Straße erregte seine Aufmerksamkeit.

»Wir sind dicht vor der Grenze«, sagte er ins Mikro. »Gleich fahren wir auf französischen Boden.«

Barnes bemerkte, daß in dem Zollhaus eine Geschützstellung verborgen gewesen sein mußte. Man hatte sie mit einem Treffer erledigt. Das 75-Millimeter-Rohr lag neben dem Haus auf einem Feld, neben ein paar französischen Helmen. Nichts wies darauf hin, daß hier auch Soldaten des Gegners gefallen waren.

Bert rumpelte vorwärts und knickte den Schlagbaum wie ein Streichholz. Sie hatten französischen Boden unter sich. Penn bat um Erlaubnis, eine Minute nach oben zu kommen. Barnes erteilte sie ihm sofort. Im Innern des Stahlungetüms mußte es höllisch heiß sein.

»Wieder vertrauten Boden unter den Füßen«, sagte Penn leichthin.

»Wir sind aber noch verdammt weit weg von zu Hause«, brummte Barnes.

»Wie wär's jetzt mit einem kleinen Schluck ›Mild-and-Bitter‹?«

Penn meinte Wasser.

»Noch nicht. Wir haben nur noch eine halbe Flasche.«

»Ich bin immer noch der Ansicht, wir hätten in diese Stadt fahren sollen«, sagte Penn heiser.

»Und wären höchstwahrscheinlich in einen deutschen Hinterhalt geraten. Panzer sind für Städte nicht sonderlich geeignet, Penn, besonders versprengte Panzer im Hinterland des Feindes nicht. Jeweils eine Pak an beiden Enden der Straße – und wir sind im Eimer. Das sollten Sie doch inzwischen wissen.«

»Aber lange halten wir nicht mehr durch. Reynolds muß ja schon fast am Ende sein nach dieser stundenlangen Fahrerei.«

»Reynolds hat sich bis jetzt noch nicht beklagt«, antwortete Barnes trocken.

»Reynolds ist ja auch ein gutmütiges Schaf.«

»Wenn das alles ist, worüber Sie mit mir reden wollten, steigen Sie besser wieder hinter Ihre Kanone.«

Penn kletterte wortlos in sein Kampfabteil hinunter. Barnes bereute seine Bemerkung, doch beließ er es dabei. Er machte die unheimlichen Strapazen der letzten Tage und Stunden für sein ungeschicktes Verhalten verantwortlich. Er rechnete kurz nach. In vierundzwanzig Stunden hatten er und Reynolds kaum zwei Stunden Schlaf bekommen, doch Penn hatte überhaupt nicht geschlafen. In den vier Nächten davor waren die beiden ebenfalls nur jeweils vier Stunden zum Schlafen gekommen. In dieser Zeit war Barnes bewußtlos gewesen. Ja, sie brauchten unbedingt ein sicheres Versteck für die Nacht. Und mindestens acht Stunden Schlaf. Barnes hob die Augen und suchte den Himmel ab.

Im Panzer war die Hitze mörderisch, die Luft enthielt nur wenig Sauerstoff. Penn hatte seine Kampfjacke abgestreift und lehnte gegen die Schulterstütze, seine Hand lag dicht beim Abzug. Der Zwischenfall mit dem Lastwagen voll Infanteriesoldaten beim Kanal hatte ihnen bewiesen, daß sie auf der Hut sein mußten, doch war es nur eine reine Reflexbewegung auf Barnes' Bemerkung gewesen, die Penn wieder an seinen Platz getrieben hatte. Hitze und Müdigkeit machten ihn benommen, und der Geruch nach Dieselöl und das gleichmäßige Rasseln der Ketten ließen seinen Kopf schwer werden. Er hatte das Gefühl, jeden Moment bewußtlos zusammenzusinken, und nur deshalb war er in den Turm hinaufgeklettert. Das Schwindelgefühl verstärkte sich, und er schüttelte den Kopf.

Durst quälte ihn; seine Zunge klebte am Gaumen. Seine Phantasie gaukelte ihm eine ganze Batterie von Gläsern voll schäumendem Bier vor, und er stöhnte laut auf vor Qual.

Der Panzer rumpelte vorwärts. Vorne in seinem Fahrerabteil steuerte Reynolds mit unbewegter Miene das Ungetüm. Ihm war heiß, er schwitzte und hatte Durst, aber es gab erst was zu trinken, wenn Barnes es erlaubte. Solange mußte er eben warten. Er war weder besorgt noch deprimiert – er erledigte nur seinen Job und lenkte Bert entsprechend den Anweisungen von oben. Die Eintönigkeit der Landschaft und der Straße, deren endloses Band er im Zeitlupentempo auf sich zukommen sah, machten ihm zu schaffen. Doch entschädigte er sich durch gelegentliche Seitenblicke über die Felder nach rechts und links.

Sie waren also jetzt in Frankreich, oder?

Für Reynolds war da kein erkennbarer Unterschied. Die Felder sahen alle gleich aus, und wenn da nicht der Schlagbaum gewesen wäre, hätte er nie den Grenzübertritt bemerkt. Der Sprit wurde allmählich knapp. Barnes würde sich darum kümmern.

Der Panzer rasselte nach Frankreich hinein.

Wasser, Sprit, Munition, Lebensmittel. Das waren die Grundvoraussetzungen – in genau dieser Reihenfolge – für ihren Fortbestand als Kampfeinheit, und Barnes Gedanken beschäftigten sich fortwährend damit. Im Augenblick drohte ihn die Verantwortung für sich und seine Kameraden zu erdrücken. Außerdem bereiteten ihm die Schulterwunde und der Bluterguß am Knie höllische Schmerzen.

Hitze und Durst setzten ihm zu, und vor dem ständigen Absuchen der Umgebung schmerzten seine Augen.

Barnes war klar, in was für einer Situation sie sich befanden. Sie hatten noch etwa 270 Liter Diesel. Die Tanks hinter dem Turm faßten über 400 Liter. Sie hatten noch eine halbe Feldflasche voll Wasser, etwas Rindfleisch für die nächste Mahlzeit und etwas Tee. Nur Munition hatten sie genug, Bert war bis obenhin damit vollgestopft. Schade, daß man die nicht essen konnte.

Allmählich gelangte auch der Sergeant zu der Ansicht, daß sie den nächsten Ort etwas näher unter die Lupe nehmen sollten. Er beschattete mit der Hand die Augen, um sicherzugehen, daß das da vor ihm keine Fata Morgana war. Nein, er hatte sich nicht getäuscht. Vor ihm am Horizont zeigte sich eine Ansammlung von Gebäuden.

Über das Mikro sagte Barnes:

»Wir nähern uns einer Stadt. Wir werden hineinfahren und uns mal umsehen.«

Von diesem Augenblick an hob sich die Stimmung. Barnes warf einen Blick nach unten. Penn blickte zu ihm hinauf und winkte ihm grinsend zu. Sogar Reynolds zeigte eine Reaktion. Er setzte sich gerade und spannte die Schultern, seine Hände umschlossen die Lenkhebel fester.

Sie fühlten sich wie bei der Ankunft im gelobten Land, dachte Barnes.

Wasser, Sprit, Munition, Lebensmittel. Wenn sie Glück hatten, gab es das alles da vorn in den Häusern. Vielleicht sogar die dringend benötigten Informationen. Für Barnes war das am wichtigsten. Ihm würde schon ein Stein vom Herzen fallen, wenn sie nur wüßten, wo genau sie jetzt waren. Er befahl Penn, aus dem Backofen zu ihm heraufzukommen. Blitzschnell war der Corporal bei ihm. Fröhlich sagte er:

»Vielleicht kriegen wir heute abend mal etwas anderes als Rindfleisch zwischen die Zähne. Bin gespannt, was die Bahnhofsgaststätte auf der Speisekarte hat.«

»Wir sind hinter den deutschen Linien«, erinnerte ihn Barnes.

»Und wenn schon. Wir tun so, als seien die hochwohlgeborenen Herren Besatzer nicht zu Hause, und lassen uns ein fürstliches Abendessen servieren. Mal sehen – was hätte ich denn gerne?«

»Wie wär's mit einer Flasche Wasser zum Anfang?«

»Bœuf à la Bourguignonne mit grünen Bohnen wäre schon recht. Ja, das ist es. Mit ein paar Flaschen Landwein zum Runterspülen. Von unserem Sold kann man sich ja keinen teuren Tropfen leisten, nicht wahr?«

»Da lachen ja die Hühner!«

»Hühner – auch nicht schlecht. Gegrilltes Huhn könnte man statt dessen auch essen. Ist aber nur was fürs gemeine Volk.«

So ging's ein paar Minuten weiter, und Penns munteres Geplauder wirkte belebend auf Barnes. Trotzdem schickte er ihn zur Vorsicht wieder auf seinen Platz zurück. Bei ihrem sprichwörtlichen Glück war es ja durchaus möglich, daß ihnen wieder ein Lastwagen mit Infanterie begegnete. Barnes verfiel wieder in die gewohnte Routine und suchte den Himmel und die Umgebung nach irgendwelchen Anzeichen von Gefahr ab, während sich der Panzer der unbekannten Stadt näherte. Der Sergeant konnte sie jetzt nicht mehr sehen, denn die Straße beschrieb eine Kehre, und die Sonne schien ihm direkt in die Augen.

Immer häufiger beschattete er seine Augen mit der Hand, je näher sie der Stadt kamen, die merkwürdig still im Sonnenlicht dalag. Die Unruhe in ihm wuchs. Diese Stadt war schwer bombardiert worden. Aus der Ferne schienen die Häuser völlig unversehrt zu sein, doch beim Näherkommen stellte Barnes fest, daß in den meisten Fällen fast nur noch die Fassaden stehengeblieben waren. Die halbe Stadt bestand nur noch aus Ruinen. Trotzdem, in einer so großen Ansiedlung mußte es Überlebende geben, Leute, die ihm den Namen der Stadt nennen konnten. Außerdem brauchten sie unbedingt Dieselöl. Ein Panzer, dem der Sprit ausgegangen war, war wie eine Ente, der man die Flügel gestutzt hat. Er wäre seiner zweiten Waffe, seiner Beweglichkeit, beraubt. Es wurde Zeit, daß er den anderen die schlechten Nachrichten mitteilte.

Ruhig sagte er:

»Die Stadt da vorne sieht ein bißchen mitgenommen aus. Ich glaube, der Deutsche war schneller als wir und hat ein paar gut plazierte Bomben hochgehen lassen.«

Sie waren jetzt kaum mehr als dreihundert Meter von der Stadt entfernt, die nach Barnes' Schätzung etwa 30 000 Einwohner gehabt haben mußte. Er hob die Hand schützend über die Augen und kniff die Lippen zusammen. Die Stadt erinnerte ihn an Ypern, das im Ersten Weltkrieg völlig zerstört worden war. Als Junge hatte er einmal Bilder davon gesehen. Doch von dieser unglücklichen belgischen Stadt waren sie im Moment kilometerweit entfernt – das einzige, was Barnes mit Sicherheit wußte. Mißtrauisch beobachtete er, wie sie sich den Ruinen näherten. Die Außenbezirke waren ein einziger Schutthaufen – ein anderes Wort dafür gab es nicht. In den Fassaden war kein einziges Fenster mehr ganz. Die rußgeschwärzten Fensterhöhlen in den Obergeschossen kontrastierten gegen den blauen Himmel. Auf den Straßen türmten sich die Mauerreste zerschossener Gebäude zu Trümmerhalden, nirgends gab es das geringste Anzeichen von Leben – keine Frauen bei der Arbeit auf den Feldern, keine Männer bei Aufräumungsarbeiten in den Straßen. Nichts mehr existierte hier, absolut nichts. Über der toten Trümmerlandschaft lag eine unnatürliche Stille, die im Sonnenschein des warmen Frühsommertages noch schrecklicher anmutete. Wasser, Sprit, Munition, Lebensmittel...

Langsam kroch Bert durch die Randbezirke. Die Männer hörten seine Ketten über geborstenes Mauerwerk klirren, fühlten, wie sich der Koloß senkte, wenn das Gestein unter seinem tonnenschweren Gewicht zu Staub zermahlen wurde. Barnes befahl Reynolds, sich möglichst in der Mitte der trümmerübersäten Straße zu halten. Besorgt betrachtete er die baufälligen Fassaden der zerbombten Häuser und hoffte, daß die Erschütterungen, die der Panzer verursachte, keine dieser Mauern zum Einsturz brachte. Einige davon bewahrte nur eine unerklärliche Balance vor dem Einsturz. Vorsichtig fuhr Reynolds um eine Ecke und suchte sich seinen Weg ins Stadtzentrum.

Die Zerstörungen wurden immer schlimmer. Die drei Männer im Panzer kamen in einen Stadtteil, wo anscheinend kein Stein auf dem anderen geblieben war. Zwischen dem Bild, das sich Barnes im Turm bot, und der Vorstellung, die sich mit dem Wort ›Stadt‹ verband, konnte er nur noch eine Beziehung herstellen, wenn er seine Phantasie bis zum äußersten strapazierte. Er bemerkte, daß die Häuser auf einem Areal von über einem halben Quadratkilometer nur noch Schutthaufen waren, die sich kegelförmig zwischen großen Bombentrichtern erhoben. Die Szenerie glich eher einer Mondlandschaft als einer Stadt in Nordfrankreich, und es wurde immer schlimmer.

»Fahrer, anhalten. Motor laufen lassen.«

Barnes gab Penn die Erlaubnis, nach oben zu kommen, und kletterte selbst auf die Straße hinunter. Dabei verbrannte er sich fast die Hand am Chassis, auf das er sich gestützt hatte. Er befahl Reynolds, doch den Motor abzustellen, um besser auf irgendwelche Lebenszeichen der Einwohner achten zu können. Er wollte einfach nicht glauben, daß eine Stadt von dieser Größe völlig verlassen war.

»Da gibt's immer welche, die zurückbleiben«, sagte er zu Penn, »Leute, die versuchen, das Beste aus ihrer Lage zu machen.«

»Hier dürften auch die Panzer durchgerollt sein«, hielt Penn dagegen.

»Aber jetzt sind sie weg, oder sehen Sie welche? Wenn überhaupt, dann sind sie wahrscheinlich durchgefahren, ohne den Ort zu besetzen – was Sie mir selbst aufgrund der Radiomeldungen erzählen.«

»Wer will denn schon hier zurückbleiben? Sehen Sie sich doch mal um!«

»Ich weiß, aber vielleicht ist's auf der anderen Seite der Stadt besser. Wir werden mal nachsehen.«

»Mir wäre lieber, wir würden sofort von hier verschwinden.«

Als einziger sprach Penn aus, was alle drei Männer dachten und fühlten. Wie ein tödlicher Hauch lastete die Stille auf der Stadt. Es sah tatsächlich so aus, als hätten hier die Vandalen gehaust und ihre Einwohner in die Sklaverei verschleppt.

Auf der anderen Seite eines Bombentrichters begann eine

Mauer plötzlich zu schwanken, neigte sich langsam nach hinten und stürzte mit lautem Poltern in sich zusammen. Eine riesige Staubwolke stieg auf und verdüsterte für einen Moment die Sonne. Barnes lauschte angestrengt, doch verwandelte sich plötzlich seine konzentrierte Haltung in blitzschnelle Aktion. Er schickte Penn unverzüglich an die Bordwaffen, befahl Reynolds, das Luk zu schließen und kletterte selbst hastig in den Turm. Rasch setzte er sich die Kopfhörer auf und erteilte seine Anweisungen.

Der Panzer rollte mitten hinein in das Meer aus Schutt und Mauerresten, zermalmte Schindeln und Gebälk unter seinen Ketten, tauchte in einen Bombenkrater und fuhr auf der anderen Seite wieder hinaus. Sie befanden sich inmitten der Trümmerwüste, als die ersten Flugzeuge auftauchten. Eine Staffel Stuka-Bomber zog in niedriger Höhe über sie hinweg. Barnes ließ Reynolds in der Mitte eines Bombentrichters anhalten, warf das Luk über sich zu und wartete.

Die ersten Bomben fielen ein gutes Stück weiter weg, die nachfolgenden Detonationen wurden immer leiser. Penns Stimme klang verwundert.

»Wahrscheinlich haben sie uns nicht entdeckt.«

»Stimmt. Ich glaube fast, die Stadt lag nur zufällig auf ihrer Route. Aber ich wollte von den Häusermauern weg.«

»Sie haben doch hier schon alles kurz und klein geschlagen...«

Penn hielt mitten im Satz inne. Gemeinsam lauschten sie, ihre Gesichter spannten sich. Das Heulen eines zum Sturzflug ansetzenden Flugzeuges wurde lauter und näherte sich, um schließlich seine tödliche Ladung abzuwerfen. Die erste Explosion lag noch weit ab, die nächste klang schon näher, die dritte war noch lauter – ein nervenzerreißendes Donnern. Penn bewegte seine Lippen, als führe er mit sich selbst einen lautlosen Dialog. Die nächste trifft, die nächste...

Die Bombe detonierte in unmittelbarer Nähe, die Druckwelle traf den Panzer wie ein Hammerschlag und ließ ihn bis in die Nieten erzittern. Die fünfte Detonation klang wieder etwas schwächer, noch weiter entfernt.

»Die sind wohl größenwahnsinnig geworden.«

Penn war blaß um die Nasenspitze, doch seine Stimme klang ungehalten, höchst ungehalten.

»Hier gibt's doch nichts mehr kaputtzuschmeißen. Das haben sie schon beim letztenmal gründlich besorgt. Ob die keine Lagerhallen mehr haben, um ihre gefährlichen Eier zu stapeln?«

»Man kann das Ganze auch anders sehen«, erklärte Barnes und fuhr, als er Penns Gesichtsausdruck sah, fort: »Sie könnten doch auch zurückgekommen sein, um diesen Ort völlig unpassierbar zu machen. Was wiederum den Schluß zuläßt, daß die Deutschen hier einen alliierten Gegenstoß befürchten.«

»Wäre zu schön, um wahr zu sein. Trotzdem vielen Dank für die Aufmunterung, Sergeant. Ich fühle mich schon viel besser.«

Das Heulen des nächsten angreifenden Bombers ertönte direkt über ihnen und schwoll zu einem infernalischen Crescendo an, als hätte der Pilot die Kontrolle über sein Fluggerät verloren. Barnes spürte Kälteschauer über seinen Rücken jagen. Dann folgten die Einschläge, dicht auf dicht hallten die Explosionen. Dazwischen hörte der Sergeant ein anderes dumpfes Geräusch. Anscheinend waren einige der stehengebliebenen Hauswände eingestürzt. ›Wie schön, daß wir uns in freiem Gelände befinden‹, dachte Barnes.

Er wußte nur zu gut, daß während eines Luftangriffes auf eine Stadt die meisten Einwohner durch einstürzende Mauern und Gebäude ums Leben kamen. Der Sergeant bedachte Penn mit einem kurzen Blick, um zu sehen, wie der Corporal die Bombardierung durchstand. Penn erwiderte den Blick und zwirbelte in gespielter Angst die Enden seines Schnurrbartes.

Gespielte Angst? Penns Nerven vibrierten wie überspannte Violinsaiten. Wieder detonierte eine Bombe in nächster Nähe, und der Tank schwankte wie ein Spielzeug unter der Wucht der Druckwelle. Teile der Ausrüstung polterten zu Boden.

Ein Bombardement zu erleben, ist eine der schlimmsten Erfahrungen, die Menschen im Krieg durchmachen, wo immer sie sich davor verbergen. Am schlimmsten ist es aber für eine Panzerbesatzung. Penn hatte das schreckliche Gefühl völligen Ausgeliefertseins. Eine dicke Mauer bietet nüchtern betrachtet ebensowenig Sicherheit wie die 40-Millimeter-Panzerplatten eines Tanks, doch fühlt man sich in einem Gebäude freier und ist beweglicher.

Der Widerhall der Detonationen im Innern des Matilda-Panzers war ohrenbetäubend. Penn zuckte jedesmal zusammen, wenn das Krachen der Explosion durch die Metallhaut von Bert schnitt und im Innern widerhallte, als schwinge jemand einen tonnenschweren Vorschlaghammer gegen die Panzerung. Der Corporal kroch während des Luftangriffes immer mehr in sich zusammen und versuchte das Denken weitgehend auszuschalten, wie auf der Brücke, als die Panzerkolonne an ihm vorbeigedonnert war. Diesmal jedoch funktionierte der Trick nicht. Penn hatte versucht, die Explosionen bis hundert mitzuzählen, wobei er fest damit rechnete, daß der Angriff niemals so lange dauern würde. Doch schon nach den ersten paar Explosionen verrechnete er sich und gab es schließlich auf, lebte nur noch von einer Detonation zur nächsten.

Vorne im Panzer, von den beiden anderen Kameraden getrennt, hockte Reynolds zusammengekrümmt in seinem Abteil, die Hände an den Steuerhebeln, völlig benommen vor Angst. Es war nicht so sehr die Angst vor einem Volltreffer, die ihn fast lähmte. Wenn das passierte, gab's nichts mehr, worüber man sich sorgen müßte. Reynolds versuchte krampfhaft, ein technisches Detail des Panzers aus seinen Gedanken zu verbannen – die vier 6-Volt-Batterien in Berts Nase. Er hatte eine Wahnsinnsangst davor, durch einen unglücklichen Zufall geblendet zu werden. Schon die Druckwelle eines Einschlags in nächster Umgebung konnte genügen, um die Batterien platzen zu lassen und ihm die Schwefelsäure über Gesicht und Hände zu spritzen. Der Fahrer saß gottergeben auf seinem Platz und verfluchte, während er auf die nächste Detonation wartete, inständig die Konstrukteure des Matilda-Tanks, die ihn und seine Kollegen in den anderen Tanks bedenkenlos solchen Gefahren aussetzten.

Verfehl dein Ziel, oder töte uns sofort, betete er und umklammerte mit seinen schweißnassen Händen die Fahrhebel. Da – das ist sie – direkt vor mir. O Gott, nein!

Die Explosion brandete gegen die Nase des Panzers, und er hörte Steinsplitter gegen die Sehschlitze aus Panzerglas prasseln. Dann wurde ihm klar, daß er noch einmal davongekommen war. Er blieb mit gesenktem Kopf sitzen und hielt die Augen krampfhaft geschlossen.

»So weit, so gut«, wiederholte Barnes Penns Scherzwort.

»Ja.«

Penn spie dieses Wort regelrecht aus. Er fragte sich, wie lange der Angriff noch dauern würde. Seine Phantasie malte in grellsten Bildern, was geschah, wenn sie einen Volltreffer erhielten. Die Panzerhülle würde aufplatzen, die bei starken Explosionen auftretenden Gase konnten eindringen. Der Druck würde ihn und seine Kameraden zerfetzen und aus dem Innern des Panzers schleudern. Niemand würde jemals wissen, was mit ihnen geschehen war. Sie wären einfach für immer verschwunden. Wie lautete doch gleich der stereotype Ausdruck dafür?

›Im Felde verschollen...‹

Großer Gott, meine arme Familie, dachte Penn. Am Tag vor dem Grenzübertritt wollte ich ihnen noch schreiben. Wie viele Tage war das jetzt her?

Er wußte es nicht, versuchte auch nicht, die Tage nachzurechnen, denn das nächste Ei rauschte herunter und schüttelte den Panzer so stark, daß die drei Männer schon den sicheren Tod vor Augen hatten.

Der Angriff dauerte fünfzehn Minuten. Pausenlos fielen Bomben, einige explodierten so nah, daß Reynolds vor Panik fast den Verstand verlor. Nur Barnes' Anwesenheit hinter der trennenden Stahlwand hielt den Fahrer davon ab, das Luk zu öffnen und vor diesen verdammten Batterien zu flüchten. Er hatte einen Zustand erreicht, wo er sich eher eine Überlebenschance draußen im Freien als im Schutz der dicken Panzerplatten ausrechnete.

Dann wurde es plötzlich still. Alle warteten darauf, daß das Bombardement jeden Moment wieder einsetzte. Barnes erholte sich als erster, kletterte in den Turm und hob vorsichtig das Luk. Der Staub in der Luft reizte die Schleimhäute, und er mußte husten. Die Sonnenstrahlen wärmten seinen Nacken, das Stahlblech am Turm brannte heiß gegen die Handfläche. Viele der leeren Häuserfassaden und überhängenden Zwischendecken waren eingestürzt, über der ganzen Gegend schwebte eine dichte Staubwolke, die die Sonne in eine blasse Scheibe verwandelte. Auch Berts Außenhaut trug eine dicke graue Staubschicht, als hätte man ihn für eine Operation in einer grauen Wüste mit dieser Tarnschicht versehen. Beinahe wäre Barnes ausgerutscht und hätte sich das lädierte Knie zum zweitenmal angeschlagen, als er zu Boden stieg. Er befahl den anderen, zu ihm ins Freie zu kommen. Sie atmeten zwar nichts als Staub ein, waren aber wenigstens nicht mehr in der bedrückenden Enge des Panzers gefangen, der beinahe zu ihrem Metallsarg geworden wäre.

Der Panzer stand auf einer Art Marktplatz im weniger zerstörten Westteil der Stadt. Die Mannschaft erwartete gespannt das Auftauchen des unbekannten Eindringlings, das erste Anzeichen menschlichen Lebens seit ihrer Einfahrt in die Stadt. Ruinen säumten den Platz zu allen Seiten, und die friedhofsähnliche Atmosphäre schien sich während ihres Wartens zu verstärken. Reynolds saß wieder auf seinem Fahrersitz, Penn stand im Turm und hielt die Maschinenpistole im Anschlag. Barnes hatte vor einer Ecke des Platzes an einer Hauswand Posten bezogen. Vorsichtig vermied er es, die Wand zu berühren, und hielt den Revolver auf die Ecke gerichtet.

Seit ihrer Ankunft waren noch keine zehn Minuten verstrichen. Reynolds untersuchte Bert gerade auf etwaige Schäden, als Barnes mit seinen empfindlichen Ohren das Geräusch vernahm, ein seltsames Schlurfen, als würde jemand verstohlen durch die Trümmer schleichen. Die Schritte klangen jetzt sehr nahe und wurden schneller. Barnes und Penn hoben gleichzeitig ihre Waffen.

Ein Mann kam um die Ecke und blieb wie angewurzelt stehen. Über die Schulter trug er einen schlaffen Sack, sein knochiges Gesicht zeigte unbändige Furcht. Doch erholte er sich anscheinend rasch von seinem Schrecken, zog grüßend seine Mütze und lächelte schief. Er war eher dünn als schlank und etwas seltsam gekleidet. Er trug einen schäbigen alten Anzug, dazu aber eine teure Seidenkrawatte. Barnes' Blick fiel auf eine goldene Uhr, ehe der Mann hastig seinen Jackenärmel darüberzog. Seine Füße steckten in einem Paar brandneuer Schuhe aus Krokodilleder.

In sanftem Ton sprach Barnes ihn an.

»Entschuldigen Sie, daß wir Sie erschreckt haben, können Sie uns sagen, wie diese Stadt heißt?«

»Engländer, wie?«

Der Mann lächelte immer noch gezwungen. Langsam wich er vor Barnes zurück. Dabei schielte er gelegentlich zu dem Panzer hinüber, als befürchtete er jeden Moment einen Angriff. Barnes versuchte es nochmals.

»Wir sind britische Soldaten. Sie brauchen keine Angst zu haben. Wir tun Ihnen nichts. Ich wüßte nur gerne den Namen dieser Stadt.«

Ein Schwall französischer Worte ergoß sich über Barnes und Penn. Beide verstanden kein Wort. Schritt für Schritt zog sich der Mann zurück, wobei er ununterbrochen weiterredete. Er hatte die Ecke fast erreicht, als er die freie Hand hob und mit heftigen Bewegungen in die Richtung deutete, aus der der Panzer gekommen war. Dann zog er wieder grüßend seine Kappe. Als Barnes langsam auf den Panzer zuging, verschwand der Mann mit seinem Satz blitzschnell um die Ecke.

Erstaunt schaute Penn zu Barnes hinunter.

»Warum haben Sie ihn nicht festgehalten? Er hätte uns sagen...«

»Schnell, Penn, die Maschinenpistole!«

»Was...?«

»Beeilen Sie sich, Mann!«

»Hier, aber was soll...?«

»Ihr beide wartet hier. Wenn ihr hört, daß ich das Ding benutze, folgt ihr mir – aber mit Bert.«

Barnes lief zur Ecke und sah gerade noch, wie der Mann über eine Schutthalde kletterte. Er folgte ihm im Laufschritt, die Maschinenpistole hielt er vor der Brust. Der Mann war hinter einer Mauer verschwunden. Als Barnes über die Schutthalde stieg, sah er ihn in einer anderen Ruine verschwinden, ohne sich auch nur einmal umzuschauen.

Vorsichtig näherte sich Barnes der Ruine, die Maschinenpistole schußbereit in der Hand. Der Anblick, der sich ihm bot, als er um die Mauer spähte, überraschte ihn.

Vor dem Haus führte eine Straße entlang, die jemand von Schutt und Trümmern geräumt hatte. Weiter unterhalb wartete ein staubbedeckter alter Bus. Vor ihm standen vier Leute, die sich offenbar stritten. In dem Bus hätten keine Fahrgäste mehr Platz gefunden, denn er war gerammelt voll mit den unterschiedlichsten Gegenständen. Durch die geöffnete Tür sah Barnes, daß sie sich überall stapelten, auf dem Boden, auf den Sitzen – Korbflaschen mit Wein, Stoff, vielleicht Vorhänge oder Bettwäsche, ein Silbertablett mit ziselierten Griffen, ein Sessel mit brokatbezogenem Polster, ein altes Jagdgewehr mit Silberbeschlägen auf dem Kolben und viele andere Dinge mehr.

Das Quartett vor dem Bus wirkte ebenso seltsam wie die Gemischtwarenkollektion in dem Fahrzeug. Das Knochengesicht, mit dem Barnes auf dem Platz gesprochen hatte, stand etwas abseits und steuerte nur gelegentlich ein Wort zu der Diskussion der drei anderen bei, die in einem kleinen Kreis zusammenstanden und miteinander redeten. Ein kleiner, untersetzter Mann mit dunkler Haut und einem gewaltigen schwarzen Schnurrbart schien der Anführer zu sein. Er trug einen zerknitterten Anzug und einen dunklen Schlapphut. Um den Hals hatte er sich ein kariertes Taschentuch gebunden. Barnes mußte unwillkürlich an den Korsen denken, den er bei dem Zwischenstop seines Truppentransportes auf der Fahrt von Indien zurück nach Hause in einer Bar in Port Said kennengelernt hatte. Die zwei anderen Männer waren hingegen groß und sehr dünn. Beide schienen vor dem Dunkelhäutigen zurückzustecken, als die Diskussion hitziger wurde. Sie trugen blaue Köperjacken und -hosen und auf dem Kopf schwarze Baskenmützen.

Barnes trat aus seiner Deckung hinter der Mauer hervor und richtete die Maschinenpistole auf die Gruppe. Mit barscher Stimme fragte er: »Was, zum Teufel, geht hier vor?«

Die drei Männer fuhren herum und erstarrten mitten in der Bewegung. Der Korse erholte sich als erster von seinem Schrecken. Er trat ein paar Schritte vor und sagte lächelnd ein paar Worte auf französisch.

»Reden Sie Englisch«, bellte Barnes.

Der Korse tat so, als verstünde er kein Wort. Barnes hob die Maschinenpistole. »Hebt die Hände, oder ich schieße euch in Stücke.«

Der Korse riß die Hände hoch und rief rasch ein paar Worte über die Schulter. Sofort fuhren noch sechs Hände nach oben.

»Wie schön, daß Sie meine Sprache wenigstens verstehen«, bemerkte Barnes ironisch. »Wer sind Sie? Raus mit der Sprache – ein bißchen plötzlich, wenn ich bitten darf.«

»Ich heiße Lebrun, Sir, Joseph Lebrun. Ich komme aus Le Cateau und bin Pelzhändler.«

»Wie heißt dieser Ort?«

»Beaucaire, Sir. Sie gehören zur britischen Armee?«

»Zur Vorhut. Die Straße, die von Westen auf die Stadt zuläuft, wohin führt die?«

»Nach Cambrai. Und dann weiter nach Arras.«

Großer Gott, überlegte Barnes, wir sind viel weiter südlich, als ich dachte. Er trat ein paar Schritte zurück, weil Lebrun Anstalten machte, sich ihm zu nähern. Seine Stimme klang kalt.

»Bleiben Sie, wo Sie sind, Lebrun. Wo stehen die Deutschen?«

»Sie sind verschwunden.« Lebrun warf Barnes einen erstaunten Blick zu. »Sie sind schon vor einigen Tagen hier durchgekommen, nach der ersten Bombardierung...«

»Sie meinen Soldaten auf Lastwagen?«

»Ganz im Gegenteil. Ich spreche von einer langen Panzerkolonne mit riesigen Kanonen.«

»Und keine Soldaten auf Lastwagen?« fragte Barnes erneut.

»Nein, ich habe keine gesehen.«

Der Franzose starrte die Maschinenpistole an und runzelte die Stirn.

»Das ist doch eine deutsche Waffe, oder?«

Barnes war gewarnt. ›Der Bursche ist nicht auf den Kopf gefallen‹, dachte er und hielt die Mündung der Waffe unverändert auf den Bauch seines Gegenübers gerichtet. Er überlegte einen Moment und fuhr dann mit seinem Kreuzverhör fort.

»Wie lange ist das her? Sie sagten, vor einigen Tagen – vor wie vielen Tagen genau?«

»Vor sechs oder sieben Tagen. Selbst haben wir sie nicht gesehen, denn wir leben nicht hier. Man hat es uns erzählt.«

Der Mann schwieg plötzlich und machte ein nichtssagendes Gesicht, als fürchte er, schon zuviel verraten zu haben. Barnes redete rasch weiter, um so viele Informationen wie möglich aus diesem Galgenvogel herauszuholen, solange der Bursche verunsichert war.

»Lebrun, wo sind die Deutschen jetzt?«

»In Abbéville.«

Diese Neuigkeit traf Barnes wie ein Faustschlag. Wenn sie stimmte, waren das britische Expeditionskorps und die französischen Armeen im Norden von der französischen Hauptstreitmacht im Süden abgeschnitten, eine beispiellose Katastrophe, die es selbst während des Ersten Weltkrieges nicht gegeben hatte.

Der Sergeant verbarg seine Enttäuschung. Der Bursche log natürlich. Das durfte einfach nicht wahr sein.

»Abbéville liegt an der Küste, Lebrun. Denken Sie noch mal nach, und überlegen Sie sich genau, was Sie mir erzählen.«

»Wenn ich's Ihnen doch sage.« Der Mann wurde allmählich nervös und fuchtelte aufgeregt mit den Händen. »Glauben Sie mir, die Deutschen sind tatsächlich in Abbéville. Wir haben unterwegs Flüchtlinge aus dieser Stadt getroffen. Die deutschen Panzer sind überall. Zu Tausenden haben sie ganz Frankreich überrollt. Sie sind überall.«

»Aber nicht hier in der näheren Umgebung?«

Der untersetzte Mann streifte Barnes mit einem listigen Blick. Als er antwortete, klang seine Stimme hart.

»Ein großer Panzer steht vor Beaucaire – auf der Straße nach Cambrai.«

»Sprechen Sie von einem deutschen Panzer? Wie weit vor Beaucaire?«

»Sieben oder acht Kilometer! Wir sind auf dem Weg hierher an ihm vorbeigefahren. Er ist nur zufällig hier, da bin ich sicher. Er ist auf dem Feld liegengeblieben. Vier Soldaten versuchen, ihn zu reparieren. Sie schuften wie die Bauern hier. Mit nacktem Oberkörper. Jedenfalls bis vor zwei Stunden.«

»Auf welcher Straßenseite?«

»Rechts von uns, etwa fünfhundert Meter von der Straße entfernt.«

Barnes nickte und befahl den Männern, sich quer über der Straße mit genügendem Abstand voneinander aufzustellen. Dann marschierte er mit ihnen zum Platz. An der Ecke befahl er ihnen, stehenzubleiben, sich lang ausgestreckt auf den Boden zu legen, und feuerte eine Salve aus seiner Maschinenpistole in die Luft. Die flach am Boden liegenden Körper zuckten mehrmals. Barnes wußte, daß die Männer einen Moment lang geglaubt hatten, ihren letzten Atemzug getan zu haben.

Der Sergeant hörte den Motor von Bert aufröhren, und er feuerte eine zweite kurze Salve ab, die dem Tank die Richtung wies. Nur Lebrun brachte den Mut auf, den Kopf zu heben, als der Panzer heranrollte.

»Was sind denn das für Vögel?« rief Penn aus dem Turm.

»Plünderer!« Barnes spie dieses Wort voller Verachtung aus. »Während ihre Landsleute versuchen, die Deutschen zurückzuwerfen, klaut diese Bande alles, was nicht niet- und nagelfest ist. Da vorn auf der Straße steht eine ganze Busladung voll.«

»Wie sind Sie ihnen draufgekommen?«

»Durchs Knochengesicht. Er trägt einen schmierigen alten Anzug. Die Krawatte und die Schuhe paßten nicht so gut dazu – ganz zu schweigen von der goldenen Armbanduhr.«

Barnes befahl Penn, im Turm zu bleiben, während Reynolds die vier Männer durchsuchte. Lebrun und einer seiner hageren Kumpane hatten jeder eine Pistole bei sich – deutsche Luger-Pistolen, Kaliber 9. Als Barnes sie nach der Herkunft der Waffen fragte, erklärte Lebrun, sie hätten sie zwei toten deutschen Soldaten abgenommen, die sie unterwegs neben einem zerschmetterten Motorrad mit Seitenwagen gefunden hätten. Barnes sagte nichts dazu, obwohl er genau wußte, daß nur deutsche Offiziere mit Luger-Pistolen ausgerüstet waren. Er ließ die vier Gauner unter Penns Bewachung zurück und ging mit Reynolds zum Bus. Auf sämtlichen Sitzen stapelte sich das Diebesgut, darunter auch eine Vitrine voll alter Goldmünzen. Barnes kletterte über die seltsame Ladung weiter nach hinten. Plötzlich stieß Reynolds einen Pfiff aus. Der Fahrer hatte bereits das Jagdgewehr, die Seidenvorhänge, den kleinen Sessel und das Silbertablett durch die Tür nach draußen geworfen. Barnes drehte sich zu ihm um.

»Haben Sie ein paar Flaschen Champagner gefunden?«

»Ja, für Bert.«

Reynolds hob einen großen rechteckigen Kanister hoch, öffnete die Verschlußkappe und schnüffelte daran. Er verschloß den Kanister wieder, trug ihn aus dem Bus und setzte ihn vorsichtig auf dem Gehweg ab, als sei es eine kostbare, zerbrechliche Porzellanvase. Danach begannen beide Männer den Bus auf den Kopf zu stellen, und fanden tatsächlich eine ganze Anzahl mit kostbarem Dieseltreibstoff gefüllten Kanister. Innerhalb von fünf Minuten hatte Reynolds zwanzig davon in einer Reihe nebeneinander aufgebaut. Barnes konnte ihr sagenhaftes Glück kaum fassen. Bert schluckte nur Diesel, und das möglicherweise einzige Fahrzeug in ganz Nordfrankreich, das ebenfalls mit diesem Treibstoff fuhr, war der Bus. Reynolds ließ die Kanister nicht aus den Augen, als fürchte er, sie könnten Beine kriegen und davonmarschieren. Seine Stimme schnurrte regelrecht vor Befriedigung.

»Wahrscheinlich haben sie den Bus aus einem Depot geklaut, wo es reichlich Diesel gibt.«

Während Reynolds die Kanister zum Tank schleppte, setzte Barnes die Durchsuchung des Busses fort. Mit der Hand tastete er über ein Bettlaken. Darunter spürte er Flaschen. Er zog das Tuch zurück und fand mindestens ein Dutzend Flaschen Mineralwasser. Wenigstens bekam nicht nur Bert ausreichend zu trinken. Ganz klar, Monsieur Lebrun trank seinen Wein nur verdünnt. Unter den letzten zwei Flaschen machte Barnes seinen größten Fund: eine halbe Flasche Fünf-Sterne-Cognac.

Er trug seine Schätze selbst zum Panzer. Die vier Männer lagen in unveränderter Haltung auf dem Boden. Penn ließ kein Auge von ihnen. Reynolds hob gerade die Motorhaube und schob einen großen Blechtrichter in den Tankstutzen. Dabei summte er vergnügt vor sich hin. Das Füttern von

Bert mit dem kostbaren Treibstoff schien ihm ebensoviel Freude zu machen wie ein gutes Essen mit fünf Gängen.

Sie waren kaum fertig mit dem Auftanken, da hielt es Lebrun nicht mehr länger an seinem Platz. Er hob vorsichtig den Kopf und richtete sich halb auf. Über sein staubbedecktes Gesicht rann der Schweiß in kleinen Bächen. Er drehte den Kopf und sagte mit flehender Stimme über die Schulter:

»Bitte, Sir...«

»Was gibt's, Lebrun?«

»Lassen Sie uns bitte zwei oder drei Kanister für den Bus.«

»Zu spät – wir haben alles eingefüllt.«

Lebrun maß den Sergeant mit einem langen Blick. Barnes war überrascht von dem abgrundtiefen Haß in den Augen des untersetzten Mannes. Der Franzose hatte den Mund leicht geöffnet, und hinter seinen wulstigen Lippen blitzten mehrere unförmige Goldzähne auf. Barnes befahl ihm, den Kopf herunterzunehmen, packte einen schweren Schraubenschlüssel und ging zum Bus zurück. Systematisch hieb er damit auf den Motor ein und zerstörte ihn völlig. Diesen Bus würde Lebrun nun nicht mehr dazu benutzen können, seine eigenen Landsleute zu bestehlen. Außerdem konnten die Diebe jetzt nicht mehr zu dem Panzer draußen vor Beaucaire fahren und die Deutschen vor Bert warnen. Als er zu den anderen zurückkam, hatte Lebrun wieder den Kopf am Boden. Penn grinste breit.

»Er ist ein sehr sensibler Mensch«, rief er, »den Lärm, den Sie verursachten, konnte er kaum ertragen.«

»Das hätten Sie mir früher sagen sollen, Lebrun. Dann hätte ich einen Lappen um den Schraubenschlüssel gewickelt.«

Barnes' Stimme wurde hart. »Kommen Sie hoch, Mann. Die anderen können auch aufstehen.«

Lebrun sagte schnell ein paar Worte auf französisch, stand langsam auf und wandte sich Barnes zu. Seine Kumpane folgten seinem Beispiel. Lebrun musterte Barnes giftig. ›Ein unangenehmer Zeitgenosse‹, dachte der Sergeant, ›doch ohne seine Luger ist er hilflos.‹ Barsch sagte er:

»Ihr könnt jetzt gehen, aber in diese Richtung – nach

Osten. Wenn wir einem von euch nochmals begegnen, werden wir schießen.«

»Aber aus dieser Richtung kommen doch die Deutschen...«, begann Lebrun.

»Richtig. Ich glaube kaum, daß ihr denen sympathischer seid als uns. Und jetzt verschwindet, ehe ich es mir anders überlege.«

Sie folgten den vier Männern mit dem Panzer durch die Stadt und blieben an einer Kreuzung stehen. Von hier aus führte eine Straße in westlicher Richtung. Zwischen einigen sonnenbeschienenen Ruinen verzehrten sie eine rasche Mahlzeit und löschten ihren Durst mit Mineralwasser. Barnes bestimmte auf der Karte ihre Position und erzählte den anderen die Neuigkeiten, die er von dem Korsen erfahren hatte. Penn verging schlagartig der Appetit.

»Die Deutschen in Abbéville!« Der Corporal machte ein reichlich unglückliches Gesicht. »Sie glauben das doch nicht etwa?«

»Ich weiß nicht mehr, was ich glauben soll. Die Panzerkolonnen hatten ein ganz hübsches Tempo drauf. Ich kann nur hoffen, daß der Bursche gelogen hat.«

»Wir fahren also nach Cambrai?«

»Zumindest liegt's in der richtigen Richtung – wenn's so etwas überhaupt noch gibt.«

Sie besprachen ihr Vorhaben – ein nicht ungefährliches Vorhaben. Ein einzelner Panzer im Hinterland des Feindes, ohne genaue Kenntnis der Position – eine heiße Sache. Die Besatzung konnte ja nicht absolut sicher sein, daß die Stadt hier wirklich Beaucaire war.

Barnes mahnte zum Aufbruch, doch ehe sie losfuhren, sprang er noch einmal auf die Straße.

»Was ist denn noch?« wollte Penn wissen und beugte sich aus dem Turm.

»Ich gehe noch mal zum Bus. Ich habe vergessen, mir den Werkzeugkasten am Heck anzuschauen. Vielleicht können wir von dem Zeug etwas gebrauchen.«

Er befahl Penn, die Augen offenzuhalten, und lief die Straße hinunter. Die Maschinenpistole hatte er unter den Arm geklemmt. Als er beim Bus ankam, musterte er kurz die Sachen, die Reynolds hinausgeworfen hatte. Irgend etwas war anders. Er tat den Gedanken als Einbildung ab, stieg hinein und bahnte sich seinen Weg nach hinten. Alle Fenster waren geschlossen; im Innern herrschte eine unerträgliche Hitze. Die Luft war abgestanden und roch säuerlich nach Wein. Barnes stieß mit dem Fuß gegen eine leere Flasche. Sie rollte unter einen Sitz. Der Sergeant erstarrte mitten in der Bewegung. Die Flasche war noch nicht dagewesen, als sie vorhin den Bus verließen.

Im Werkzeugkasten entdeckte er einen großen Schraubenschlüssel und schob ihn in die Tasche. Seine Gedanken kreisten immer noch um die Herkunft der Flasche. Er stieg aus und überflog nochmals die herumliegenden Sachen. Schlagartig wußte er, was fehlte. Das Gewehr war verschwunden.

Eine böse Vorahnung beschlich ihn, während er zur Ecke zurücklief. Ausgerechnet das alte Jagdgewehr! Lebrun mußte durch die Ruinen zurückgeschlichen sein, während sie gerade beim Essen waren, hatte die Flasche Wein gefunden und auf der Stelle geleert und war dann mit der Waffe verschwunden. Barnes hatte die Ecke fast erreicht, als die Stille von einem Schuß zerrissen wurde. Der Sergeant stürmte auf den Platz.

Auf den ersten Blick schien alles normal. Der Panzer stand noch an der gleichen Stelle, auch Penn befand sich noch im Turm, doch als der Sergeant näher kam, kletterte Reynolds gerade eilig aus dem Fahrerabteil, sprang zum Turm und packte Penn unter beiden Achseln, um ihn aufrechtzuhalten. Seine rechte Hand war blutverschmiert.

Das Gesicht von Penn war schneeweiß. Mühsam stammelte er:

»Der Hund hat mich an der Schulter erwischt... dieser Lebrun... Vorsicht... er ist hinter dem Haus da...«

»Nur ruhig...« Reynolds redete besänftigend auf Penn ein. »Wir kümmern uns um ihn, keine Sorge.«

Barnes war schon unterwegs. Er huschte zu dem zerbombten Haus hinüber, von dem aus er Lebrun und seine Bande entdeckt hatte, und stürmte, sich nach allen Seiten umsehend, über die Schutthalden. Die Maschinenpistole hielt er schußbereit vor dem Oberkörper. Er hatte eine mörderische Wut im Bauch, trotzdem wirkte er äußerlich konzentriert und gelassen. Er näherte sich dem Haus und registrierte blitzschnell die drei Punkte, an denen ihn Lebrun überraschen konnte – die beiden Hausecken und eine leere Fensterhöhle genau vor ihm. Im stillen verfluchte er sich für seine Nachlässigkeit. Doch wer wäre schon auf den Gedanken gekommen, eine antike Waffe für einen solchen Zweck zu mißbrauchen? Irgend so ein verrückter Sammler mußte das Ding geladen in seinem Haus aufbewahrt haben, und Lebrun hatte es wegen der Silberbeschläge mitgehen lassen.

Barnes erreichte das Haus, umrundete die Außenmauern und spähte durch den halbverfallenen Eingang. Das ganze Erdgeschoß lag offen vor ihm, denn die Innenwände waren alle eingestürzt. Nur die Steintreppe zum ersten Obergeschoß klebte noch völlig unversehrt an der Wand. Aus einem unerklärlichen Impuls heraus betrat Barnes leise das Haus und begann, vorsichtig die Treppe emporzusteigen, die unter seinen Schritten leicht schwankte. Die Zwischendecke der oberen Etage war durchgebrochen, und der Sergeant stieg bis zum Dach empor. Von dort aus konnte er die Trümmerlandschaft hinter dem Haus gut überblicken. Bombenkrater reihte sich an Bombenkrater, dazwischen türmten sich Schutthalden. In einem der großen Trichter blitzte etwas in der Sonne.

Lebrun wußte sofort, daß Barnes ihn entdeckt hatte. Hastig kroch er aus seinem Versteck hervor, wobei er eine kleine Geröllawine lostrat, begann hysterisch zu schreien und schwenkte das Gewehr über dem Kopf. Die Silberbeschläge blinkten im Sonnenlicht.

Wollte er damit zeigen, daß das Gewehr nicht geladen war? Winselte er um Gnade?

Barnes wußte es nicht, es kümmerte ihn auch nicht. Ohne Bedauern, ohne jegliche Emotion spreizte er die Beine, legte an und feuerte. Die Einschläge in der Kraterwand wirbelten kleine Staubfontänen auf, die genau auf Lebrun zuliefen. Der Korse schwankte plötzlich, kippte hinüber und rührte sich nicht mehr.

Eine schreckliche Stille legte sich über die trostlose Trichterlandschaft. Barnes zog eine Grimasse. Seine ganze Panzerbesatzung bestand nur noch aus zwei Mann.

5.
Freitag, 24. Mai

Penn ging es sehr schlecht. Barnes brauchte nur in sein Gesicht zu sehen, um Bescheid zu wissen. Vorher frisch und rosig, war es jetzt eingefallen und grau, seinen Augen fehlte der Glanz. Der Corporal war auf seinem Sitz an der Kanone in sich zusammengesunken, eine Decke stützte seinen Rücken. Reynolds hatte die Wunde an der rechten Schulter gesäubert. Penn hatte eine ähnliche Verletzung wie Barnes, doch war bei ihm die Kugel vom Rükken her eingedrungen und nicht von schräg oben. Reynolds wollte ihm gerade einen Verband anlegen, wartete aber, bis Barnes die Wunde untersucht hatte. Der Sergeant beeilte sich, denn der Blutfluß war noch nicht ganz gestoppt.

»Wie lautet die Diagnose?« fragte Penn schwach.

»Ich habe schon viel schlimmere Verletzungen gesehen, und die Leute haben trotzdem überlebt.«

»Tut mir leid, daß ich im Moment wohl zu nichts zu gebrauchen bin...«

»Keine Sorge, Sie sind bald wieder dabei. Verbinden Sie ihn, Reynolds!«

Penn richtete sich auf, um Reynolds ein wenig die Arbeit zu erleichtern, und nahm die Flasche Cognac, die Barnes ihm reichte.

»Aber nur einen kleinen Schluck! Werden Sie nicht zu gierig!«

»Setzen Sie mich schon wieder auf Diät?«

Penn brachte ein verzerrtes Grinsen zustande.

»Sie kriegen gleich noch mehr, keine Sorge. Glauben Sie, Sie könnten dort sitzen bleiben, wenn wir weiterfahren?«

»Natürlich. Hauptsache, wir verschwinden aus dieser Geisterstadt. Hier kriege ich noch Zustände. Haben Sie Lebrun erwischt? Ich habe...«

Er stöhnte, als Reynolds den Notverband fest auf die Wunde preßte.

»Ja, er ist tot. Er hat sich an einem halben Magazin Kugeln verschluckt.«

»Ich hätte ihn sehen müssen – es war meine Schuld...«

»Das stimmt nicht. Sie konnten nicht damit rechnen, daß er es wagen würde, zurückzukommen – und noch dazu bewaffnet.«

»Was war mit der Werkzeugkiste?«

»Ein großer Schraubenschlüssel – als Ersatz für den, den wir in Etreux verloren haben. Gleich bringen wir Sie weg aus dieser Sommerfrische hier.«

»Geh zur Armee, dann siehst du die Welt. Danke, Reynolds, jetzt geht's schon. Wo war ich stehengeblieben? Ach ja, bei den Leuten, die man bei der Armee und durch die Armee überall trifft. Wenn das alles hier vorbei ist, werde ich meine Memoiren veröffentlichen. Sie wußten sicher noch nicht, daß ich ein Tagebuch führe oder, Sergeant?«

»Nein, das ist mir neu«, log Barnes.

»Verstößt gegen die Vorschriften. Sie müssen mir einen Verweis erteilen. Drei Tage AB – Arrest in Bert. Sieht so aus, als müßte ich mich ohnehin die nächste Zeit häuslich in ihm einrichten.«

Penn lachte kraftlos und hielt abrupt inne, sein Gesicht war schmerzverzerrt. Barnes hielt ihm die Cognacflasche hin und befahl ihm, einige Schlucke zu nehmen. Dabei beobachtete er ihn scharf. Er mußte Penn bei Bewußtsein halten, bis sie Beaucaire hinter sich gelassen hatten. Das Gesicht des Corporals zeigte wieder etwas Farbe, als der Alkohol die Durchblutung anregte. Reynolds räumte die blutgetränkten Mullkompressen beiseite. Penn mußte eine Menge Blut verloren haben. Aus der Zahl der Kompressen schloß der Panzerkommandant, daß der Fahrer längere Zeit vergeblich versucht hatte, die Blutung zu stoppen.

»Wir fahren jetzt los, Penn. Ich werde versuchen, Schlaglöcher und sonstige Unebenheiten zu vermeiden, aber vergessen Sie nicht, daß wir nicht die Promenade von Brighton unter den Ketten haben.«

»Verschwinden wir von hier. Wir fahren nach Cambrai?«

»Ja, zumindest in die Richtung.«

»Denken Sie an den Jerry-Panzer, von dem uns Lebrun erzählt hat. Vielleicht hat der Lump wirklich ausnahmsweise die Wahrheit gesagt. Tut mir leid, daß ich an der Kanone ausfalle.«

»Machen Sie sich deswegen keine Sorgen. Ich werde selbst Kanonier spielen, bis Sie wieder auf dem Posten sind.«

»Schätze, Sie könnten selbst ganz gut etwas Erholung gebrauchen.«

»Ich habe da oben genug frische Luft, mein Junge. Wir brechen jetzt auf.«

Stimmt, etwas Ruhe würde mir guttun, dachte Barnes, kletterte in den Turm und gab Reynolds den Befehl zum Losfahren. Es war jetzt 5 Uhr nachmittags, und die Sonnenstrahlen fielen schräg auf den Panzer, der sich westwärts in Bewegung setzte und mit seinen Ketten Staubwolken aufwirbelte, so daß Barnes ständig seine Schutzbrille reinigen mußte, um klare Sicht zu haben. Um Penn nicht zu sehr zu strapazieren, befahl er Reynolds, langsam zu fahren. Doch nicht nur der Gedanke an Penns Bequemlichkeit veranlaßte ihn dazu, sondern auch der Wunsch, ihn zu einem bestimmten Moment möglichst fit zu haben – wenn er ihm die Kugel aus der Schulter holte. Denn der Himmel mochte wissen, wann sie einen Arzt finden würden. Andererseits wollte Barnes unbedingt vermeiden, daß die Wunde in Penns Schulter sich entzündete und zu eitern begann. Er fragte sich, ob ein Geschoß aus einem alten Jagdgewehr gefährlicher war als ein 303-Stahlmantelgeschoß. Ein Trost blieb jedoch. Die Kugel saß anscheinend nicht allzu tief, war unterhalb des Schulterbeins steckengeblieben. Es würde nicht leicht sein, sie herauszuholen, aber zum Glück hatte Barnes schon einmal eine ähnliche Operation in Indien durchgeführt, als sie in einem entlegenen Bergort von einem feindlichen Stamm angegriffen worden waren. Er würde versuchen, sich daran zu erinnern, wie er es damals gemacht hatte. Für eine solche Operation mußte Penn sich allerdings lang ausgestreckt auf den Bauch legen, und das konnte er nicht in dieser Trümmerlandschaft. Er beschattete die Augen mit der Hand und hielt nach einer frischen grünen Wiese Ausschau.

Unverhofft langten sie am Stadtrand an. Eben waren sie noch durch eine zerbombte Straße gefahren. Als sie um die Ecke bogen, dehnte sich Frankreich unendlich weit vor ihnen, eine weite Landschaft mit grünen Feldern, so weit das Auge reichte. Der Horizont verschwand im Hitzedunst. Barnes seufzte vor Erleichterung laut auf. Sie fuhren noch eine halbe Stunde, doch von dem deutschen Panzer, von dem Lebrun ihnen berichtet hatte, war weit und breit nichts zu sehen. Sie näherten sich einer Scheune, die Barnes für sein Vorhaben geeignet schien. Sie waren über eine kleine Anhöhe gefahren und rollten jetzt auf das Gebäude zu, das dicht an der Straße stand. Die Scheune war, wie Barnes mit einen Blick durch die geöffneten Torflügel feststellte, leer. In der Nähe gab es keinen Hof. Von der Scheune aus war die Straße über zwei Kilometer in beiden Richtungen sehr gut zu überblicken. Nichts rührte sich. Das Gebäude war ein perfektes Versteck für Bert, ein guter Sichtschutz gegen feindliche Flugzeuge. Barnes durfte auf keinen Fall gestört werden, wenn er Penn operierte. Feindlicher Beschuß war das letzte, was er dabei brauchen konnte.

Der Sergeant dirigierte Reynolds von der Straße über einen kurzen Feldweg in die Scheune. Als der Motor abgestellt war, stieg er ins Kampfabteil hinunter.

Penn sah jetzt etwas besser aus, trotz der unruhigen Fahrt.

»Penn, Sie nehmen jetzt lieber noch einen gewaltigen Schluck Cognac. Ich werde Ihnen die Kugel herausholen.«

Der Boden der Scheune war mit Tierkot und Stroh bedeckt, was die Gefahr einer Infektion vergrößerte. Schweren Herzens entschloß sich Barnes, die Operation im Freien vorzunehmen. Wenigstens war das Licht dort besser.

Sie breiteten auf dem Gras ein paar Decken aus und legten eine Zeltplane darüber. Dann betteten sie Penn bäuchlings darauf. Reynolds kochte Wasser ab, während Barnes den Corporal bis zur Hüfte entkleidete. Der Sergeant hatte seine Jacke ausgezogen und die Ärmel hochgekrempelt.

Das Wasser kochte. Barnes blickte nochmals die Straße in

beiden Richtungen entlang, suchte gründlich den Himmel ab und machte sich dann ans Werk.

»Reynolds wird sich auf Ihren Rücken hocken«, erklärte der Sergeant dem Corporal. »Wir müssen sichergehen, daß Sie völlig stillhalten.«

»Ich könnte meine Finger in den Boden krallen.«

»Das werden Sie ohnehin, mein Junge. Trotzdem wird Reynolds Ihre Oberarme festhalten.«

»Der gute Reynolds. Mit seinem Gewicht drückt er mich platt wie einen Pfannkuchen.«

»Sie sollten es nicht so eilig haben, Mutter Erde zu küssen, Penn. Hier, trinken Sie das.«

Barnes goß einen reichlich bemessenen Schluck Cognac in einen Becher und ließ ihn den Corporal in einem Zug leeren. Es wäre eine Hilfe, wenn er Penn betrunken machen könnte, doch er kannte Penns unglaubliche Trinkfestigkeit.

»Nachher gibt's dann noch mal eine Ration«, versprach er dem Verwundeten.

»Solche Sonderzuwendung ist die Sache ja fast wert«, brummte Penn.

»Sind Sie bereit?«

»Nun machen Sie schon.«

Reynolds stützte sich mit seinem ganzen Gewicht auf Penns Oberarme, den Körper zur Seite gedreht. Mit einem kurzen Ruck entfernte Barnes den Notverband und reinigte die nässende Wunde mit antiseptischem Mull. Dann nahm er das Messer, das Reynolds vorher in kochendem Wasser keimfrei gemacht hatte. Er benutzte Reynolds' Messer, denn der Fahrer sorgte immer dafür, daß die nadelspitze Klinge ständig so scharf war wie ein Rasiermesser.

Barnes holte tief Luft. Er wollte die Sache möglichst schnell hinter sich bringen.

Er brauchte fünf Minuten. Wem die Zeit länger vorkam, Penn oder Barnes, war schwer zu sagen. Doch war es Penn, der die höllisch brennenden Schmerzen ertragen mußte, die in Wellen von der überempfindlichen Wunde ausgingen und seinen Körper in wilde Zuckungen versetzte. Nur mit Mühe konnte Reynolds seinen Körper niederhalten. Der Schmerz bohrte immer stärker, immer tiefer, tobte in der

Verletzung, bis Penn glaubte, sein ganzer Körper sei eine einzige Wunde. Das Skalpell drang tief in das Zentrum des Schmerzes, das auf jede Berührung mit millionenfach verstärkter Sensitivität reagierte. Penn erduldete unendliche Qualen, die seinen Körper marterten, bis sein Verstand um Gnade jammerte, um Erlösung, um den Tod bat, nach allem schrie, was Befreiung von dem tierischen Schmerz versprach...

Barnes schob die Klinge vorsichtig zwischen die Kugel und das Schulterblatt, und das Schaben des Messers auf dem Knochen gab Penn den Rest. Er glaubte, die ganze Schulter werde ihm mit einem Fleischermesser aufgesäbelt. Er schrie laut auf, krallte die Hände tief in den Boden und biß hart auf die Zähne. Instinktiv preßte er dabei die Zunge an den Gaumen; ein Rest Verstand in irgendeinem Winkel seines Gehirns sagte ihm, daß er sie sonst sicher durchbeißen würde vor Schmerz.

In diesem Augenblick fiel es auch Barnes wieder ein. Er hatte vergessen, Penn ein Taschentuch als Knebel in den Mund zu schieben. Der Corporal würde sich die Zunge abbeißen. Doch konnte er jetzt die Operation nicht mehr unterbrechen. Er verstärkte den Druck und schob das Messer tiefer zwischen die Kugel und den Knochen. Er konnte ja nicht ahnen, daß gerade diese Vergeßlichkeit Penn bei Bewußtsein hielt – und der inständige Gedanke, die Zunge am Gaumen zu halten. Und da er nur noch für diesen Gedanken, für diesen einen Zweck lebte, bekam Penn auch nicht mit, daß Barnes Probleme hatte. Die Kugel rührte sich keinen Millimeter. Der Sergeant hatte einen Rundschnitt versucht, hatte das Geschoß vom Knochen gelöst, doch wollte es einfach nicht herauskommen.

In diesem Augenblick hörte er die feindlichen Flieger. Er schaute zum Himmel. Ein Messerschmitt-Geschwader zog im Formationsflug in etwa fünfhundert Metern Höhe auf Parallelkurs zur Straße dahin. Ohne zu zögern, wandte sich Barnes wieder seiner Aufgabe zu und ließ sich von dem immer lauter werdenden Dröhnen der Flugzeugmotoren nicht ablenken. Penn zerknüllte die Zeltbahn zwischen seinen Fingern und warf den Kopf hin und her. Er stöhnte leise, wie ein Tier in Todesqualen. Reynolds stützte sich mit seinem ganzen Gewicht auf die Oberarme des Verletzten und schenkte den heranbrausenden Flugzeugen nicht die geringste Beachtung. Wenn Barnes sich nicht darum kümmerte, dann durfte er es erst recht nicht. Die Bomber waren jetzt über ihnen, nahmen keine Notiz von dem Drama unten auf der Erde.

Barnes holte wieder tief Luft, bat Penn im stillen um Abbitte und drückte die Klinge tiefer, drehte sie in der Wunde und preßte sie von unten gegen das Geschoß. Die Kugel wurde von dem Stahl nach oben gehebelt, glitt aus der Wunde und fiel auf die Zeltbahn. Geschafft.

Während Barnes mit Mull das Blut abtupfte, die Wunde desinfizierte und verband, versuchte er Penn klarzumachen, daß es vorüber war, daß alles in Ordnung war, doch Penn war nicht mehr ansprechbar. Der Sergeant verband seinen Kameraden behutsam. Er fühlte eine ungeheure Erleichterung. Die Erschöpfung überwältigte ihn. Er nickte Reynolds zu und griff nach Penns linkem Arm.

»Es ist vorbei, Penn. Die Kugel ist draußen. Alles in Ordnung.«

Penn drehte langsam den Kopf, sein Blick war umwölkt, das verzerrte Gesicht naß von Schweiß. Er schaute zu Barnes auf, ohne ihn zu sehen.

»Alles bestens, Penn. Sie kriegen jetzt Ihren Cognac.«

Penn öffnete den Mund, um etwas zu sagen, und fiel in Ohnmacht.

»Verdammter Narr«, knurrte Barnes. »Konnte er das nicht fünf Minuten früher tun?«

Der Abend dämmerte schon, als sie sich einem Bauernhof näherten, einem einsam gelegenen Weiler in der Mitte von nirgendwo. Barnes hoffte inständig, die Bewohner möchten ihnen wohlgesonnen sein, denn die Mannschaft war zum Umfallen müde. Erst gegen 8 Uhr abends war der Sergeant davon überzeugt gewesen, daß Penn sich genügend erholt hatte, um die Strapazen der Weiterfahrt zu überstehen – wenn man die zwei Stunden Pause nach einer solchen Operation als Erholung bezeichnen konnte. Während Penn schlief, hatten Barnes und Reynolds in der Hitze alle Hände voll zu tun gehabt, um Bert wieder auf Vordermann zu bringen. Als sie damit fertig waren, blieb ihnen noch die schwierige Aufgabe, Penn irgendwie von seinem Lager auf der Wiese in den Turm hineinzubugsieren. Sie wickelten ihn in mehrere Decken. Der Corporal wachte auf und protestierte schwach.

»Macht doch nicht gleich solch einen Aufstand. Ich fühle mich ohne die Kugel im Leib jetzt schon wesentlich besser.«

»Nicht sprechen«, meinte Barnes. »Versuchen Sie zu schlafen. Mit all dem Cognac im Leib müßten Sie eigentlich stockbetrunken sein.«

»Bei meinem letzten Besuch in London hatten die Animiermädchen immer eine höllische Mühe, mich abzufüllen, Sergeant.«

»Ich dachte immer, andersherum sei es richtig.«

»Dann hatten Sie's nicht so nötig wie ich.«

Selbst dieses freundschaftliche Geplänkel schien Penn zu erschöpfen, denn er verfiel wieder in Schweigen. Barnes kontrollierte nochmals den Abzugmechanismus der Kanone und kletterte auf seinen Kommandostand im Turm. Er gab den Befehl zum Losfahren und zwang sich zu einer aufrechten Haltung, als der Panzer die Scheune verließ und die Straße nach Westen unter die Ketten nahm, die Straße nach Cambrai und Arras.

So fuhren sie eine Stunde. Um sicherzugehen, daß Reynolds nicht einschlief, wechselte der Sergeant hin und wieder über das Bordsprechgerät ein paar Worte mit ihm. Selbst der bullige Fahrer zeigte erste Anzeichen von Müdigkeit. Barnes konnte nur hoffen, daß sie nicht vor der Dunkelheit auf den Gegner stießen, denn im Moment würde die tonnenschwere Kampfmaschine nicht einmal einer kleinen Maus gefährlich werden.

Sie fuhren einen Hang hinauf. Selbst als sich Barnes auf die Zehenspitzen stellte, war das Straßenstück auf der anderen Hügelseite nicht einzusehen. Als der Panzer über die Kuppe rollte, entdeckte der Sergeant den Hof.

Er lag etwa achthundert Meter weiter an der Straße. Barnes schaute durch den Feldstecher. Um das Haupthaus gruppierten sich einige Anbauten. Dicht am Straßenrand war ein riesiger Heuhaufen aufgestapelt. Auf dem Feld daneben arbeitete ein Mann. Als sie näher heranfuhren, richtete sich hinter ihm eine Frau auf und ging zum Haus hinüber. Auf dem angrenzenden Acker kurvte ein zweiter Mann mit einem orangefarbenen Traktor herum. Aus dem Schornstein des Hauses stieg eine dunkle Rauchwolke senkrecht in den Himmel. Die Sonne versank gerade als blutrote Scheibe hinter dem Horizont, das Abendrot versprach einen weiteren heißen Sommertag.

Würden die Leute sie freundlich empfangen? Wußten sie vielleicht sogar ein Versteck, wo Panzer und Mannschaft ungestört die Nacht verbringen konnten? Und dann noch die wichtigste Frage: Würden sie ihnen etwas zu essen geben?

Barnes hatte Zweifel. Die Menschen wohnten hier unter deutscher Besatzung und lernten gerade, damit zu leben und ihr Verhalten darauf einzustellen.

›Unter deutscher Besetzung.‹ Der Ausdruck ging Barnes nicht aus dem Sinn, und er mußte daran denken, was Lebrun ihnen verraten hatte: ›Die Deutschen sind in Abbéville...‹

Lebrun mußte einfach gelogen haben, denn wenn das die Wahrheit wäre, war der Krieg verloren. Vielleicht wußte dieser Bauer Genaueres darüber.

Sie näherten sich dem Hof. Der Mann kam vom Acker zur Straße herüber und blieb dort abwartend stehen. In diesem Moment hörte Barnes ein vertrautes Grollen, das von weit her zu ihnen herüberdrang. Es war kaum zu hören, doch sein geschultes Ohr erkannte das Geräusch sofort – die Abschüsse schwerer Artillerie. Waren das die Kanonen von Arras? Sie näherten sich anscheinend wieder der Hauptkampflinie. Es war Freitag abend, der 24. Mai.

Vier Tage zuvor, am Montag, dem 20. Mai, gegen 19.00 Uhr, waren die Panzer nach Abbéville hineingerollt. Noch vor der Dunkelheit hatte General Storch seinen Gefechtsstand in einem Schulgebäude im nördlichen Randbezirk der Stadt bezogen. Er achtete stets darauf, sein Feldquartier so nahe wie möglich an den Ausgangspunkt der weiteren Marschroute zu legen. Diesmal ging der Vorstoß in Richtung Norden. Ziel waren die Seehäfen am Kanal. Der General kochte vor Wut, während er sein neues Quartier inspizierte. Und wie üblich, mußte Meyer als Blitzableiter herhalten.

»Die sind wohl verrückt geworden«, tobte der General. »Die können nicht mehr ganz bei Trost sein.«

»Die beim Oberkommando, Herr General?«

Meyer zog einige Papiere aus einer Tasche und stapelte sie auf dem Schreibtisch säuberlich auf. Als Storch jetzt erregt aufsprang, richtete er sich kerzengerade auf und kanllte die Hacken zusammen. Polternd stürzte der Stuhl hinter dem General zu Boden. Meyer war im Gegensatz zu seinem Chef in bester Laune und erwartete ungerührt dessen Tiraden.

»Die diesen Befehl verzapft haben natürlich.«

Storch wedelte wütend das Blatt mit dem Funkspruch durch die Luft.

»Alle Panzerdivisionen bleiben auf ihren gegenwärtigen Positionen und warten auf weitere Befehle. Wieso warten, wenn man siegt? Den Vorteil nutzen, Meyer, das ist das Richtige. Mit den Panzern vorstoßen, solange auch nur noch ein Liter Sprit vorhanden ist. Nur so gewinnt man Kriege.«

»Ich nehme an, General Guderian hat seine Gründe.«

Die beiden Männer hatten diesmal die Rollen getauscht. Jetzt antwortete Meyer mit samtweicher Stimme, sorgsam darauf bedacht, die Genugtuung in seinen Worten zu unterdrücken. Endlich hatte er seinen Triumph. Das Oberkommando hatte den Wahnwitz eines übereilten Vorstoßes einfach ins Blaue hinein endlich erkannt.

Doch Meyer war anscheinend nicht vorsichtig genug. Storch besaß ein feines Gehör für Untertöne und maß seinen Adjutanten jetzt mit einem langen Blick. Seine Stimme klang plötzlich gefährlich ruhig.

»Sie meinen, General Guderian macht sich Sorgen wegen der Panzer?«

Es war ein ziemlich subtiles Manöver, und Meyer merkte sofort, daß er den Boden unter den Füßen verlor. Jeder wußte, daß Guderian, der Korpskommandeur, mindestens ein ebensolcher Feuerkopf war wie Storch selbst, und Meyer zweifelte keine Sekunde, daß Guderian in diesem Moment wegen der Order von oben, die er zur Weiterleitung an seine Divisionskommandeure erhalten hatte, ebenso vor Zorn schäumte. Wenn es Storch in dieser Situation in den Sinn kam, Meyer von seinem Posten ablösen zu lassen, stünde Guderian voll hinter dieser Maßnahme – falls Meyer behauptete, der Befehl käme vom Korpskommandeur.*

»Ich meinte natürlich das Oberkommando der Wehrmacht«, sagte er darum hastig. Doch Storch schenkte ihm keine Beachtung und überflog nochmals den Funkspruch. Der zynische Zug um den Mund des Generals gefiel Meyer ganz und gar nicht. Sicher suchte Storch nach einem Weg, den Befehl in seinem Sinne auszulegen. Der General ließ die Meldung auf den Schreibtisch fallen und befahl Meyer, sie ebenfalls ein zweites Mal zu lesen. Dann fuhr er fort: »Oben weiß man anscheinend nicht, daß unsere Einheiten noch so frisch sind wie beim Überqueren der Brücken von Sedan. Verständlich, wenn man bedenkt, wie weit der Stab hinter den Linien liegt, nicht wahr, Meyer? Ich glaube, eine Rückfrage könnte da zur Klärung beitragen. Schicken Sie einen Funkspruch mit folgendem Text: Weg nach Boulogne frei. Division bereit zum Vormarsch.«

»Bereit zum Vormarsch?« Meyer starrte Storch ungläubig an. »Die Hälfte unserer Fahrzeuge muß dringend überholt werden, und die Männer haben seit über zehn Tagen nicht mehr richtig geschlafen.«

»Wollen Sie damit sagen, daß die Hälfte unserer Panzer defekt ist?«

Meyer schluckte. Storch wußte verdammt gut, daß er es anders gemeint hatte.

* Meyer meinte also den Kommandeur der Heeresgruppe, General von Rundstedt, der persönlich diesen Befehl erteilt hatte. Der Konflikt zwischen den zwei Lagern – den Befürwortern eines sofortigen Panzervorstoßes bis zum Kanal und den vorsichtigeren Taktierern – dauerte während des ganzen Feldzuges an.

»Nein, Herr General, aber es könnten unterwegs eine ganze Reihe liegenbleiben.«

»Die Panzer müssen also dringend gewartet werden?«

Jetzt war Storchs Stimme wieder sanft, kaum ein leises Murmeln. »Das meinten Sie doch, Meyer, oder?«

»Jawohl, Herr General.«

»Stimmt, Sie haben natürlich recht. Die Überholung der Fahrzeuge hat Vorrang – muß diese Nacht noch über die Bühne gehen.«

»Aber wir haben nur eine Notmannschaft im Einsatz.«

»Dann trommeln Sie die Mechaniker zusammen, Meyer. Setzen Sie jeden Mann ein, den Sie kriegen können. Und holen Sie die Kranken aus den Betten, sofern sie in der Lage sind, auf ihren Füßen zu stehen.«

»Die Männer sind...«

»Und ich wünsche, daß Sie die Arbeiten persönlich überwachen – die ganze Nacht hindurch«, fügte der General maliziös hinzu.

Meyer klemmte sich das Monokel vors Auge. Sein Gesicht war ausdruckslos. Storch wußte genau, daß er fast die ganze letzte Nacht auf den Beinen gewesen war, und Meyer gehörte zu den Menschen, die täglich ihre acht Stunden Schlaf brauchten. ›Er bestraft mich‹, dachte der Oberst, ›weil ich gewagt habe, mich über den Befehl zum Stoppen zu freuen.‹ Er blieb steif stehen, denn ihm war klar, daß Storch noch nicht mit ihm fertig war. Der General nahm den Zettel mit dem Funkspruch wieder in die Hand.

»Ich glaube, wir haben den Sinn dieses Funkspruchs nicht richtig gedeutet, Meyer. Er endet mit den Worten: Weitere Befehle abwarten. Ich will mich mal als Wahrsager betätigen und behaupten, daß diese Formulierung nur unseren weiteren Vormarsch betreffen kann. Es ist daher ungemein wichtig, daß wir jeden Augenblick marschbereit sind. Stimmen Sie mir da zu, Meyer?«

»Natürlich, Herr General.«

»Wir sind fast bis zur Lebensader des britischen Expeditionskorps vorgerückt – fast bis zu den Kanalhäfen. Wenn wir in Richtung Norden stoßen, haben wir Boulogne, Calais und Dünkirchen in zwei Tagen überrollt – vielleicht sogar in einem. Dann sind die Tommies am Ende.«

»In zwei Tagen?«

Meyer war wie gelähmt.

»Im äußersten Fall. Und nun beeilen Sie sich.«

Storch ging zur Tür und drehte sich, bevor er den Raum verließ, noch einmal um.

»Und vergessen Sie den Funkspruch nicht. Sie wissen ja: Weg nach Boulogne frei. Division bereit zum Vormarsch.«

Der Bauer hieß Mandel. Ohne zu zögern, lud er die Panzerbesatzung in sein Haus ein, nachdem er ihnen vorher eine Außenscheune, etwa fünfhundert Meter von der Straße nach Cambrai entfernt, als Versteck für Bert zugewiesen hatte. Bevor sie Bert wegfuhren, hoben Barnes und Reynolds Penn aus dem Turm, brachten ihn in die Küche des Hauses und setzten ihn dort in einen Sessel. Barnes war völlig außer Atem von der Anstrengung. Er warnte Mandel, daß seine Hilfsbereitschaft ihm das Leben kosten könnte, wenn die Deutschen dahinterkamen.

»Machen Sie sich deswegen keine Gedanken«, winkte der Bauer ab. »Wenn der Panzer im Schuppen verschwunden ist, werden die Deutschen ihn niemals finden. Außerdem wird mein Neffe Etienne Wache stehen. Wir können die Straße nach beiden Richtungen weit genug einsehen, um rechtzeitig gewarnt zu sein. Sie können sich dann in einem Graben nicht weit von hier verstecken.«

Es war die zweite glückliche Fügung nach der freundlichen Aufnahme, daß Mandel ausgezeichnet Englisch sprach. Barnes fragte ihn, wo er das gelernt hatte.

»In Ihrer Heimat natürlich. Ich arbeitete mehrere Jahre als Zwiebelverkäufer für das Syndikat in Brest. Mit dem Fahrrad stieg ich immer an Bord der Fähre nach Southhampton, holte dort meine Zwiebeln aus der Markthalle und fuhr dann mit dem Rad durch Hampshire und Surrey. Auf diese Weise lernt man schnell Englisch.«

»Wir bringen jetzt den Panzer weg.«

»Etienne zeigt Ihnen den Weg. Folgen Sie dem Feldweg – ach was, Etienne weiß Bescheid.«

Barnes hatte sich verstohlen umgeschaut. Soweit er gesehen hatte, gab es kein Telefon. Mandel konnte also nicht die Deutschen anrufen und ihnen die Ankunft der Engländer verraten. Barnes glaubte auch nicht ernsthaft an diese Möglichkeit, denn Mandel machte auf ihn einen vertrauenerweckenden Eindruck. Doch war immer Vorsicht geboten.

Der Bauer war etwas über fünfzig, ein untersetzter, kräftiger Mann mit einem stark geröteten Gesicht und einem buschigen grauen Schnurrbart in der gleichen Farbe wie sein dicht gewelltes Haar. Auch seine Frau Marianne zeigte sich in keiner Weise durch die gefährlichen Besucher beunruhigt. Sie war im gleichen Alter wie ihr Mann und trug die Haare streng zu einem Knoten gebunden. Sie strahlte Ruhe und Entschlossenheit aus. Ehe Barnes sie daran hindern konnte, verschwand sie mit der Bemerkung, sie würde etwas zu essen machen. Die beiden Bauersleute paßten ausgezeichnet zusammen.

Barnes überließ Penn der Obhut der Mandels und folgte Etienne zum Panzer. Reynolds saß schon auf seinem Sitz. Der Feldweg war steinig und unter dem wuchernden Gras kaum zu erkennen, doch Etienne dirigierte sie sicher zu der Scheune. Er konnte nur ein paar Brocken Englisch. Gelegentlich schlug er mit der Faust außen gegen den Turm und sagte: »Gut, gut.«

Er war noch etwas zu jung für den Militärdienst, Barnes schätzte ihn auf gute sechzehn Jahre, das Alter, das auch Seft zuerst angegeben hatte. Doch Etienne war ein völlig anderer Typ als der tote Angehörige der deutschen fünften Kolonne. Der Junge war schlank und drahtig, hatte ein frisches, sauberes Gesicht, und in seinen Augen blitzte der Schalk. ›In ein paar Jahren werden die Mädchen auf ihn fliegen‹, dachte Barnes. Sie erreichten das etwas abseits liegende Gebäude, und Etienne sprang vom Chassis, um das riesige Doppeltor zu öffnen.

Reynolds fuhr den Panzer hinein. Barnes sah sich ein wenig um. Bis zum Horizont dehnten sich grüne Felder. Der Feldweg war die einzige Zufahrtsmöglichkeit. Barnes kämpfte mit sich. Seine kleine Kampftruppe war auf zwei Leute reduziert – auf Reynolds und ihn selbst. Bert hier zu verstecken bedeutete, den Fahrer als Wache oder den Panzer unbewacht zurückzulassen. Zögernd entschloß er sich, Bert für diese eine Nacht unbewacht zu lassen, eine Entscheidung, über die sein Truppenkommandeur entsetzt gewesen wäre. Sie müßten ohnehin während der Dunkelheit irgendwie die Straße im Auge behalten – zur eigenen wie auch zur Sicherheit der Mandels. Denn nur von dort drohte ihnen Gefahr. Reynolds und er würden sich die Wache teilen. Als sie zum Haus zurückgingen, brach die Dämmerung herein.

Barnes machte sich Sorgen um die Mandels. Diese netten Leute brachten sich durch ihr menschliches Verhalten in höchste Gefahr. Aber er und seine Leute wären ohne Schlaf keinen Kilometer mehr weitergekommen. Über eine Sache gab's jedoch keinerlei Diskussion: Sie würden auf keinen Fall im Haus schlafen.

Es war schon dunkel, als Marianne den unangemeldeten Gästen ein köstliches Mahl servierte: gebratenes Huhn, Kartoffeln und ein Gemüse, das die Engländer nicht kannten. Sie aßen gemeinsam an einem blank gescheuerten Holztisch in der großen Küche im rückwärtigen Teil des Haupthauses. An den gekachelten Wänden hingen schimmernde Kupferpfannen und -kessel. Barnes und Reynolds machten sich heißhungrig über das Essen her, doch Penn ließ das Besteck sinken. Marianne machte eine Bemerkung, und Mandel, der am Kopfende des Tisches saß, sagte:

»Ihr Freund hat anscheinend keinen Hunger. Vielleicht sind seine Schmerzen zu stark.«

»Es tut mir schrecklich leid...«, begann Penn verlegen.

Marianne sagte rasch ein paar Worte auf französisch, hob Penns Glas mit Wein und bedeutete ihm durch Gesten, wenigstens etwas zu trinken. Dann räumte sie seinen Teller weg. Als sie zurückkam, trank Penn einen Schluck aus seinem Glas. Die Bäuerin nickte zufrieden und sagte etwas zu Mandel. Auch er nickte.

»Davon könnte ich einen ganzen Eimer trinken«, murmelte Penn schwach.

Mandel übersetzte es seiner Frau und lachte über ihre Antwort.

»Sie sagt, solange er einen Eimer davon verträgt, kann es ihm nicht sehr schlecht gehen. Sergeant Barnes, tun Sie mir einen Gefallen und entspannen Sie sich ein wenig beim Essen. Etienne hält draußen Wache und wird uns warnen, wenn wer kommt.«

»Es ist schon dunkel. Wird er sie rechtzeitig sehen?«

»Natürlich, die Deutschen denken überhaupt nicht ans Abdunkeln. Sie fahren mit voll aufgeblendeten Scheinwerfern durch die Nacht, als ob sie schon ganz Frankreich in der Tasche hätten. Diese verdammten Boches!«

Der Bauer machte eine Handbewegung, als schneide er jemandem die Gurgel durch. Marianne runzelte die Stirn, und Mandel mußte lachen.

»Machen Sie sich keine Sorgen«, beruhigte er Barnes. »Sie ist eine gute Frau, die meine Entscheidungen immer mitträgt. Weil ich euch helfe, will auch sie helfen. Auf jeden Fall sehen wir Ihren Panzer lieber als die anderen.«

»Welche anderen?«

»Eine lange deutsche Kolonne kam an unserem Haus vorbei – schwere Panzer, Kanonen und Panzerwagen. Ich glaube, es war eine ganze Division.«

»Wann war das?«

»Vor sechs Tagen. Letzten Samstag. Danach folgten noch etliche Nachschubeinheiten. Die erste Kolonne war bei weitem die längste. Sicher wissen Sie, daß die Deutschen schon in Abbéville sind.«

»Wir hielten es für ein Gerücht«, erwiderte Barnes langsam.

»Ich fürchte, es ist leider wahr. Vielleicht kriegen wir später am Abend noch Besuch aus Abbéville – mein anderer Neffe Jacques. Er kommt aus Lemont in der Nähe von Dünkirchen, wo er bei seinem Vater lebt. Im Moment ist er bei seiner verheirateten Schwester in Abbéville zu Besuch. Vielleicht bringt er interessante Neuigkeiten mit.«

»Wie will er denn herkommen? Ihr Hof liegt doch in der deutschen Besatzungszone.«

»Ich weiß. Aber es ist nicht so wie im letzten Krieg. Die Deutschen stehen zwar in Abbéville, doch nur mit ihren Panzer- und Artillerieeinheiten. Wenn man Sprit hat und so waghalsig ist wie Jacques, kann man so weit fahren, wie man will, solange man die deutschen Straßensperren meidet. Jacques hat diese Fahrt schon einmal gemacht und gesagt, er würde heute abend wiederkommen. Trotzdem ist es ein gewagtes Spiel. Fragen Sie mich nicht, wo er das Benzin her hat. Nicht einmal mir wollte er es verraten. Ich bin fast sicher, er klaut es aus einem deutschen Depot.«

»Man wird ihn erschießen, wenn er sich erwischen läßt.«

»Schauen Sie nicht so verdutzt drein – es ist sicher nicht so schwierig, wie Sie denken. Die Deutschen scheinen knapp an Wachmannschaften zu sein – selbst in wichtigen Benzin- und Waffendepots. Die Fußsoldaten – ist das der richtige Ausdruck dafür? –, also, die Infanterie konnte bei dem Tempo der vorstoßenden Panzer nicht mithalten. Ich war selbst einmal ein Fußsoldat.«

Mandel deutete mit dem Kopf zur Feuerstelle hinüber. In einem hölzernen Rahmen hing dort sein Croix de Guerre. Die Auszeichnung war blankpoliert, das Band jedoch schon verblichen.

Barnes runzelte die Stirn. »Schwer zu glauben, Mandel, daß sie ihre Munitionsdepots unbewacht lassen.«

»Das habe ich auch nicht gesagt. Ich sagte, daß sie zuwenig Leute haben, um die Depots ausreichend zu sichern. Aber Sie können Jacques selbst fragen, wenn er kommt. Er lebte eine Zeitlang bei einer englischen Familie und spricht Ihre Sprache. Sein Vater wollte immer, daß der Junge eines Tages ein international renommierter Anwalt würde.«

»Was geschieht, wenn die Deutschen hier vorbeikommen?«

»Wir müssen uns dann immer an den Straßenrand stellen und zuschauen, damit wir sehen, wie mächtig sie sind.«

»Sehr dumm von ihnen. Wo stehen die alliierten Truppen im Moment. Wissen Sie das zufällig?«

»Ich glaube, in Arras. Wollen Sie nach Arras fahren?«

»Vielleicht.«

»Das wäre Selbstmord.«

Mandel wedelte mit dem Messer durch die Luft.

»Zwischen uns und Arras steht die Wehrmacht. In der Nähe der Front wimmelt es nur so von Soldaten. Es wäre besser, Sie würden westlich an Cambrai vorbeifahren und dann nach Norden auf die Kanalhäfen einschwenken. Wahrscheinlich stoßen Sie so eher auf Alliierte als auf die Boches.«

Sie aßen und redeten. Trotzdem lauschte Barnes mit halbem Ohr immer noch nach draußen. Nach all der Zeit im Freien, immer unterwegs mit dem Panzer, fühlte er sich in dieser Küche beengt, und er mußte ständig an den unbewachten Bert in der Außenscheune denken. Er pickte sich gerade das letzte Stück Huhn auf die Gabel, als er sah, daß Penn den Blick nicht davon losreißen konnte. Wortlos ging Marianne zum Ofen hinüber und stellte dem Corporal einen gefüllten Teller vor die Nase. Mandel grinste.

»Sie hat Ihnen das Essen warmgehalten, weil sie wußte, daß das passiert. Wenn man andere Leute essen sieht, bekommt man eben Hunger.«

Er holte das Glas und prostete Penn zu.

»Bon appétit.«

Während Penn zulangte, gingen die anderen schon zum zweiten Gang über – einer Käseplatte von ungeheuren Ausmaßen. Mandel griff die Frage wieder auf, welchen Weg sie am nächsten Morgen einschlagen sollten, und Barnes hörte ihm schweigend zu. Eine halbe Stunde später tranken sie gerade starken, bitteren Kaffee, als Etienne von der Straße hereingestürmt kam und etwas zu Mandel sagte. Seine Stimme klang besorgt. Mandel erhob sich.

»Ein Auto nähert sich mit hoher Geschwindigkeit von Westen. Es könnte Jacques sein, doch ich denke, es ist besser, Sie verstecken sich.«

Der Bauer holte eine Taschenlampe und führte sie aus dem Haus quer über das Feld zu einem Heustapel in der Nähe der Straße.

»Warten Sie hier, bis ich Sie rufe. Es ist eigentlich noch zu früh für Jacques' Ankunft, doch möglich ist alles. Der Junge fährt wie der Teufel. Wenn er es ist, werde ich Sie rufen.«

»Darf er wissen, daß wir hier sind?« fragte Barnes.

»Als er das letzte Mal kam, übernachtete er bei meinem Bruder in Fontenoy, einem Ort in der Nähe von Beaucaire. Doch zum Schlafen ist er kaum gekommen. Mit ein paar Freunden hat er sich die halbe Nacht um die Ohren geschlagen. Sie hatten einen Telefondraht quer über die Straße gespannt und warteten auf Motorradstreifen, die die Deutschen immer als Vorhut vorausschicken. Sie hatten Glück und fingen einen Fisch. Mit siebzehneinhalb Jahren hat der Junge seinen ersten Deutschen getötet, dieser Teufelskerl.«

»Ziemlich riskant, das Ganze. Die Deutschen könnten sich dafür an Unschuldigen rächen.«

»Wie schon der letzte wird auch dieser Krieg vier Jahre dauern, und wir werden so manche Repressalien erdulden müssen. Jacques geht bald zur Armee und wird dann noch mehr Deutsche töten. Dieser Geist, diese Einstellung ist es, was Frankreich am Ende retten wird. Ich muß gehen. Und erwähnen Sie davon nichts im Beisein von Marianne – sie weiß nichts davon. Manchmal versteht sie nämlich ein paar Brocken Englisch.«

Das Motorgeräusch des Wagens war jetzt deutlich zu hören. Das Fahrzeug fuhr mit hoher Geschwindigkeit, rasch kamen die Scheinwerfer näher.

Penn flüsterte leise in das Dunkel: »Die Leute sind in Ordnung.«

»Stimmt, da vergißt man glatt Lebrun und Konsorten. Für Leute wie diese Mandels kämpfen wir. Aber verhaltet euch jetzt ruhig. Ich bete zu Gott, daß es Jacques ist.«

Jacques wirkte erwachsener und reifer als Etienne, war kräftig gebaut und hatte ein kantiges Gesicht, umrahmt von pechschwarzem Haar. Barnes empfand sofort Sympathie für den Jungen mit den wachen, intelligenten Augen, der ihm begeistert die Hand schüttelte.

»Mein Onkel hat mir von Ihnen erzählt, Sergeant Barnes. Die Deutschen stehen mit Panzern in Abbéville. Ich komme gerade von dort.«

»Wie sind Sie hinter die deutschen Linien gekommen?« fragte Barnes vorsichtig.

»Ich kenne so ziemlich alle Nebenstraßen in dieser Gegend. Außerdem halte ich die Augen offen und informiere mich bei Freunden ständig über die Lage.«

›Außerdem halte ich die Augen offen.‹

Er hatte große Augen, mit dem gleichen spitzbübischen

Blitzen, das Barnes schon bei Etienne bemerkt hatte. Doch war sein Blick frecher, herausfordernder. Den Jungen schien der Gedanke zu belustigen, daß Barnes ihn in Verdacht haben könnte zu lügen.

»Sie sind also hauptsächlich über Seitenstraßen gefahren?«

»Nein, Sergeant.«

War da nicht ein spöttischer Unterton in der Stimme des Jungen? Barnes war fast davon überzeugt.

»Ich bin den größten Teil der Strecke über die Hauptstraße gefahren, die auch die Panzer genommen haben, und nur auf Seitenstraßen ausgewichen, um die Straßensperren zu umgehen.«

»Sind es viele?«

»Drei – alle vor Abbéville. Sie sollten aber auf keinen Fall durch Cambrai fahren. Die Deutschen haben im Rathaus eine Art Gefechtsstab eingerichtet und ab Sonnenuntergang Ausgehverbot verhängt. Doch keiner hält sich daran, weil die Deutschen zu wenig Besatzungssoldaten haben, um ihre Befehle bei der Bevölkerung durchzusetzen.«

Er grinste breit.

»Trotzdem dürfte Ihr Tank in Cambrai nicht gerade willkommen sein.«

›Verdammt! Mir wäre es lieber gewesen, Mandel hätte ihm nichts von Bert erzählt‹, dachte Barnes.

›Er vertraut zu vielen Leuten, fürchte ich.‹ Der Sergeant überlegte kurz. Es war nicht gerade höflich, Mandels Neffen so vor allen Leuten ins Kreuzverhör zu nehmen. Marianne wusch das Geschirr ab, Reynolds half ihr dabei. Penn hing halb liegend in seinem Sessel.

Mandel zündete sich seine Pfeife an. Dann sagte er lachend:

»Fragen Sie ruhig, Sergeant Barnes. Der Junge hat nichts anderes erwartet.«

»Also ist der Weg nach Abbéville abgesehen von Cambrai und den drei Straßensperren frei?«

»Zumindest war er es, als ich herkam. Ich brauchte nur die Straßensperren bei Cambrai zu umgehen. Es war ganz einfach.«

»Sind viele Deutsche in Abbéville?«

»Die Stadt platzt fast aus den Nähten, so viele Panzer und Geschütze sind dort.«

Der Junge runzelte die Stirn und zog wie ein Clown die Augenbrauen zusammen. »Das stimmt nicht ganz. Die meisten Panzer und Artillerieeinheiten standen vor zwei Tagen im nördlichen Stadtbezirk. Seitdem bin ich nicht mehr dagewesen. Außerdem ist dort Ausgangssperre.«

»Wann beginnt die Sperrstunde?«

»Eine halbe Stunde vor Sonnenuntergang. Sie dauert bis eine halbe Stunde nach dem Morgengrauen. Die Deutschen wollen jeden erschießen, der diesen Befehl nicht befolgt. Bis jetzt ist aber noch nichts dergleichen passiert. Ich könnte Sie nach Abbéville bringen«, fügte Jacques hoffnungsvoll hinzu. »Von dort aus könnten Sie nach Norden in Richtung Boulogne weiterfahren. Die Alliierten stehen in Boulogne.«

»Das will ich auch hoffen, verdammt. Was ist mit den deutschen Flugzeugen? Sind am Tag viele in der Luft?«

»Ja, aber sie fliegen meist sehr hoch. Einen einzelnen Tank würden sie wohl kaum entdecken, wenn Sie vorsichtig sind. Über lange Strecken werden Sie keinem einzigen Deutschen begegnen, abgesehen von einigen Nachschubkolonnen. Außerdem rechnen die Boches nicht mit einem englischen Tank hinter den eigenen Linien.«

»Danke, Jacques. Da sind allerdings noch einige Fragen offen. Du bleibst doch über Nacht hier, oder?«

»Nein«, antwortete Mandel für ihn. »Er schläft bei meinem Bruder in Fontenoy. Aber fragen Sie ruhig, wir haben genug Zeit.«

Es ging Barnes weniger um die Fragen, die noch offen waren. Er wußte nun, daß Jacques nicht auf dem Hof übernachtete. Der Sergeant war wieder hellwach, hatte blitzartig die einschläfernde Wirkung des guten Essens und des Weines überwunden und zwang seinen übermüdeten Verstand, abzuwägen und zu kalkulieren, wo er doch dringend ein paar kurze Stunden Entspannung und Schlaf gebraucht hätte, um sich von den Strapazen der letzten zwei Tage zu erholen. Der Junge war sicherlich loyal. Mandel jedenfalls schien davon überzeugt, und der Bauer war kein Dummkopf. Doch war es nur eine Frage der Loyalität? Angenommen, der Junge veranstaltete mit seinen Freunden diese Nacht wieder einen seiner wilden Handstreiche, wurde gefangen und verhört, vielleicht sogar von der SS? Doch er, Barnes, würde es nicht verhindern können. Also lächelte er freundlich. »Vielen Dank, im Moment habe ich keine weiteren Fragen mehr.«

Mandel bot ihnen zwei Kammern zum Schlafen an, doch Barnes lehnte höflich ab und erklärte, sie würden draußen beim Heustapel schlafen, für den Fall, daß die Deutschen überraschend auftauchten. Barnes kam es so vor, als ob Mandel darüber erleichtert sei. Ehe sie das Haus verließen, schlug der Bauer vor, noch Nachrichten zu hören. Barnes registrierte interessiert, daß Mandel automatisch Radio London wählte, als sei dies der einzige vertrauenswürdige Sender. Sie lauschten gespannt, als die dunkle, ruhige Stimme von Stuart Hibberd über den Äther kam.

»... schwere Kämpfe in Boulogne...«

Es war schon nach 23 Uhr, als sie ihre Schlafsäcke hinter dem Heustapel ausrollten. Sie hatten sie mitgenommen, nachdem sie Bert in der Außenscheune geparkt hatten. Während sie noch ihr Lager zurechtmachten, ging der Mond auf, und Barnes war für das fahle Licht, das er verbreitete, richtig dankbar. Es erleichterte die Beobachtung der Straße ungemein. Der Sergeant war keineswegs davon überzeugt, daß die Deutschen ihr Kommen immer schon von weitem durch hell aufgeblendete Scheinwerfer ankündigten. Leise sagte er zu Penn:

»Sie legen sich jetzt hin und schlafen. Es dürfte ohnehin eine kurze Nacht für Sie werden.«

»Welche Wache habe ich?«

»Keine. Ich werde mich mit Reynolds abwechseln.«

»Darf ich wenigstens wissen, wann zum Wecken geblasen wird?«

»Beim Morgengrauen – Punkt 4 Uhr.«

»Also in fünf Stunden – das bedeutet, daß Sie und Reynolds jeder nur zweieinhalb Stunden Schlaf bekommen. Das ist zuwenig. Ich fürchte, Sergeant, Sie haben einen Fall von Insubordination am Hals, Sir. Ich übernehme mein Teil.«

»Sie riskieren ja auch nur einen mittleren Knockout, wenn Sie nicht gleich Ihren vorlauten Mund halten. Machen Sie sich lang und schlafen Sie, Penn – das ist ein Befehl. Wenn ich Sie brauche, wecke ich Sie.«

Es dauerte nur wenige Minuten, bis Penn fest schlief. Er hatte die Welt um sich vergessen. Er lag auf der linken Seite, um die Schulter mit der Wunde nicht zu belasten.

Barnes gab Reynolds seine Befehle.

»Sie legen sich jetzt ebenfalls schlafen. Ich übernehme für die ersten zweieinhalb Stunden die Wache und wecke Sie um 1.30 Uhr. Sie wecken mich dann um 4 Uhr. Wir müssen sehr früh aufbrechen. Behalten Sie während der Wache immer die Straße im Auge – nach beiden Seiten. Und jetzt gute Nacht.«

Wenige Minuten später sah er Jacques in seinem viersitzigen grünen Renault in Richtung Beaucaire davonfahren. Barnes wurde einfach das Gefühl nicht los, daß der Junge das Zünglein an der Waage sein könnte. Dem Sergeant fiel es unsäglich schwer, auf den Beinen zu bleiben, und er wanderte ständig an der mondbeschienenen Straße auf und ab, um seine Gedanken von der schmerzenden Wunde abzulenken. Es wäre besser gewesen, den Verband zu wechseln, doch ihn beschäftigten jetzt andere Probleme. Sie würden nach Norden in Richtung Boulogne–Calais fahren müssen, wo auch Jacques herkam. Dabei würden sie einen riesigen Bogen nach rechts beschreiben, erst nach Westen und dann wieder nach Norden. Barnes bezweifelte, daß sie durchkamen, doch vielleicht bekamen sie unterwegs wenigstens ein paar lohnende Zielobjekte vors Rohr. Der Wunsch, den Deutschen eine Schlappe beizubringen, überlagerte inzwischen alle Gedanken an eine Rückkehr zu seinen Leuten. Die Lage war verdammt ernst, wie die Radiomeldungen bewiesen.

Es war eine warme Nacht, die Luft drückend und schwül, nicht gerade dazu angetan, Barnes wachzuhalten. Er würde drei Kreuze schlagen, wenn der Morgen kam und sie endlich wieder unterwegs waren. Während er die Straße auf und ab wanderte, hatte er das Gefühl, daß dies hier für längere Zeit der letzte friedliche Flecken Erde war. Am nächsten Tag würden sie mitten in den dicksten Schlamassel hineinfahren.

Kurz nach Mitternacht erloschen die Lichter im Haus. Barnes hörte, wie ein Fenster kurz geöffnet und wieder geschlossen wurde. Wahrscheinlich Mandel, der einen Moment Barnes' Schritten lauschte. In der Ferne hörte der Sergeant das Grollen der Geschütze; kurz bevor er Reynolds weckte, verstummten sie. Barnes erschrak. Ihm schien es wie ein Omen für kommendes Unheil.

Er kroch unter Sternen, die ihm heute viel größer vorkamen, in seinen Schlafsack.

Eine Stunde später war er immer noch wach. Er hatte Angst, die Zukunft machte ihm Sorgen, sein Verstand fand keine Ruhe. Dann war er von einem Augenblick zum nächsten eingeschlafen. Die Situation, vor der er sich fürchtete, kam mit dem Morgengrauen.

6.

Samstag, 25. Mai

Der Tank rollte beim ersten Tageslicht aus der Scheune. Er wirkte wie ein unförmiges Monster, das breitspurig den steinigen Felsweg entlangwalzte. Die Lichtfinger der Scheinwerfer machten das erste Tageslicht noch fahler. Über den Feldern hing der Frühnebel in langgezogenen Wolken, und weiße Schwaden tanzten im Scheinwerferlicht. Sie waren um 4 Uhr aufgestanden – nächtliche Schatten in einer Geisterwelt, hohläugig, mit vom Durst ausgedörrter Kehle, kaum fähig, ihre Schlafsäcke das Stück über den Feldweg zum Panzer zu schleppen. Dafür hatten sie die Welt für sich allein, eine dunkle, feindliche Welt. Sie kochten sich etwas Tee und rasierten sich auf Barnes' ausdrücklichen Wunsch. Dann aßen sie etwas Rindfleisch und ein paar Kekse, die Reynolds heimlich für Notfälle gehortet hatte. Schließlich waren doch alle der Meinung, daß der Tag eigentlich ganz gut anfing.

Am Horizont zeigte sich ein schwacher, heller Streifen, als sie aus dem Schuppen auf den Feldweg fuhren. Barnes hatte schon bemerkt, daß die wenigen Stunden Schlaf Penn nicht, wie erhofft, gestärkt hatten. Seine Verdrossenheit bewies es.

»Was ist mit den Mandels?« hatte der Corporal gefragt. »Wollt ihr etwa so einfach ohne ein Dankeswort von hier verschwinden?«

»Natürlich nicht. Wir halten kurz bei der Straße an, und ich schaue noch mal schnell bei ihnen vorbei.«

Während sie langsam auf das Haus zufuhren, gingen im Obergeschoß die Lichter an. Mandel hatte sie sicher gehört. Sicher würde er es undankbar von ihnen finden, daß sie ihn nicht rechtzeitig von ihrem frühen Aufbruch unterrichtet hatten. Aber Jacques war noch dagewesen, als sie das Haus in der Nacht verlassen hatten.

Barnes rieb sich die Arme, um die Morgenkälte aus den Knochen zu treiben. Dabei schaute er in beiden Richtungen die Straße entlang, konnte aber nichts Ungewöhnliches bemerken. Er würde erst wieder ruhiger werden, wenn sie die Mandels unentdeckt verlassen hatten. ›Noch zehn Minuten, dann sind wir auf dem Weg nach Abbéville.‹

Er hatte sich für diese Route entschieden, weil sie, wie man ihnen gesagt hatte, die einzige Straße ohne nennenswerten Verkehr war.

Sie waren schon nahe beim Hof, als Barnes erstarrte. Dann stieß er einen kräftigen Fluch aus und erteilte rasch seine Befehle.

»Anhalten! Scheinwerfer aus!«

Von Beaucaire her schimmerten zwei kleine Lichtpunkte in der Dunkelheit auf. Barnes befahl dem Fahrer, Bert hinter den Heustapel an der Straße zu fahren. Sie mußten abwarten, bis das Fahrzeug vorbei war. Das obere Ende des Stapels befand sich mindestens zwei Meter über Barnes' Kopf, und als er sich vorbeugte, berührte seine Hand einige vorspringende Heuballen. Er sprang vom Panzer und prüfte die Länge. Bert stand völlig in Deckung des Stapels, war von der Straße aus nicht zu sehen. Sie würden den frühen Vogel vorbeilassen und sich dann von Mandel verabschieden. Vielleicht konnte er auch dem Bauern noch einige Lebensmittel abkaufen.

Der Sergeant kniete sich ans hintere Ende der Panzerkette und wartete. Der Tau drang durch den Stoff seiner Kampfhose. Barnes zog mit der rechten Hand den Revolver, war jetzt hellwach.

Die Scheinwerfer wurden größer. Barnes' Nerven begannen zu vibrieren, seine Sinne schlugen Alarm. Er hatte das untrügliche Gefühl, daß es Ärger geben würde. Wenigstens war es nur ein einzelner Wagen.

›Reiß dich gefälligst zusammen, Barnes. Auch in einem einzelnen Wagen können vier Deutsche mit Maschinenpistolen sitzen.‹

Rasch stieg der Sergeant auf das Chassis von Bert und bat Penn, ihm die Maschinenpistole herauszureichen. Dann nahm er seinen Platz wieder ein. Der Wagen war jetzt schon sehr nahe und fuhr mit hoher Geschwindigkeit. Barnes fühlte die unerträgliche Spannung an seinen Nerven zerren. Zum Glück waren sie rechtzeitig auf den Beinen gewesen.

Mit kreischenden Bremsen bog der Wagen von der Straße ab, die Lichtfinger der Scheinwerfer huschten über den Panzer. Der Wagen hielt.

Hatten sie den Tank gesehen? Eine Wagentür fiel ins Schloß. Eine einzelne Gestalt tauchte an der Haustür auf und hämmerte mit der Faust dagegen.

›Ein deutscher Schleifer, der Einlaß fordert‹, dachte Barnes. Als sich die Haustür öffnete, zog er die Maschinenpistole. Ein Lichtstreifen fiel auf den Hof und verlosch, als die Tür wieder geschlossen wurde. Konnte das Jacques gewesen sein? Der Wagen sah aus wie ein Renault, doch im Zwielicht war das nicht so genau zu erkennen. Saßen in dem dunklen Auto noch mehr Leute?

Barnes wollte es genau wissen. Er huschte zur Seitenwand des Hauses hinüber. Hier war er außer Sicht des Wagens. Er kroch an der Hauswand entlang zu einem Fenster, hinter dessen Vorhängen Licht schimmerte. Er konnte zwar nicht hineinsehen, doch hörte er schwache Stimmen. Eine davon klang sehr erregt, die Worte sprudelten wie ein Wasserfall. Vorsichtig kroch der Sergeant zur Vorderfront zurück und hatte gerade die Ecke erreicht, als sich die Haustür wieder öffnete. Schritte hallten auf dem Hof. Barnes erstarrte.

»Sergeant Barnes, es ist nur Jacques, er hat schlechte Nachrichten mitgebracht. Barnes!«

»Hier bin ich, Mandel.«

Er trat auf den Hof hinaus und senkte den Lauf der Waffe. Mandel erkannte sie und betrachtete sie erstaunt, sagte aber nichts. Neben ihm stand Jacques. Sein Hemd war bis zur Brust aufgeknöpft. Hinter ihm wartete Etienne im hell erleuchteten Türrahmen. Mandel kam schnell zu Barnes herüber. Das Hemd hing ihm noch halb aus der Hose.

»Es gibt Probleme. Von seinem Schlafzimmer in Fontenoy kann Jacques über die Felder bis nach Beaucaire sehen, genauer gesagt, bis zu dieser Straße, die aus Beaucaire herausführt. Heute früh hörte er seltsame Geräusche und sah eine lange Lichterkette. Er lief über die Felder und versteckte sich hinter einer Hecke an der Straße. Eine große deutsche Einheit hat Beaucaire von Süden her umgangen und lagert vor der Stadt...«

»Lagert?«

»Verzeihung, das ist das falsche Wort. Wahrscheinlich haben die Deutschen dort nur eine kurze Pause eingelegt. Sie werden hier vorbeikommen, sobald sie weiter vorrücken.«

»Woher will er wissen, daß sie nur einen kurzen Stopp einlegen?«

Jacques trat einen Schritt vor. Sein Verhalten war völlig verändert, er schien ein gänzlich anderer Mensch sein. Mit beschwörender Stimme sagte er: »Darf ich das erklären? Die Einheit dort ist Teil einer Panzerdivision – Panzer und Artillerie also. Die Straße hier ist ihre Aufmarschstraße nach Westen. Es gibt keine andere. Trauen Sie sich zu, vor den Deutschen herzufahren?«

»Das müssen wir einfach. Am besten brechen wir sofort auf. Mandel, kann ich Ihnen ein paar Lebensmittel abkaufen, oder sind Sie selbst knapp?«

»Etienne!«

Mandel drehte sich um, ließ sich von seinem Neffen ein Paket reichen und gab es Barnes.

»Nehmen Sie – meine Frau hat es schon gestern abend hergerichtet. Und es kommt gar nicht in Frage, daß Sie dafür bezahlen. Sie müssen jetzt los.«

Barnes dankte ihm, klemmte das Paket unter den Arm und lief zum Panzer zurück. Die Mandels folgten ihm und beobachteten, wie er in den Turm kletterte, den Kopfhörer aufsetzte und Reynolds den Fahrbefehl gab.

Barnes schaute zu den Franzosen hinunter. Er sah die grauen Stoppeln am Kinn, die dunklen Schatten unter den Augen und die Sorgenfalten auf der Stirn des Bauern. Er hob den Blick. Auf der Straße tat sich nichts, sie lag ruhig und verlassen vor ihnen.

Der Motor röhrte auf, spuckte – und starb ab. Barnes schwieg. Reynolds startete erneut. Der Motor sprang nicht an. Mandel stemmte die Hände in die Hüften und wartete. Alle warteten, nur Reynolds kämpfte verzweifelt gegen die

Tücke der Technik an. Fünf Minuten vergingen, der Morgen dämmerte grau über die Felder herauf, im Osten zeigte sich der erste Goldstreif am Himmel. Bald würde es hellichter Tag sein. Reynolds versuchte es immer wieder, doch der Motor hustete und spuckte nur. Bert rührte sich nicht von der Stelle.

Mandel stand geduldig neben dem Panzer und wartete. Er zeigte nicht die geringste Nervosität. Die beiden Jungen dagegen hatten sich umgedreht und starrten wie gebannt die Straße entlang nach Osten.

»Klappt's nicht?« fragte Barnes Reynolds vom Turm aus.

Der Fahrer drehte den Kopf und schaute zu ihm hinauf. »Ich glaube, der Starter ist defekt.«

»Nun machen Sie schon. Die Panzerkolonne kann jeden Moment hier sein.«

»Müßte mir den Anlasser mal näher ansehen.«

»Wie lange wird das dauern?«

Sofort bereute Barnes seine unüberlegte Frage. Woher sollte Reynolds eine Antwort darauf wissen? Doch diese Unkonzentriertheit war das einzige Anzeichen für seine innere Unruhe und Besorgnis.

»Vielleicht zwei Minuten, vielleicht aber auch zwei Stunden. Ich habe schon auf dem Weg hierher bemerkt, daß mit dem Motor etwas nicht stimmt.«

»Versuchen Sie's noch einmal, bevor Sie nachsehen.«

Barnes beugte sich aus dem Turm zu Jacques hinunter. »Woher wußtest du, daß die Kolonne sich bald wieder in Bewegung setzt?«

»Die Besatzungen blieben in den Panzern. Sie verzehrten ihr Essen im Turm.«

Barnes sah Mandel an. »Scheint so, als ob sie nur kurz angehalten hätten und bald hier sein werden.«

»Das glaube ich auch.«

»Also machen wir noch ein paar Startversuche.«

Reynolds probierte immer wieder, Bert zum Leben zu erwecken. Währenddessen war es hell geworden. Keiner der Männer sprach ein Wort. Barnes ließ den rückwärtigen Hügelkamm, der sich jetzt scharf gegen den Himmel abhob, nicht aus den Augen – den Kamm, auf dem bald die ersten

Panzer auftauchen mußten. Jacques und Etienne rührten sich nicht vom Fleck. Sie hatten die Hände in den Hosentaschen vergraben. Mandel war der einzige, den es nicht am gleichen Fleck hielt. Neben der morgendlichen Kälte jagte eine wachsende Furcht den Wartenden Kälteschauer über den Rücken. Der Bauer verschwand kurz und tauchte wenig später an der Vorderseite des Panzers wieder auf. Er machte ein nachdenkliches Gesicht und musterte mit hochgezogenen Brauen den Tank. Dann sagte er ein paar rasche Worte zu Etienne. Der Junge lief über das Feld zu einem Schuppen neben dem Haus.

»Sergeant, es ist sinnlos«, sagte Reynolds bestimmt. »Ich muß mir den Motor ansehen, und das kann dauern.«

»Okay, versuchen Sie's, aber beeilen Sie sich!«

Barnes hatte gerade den Satz beendet, als er hörte, wie ein Motor ansprang. Etienne fuhr mit einem großen orangefarbenen Räumbagger aus dem Schuppen zu ihnen hinüber. Vor den Fronträdern hing ein riesiges Schaufelblatt an einer hochgefahrenen Gabel und schwankte leicht. Mandel kam zum Turm zurück.

»Der Motor rührt sich nicht, oder?«

»Im Moment noch nicht.«

»Und bald wird die deutsche Kolonne hier vorbeikommen, oder?«

»Damit müssen wir rechnen«, antwortete Barnes leicht irritiert.

»Dann bleibt uns nichts anderes übrig, als den Panzer zu verstecken, nicht wahr?«

»Sie können ihn wohl kaum mit der Räummaschine wegschieben. Das Ding hier wiegt 26,5 Tonnen, und die bewegen Sie mit Ihrem Gerät da keinen Millimeter von der Stelle. Aber Ihr Maschinenpark kann sich sehen lassen, Mandel.«

»Ich habe mir diese Räummaschine von einem reichen Nachbarn ausgeliehen, um Bewässerungsgräben für meine Felder auszuheben. Sie haben natürlich recht, daß ich damit Ihren Tank nicht wegziehen oder -schieben kann, Sergeant Barnes. Wir müssen eben logisch vorgehen – also den Tank dort lassen, wo er ist, ihn aber trotzdem verstecken. Das ist die einzige Möglichkeit.«

»Ich fürchte, ich verstehe nicht ganz.«

»Wir müssen Ihren Panzer leider etwas verwandeln. In einen Heustapel zum Beispiel.«

»Wie, zum Teufel, wollen Sie das denn anstellen?«

»Der Heustapel da an der Straße besteht aus gebündelten, rechteckigen Ballen, die man einfach aufeinander stapelt. So können wir immer nach Bedarf kleinere Mengen von oben wegnehmen. Die Ballen haben wir mit der Räumgabel gestapelt. Wir werden den Stapel einfach abräumen und ihn um Ihren Panzer herum neu aufschichten. Aber wir sollten besser gleich damit beginnen – wir alle!«

»Ich fürchte, dafür bleibt uns nicht genügend Zeit, selbst, wenn es wirklich ginge.«

»Das geht schneller, als Sie glauben. Etienne!«

Mandel sagte ein paar Worte auf französisch. Barnes befahl Reynolds, Penn aus dem Panzer zu helfen. Sie setzten den Corporal etwas abseits ins Gras. Währenddessen machte Etienne sich schon an die Arbeit. Er gabelte den äußersten Ballen an der der Straße zugewandten Seite in die riesige Metallhand, fuhr um den Stapel herum, ließ ihn auf den Boden rollen und fuhr zurück.

Mandel erklärte ihr Vorgehen.

»Den hinteren Teil des Stapels lassen wir stehen und schichten die anderen Ballen um den Panzer herum auf. Wir haben dann noch genug übrig, um ihn auch von oben abzudecken.«

Etienne arbeitete bereits mit Feuereifer und machte seine Sache ausgezeichnet. Barnes blickte immer wieder nach Osten. Eine unsichtbare Gefahr ging von dem öden Asphaltband aus, und der Sergeant hatte die Szene fast bildlich vor Augen. Eben noch völlig verlassen, ein Bild des Friedens – und gleich darauf der erste Panzer auf dem Hügelkamm, gefolgt von einer ganzen Armada von schweren Kampfmaschinen. Wenn die Deutschen Bert hier fanden, würden sie die Mandels an die Wand stellen.

Barnes gab sich einen Ruck.

»Okay, wir versuchen es. Penn, Sie beobachten die Hügelkuppe. Bei der ersten verdächtigen Bewegung brüllen Sie wie der Bulle von Bashan. Reynolds, lassen Sie den Motor in Ruhe. Hier gibt's Arbeit.«

Systematisch teilten Mandel und Barnes die Arbeit ein. Während Jacques und Reynolds hinter dem Heck eine Wand aus Heu aufschichteten, machten Barnes und Mandel, das zweite Team, das gleiche vorn an der Nase. Auch hier bewies Mandel wieder einmal seine weise Voraussicht.

»Wenn die Kolonne früher als erwartet auftaucht, haben wir wenigstens vorne und hinten Sichtschutz. Mit etwas Glück bemerken sie die offene Rückseite vielleicht überhaupt nicht.«

»Hoffen wir, daß wir dieses Glück nicht brauchen.«

Eine halbe Stunde später befielen Barnes wieder Zweifel. Die Deutschen mußten jeden Moment auftauchen und erwischten sie dann mitten in der Arbeit. Der Sergeant mahnte alle zur Eile. Die Morgenluft war immer noch kalt, doch die Männer hatten die Jacken abgelegt und arbeiteten fieberhaft, stemmten die riesigen Heuballen hoch, schleppten sie dicht an den Panzer und schichteten sie zu Wänden auf. Die beiden Frontwände vor und hinter dem Tank waren halb fertig, als Marianne ein Tablett mit heißem Kaffee herausbrachte. Sie setzte es im Gras ab, sah den Männern eine Minute lang schweigend zu und verschwand dann wieder im Haus. Mandel grinste Barnes über einen Ballen hinweg an.

»Sie deuten ihr Verhalten sicherlich falsch. Sie weiß, daß Frauen ihren arbeitenden Männern nicht im Weg stehen dürfen. Auch wenn sie uns Essen und Wein aufs Feld bringt, verhält sie sich so.«

»Sie macht sich sicher Sorgen.«

»Wir alle sind besorgt. Machen wir, daß wir unseren neuen Heustapel zu Ende bringen, dann brauchen wir uns nicht mehr zu sorgen.«

Da irrt er sich, dachte Barnes. Auch wenn wir rechtzeitig fertig werden, fängt das große Zittern erst an, ob die Deutschen den Panzer finden. Er schaute zu Penn hinüber, der sich an einen Zaunpfahl lehnte und nach Osten zu dem Hügel schaute. Wir werden nicht rechtzeitig fertig, dachte Barnes. Er wurde dieses Gefühl einfach nicht los.

»Egal, ob wir es schaffen, Mandel, Sie sollten auf jeden

Fall verschwinden, bis die Deutschen vorbei sind. Gehen Sie mit Ihrer Familie in die Felder.«

»Wir könnten uns selbstverständlich verstecken, was wir sicher auch tun, wenn die Boches zu früh auftauchen. Werden wir aber rechtzeitig fertig, müssen wir auch hierbleiben. Es sähe seltsam aus, wenn der Hof um diese Tageszeit verlassen ist.«

»Ganz und gar nicht. Überall in Frankreich sind die Menschen auf der Flucht.«

»Stimmt, mein Freund, aber sie schleppen ihre Habe mit sich. Jeder, der das Haus betritt, sieht aber sofort, daß alles noch da ist, und weiß dann, daß wir uns nur verstecken. Sie könnten uns das Haus anzünden. Außerdem ist da noch Jacques' Wagen, der sofort verrät, daß jemand in der Nähe sein muß.«

»Verstecken Sie ihn doch in der Scheune, wo Bert stand.«

Sie legten den Ballen auf die langsam wachsende Wand aus Heu. Vorder- und Hinterwand waren jetzt gleich hoch und verdeckten Berts stählerne Hülle schon zur Hälfte. Das ganze Unternehmen dauerte viel zu lange.

»Ihre Idee mit dem Wagen ist gut«, sagte Mandel. »Wenn sie nämlich Jacques' Papiere prüfen, sehen Sie, daß er aus Lemont kommt, und werden sich fragen, wieso er hier ist. Das beste ist, er bringt den Wagen sofort weg und versteckt sich zusammen mit Ihnen.«

Eine Stunde später waren sie ein gutes Stück weitergekommen. Der Tank versank langsam im Heu. Etienne beschleunigte das Ganze, indem er die Heuballen nun direkt mit der Räumschaufel oben auf den Stapel absetzte, so daß die anderen sie nur noch zurechtzurücken brauchten. Bald hatten sie die Stirnwände fertig und machten sich an die Rückwand. Nach einer halben Stunde war sie schon über 1,50 Meter hoch, nur der Turm schaute noch oben heraus wie bei einem in ein Meer von Heu eingetauchten U-Boot. Alle arbeiteten sie jetzt wie die Wahnsinnigen, hatten sich auf die Mauer aus Heu und das Panzerchassis gestellt und zerrten die Ballen in die richtige Lage, gönnten sich keinen Moment Ruhe. Die unausgesprochene Drohung, kurz vor Fertigstellung des Verstecks von den

Deutschen überrascht zu werden, trieb sie noch mehr zur Eile.

Mandel und Reynolds arbeiteten inzwischen mit nacktem Oberkörper. Der Schweiß auf ihrer Haut glänzte in der Morgensonne. Es würde wieder ein schöner Tag werden – für die Deutschen.

Die ganze Zeit, während sie arbeiteten, hatte sich auf der Straße nichts gerührt. Nicht einmal ein Bauernfuhrwerk war vorbeigekommen. Barnes wunderte sich und fragte Mandel. Der Bauer lachte nur grimmig.

»Auf diese Straße traut sich niemand mehr, seit alle wissen, daß die Panzer sie als Aufmarschweg benutzen. Meine Nachbarn machen kilometerweite Umwege über Nebenstraßen, um den Deutschen aus dem Weg zu gehen.«

»Was passiert denn, wenn die Panzer auf Zivilfahrzeuge stoßen?«

»Sie drängen sie einfach in den Graben. Nichts darf ihren Vormarsch aufhalten. Deshalb meiden die Leute diese Straße. Aber sehen Sie, Sergeant, gleich sind wir fertig.«

Jetzt fehlte nur noch das ›Dach‹ auf dem Gebilde, die Sahne auf dem Kuchen, wie Mandel sagte...

Bares und Reynolds stellten sich oben auf die Wände aus Heu, und Etienne reichte ihnen die Ballen mit der Räumgabel zu. Die Arbeit war schwerer als vermutet, denn zuerst mußten sie die Hohlräume um die Ketten, die Kanone und den Turm füllen. Die Kanone erwies sich als das größte Problem, denn sie mußten das Heu regelrecht um das Rohr schichten, um es abzudecken. Diese Arbeit war zeitraubend. Trotzdem hatten sie es schließlich geschafft. Die Abdeckung wies allerdings merkwürdige Höcker auf. Doch auch hierfür wußte Mandel eine Lösung. Er zeigte Etienne, was er mit der Räumgabel machen sollte. Barnes stand auf der Straße und beobachtete, wie die Maschine vorwärtsfuhr und Etienne die Gabel in die höchste Position hievte. Über dem ›Dach‹ ließ er sie immer wieder nach unten fallen und hämmerte so die Buckel platt. Selbst Barnes mußte nachher zugeben, daß der Heustapel von der Straße aus völlig normal aussah. Niemand würde darauf kommen, daß darunter ein Panzer versteckt war. Sein Blick senkte sich, sein Mund wurde schmal. Ein hübsches Rechteck aus Heu und geknicktem Gras zeigte deutlich, wo der Heustapel vorher aufgeschichtet war.

»Mandel, die Deutschen werden das sehen. Es war alles vergebens.«

»Alles wird funktionieren, keine Sorge. Sie werden schon sehen.«

Reynolds und Etienne kamen vom Hof herüber und schleppten eine große Plane heran, die sie unter Mandels Anleitung über das Rechteck breiteten. Der Bauer sammelte einen Arm voll Heu vom Boden und verstreute es auf der Plane.

»Sehen Sie, es hat keinerlei Bedeutung mehr. Eine perfekte Tarnung. Die Plane könnte vom Heustapel gerutscht oder heruntergezogen worden sein, um die Ballen in der Sonne austrocknen zu lassen. Wir können jetzt beruhigt ins Haus gehen und auf sie warten.«

»Ich meine immer noch, Sie sollten sich mit uns auf den Feldern verstecken.«

»Nein, wir werden sie hier willkommen heißen – auch quasi als Tarnung. Solange wir uns am Straßenrand aufstellen, um sie als Helden zu bewundern, sind sie ganz zufrieden und glücklich. Kommen Sie, trinken Sie einen Schluck Wein.«

»Nein, ich werde hierbleiben und Penn ablösen. Warum wirft Etienne die restlichen Ballen auf den Hof?«

»Um etwas Unordnung zu machen, die ihre Aufmerksamkeit von anderen Dingen ablenken soll, wenn sie vorbeikommen. Überlassen Sie ruhig alles mir, und machen Sie sich keine Sorgen, wenn Sie bei der Ankunft der Boches Qualmwolken sehen. So, und jetzt trinken wir auf den Panzer. Marianne wird Ihnen ein Glas Wein herausbringen.«

Barnes begab sich zur Straßenmitte und beobachtete von dort aus die verlassene Hügelkuppe. Was war, wenn die Panzer nicht kamen – nach all ihren Mühen? Aber sie hatten auf dieser Seite von Beaucaire gestoppt, und er erinnerte sich, daß es außer zwei kleinen Landstraßen keine Abzweigungen von dieser Hauptstraße gab.

Würden sie mit ihrer List durchkommen? Barnes betrachtete nochmals den Heustapel. Er wirkte tatsächlich echt. Die Deutschen durften nur nicht mit ihren Bajonetten darin herumstochern. Und selbst wenn, mußten die Seitengewehre schon ziemlich lang sein, um an Berts Hülle zu kommen. Außerdem war dies eine Tarnung, die nicht in den Kriegslehrbüchern geschrieben stand.

Ab und zu sah Barnes in die andere Richtung nach Cambrai oder suchte den tiefblauen Morgenhimmel ab. Kein Wölkchen war zu sehen und – viel wichtiger – kein einziges Flugzeug. Man mochte kaum glauben, daß Krieg war.

Wenige Minuten später, genau um 7.15 Uhr, hastete Barnes mit langen Sätzen auf das Haus zu, aus dem Marianne gerade mit einem Glas Wein in der Hand heraustrat. Er würde dieses Glas nie leeren können. Er hatte gerade den ersten deutschen Panzer über den Hügelkamm kriechen sehen.

Sie lagen ausgestreckt in einem Graben, ein gutes Stück vom Haus entfernt. Barnes konnte es immer noch gut sehen. Der Graben war ausgetrocknet und von Unkraut überwuchert. Die Deutschen mußten schon über sie stolpern, um sie in ihrem Versteck zu entdecken. Der Graben lag weitab vom Haus, von der Straße und von der Scheune, wo sie den Renault versteckt hatten. Penn, Jacques und Reynolds lagen hinter Barnes, der die Maschinenpistole schußbereit vor der Brust hielt. Der Sergeant hatte Jacques absichtlich zwischen seine beiden Kampfgefährten plaziert, denn er war sicher, daß sie hier zwei oder drei Stunden ausharren mußten, und er wußte nicht, wie ausdauernd der Junge war. Er hatte Reynolds beiseite genommen und ihm präzise Anweisungen gegeben.

»Sollte er die Nerven verlieren, und Sie sehen keine andere Möglichkeit, ziehen Sie ihm den Revolver über den Kopf.«

Durch ein Büschel Unkraut konnte Barnes den Hof und ein Stück der Straße einsehen. Das Bild war ungemein friedlich, eine Idylle ohne eine einzige Menschenseele. Sein Blick fiel auf den Heustapel, der sich gut in diese Szenerie einfügte. Zum zweitenmal innerhalb von zwölf Stunden war Bert allein.

Barnes' Körper versteifte sich. Auf der Straße unterhalb des Hauses hörte er das Knattern eines Motorrades. Die Streife mußte den Panzer an der Spitze überholt haben und brauste jetzt heran. Ein Krad mit Seitenwagen kam in Sicht, bog von der Straße ab und rollte auf den Hof vor dem Wohnhaus.

Penn fragte mit gedämpfter Stimme: »Sind sie da?«

»Nur ein Motorrad mit Seitenwagen. Sie sind zum Hof eingebogen.«

»Hoffen wir, daß Mandel mit ihnen klarkommt.«

»Das wird er, solange sie nicht in dem Heuhaufen herumstochern.«

»Da qualmt etwas – direkt unterm Dach.« Penn stützte das Kinn auf den Grabenrand. »Sie können doch nicht schon den Hof angezündet haben.«

»Nein. Der schlaue Alte hat die übriggebliebenen Heuballen, die Etienne in den Hof geworfen hat, angezündet. Damit will er die Aufmerksamkeit der Deutschen ablenken.«

Zum erstenmal fragte sich Barnes, welchen Dienstgrad Mandel im Ersten Weltkrieg wohl gehabt haben mochte.

»Irgendein Zeichen von den beiden Deutschen?« wollte Penn wissen.

»Nein, wahrscheinlich stehen sie noch vorm Haus. Nehmen Sie den Kopf herunter. Und informieren Sie die anderen.«

Auf der Straße schob der erste schwere deutsche Panzer seine Nase am Haus vorbei, der Kommandeur stand aufrecht im Turm. Die Kampfmaschine schien über die Straße zu schweben, und über das offene Feld drang das leise Klirren der rotierenden Ketten. Barnes schätzte die Geschwindigkeit des Fahrzeugs auf etwa zwanzig Kilometer pro Stunde; das Rohr war in einem Winkel von etwa zehn Grad hochgefahren. Ein weiterer Tank schob sich ins Blickfeld, dann noch einer und noch einer...

Sie hatten es anscheinend eilig, ihr unbekanntes Ziel zu erreichen. Barnes wunderte sich darüber, daß sie mit kaum nennenswertem Abstand voreinander fuhren. Der Kolonnenführer war entweder ein großer Dummkopf oder wußte ganz genau, daß er keine feindlichen Luftangriffe zu befürchten hatte. Während Barnes grimmig den Vorbeimarsch der Feinde beobachtete, kamen ihm wieder die Mandels in den Sinn.

Was, zum Teufel, war im Haus los? Von den Bewohnern war nichts zu sehen, und das Motorrad stand immer noch auf dem Hof. Langsam verzog sich der Rauch des Feuers, bis sich nur noch eine dünne Wolke über dem Hausdach kräuselte.

Neben seiner Maschinenpistole lag das Fernglas, das Barnes jedoch nur im äußersten Notfall benutzen wollte. Denn die Gefahr war groß, daß sich das Sonnenlicht in den Gläsern brach und einen der Panzerkommandeure aufmerksam machte. Dann wäre alles aus und vorbei.

Barnes stellte sich seelisch schon auf ein langes Warten ein. Solange beim Haus alles ruhig blieb, hatten sie kaum etwas zu befürchten. Es war dann in der Hauptsache eine Frage der Geduld; sie mußten nur abwarten, bis der Feind verschwunden war. Er hatte diesen Gedanken kaum zu Ende gedacht, als er das Flugzeug hörte.

Sofort erinnerte sich Barnes wieder an den Aufklärer, der die Gegend südlich von Fontaine für die vorrückenden Panzerkolonnen inspiziert hatte. Der Ort und die Gegend würden in Barnes' Gedanken immer nur Fontaine heißen. Der Körper des Sergeants straffte sich, ihm wurde fast übel, als ihm die Gefahr voll bewußt wurde. Er hätte sich ohrfeigen können für seinen Leichtsinn. Die relativ gute Deckung, in der sie sich sicher fühlten, verwandelte sich von einem Moment auf den anderen in eine gefährliche Falle. Sie schwebten in höchster Gefahr.

Am Auf- und Abschwellen des Flugzeugmotors konnte Barnes schon hören, daß der Flieger eine sehr niedrige Kreisbahn zog. Es war genau der Punkt, der dem Sergeant völlig entgangen war, auf den er aber in jedem Fall hätte achten müssen.

Er rollte sich in eine Seitenlage und sagte schnell über die Schulter: »Ein Aufklärer. Fliegt wahrscheinlich sehr niedrig. Nicht das kleinste Barthaar darf sich mehr bewegen, klar? Weitersagen!«

»Ich bin doch hier der einzige mit einem Bart«, maulte Penn.

Ihr Versteck bot einen guten Sichtschutz am Boden, doch aus der Luft sah die Sache ganz anders aus. Alle vier Männer lagen dicht beieinander. Der Aufklärer flog anscheinend kaum fünfzig Meter hoch. Vielleicht konnten sie ihrer Entdeckung entgehen, wenn sie sich völlig regungslos verhielten. In dem menschenleeren Gebiet mußte die kleinste Bewegung die Aufmerksamkeit eines geübten Beobachters auf sich ziehen.

Barnes drückte den Körper tiefer in den Graben und drehte langsam den Kopf zur Seite, bis er einen schmalen Streifen des blauen Himmels sehen konnte. Das Flugzeug war, nach dem Motorgeräusch zu urteilen, sehr nah. Im nächsten Moment sah Barnes es im Himmelsblau aufblitzen. Es flog nicht einmal vierzig Meter hoch; deutlich erkannte Barnes den Helm des Piloten. Dann verschwand das Flugzeug aus seinem Sichtwinkel. Der Sergeant befeuchtete mit der Zunge seine Lippen, lag aber gleich wieder stocksteif.

Die Maschine drehte eine Schleife und kam zurück. Sie konnten doch nicht so rasch entdeckt worden sein? Hatte sich jemand bewegt? Jacques fiel ihm wieder ein. Der Sergeant unterdrückte einen Fluch. Wenn der Junge sich bewegt hatte, wäre Reynolds nicht in der Lage gewesen, etwas dagegen zu tun. Ja, der Flieger kam tatsächlich zurück, kam immer näher. Was mochte wohl des Piloten Aufmerksamkeit geweckt haben? Barnes gerann fast das Blut in den Adern, als ihm die mögliche Ursache einfiel.

Der Flieger wollte offensichtlich den Heustapel genauer unter die Lupe nehmen. Überdeutlich erkannte Barnes ihren schrecklichen Fehler. Er hatte selbst von der Straße das Aussehen des Stapels noch überprüft, weil er annahm, daß von dort die größte Gefahr drohte, und darüber die Luftaufklärung völlig vergessen. Er erinnerte sich: Die Oberfläche des Stapels war uneben gewesen, und Etienne hatte mehrmals die Räumgabel darauffallen lassen, um sie auszugleichen. Wenn nun ein paar Ballen in den Zwischenraum zwischen dem Chassis und den Seitenwänden gefallen waren? Dann wäre Bert jetzt aus der Luft deutlich zu erkennen.

Penn tippte Barnes auf die Schulter. »Stimmt was nicht? Ich sah, wie Sie zur Pistole griffen.«

»Nein, alles ist okay«, antwortete Barnes. »Aber jetzt keine Bewegung mehr, der Flieger rauscht wieder an.«

Der Aufklärer war zwar noch nicht zu sehen, doch wurde das Motorengebrumm lauter. Die Maschine beschrieb einen kleineren Kreis mit dem Bauernhaus im Zentrum – oder dem Heustapel. Vorsichtig hob Barnes den Kopf, achtete darauf, daß sich das Unkraut nicht bewegte. Die drei Mandels standen an der Straße. Gerade rollte ein Geschütz auf einer Selbstfahrlafette an ihnen vorbei.

Von der Motorradstreife war nirgends etwas zu sehen. Wahrscheinlich war sie in der Zeit abgefahren, als Barnes den Kopf auf den Boden gepreßt hatte. Er beobachtete die Mandels und versuchte aus ihren Bewegungen irgendwelche Schlüsse zu ziehen. In diesem Augenblick kam der Aufklärer wieder in Sicht. Er flog quer über die Straße genau auf ihr Versteck zu. Barnes verharrte regungslos und widerstand der Versuchung, den Kopf herunterzuducken. Die Mandels sahen zu dem Flugzeug hinauf und senkten den Blick pflichtgemäß, als der nächste schwere Panzer vorbeiratterte. Der Kommandant schaute zu ihnen herunter. Hatte er etwas gesagt?

Der Aufklärer ging tiefer und rauschte über das Versteck der Männer hinweg. Was hatte den Burschen in der Kanzel nur so neugierig gemacht?

Barnes versuchte, sich in die Situation des Piloten zu versetzen. Was würde er an dessen Stelle tun? Beim Anblick eines Panzers in einer Remise aus Heu würde er sich erst einmal fragen, ob er richtig gesehen hatte, einen erneuten Anflug machen und sich die Sache aus der Nähe betrachten. Dies könnte das Flugmanöver sein, das der Pilot gerade vornahm.

Dann würde Barnes das verdächtige Objekt zum drittenmal überfliegen und gleichzeitig den Kolonnenführer über Funk alarmieren. Jedenfalls würde ich das so machen, dachte der Sergeant.

War der Flieger weg? Er lauschte angestrengt. Seine Wunde schmerzte an diesem Morgen besonders heftig, und in dieser verrenkten Körperhaltung wurde sein rechtes Knie, das er sich an dem Unterwasserfelsen gestoßen hatte, langsam taub. Nein, der verdammte Hund da oben flog noch eine dritte Schleife direkt über den Heustapel und dann genau auf ihr Versteck zu. Dabei wackelte er mit den Flügeln.

Warum wackelte der Kerl? War das ein Signal? Barnes fühlte sein Bein kaum noch. Die Kleider klebten ihm am Körper. Sie saßen in der Falle und konnten nur hoffen, daß das seltsame Verhalten des Piloten einen anderen Grund hatte.

Der Aufklärer flog dicht über ihnen dahin und drehte auf seinen ursprünglichen Kurs ab. Barnes beobachtete die endlose Kolonne in Richtung Westen und zählte dabei die Fahrzeuge.

Zehn Minuten später wartete er immer noch auf die Rückkehr des Flugzeugs, ehe er begriff, daß Bert nicht entdeckt worden war. Das Flugzeug tauchte nicht mehr auf. Über eine Stunde mochte Barnes nicht an ihr Glück glauben, rechnete jeden Augenblick damit, daß Soldaten den Heustapel umstellten. Immer noch rollten Fahrzeuge vorbei, und die Mandels beobachteten geduldig diese Demonstration ungeheurer militärischer Schlagkraft.

Wie viele Panzer hatten die Deutschen eigentlich? Barnes überschlug grob die Anzahl der Panzer und Geschütze, die ihnen auf ihrer Irrfahrt seit Etreux begegnet waren, und verdoppelte die Summe noch. Das deutsche Oberkommando mußte drei oder vier voll ausgerüstete Panzerdivisionen in Nordfrankreich im Einsatz haben.* Das britische Expeditionskorps verfügte dagegen nur über eine Panzerbrigade und ein Panzerregiment.

Eine Berührung an der Schulter machte Barnes darauf aufmerksam, daß Penn mit ihm sprechen wollte.

»Ich dachte, es würde Sie interessieren, daß ich von Ameisen schon halb aufgefressen bin. Außerdem habe ich einen Krampf im Bein. Nichts also, worüber man sich sorgen müßte. Trotzdem sollten Sie's wissen.«

»Nett von Ihnen, Penn, daß Sie mich auf dem laufenden halten.«

* Barnes hatte sich verschätzt. Zu General von Rundstedts Heeresgruppe A gehörten sieben Panzerdivisionen mit über zweitausend Panzerfahrzeugen.

»Von jetzt ab werde ich regelmäßig Meldung machen.«

Auch Barnes hatte gemerkt, daß ihm Ameisen unter die Uniform krochen, hatte das Krabbeln der kleinen Insekten auf der Haut zum erstenmal gespürt, als der Aufklärer über sie hinwegrauschte, zu einem Zeitpunkt also, als die geringste Bewegung sie hätte verraten können. Es gab keine Möglichkeit, den Vormarsch der kleinen Feinde aufzuhalten. Barnes fühlte ihr Kitzeln schon auf dem Bauch und an den Schenkeln. Es machte ihn beinahe wahnsinnig.

Penn tippte ihm wieder auf die Schulter. »Ich höre nichts mehr. Was ist los?«

»Ich glaube, die Kolonne ist vorbei. Gerade hält ein Stabswagen vorm Haus.«

»Vielleicht ein General – die fahren immer hinter der Kolonne her.«

»Der Offizier ist mit den Mandels ins Haus gegangen. Wird sicher nicht lange bleiben, denn der Fahrer sitzt noch im Wagen.«

Zum Glück bekam Barnes das Gespräch nicht mit, das im Haus geführt wurde. Er wäre sonst vor Sorge schier umgekommen.

Äußerlich blieb Mandel ganz ruhig, als der Stabswagen langsam heranfuhr und dann stoppte. Seine Miene war ausdruckslos, er hatte die Daumen in den Hosenbund gesteckt. Im Innern aber fühlte der Bauer, daß ihm das Schicksal just in dem Moment, als er schon glaubte, alles sei gut überstanden, schlechte Karten zuschob.

Der Major, der vorn neben dem Fahrer saß, trug eine untadelige, frisch gebügelte Uniform. Die Offizierskappe hatte er verwegen in die Stirn gezogen. Eine Minute lang blickte er schweigend hinter der in der Ferne entschwindenden Kolonne her. Dann zeigte er den Mandels sein wie aus Stein gemeißeltes Profil und setzte zum Sprechen an. Sein Französisch klang sehr guttural.

»Ich denke, dieser Anblick dürfte Sie sicher von der Unbesiegbarkeit der deutschen Wehrmacht überzeugt haben, oder?«

»Er hat sicherlich nicht seinen Eindruck verfehlt«, entgegnete Mandel diplomatisch.

»Gut, gut.«

Der Major stand auf und stieg aus dem Wagen, schloß die Tür und schaute von oben auf Mandel herab.

»Sie haben genügend Lebensmittel?«

»Für den Moment reicht es gerade, aber später...«

Der Bauer breitete vielsagend die Hände aus und ließ sie wieder sinken.

»Auch zu trinken?«

»Damit verhält es sich ähnlich.«

»Sehr schön. Wollen Sie mich nicht ins Haus bitten? Vielleicht bescheinige ich euch dann, daß ihr gute, vertrauenswürdige Leute seid. Das könnte euch sehr von Nutzen sein, wenn die nächste Kolonnne vorbeikommt. Es ist nämlich schon vorgekommen, daß französische Zivilisten auf deutsche Truppen geschossen haben. Manche Kommandeure sind deshalb übernervös und leider mit voreiligen Urteilen schnell bei der Hand.«

Wortlos drehte Mandel sich um und ging zum Haus voraus. Seine Miene war immer noch ausdruckslos. Vor der Tür blieb er stehen, ließ seine Frau und Etienne zuerst eintreten und wartete dann auf den deutschen Offizier. Der Major war in der Hofmitte stehengeblieben, nahm aus einem goldenen Etui eine Zigarette und zündete sie an. Dabei betrachtete er die Reste des noch schwelenden Heuhaufens.

»Wie ich sehe, hat's bei Ihnen vor kurzem gebrannt.«

»Ja, das Feuer brach kurz vor Ankunft der Kolonne aus. Zwei Ihrer Leute haben uns freundlicherweise beim Löschen geholfen.«

»Das überrascht mich keineswegs. Die verlogene Propaganda der Engländer mag über die deutschen Soldaten verbreiten, was sie will – sie sind immer ritterlich. Sie haben es ja jetzt am eigenen Leib erfahren und können Ihren Landsleuten erzählen, wie die Deutschen wirklich sind.«

Mandel sparte sich eine Antwort. Der Offizier zog an seiner Zigarette und ließ den Blick umherschweifen. Schließlich deutete er auf den Heustapel an der Straße.

»Wie gut, daß dieser Haufen da nicht Feuer gefangen hat. Wäre sicher eine Tragödie für Sie, nicht wahr?«

»Wir achten stets darauf, im Heu nicht zu rauchen«, erwiderte Mandel. Er hielt es für klüger, dem Deutschen zu antworten.

»Na schön. wir sollten Ihre gute Frau nicht länger warten lassen. Ich bin sicher, sie mag es nicht, wenn im Haus geraucht wird.«

Mit diesen Worten ließ der Offizier seine Zigarette auf ein paar Strohhalme fallen, die sofort lichterloh brannten. Mandel überzeugte sich davon, daß die Flammen sich nicht ausbreiten konnten, und folgte dem Deutschen ins Haus. In der Küche betrachtete der Major eingehend den gerahmten Orden an der Wand.

»Das Croix de Guerre. Ich habe also das Vergnügen mit einem alten Soldaten. Ich vermute, die Auszeichnung erhielten Sie im letzten Krieg?«

»Vielleicht sogar zur gleichen Zeit, als man Ihnen das Eiserne Kreuz an Ihren Uniformrock steckte«, antwortete Mandel höflich.

Der Offizier warf ihm einen raschen Blick zu und nestelte an seinem Orden herum. Marianne stand mit vor der Brust verschränkten Armen beim Tisch und blickte aus dem Fenster über die Felder. Mandel hätte sie am liebsten nach oben geschickt, doch wußte er genau, daß sie durch ihre Anwesenheit die gespannte Situation entschärfen wollte. Neben ihr stand Etienne mit gesenktem Kopf und starrte auf den Herd.

Plötzlich sagte der Major in barschem Ton: »Sie sagten, Sie hätten reichlich zu trinken. Da meine Leute Ihnen so freundlich geholfen haben, steht Ihnen eigentlich eine Belohnung zu. Zwei oder drei Flaschen Cognac wären da schon angemessen, finden Sie nicht?«

So ist das also, dachte Mandel, er ist auf Beute aus. Und einen solchen Mann machen die Deutschen zum Offizier. Wenn er so gerne Schnaps trinkt, ist er möglicherweise unberechenbar. Ich muß auf der Hut sein.

»Ich habe keinen Cognac, Herr Major, aber vielleicht genügen auch ein oder zwei Flaschen Wein. Trinken Ihre Leute lieber Weiß- oder Rotwein?«

»Ich glaube, Cognac wäre ihnen lieber.«

Die Stimme des Deutschen war zu einem Flüstern herabgesunken. Er stand jetzt kerzengerade da, seine Nasenflügel bebten, und die Augen funkelten drohend.

»Und da Sie sagten, Sie hätten nicht viel, spendieren Sie ihnen drei Flaschen, verstanden? Dieser Dank ist dürftig genug, denn wenn sich das Feuer ausgebreitet hätte, wäre wahrscheinlich der ganze Hof niedergebrannt. Sie und Ihre Landsleute sollten endlich begreifen, daß meine Leute zum Kämpfen hier sind – nicht, um den französischen Bauern zu helfen, ihren Reichtum zu erhalten und zu vermehren.«

»Es tut mir leid, aber Sie können das ganze Haus durchsuchen. Wir haben etwas Wein, aber keinen Cognac. Nicht eine einzige Flasche.«

Der Deutsche musterte ihn wütend. »Sie haben ihn versteckt, als die erste Kolonne hier vorbeikam, stimmt's? Daran habe ich nicht den geringsten Zweifel.«

Wie beiläufig öffnete er seine Pistolentasche, zog die Waffe hervor und hielt sie so, daß die Mündung auf Marianne zeigte. Erschrocken hob die Frau die Hand zum Mund. Mandel stellte sich schützend vor sie. Dabei kreuzte sich sein Blick mit dem Etiennes. Der Junge trug einen schweren inneren Kampf aus. Unmerklich schüttelte der Bauer seinen Kopf, runzelte leicht die Stirn und kam so der sich anbahnenden Tragödie zuvor. Schnell sagte er: »Herr Major, der Schrank da in der Ecke ist voller Wein. Kommen Sie, schauen Sie selbst. Nehmen Sie sich, was Sie wollen.«

Langsam ging er zum Schrank hinüber. Der Pistolenlauf schwenkte von Marianne weg zur Wand. Schnell öffnete Mandel die beiden Schranktüren und begann Flaschen auf dem Tisch aufzubauen. Der Deutsche wartete, bis ein gutes Dutzend beisammen waren, und schob langsam die Pistole ins Halfter zurück.

»Dann muß ich eben damit vorlieb nehmen, wenn Sie absolut nicht anders wollen. Tragen Sie alle Flaschen auf dem Tisch zu meinem Wagen. Der Junge da soll Ihnen helfen.«

Mandel und Etienne klemmten sich jeweils drei Flaschen unter jeden Arm und eilten über den Hof zum Wagen. Der

Offizier folgte ihnen langsam. Der Fahrer bellte sie barsch an und bedeutete ihnen, die Flaschen auf dem Rücksitz zu stapeln. Dann legte er einen Feldmantel darüber, damit niemand sie sah.

Der Major war inzwischen zu dem Heustapel an der Straße hinübergeschlendert. Während er ihn interessiert betrachtete, nahm er eine neue Zigarette aus dem Etui und zündete sie aufreizend umständlich an.

Mandel schickte Etienne ins Haus zurück und wartete gespannt. Eine innere Stimme sagte ihm, daß die Gefahr noch nicht vorbei war. Von Beaucaire her näherte sich eine Motorradstreife, drosselte das Tempo, fuhr aber sofort wieder an, als der Offizier sie durchwinkte. Der Fahrer hatte den Stabswagen gestartet, doch sein Vorgesetzter schien keine Eile zu haben. Irgendwie schien der Heustapel ihn zu faszinieren; er umrundete ihn langsam und zog dabei an seiner Zigarette.

Da ist nichts zu sehen, beruhigte sich Mandel selbst, nicht das geringste. Er kann doch nicht plötzlich Verdacht geschöpft haben. Aber was interessiert ihn dann so sehr?

Mit großer Selbstbeherrschung zwang der Bauer sich, völlig unbeteiligt dreinzuschauen. Er verschränkte sogar die Hände vor dem Bauch und schaute zum Himmel hinauf, als prüfe er das Wetter. Der Major tauchte wieder vor dem Stapel auf und gab mit der freien Hand dem Fahrer ein Zeichen. Der Wagen rollte heran. Der Offizier stand jetzt mit dem Rücken zur Straße vor dem Heustapel. Ohne Mandel anzuschauen sagte er:

»Ich fürchte, mit dem Cognac, den Sie uns so standhaft verweigerten, haben Sie sich selbst sehr geschadet.«

Er hob die rechte Hand, zielte bedächtig und schnippte den Zigarettenstummel hoch in die Luft, so daß er mitten auf dem Heustapel landete. Abwartend blieb der Deutsche stehen und ließ keinen Blick von Mandels Gesicht. Seine Hand lag auf dem Knauf der Pistole.

Mandel beherrschte eisern seine Wut und reagierte, wie es der Deutsche erwartete. Er starrte verzweifelt auf den Heustapel, wandte sich dann mit hängenden Schultern um und ging auf das Haus zu, zwang sich dabei zu langsamen

Schritten. Er konnte nur hoffen, daß der Deutsche an seinem Spielchen die Lust verlor und verschwand.

Der Offizier verfolgte interessiert, wie sich die Flammen knisternd in das Heu fraßen und plötzlich hochschlugen, bis die ganze obere Lage lichterloh brannte. Dann schwang er sich zufrieden auf seinen Sitz. Mit hoher Geschwindigkeit fuhr der Wagen davon.

Nur mit äußerster Willensanstrengung war es Barnes gelungen, ruhig in seinem Versteck im Graben liegen zu bleiben. Er hatte genau verfolgen können, wie der Deutsche um den Heustapel spazierte, hatte auch gesehen, daß der Major rauchte, da er trotz des hohen Risikos das Fernglas benutzte. Wie durch Gedankenübertragung verstand er Mandels Verhalten, begriff, wieso der Bauer langsam zum Haus zurückging. Von ihrem Versteck aus wirkte der brennende Heustapel noch unheilvoller. Grauschwarzer Rauch hing in einer riesigen Wolke über der Straße, und Barnes sah deutlich, wie sich die roten Flammenzungen durch das Heudach des Verstecks von Bert fraßen. Er hörte Penn aufstöhnen, als Mandel auf das Haus zuging.

»Wir sollten eingreifen – sollten so schnell wie möglich das Feuer löschen. Und wenn wir schon mal dabei sind, erledigen wir die beiden Deutschen gleich mit.«

»Liegenbleiben!« zischte Barnes. »Wir sind erst dran, wenn der Wagen verschwunden ist.«

»Sie haben doch die Maschinenpistole«, widersprach Penn, »und wir unsere Pistolen.«

»Und die beiden haben den Wagen, Sie Dummkopf. Sobald sie uns sehen, geben sie Gas und kommen mit der halben Kolonne zurück.«

In Wirklichkeit kümmerte ihn die Kampfeinheit weniger. Um keinen Preis aber wollte er die Mandels unnötig in Gefahr bringen.

»Sie wollen Bert so einfach ausbrennen lassen?«

»Der Wagen ist weg. Keiner steht auf, bis ich es erlaube.«

Barnes richtete sich vorsichtig auf. Sein Körper lag noch in der Deckung des Grabens. Gespannt wartete er, bis der Wagen hinter dem nächsten Hügel verschwunden war. Dann sprang er auf, lief so schnell wie nie in seinem Leben und ließ die anderen weit hinter sich zurück. Der Heustapel brannte lichterloh, die Flammen trieben den Rauch in die Höhe. Barnes hatte das Ziel fast erreicht, als hinter ihm ein Motor aufröhrte und der Räumbagger mit Höchstgeschwindigkeit über das Feld rumpelte. Die hochgefahrene Räumgabel schaukelte wild.

Sie erreichten den Brandherd alle gleichzeitig, Etienne mit dem Räumfahrzeug, Barnes und Mandel, der einen aufgewickelten Schlauch heranschleppte.

»Lassen Sie Reynolds auf den Bulldozer«, schrie Barnes. »Ich mache das mit dem Schlauch. Ihr verschwindet hier. Die Panzertanks sind voll mit Treibstoff. Sie können jeden Moment hochgehen. Macht, daß ihr ins Haus komt.«

»Nein«, schrie Mandel zurück. »Etienne kennt sich mit dem Ding besser aus. Helfen Sie mir mit dem Schlauch. Wir brauchen jetzt jeden Mann, um den Panzer zu retten. Das Heu können wir sowieso vergessen.«

Marianne kam mit mehreren Mistgabeln angelaufen. Mandel riß sie ihr aus den Händen und schickte sie ins Haus zurück. Es herrschte ein schreckliches Durcheinander. Barnes wurde es schließlich zuviel. Er drückte Reynolds und Jacques die Heugabeln in die Hand und entrollte den Gartenschlauch. Mandel zerrte das andere Ende zu einem kleinen Pumpenhaus. Etienne steuerte das Räumfahrzeug. Mandel schloß den Schlauch an.

Barnes rief ihm Anweisungen für Etienne zu.

»Er soll die brennenden Ballen von oben herunterreißen, weit genug vom Stapel, daß die beiden sie mit den Forken zur Straße schleifen können. Etienne soll sich nur um das brennende Heu kümmern. Ich wässere die unteren Lagen.«

Sie arbeiteten wie die Kulis. Während Barnes den starken Wasserstrahl auf die unteren Heuwände richtete, versuchte er mit einem Auge die Entwicklung des Feuers zu beobachten.

Jeden Moment mußten die Treibstofftanks hochgehen, wenn das Feuer die in den Hohlraum gefallenen Ballen erfaßt hatte. Sie würden es erst merken, wenn der ganze Stapel samt Inhalt auseinanderflog. Zusätzlich barg der Panzer noch hochexplosive Fracht: siebzig Zweipfünder-Granaten und zehn Kisten Besa-Munition.

Barnes stand dicht vor der Stirnseite des Stapels und beschrieb mit dem Wasserstrahl einen hohen Bogen, während in seiner Nähe das Räumfahrzeug die brennenden Heuballen von oben herunterriß. Die Ballen schlugen schwer auf dem Boden auf und versprühten einen tanzenden Funkenregen. Die Hitze war fast unerträglich. Mit einer Hand schützte Barnes sein Gesicht, in der anderen hielt er den Schlauch. Er konnte kaum noch sehen, was er tat. Beißender Rauch drang ihm in die Lungen und machte seine Augen tränenblind. Hinter ihm schleppten Reynolds und Jacques die Ballen mit den Forken zur Straße und kamen im Laufschritt zurück.

Penn hatte, ohne daß Barnes es bemerkte, ebenfalls eine Mistgabel gepackt und bildete mit Mandel ein Team. Mit seinem gesunden Arm schob er die Ballen, die Mandel vorn anhob, einfach über den Boden vor sich her.

Der Turm wurde langsam sichtbar, wie der eines auftauchenden U-Bootes, diesmal aber in einem Meer aus brennendem Öl.

Barnes trat ein paar Schritte zurück, um die Situation besser überblicken zu können. Es schien hoffnungslos. Sie hatten den größten Teil der brennenden Oberschicht abgetragen, doch immer noch quoll dichter Rauch empor, und aus dem Hohlraum drang weiterhin das Knistern und Krachen der gierigen Flammen. Jetzt entdeckte der Sergeant auch Penn, der gerade mit Mandel einen Ballen wegschleppte. Er wollte ihn zurückpfeifen, schwieg aber dann und richtete den Wasserstrahl direkt auf die Stahlhülle des Panzers.

Drinnen war die Temperatur sicher mörderisch, und Barnes mußte immerzu daran denken, daß Bert bis zum Bersten angefüllt war – mit Sprit, Granaten und Munition. Der Sergeant mochte kaum glauben, daß er sich vor einigen Stunden noch zu dieser Tatsache beglückwünscht hatte, einem Umstand, der jetzt das Ende des Panzers und einiger seiner ›Retter‹ bedeuten konnte.

Sie arbeiteten mit fieberhafter Hast und schenkten den Verletzungen, die ihnen die Hitze und die Flammen zufügten, kaum Beachtung. Trotzdem entging Barnes nicht, daß Reynolds' rechter Unterarm von Brandblasen übersät war. Während er den Schlauch schwenkte, entging er selbst um Haaresbreite seinem möglichen Tod. Er schaute zufällig auf, als Etienne einen Warnruf ausstieß. Blitzschnell sprang Barnes zur Seite. Ein brennender Heuballen fiel aus der Raumschaufel und schlug genau auf der Stelle auf, wo der Sergeant eine Sekunde zuvor noch gestanden hatte. Er richtete den Schlauch auf das brennende Stroh und löschte die Flammen. Später würde er sich vergeblich fragen, wieso dieser Ballen nicht die unteren Lagen in Brand gesetzt hatte.

Der Sergeant wechselte seinen Platz, um einen besseren Überblick zu haben. Dabei prallte er mit Reynolds zusammen, der mit einem brennenden Ballen auf die Straße zulief. Das Heubündel löste sich aus der Forke und fiel dem Fahrer fast ins Gesicht. Er schaffte es gerade noch, den Kopf zur Seite zu reißen, konnte aber nicht verhindern, daß ein paar brennende Büschel auf seinen ohnehin schon arg verbrannten Arm fielen. Reynolds wischte sich mit einer raschen Handbewegung den Schweiß von der Stirn und lief zu Jacques zurück, der schon auf ihn wartete.

»Gleich haben wir es geschafft«, rief Mandel.

»Wirklich?« Barnes konnte es kaum glauben. Doch als er ein paar Schritte zurücktrat, war das Flammenmeer tatsächlich kleiner geworden. Bert stand vorne bis zur halben Höhe frei, und obwohl der Turm nur gelegentlich hinter der Wand aus Rauch sichtbar wurde, waren die größten Brandherde schon erstickt. Barnes wischte sich mit dem Taschentuch übers Gesicht, lief zu seinem Platz zurück und drehte die Spritze wieder auf. An der Vorderfront waren die Flammen wieder aufgeflackert und wuchsen alarmierend schnell in die Höhe. Sie würden den Brand nie unter Kontrolle bringen. In der Nähe des Panzers war die Hitze unverändert stark, als würden die Panzerplatten schon verglühen. Ohne Vorwarnung würden zuerst der Sprit und dann in einer Reihe von Explosionen die Granaten und die Munition hochgehen. Was sie aber nicht mehr erleben würden – so dicht beim Panzer. ›Als säßen wir auf einem riesigen Pulverfaß‹, dachte Barnes.

Durch den dichten Rauch sah er die schemenhaften Gestalten der anderen hin und her eilen. Erst eine geraume Weile später glaubte er langsam, daß sie das Inferno besiegt hatten. Er würde aber so lange spritzen, bis der Rauch sich endgültig verzogen hatte.

In diesem Augenblick hörte er Reynolds' drängende Stimme.

»Ein brennender Ballen ist genau in den Hohlraum neben der Kette gefallen – dicht neben den Tanks.«

Barnes wollte vorstürmen und stürzte zu Boden. Der Schlauch hatte sich an einem Rad des Räumfahrzeugs verfangen. Er verlor kostbare Sekunden, ehe er ihn wieder freibekam, und sprang auf die Reste der Vorderwand. Der Ballen lag am anderen Ende.

Jemand war schneller gewesen als er. Reynolds schwang seine Mistgabel hoch in die Luft und rammte sie wie ein Bajonett tief in den brennenden Ballen, der sich zwischen dem Chassis und der hinteren Heuwand verkeilt hatte. Der Fahrer drehte die Gabel noch tiefer hinein und stemmte sie langsam hoch. Von seinem Standort aus konnte Barnes genau sehen, wie die Adern an Reynolds' linkem Arm unter der Kraftanstrengung anschwollen. Bisher hatten immer zwei Männer gleichzeitig die Ballen geschleppt, und nun versuchte der Fahrer, ihn von unten über seinen Kopf zu stemmen. Tatsächlich löste sich der Ballen, Flammen flakkerten um die Gabel herum. Reynolds stand mit weit gespreizten Beinen auf dem Chassis von Bert und spannte den Rücken wie eine Feder. Plötzlich kam der Ballen frei, doch der Fahrer hatte damit gerechnet und lehnte sich gegen den Turm, um das Gleichgewicht zu wahren. Er hatte gesehen, daß Barnes mit dem Schlauch wartete, und rief laut: »Gehen Sie aus dem Weg!«

Sofort sprang Barnes zu Boden. Er hatte nicht die geringste Ahnung, was der Fahrer vorhatte. Reynolds schwenkte den Ballen langsam um hundertachtzig Grad und hielt ihn dabei um Armeslänge vom Körper weg. Er stürzte beinahe, als er von der Wand zu Boden sprang. Aus dem Ballen schlugen die Flammen. Langsam ging Reynolds über das Feld zur Straße und hatte sie fast erreicht, als das Heubündel hell aufloderte und Reynolds mit glühenden Halmen überschüttete. Der Fahrer schleuderte den Ballen mitsamt der Gabel auf die Straße, wo er krachend auseinanderbarst. Reynolds kam zum Stapel zurück. Beide Arme zeigten arge Verbrennungen, sein Haar war versengt, und das Gesicht glühte dunkelrot.

Zehn Minuten später war das Feuer gelöscht, doch Barnes hielt den Strahl weiter auf die Panzerhülle und die noch schwelenden Heuwände gerichtet. Er hatte die anderen ins Haus geschickt. Nur Mandel stapfte noch durch die Reste seines Heus und hielt die Mistgabel in der Hand. Aber es gab nichts mehr zu tun.

Der Sergeant berührte mit der Hand die Wand des Turms und zog sie schnell zurück.

»Glauben Sie, es ist jetzt alles in Ordnung?« fragte der Bauer. »Ich meine, mit dem Sprit?«

»Sonst wäre er schon längst hochgegangen. Könnten Sie Etienne bitten, mit seinem Fahrzeug die übrigen Ballen wieder vor dem Panzer aufzustapeln? Sobald er abgekühlt ist, möchte ich mich um den Motor kümmern. Das dürfte noch eine Weile dauern. Ich glaube, Sie sind froh, wenn Sie uns von hinten sehen, nicht wahr, Mandel?«

»Das ist eben unser Beitrag zum Krieg. Wer weiß – vielleicht werden Sie es eines Tages mit Ihrem Panzer dem Feind heimzahlen.«

Das schien Barnes im Moment recht unwahrscheinlich, und wenig später gab er die Hoffnung fast ganz auf, als er im Haus entdeckte, in welchem Zustand seine Leute waren. Die Küche glich eher einer Erste-Hilfe-Station. Jacques, der jetzt an der Straße Wache hielt, und Etienne hatten nur minimale Verbrennungen erlitten, doch Penn und Reynolds sahen übel aus. Reynolds hatte es am schlimmsten erwischt. Er saß auf einem Stuhl am Tisch und streckte seine bis zur Schulter bandagierten Arme auf die Platte. Marianne hatte ihn verbunden. Als Barnes eintrat, erhob sich der Fahrer gerade leicht schwankend. Mandel half ihm, sein Hemd überzuziehen, während seine Frau sich um Penn kümmerte, der ausgestreckt im Sessel hing. Sie hatte gerade den linken Unterarm bandagiert und verknotete den Verband. Penn stöhnte leise, grinste aber schwach, als er Barnes zu Gesicht bekam.

»Jetzt sieht Ihre Mannschaft endlich so aus, als sei sie im Krieg gewesen.«

»Wie fühlen Sie sich, Penn?«

»Reif für zwei Wochen am Meer. Was meinen Sie, wäre Abbéville der richtige Urlaubsort für mich?«

»Und Sie, Reynolds?«

Barnes drehte sich besorgt zu seinem Fahrer um. Ohne Reynolds waren sie als Kampfeinheit gefechtsuntauglich. Barnes konnte den Panzer zwar fahren, aber nicht gleichzeitig die Gegend beobachten und im Ernstfall die Waffensysteme bedienen. Kritisch beobachtete er, mit welcher Mühe sich der Fahrer in sein Hemd quälte, das Mandel ihm hinhielt. Reynolds konnte die Arme beugen und schien auch seine Hände benutzen zu können. Vor allem sein Gesicht machte Barnes Sorgen. Reynolds hatte sonst eine gesunde Hautfarbe, wie ein Mann, der die meiste Zeit im Freien verbringt. Jetzt war sein Gesicht schneeweiß, jegliche Farbe war daraus gewichen.

Es hat ihn umgeworfen, dachte der Sergeant. Er hat einen Schock erlitten. Alles hängt jetzt davon ab, wie er das verkraftet.

Reynolds hatte keine Antwort auf seine Frage gegeben und schwieg auch weiterhin beharrlich, während er an den Knöpfen des Hemdes herumnestelte. Er langte nach seiner Kampfjacke, doch Mandel kam ihm zuvor und schob seine Arme in die Ärmel. Vorsichtig schlüpfte Reynolds in die Jakke und knöpfte sie zu. Danach ließ er sich schwerfällig auf den Stuhl sinken und leerte mit einem einzigen Schluck ein Glas Wein, das vor ihm stand. Dann erst schaute er Barnes an und sagte mit krächzender Stimme:

»Geben Sie mir eine halbe Stunde, dann fahre ich Sie bis zur Küste, wenn Sie wollen.«

Der Bursche ist nicht kleinzukriegen. Seit gestern ist er fast ununterbrochen gefahren, hat kaum zweieinhalb Stunden Schlaf während der Nacht und noch weniger in der Nacht zuvor. Seine beiden Arme sind schwer verbrannt, auch seine Stimme scheint nicht in Ordnung zu sein. Trotzdem – einen Fahrer hatte er also noch.

Barnes ging zu Penn hinüber. Noch ein weißes Gesicht, bleich wie der Tod. Doch hier war es tatsächlich unsägliche Erschöpfung. Reynolds konnte noch aufrecht auf dem Stuhl sitzen, doch Penn hing kraftlos im Sessel, als wolle er nie mehr aufstehen.

Trotzdem grinste er Barnes entgegen.

»Mir geht's nicht so schlecht, wie's aussieht – zum Glück.«

»Natürlich nicht. Ich habe Ihren Arm nicht gesehen. Was ist damit?«

»Ein bißchen angeschmort. Doch sehen Sie sich mal Reynolds' Arme an. Außerdem, Ihre Hand könnte auch etwas Pflege vertragen.«

Der Corporal hatte es kaum ausgesprochen, da kümmerte sich Marianne schon um Barnes. Sie zog ihn zum Becken hinüber und hielt seine verbrannte Hand unter den Wasserstrahl. Das eiskalte Wasser entlockte dem Sergeant ein schmerzliches Stöhnen. Die Haut hing in Fetzen von seiner Hand herunter. Mandels Frau bestrich die Verletzungen mit Salbe und verband sie. Barnes musterte derweil die anderen. Mandel hatte ein paar Blasen auf dem rechten Arm und halb versengte Augenbrauen. Etiennes Haare waren ein wenig versengt, doch sonst schien er unversehrt, weil er das Feuer von seinem Fahrzeug aus bekämpft hatte.

Barnes dankte den Mandels für ihre Hilfe, doch der Bauer wollte nichts davon wissen und wiederholte nur, das sei ihr Beitrag zum Krieg. Außerdem kämpften die Engländer schließlich auch für Frankreich. Barnes wußte darauf keine Erwiderung und ging hinaus, um sich um den Panzer zu kümmern.

Die Metallhaut war immer noch sehr heiß, doch der Sergeant konnte es gerade ertragen und begann nach dem Fehler zu suchen. Er war ungeheuer erleichtert, daß der Panzer alles heil überstanden hatte. Die Arbeit an Berts Innenleben machte ihm Spaß und löste die aufgestaute Spannung in seinem Körper. Als er eine halbe Stunde später in das Fahrerabteil stieg und startete, sprang der Motor bei der ersten Drehung an. Sie waren wieder unterwegs.

7.
Samstag, 25. Mai

Westlich, und dann nach Norden – das war ihre Route. Der Panzer ratterte im morgendlichen Sonnenschein mit Vollgas den Hang hinauf. Der Rand des Turmluks war zu heiß zum Anfassen, so sehr heizten die Sonnenstrahlen das Metall auf. Barnes warf einen letzten Blick zurück. Die winzigen Gestalten der Mandel-Familie standen an der Straße und verschwanden aus dem Blickfeld, als Bert über die Hügelkuppe rollte. Die Straße nach Cambrai lag verlassen vor ihnen, und nur einige Bauern, die in ein paar Kilometer Entfernung auf den Feldern arbeiteten, sorgten für etwas Leben in der wie ausgestorben wirkenden Landschaft.

Trotz der klopfenden Schulterwunde, dem schmerzenden Knie und der verletzten Hand, die unter Mariannes Verband brannte wie Feuer, spürte Barnes eine stille Freude in sich. Sie waren wieder unterwegs, und der Sergeant wußte genau, wohin es ging. Um diese schicksalshafte Entscheidung – in Richtung Westen und dann nördlich nach Calais anstatt in nordwestlicher Richtung nach Arras vorzustoßen* – hatte Barnes fast zwei Tage mit sich gerungen, und er hatte sich dabei nur auf zwei Informationsquellen stützen können: auf die vagen Radiomeldungen und seine scharfen Augen.

Mehr denn je war er überzeugt, daß sich das Kriegshandwerk völlig im Umbruch befand, ausgelöst durch die schier unglaubliche Mobilität der Tanks.

Die Deutschen hatten alle Lehrmeinungen von einer fe-

* Die alliierten Streitkräfte hatten sich am Donnerstag, dem 23. Mai, gegen 22 Uhr aus Arras abgesetzt. Der kurze Gegenangriff der 1. Panzergrenadier-Brigade stoppte den Vormarsch der 7. Panzerdivision unter Generalmajor Erwin Rommel und versetzte das deutsche Oberkommando in helle Aufregung.

sten Front durch den Überraschungsvorstoß ihrer Panzer tief nach Frankreich hinein über den Haufen geworfen. Sie machten sich vorderhand nicht einmal die Mühe, die eroberten Gebiete zu besetzen, sondern verließen sich einfach auf das Überraschungsmoment und das anhaltende Entsetzen des Gegners angesichts ihres Vorstoßes. Barnes konnte nur zu einem einzigen Schluß kommen, vorausgesetzt, er machte es wie die Deutschen und warf alles, was er über taktische Panzerkriegsführung gelernt hatte, über Bord. Wenn also die deutschen Panzerarmeen riesige Gebiete überrollen konnten, ohne auf die Infanterie zu warten, um diese Gebiete auch zu halten, mußte es doch für einen einzelnen englischen Tank möglich sein, ihnen zu folgen, solange er nicht entdeckt wurde. Dann war da auch noch die Sache mit den Munitionsdepots. Barnes ging das Gespräch nicht aus dem Kopf, das er mit Jacques geführt hatte.

»Für den langen Weg von Abbéville bis hierher braucht man viel Benzin, Jacques.«

»Die Deutschen haben genug davon.«

»Was willst du damit sagen?«

»Sie verraten es auch bestimmt nicht meinem Onkel? Er macht sich sonst Sorgen.«

»Deshalb frage ich dich ja hier draußen, wo wir unter uns sind.« Barnes unterbrach für einen Moment seine Tätigkeit. »Sieh mal, Jacques, ich muß mir ein möglichst genaues Bild von der Lage verschaffen. Du bist ein gutes Stück über Land gefahren und somit der einzige, der mir dabei helfen kann.«

»Ich hab's aus einem deutschen Tanklager in der Nähe von Abbéville geklaut. Ich brauchte nur in einiger Entfernung von den Posten unter dem Drahtzaun hindurchzukriechen und mich zu bedienen. Die Deutschen haben zwar angedroht, jeden zu erschießen, den sie mit sogenanntem deutschen Eigentum aufgreifen. Doch das sagen sie nur, um die Leute abzuschrecken, weil sie nicht genügend Wachen haben.«

»Da war doch noch was mit den Munitionsdepots.«

»Ja, das gleiche Spiel. Ich bin mit einem Freund in ein Depot eingebrochen, das randvoll war mit Granaten und Munition.«

»Mir fällt es schwer, das zu glauben, Jacques.«

Der Junge wurde rot, dann lachte er. »Weil Sie nicht wissen, was passiert ist. Die deutschen Panzer und Geschütze sind mit ihren Nachschubkolonnen durchgebrochen, die Infanterie aber hängt noch weit zurück. Sie können einfach ihre Depots nicht ausreichend sichern.«

»Allmählich vestehe ich...«, murmelte Barnes.

»Mit der Sperrstunde in Cambrai verhält es sich ähnlich. Sie sagen, sie erschießen jeden, den sie nachts auf der Straße antreffen, aber nur, um die Leute einzuschüchtern. Man hat mir erzählt, man könnte nachts durch die ganze Stadt spazieren, ohne einem einzigen deutschen Soldaten zu begegnen. Nur am Rathaus sind welche. Ich glaube, die Ausgangssperre wurde verhängt, damit die Einwohner nicht merken, wie schwach das deutsche Truppenkontingent in Cambrai in Wirklichkeit ist.«

»Und die Straße nach Abbéville ist zur Zeit völlig frei, sagst du?«

»Außer bei Cambrai und den drei Straßensperren vor Abbéville. Ich kann Ihnen die Positionen da einzeichnen.«

Jacques deutete auf die Karte, die Barnes auf dem Panzerchassis ausgebreitet hatte.

»Ja, tu das.«

Er machte sich wieder über den Motor her, während Jacques die Straßensperren auf der Karte notierte.

»Was ist mit den Straßen nach Süden zur Somme?«

»Dazu kann ich nichts sagen. So weit nach Süden bin ich noch nicht gefahren.«

»Welche Route nimmst du, um Cambrai zu umgehen?«

»Diese hier nach Süden. Ich werde sie ebenfalls markieren.«

Jacques hob den Kopf. Seine Miene war ausdruckslos.

»Wenn Sie vor Cambrai nach Norden schwenken, kommen Sie vielleicht bis Boulogne durch. Ich kenne eine Straße, die an St. Pol und Fruges vorbeiführt. Es ist eine Nebenstrecke. Die Hauptstraße geht nur bis Lemont, wo ich wohne, in der Nähe von Gravelines. Ich bin diese Strecke oft gefahren, wenn ich nach Abbéville wollte. Ich markiere sie ebenfalls – für alle Fälle.«

»Kann nicht schaden.«

Barnes hantierte am Motor herum.

»Vielleicht wäre es besser gewesen, dorthin zu fahren, anstatt hierher zu kommen«, fuhr Jacques fort.

»Und wärest vielleicht direkt in die Panzer hineingefahren«, murmelte Barnes.

»Schon möglich. Doch es würde mich wundern. Meiner Ansicht nach sind sie die Küstenstraße entlang vorgerückt. Meine Route liegt unterhalb, im Landesinneren. Nach allem, was ich gehört habe, glaube ich, daß da eine Lücke ist zwischen der deutschen Panzerfront entlang der Küste und den alliierten Linien nahe der Grenze.«

»Wirklich?« Barnes' Gesicht zeigte keine Regung, doch innerlich fragte er sich, ob er den gewitzten, klugen Burschen wirklich täuschen konnte. Ihm war nicht entgangen, daß Jacques es sorgfältig vermied, ihn nach dem Weg zu fragen, den er mit Bert nehmen wollte.

»Ich fahre am späten Vormittag nach Abbéville zurück und berichte meiner Schwester, daß es unserem Onkel gutgeht. Von dort aus fahre ich weiter nach Lemont. Genug Sprit habe ich ja.«

›Der Ärger mit diesem Burschen ist, daß er versessen darauf zu sein scheint, dem Feind zu schaden. Er führt seinen kleinen Privatkrieg mit den Deutschen, klaut ihnen Sprit und gondelt durchs Land, um zu sehen, was sich so tut. Wenn er nicht aufpaßt, passiert ihm noch was‹, dachte Barnes.

Dieses Gespräch hatte dem Sergeant die letzten Informationen geliefert, um zu einer Entscheidung zu kommen. Er hatte sehr darauf geachtet, mit keinem Wort die Route zu verraten, die Bert nehmen würde – speziell für den Fall, daß der junge Franzose von den Deutschen gefaßt und in die Mangel genommen würde.

Barnes suchte den Himmel ab. Er war leer, wiederum ein Beweis, daß sie durch eine große Lücke in den alliierten Linien fuhren. Die deutsche Luftwaffe hätte sonst sicher Bombenangriffe geflogen.

Eine Stunde später bogen sie von der Straße nach Cambrai ab und passierten die südlichen Zubringerstraßen. Barnes ließ kurz anhalten und kletterte in den Turm hinunter, um nach Penn zu sehen.

»Wie geht es Ihnen?«

»Ganz gut, fühle mich nur ein bißchen schwindlig. Manchmal sehe ich alles doppelt.«

Penn war in ein paar Decken gewickelt und versuchte, aufrecht zu sitzen. Barnes ließ sich jedoch nicht täuschen. Als er das letzte Mal nach ihm geschaut hatte, hockte der Corporal zusammengesunken in seinem Kampfabteil. Der Kopf hing vorüber, als habe Penn nicht mehr die Kraft, ihn aufrecht zu halten.

›Was machen wir bloß mit ihm‹, dachte Barnes, und versuchte, seiner Stimme einen zuversichtlichen Klang zu geben.

»Können Sie's noch etwas aushalten? Ich weiß, das Rütteln des Panzers muß Ihnen ziemliche Schmerzen bereiten.«

»Das ist nicht so schlimm wie der Frischluftmangel hier unten. Man meint, man säße in einem Hochofen.«

Diese Bezeichnung war nur zu treffend. Selbst das kurze Stehen auf der Drehplatte trieb Barnes den Schweiß aus den Poren, und er wunderte sich, daß Penn noch bei Bewußtsein war.

»Es wird schon gehen«, murmelte Penn.

»Wollen Sie ein wenig den Kopf aus dem Turm stecken?«

»Ich bezweifle, daß ich bis obenhin komme.«

Barnes zeigte keine Regung, doch eine kalte Furcht packte ihn. Sie mußten weiter, weiter nach Westen und dann nach Norden. Doch Penn brauchte unbedingt einen Arzt. Sie mußten einfach einen von diesen Quacksalbern finden.

Es schien, als spiele das Schicksal Penn mit Absicht einen bösen Streich. Als sie Mandels Hof erreicht hatten, war er zwar verwundet, schwebte aber nicht in Lebensgefahr. Doch jetzt war der Corporal dem Tode näher als dem Leben, daran zweifelte Barnes keinen Augenblick. Seine Haut hatte eine wächserne Farbe, seine Augen lagen tief in den Höhlen.

»Im nächsten Ort suchen wir einen Arzt«, erklärte er.

»Nicht nötig. Außer unnütz herumsitzen tue ich ohnehin nichts. Vielleicht geht es am Abend wieder besser. Es ist nur die Hitze.«

Penn versuchte seiner Stimme Festigkeit zu geben. »Der nächste Halt ist in Calais?«

»Ist noch ein weiter Weg bis dort, Penn.«

»Wie weit?«

»Etwa hundertsechzig Kilometer.«

»Also gut sieben Stunden Fahrt, wenn Bert durchhält.«

»Und wenn uns sonst nichts aufhält, aber wir müssen damit rechnen, daß sich uns einiges in den Weg stellt.«

Barnes fühlte sich nicht sonderlich wohl in seiner Haut. Er sprach mit einem schwerverwundeten Mann, den er zurücklassen mußte, sobald sie eine geeignete Unterkunft für ihn fanden. Der Gedanke an die Hölle, in die sie hineinfuhren, würde den Moment, in dem sie den bewährten Kameraden zurückließen, eine Spur weniger unerträglich machen. Der Sergeant hoffte es jedenfalls, und er hoffte für Penn, daß sie ihn bald der Pflege eines guten Arztes überlassen konnten.

Für seinen schlechten Gesundheitszustand war Penns Verstand jedenfalls erstaunlich klar.

»Hundertsechzig Kilometer? Hat Bert denn genug Diesel dafür?«

»Ja, mit dem Treibstoff von Lebrun kommen wir klar. Vorausgesetzt, wir können die ganze Strecke auf der Straße fahren – was nicht gerade wahrscheinlich ist. Sie wissen ja, Penn, der Verbrauch verdoppelt sich bei der Fahrt quer durchs Gelände.«

»Soll ich Ihnen was sagen?«

Penn versuchte ein schwaches Lächeln.

»Ich glaube, wir schaffen es. Ich hatte hier unten ein wenig Zeit zum Nachdenken, und mir scheint, daß uns nicht allzuviel in die Quere kommen kann, wenn wir gut aufpassen.«

Er schwieg plötzlich. Barnes wußte auch warum. Der Corporal fragte sich, ob jemand draußen Posten stand.

»Alles in Ordnung, Penn. Ich habe Reynolds befohlen, die Augen offenzuhalten, solange ich hier unten bin. Worüber hatten Sie nachgedacht?«

»Nun, der Jerry stößt im Eiltempo mit seinen Panzern und Geschützen vor, doch von den Fußtruppen war bisher weit und breit nichts zu sehen. Mit viel Glück könnten wir in dem Vakuum hinter den Panzern weiterfahren, ohne den Deutschen in die Falle zu gehen. Es liegt nur an uns.«

»Genau das werden wir auch tun, Penn.«

»Und in dieser Zeit bin ich auch wieder einigermaßen beieinander. Sie werden sehen: Ich sitze wieder hinter der Kanone, noch ehe wir Calais erreichen. Wollen wir wetten?«

»Ich setze nie bei todsicheren Wetten, Penn.«

Schweren Herzens kletterte Barnes zu seinem Platz empor, rief Reynolds laut zu, daß Penns Genesung gute Fortschritte mache, und gab dem Fahrer Befehl zur Abfahrt. Als er eine halbe Stunde später zurückschaute, runzelte er die Stirn und griff nach seinem Fernglas. Die starken Linsen holten einen viersitzigen Renault mit einem einzelnen Insassen näher heran. Jacques hatte sie auf seiner Fahrt nach Abbéville eingeholt.

Die Zwillingsoptik holte eine schmale Linie weißer Spielzeugfelsen heran, die hell in der Sonne leuchteten. Die weißen Klippen von Dover. General Storch senkte sein Fernglas und runzelte die Stirn.

»Da sind wir, Meyer, dort drüben liegt die Burg des Feindes, unseres Todfeindes. Hoffen wir, daß es die 14. Panzerdivision ist, die als erste in den englischen Buchten angelandet wird.«

»Zuerst müssen wir sie hier schlagen«, wandte Meyer ein.

»Das erledigen wir in den nächsten achtundvierzig Stunden. Wir stehen mit unserer Sturmtruppe an der Küste westlich von Calais am Gravelines-Kanal. Calais wird belagert. Wir brauchen nur noch Dünkirchen zu nehmen, dann sind die gesamten britischen Streitkräfte eingekesselt.«

Meyer klemmte sein Monokel ins Auge. Das Glas war beschlagen von Schweiß. Angesichts des Sieges fühlte er sich erschöpft und deprimiert, war überwältigt von der Serie überraschender Triumphe, die Storch seit der Überquerung der Maas bei Sedan errungen hatte. Der Tag lag schon lange zurück. War das tatsächlich schon so lange her?

Man schrieb den 25. Mai. Ein Samstagnachmittag. Am 14. Mai hatten sie bei Sedan auf Pontons den Fluß überquert. Meyer konnte es kaum glauben. Das war kein Krieg mehr für seine Generation, sondern ein Krieg für die jüngeren Leute vom Schlage Storchs.

Der General blickte auf das Meer hinaus. Aus seinem Mund sprudelten die Befehle nur so hervor.

»Ich wünsche eine sofortige Untersuchung dieser Geschichte von dem faschistischen französischen Informanten aus Lemont. Er behauptete, es gäbe eine zweite Straße direkt nach Dünkirchen. Vielleicht weiß der Feind nichts davon oder findet sie nicht – jetzt, wo die Schleusentore geöffnet worden sind.«

»Die Franzosen haben verblüffend schnell reagiert. Die Fahrt nach Dünkirchen durch die überschwemmten Gebiete dürfte den Panzern schwer zu schaffen machen.«

Storch unterbrach Meyer ungeduldig.

»Genau deshalb könnte diese zweite Straße für uns von entscheidender Bedeutung sein. Ich wünsche, daß Sie diesen Mann persönlich befragen.«

»Ich kann aber diese Straße auf keiner Karte finden...«

»Das ist doch gerade der Punkt, Meyer. Verdammt, Mann, begreifen Sie denn nicht? Unser faschistischer Freund erwähnte doch, daß diese Trasse aus irgendeinem Grund in den meisten französischen Straßenkarten nicht verzeichnet ist. Wenn die Briten den Sektor halten, wissen sie vielleicht noch nichts von der Straße, weil sie jetzt unter Wasser steht. Selbst französische Einheiten müssen nicht unbedingt die Strecke kennen, weil sie möglicherweise aus einem anderen Teil von Frankreich kommen. Diese Straße könnte der Schlüssel zum Endsieg sein – die Straße, auf der die Panzer nach Dünkirchen vorstoßen.«

»Mir persönlich wäre das zu unsicher.«

Über ihnen ertönte Motorengebrumm. Beide Männer schwiegen und blickten zum Himmel empor. Aus östlicher Richtung zog ein Schwarm winziger grauer Punkte über sie hinweg.

Storch nickte zufrieden.

»Wie ich sehe, ist General Göring mal wieder pünktlich zur Stelle. Er hat den ganzen Himmel für sich. Mister Churchill hat heute morgen wohl vergebens in seine Trickkiste gegriffen und feststellen müssen, daß sie leer ist.«

»Wir sollten uns nicht zu sehr auf unsere Vorherrschaft in der Luft verlassen«, sagte Meyer scharf. »Immerhin sind wir hier nur einen Katzensprung von England entfernt.«

Storchs Lippen wurden schmal. Ihm mißfiel offensichtlich Meyers ängstliche Vorsicht.

»Ich erwarte einen detaillierten Bericht über Ihr Gespräch mit diesem Faschisten. Er behauptet, das Wasser stünde nur zentimeterhoch auf dieser Straße. Gerade hoch genug, daß man sie nicht sieht. Die Panzer könnten sie ohne weiteres befahren. Er kommt aus der Gegend hier und sollte demnach wissen, wovon er spricht.«

»Dann werde ich jetzt besser gehen.«

Doch Meyer rührte sich noch nicht von der Stelle. Sein scharfes Ohr hatte einen neuen Ton am Himmel ausgemacht, ein Motorengeräusch, das sich vom Brummen der Göring-Luftflotte deutlich unterschied. Rasch hob er sein Fernglas an die Augen und richtete es auf das Geschwader. Storch folgte seinem Beispiel.

Am Himmel über dem Kanal, weit höher als der Schwarm der Luftwaffenbomber, hielten mehrere Schwadronen RAF-Jäger stur Kurs auf einen unsichtbaren Punkt hoch über dem Zentrum des anfliegenden Bomberpulks. Von unten sah es aus, als flögen die beiden Geschwader auf Kollisionskurs. Sekunden später stürzten sich die RAF-Flieger wie wütende Hornissen auf die massierte Bomberflotte und wirbelten sie durcheinander. Die Bomberpiloten vergaßen ihren Formationsflug und suchten verzweifelt nach allen Richtungen ihr Heil in der Flucht. Einer der Bomber kam ins Trudeln und schlug knapp zwei Kilometer entfernt in einem Feld auf. Ein zweiter hielt mit schwarzer Rauchfahne genau auf die Küste zu und rauschte dicht über Storch und Meyer hinweg. Fast gleichzeitig hechteten die beiden hinter dem nächsten Panzer in Deckung. Der Bomber bohrte sich etwa neunhundert Meter entfernt in den Boden. Sekundenbruchteile nach dem Aufprall ging seine Bombenladung in die Luft. Die Druckwelle erfaßte den Panzer mit voller Wucht. Das tonnenschwere Gefährt begann heftig zu schwanken. Erde und Gesteinssplitter prasselten auf Storchs Nacken und Rücken herab. Leise murmelte Meyer vor sich hin:

»Mister Churchill hat also doch noch etwas aus seiner Trickkiste hervorgezaubert.«

»Fahrer, anhalten. Da kommt ein Fallschirm herunter.«

Der Luftkampf war über sie hinweggetobt. Vom Boden aus konnte Barnes nichts mehr sehen. Die Flieger blieben außer Sicht, obwohl der Himmel wolkenlos war. Die Maschinen flogen ziemlich hoch und standen wahrscheinlich genau vor der strahlenden Nachmittagssonne. Am Auf- und Abschwellen der Motorengeräusche glaubte Barnes zu erkennen, daß die Maschinen hoch oben ihre tödlichen Zweikämpfe austrugen. Dazwischen erklang schwach das Rattern der Bordwaffen. Aber so sehr sich Barnes auch bemühte, er konnte kein einziges Flugzeug am Himmel ausmachen.

Plötzlich hörte er das typische Heulen einer Maschine, die senkrecht zum Sturzflug abkippt. Weit im Westen sah der Sergeant eine dünne schwarze Rauchfahne auf die Erde zurasen, viel zu weit entfernt und viel zu schnell, um Maschinentyp oder gar Nationalität feststellen zu können. Eine Sekunde später hörte er einen schwachen Knall. Die Tanks der Maschine waren explodiert. Am Horizont schraubte sich eine dicke schwarze Rauchwolke in die Luft.

Am Himmel wurde es wieder ruhig, eine schwere, warme Stille hing über dem Land. Barnes gab Befehl zur Weiterfahrt, widerrief ihn aber sofort wieder und wartete, als er den kleinen, nach innen gewölbten Schirm vom Himmel herabschweben sah. Dabei dachte er an Penn. Am Nachmittag waren sie durch drei verlassene Dörfer gekommen. Er war ausgestiegen und durch die menschenleeren Straßen gelaufen, hatte auch jedesmal das Haus gefunden, an dem eine Metalltafel mit dem erlösenden Wort ›Médecin‹ angebracht war. Aber er hatte keine Menschenseele angetroffen, die Häuser waren alle verlassen. Im dritten Dorf hatten sie eine kurze Essenspause eingelegt und sich aus Mandels Proviantpaket gestärkt. Penn aß nichts, denn zu diesem Zeitpunkt dämmerte er halb bewußtlos vor sich hin. Erschrokken tastete Barnes nach seiner Hand und atmete erleichtert auf, als er den ziemlich gleichmäßigen Puls spürte. Doch die

Stirn des Corporals war glühend heiß und feucht von Schweiß. Barnes' Überlegungen konzentrierten sich ab sofort nur noch auf ein Ziel: für Penn so schnell wie möglich einen Arzt zu finden.

Sie befanden sich etwa sechs Kilometer vor dem nächsten Dorf, als über ihnen der Luftkampf entbrannte und Barnes den Panzer stoppen ließ. Reynolds wandte den Kopf und verfolgte den Flug des Fallschirms, der allmählich größer wurde und über die leeren Felder direkt auf sie zutrieb. Laut fragte er:

»Einer von uns oder von denen?«

»Keine Ahnung.«

Eine gute Frage, dachte Barnes, sogar eine lebenswichtige. Das letzte, was sie jetzt in ihrer Lage brauchen konnten, war ein Pilot der Luftwaffe als ihr Gefangener. Doch wenn der Mann sie gesehen hatte und sie sich nicht um ihn kümmerten, würde keine Stunde vergehen, bis das deutsche Hauptquertier in Cambrai über den britischen Tank hinter den eigenen Linien Bescheid wußte. Barnes fluchte still in sich hinein. Er hatte schon einmal einem Deutschen aus Mitleid den Gnadenschuß geben müssen, damals, neben dem zerschossenen Armeelastwagen. Doch jemanden nur wegen der eigenen Sicherheit kaltblütig umzulegen war eine andere Sache. Wenn der Fremde aber zuerst schoß, würde Barnes ein halbes Magazin in ihn hineinpumpen.

Blieb noch die Möglichkeit, daß der abgesprungene Pilot sie nicht bemerkt hatte. Der Fallschirm sank immer tiefer und näher. Die kleine Gestalt darunter baumelte so stark in den Gurten hin und her, daß Barnes ihn nicht mit der Optik seines Fernglases einfangen konnte.

»Was machen wir, wenn's ein Deutscher ist?« rief Reynolds aus dem Fahrstand nach oben.

»Dann haben wir ein kleines Problem.«

»Ich würde den Bastard erschießen. Wahrscheinlich hat er gerade einen dieser Flüchtlingstrecks auf den Straßen bepflastert.«

Barnes war verblüfft. Zum erstenmal hatte Reynolds seine Meinung geäußert, ohne danach gefragt worden zu sein. Seine verbrannten Arme mußten ihm übel zusetzen. Der

Sergeant langte nach unten und klemmte sich die Maschinenpistole unter den Arm. Sie konnten nicht mehr hoffen, daß der Fallschirmspringer sie nicht entdeckt hatte, denn er schwebte immer näher auf den Panzer zu. Aus dieser Höhe und Entfernung mußte er ihn einfach sehen. Barnes kletterte aus dem Turm und wartete auf dem Chassis ab, wo der Mann herunterkam. Der Springer zerrte fieberhaft an den Seilen, und der Schirm, der fast senkrecht über dem Panzer gehangen hatte, driftete von ihm weg an der Straße entlang. Barnes sprang zu Boden.

»Ich könnte ihn mit dem Panzer verfolgen«, schlug Reynolds vor.

»Nein, diesen Vogel möchte ich mir mal aus der Nähe ansehen. Holen Sie sich eine Maschinenpistole aus dem Turm, und warten Sie hier.«

›Unser Hauptproblem im Moment sind unsere überstrapazierten Nerven‹, dachte Barnes. Abgesehen von einigen wenigen Stunden auf dem Mandelschen Hof, der ihm wie eine Oase des Friedens in einer vom Krieg zerrissenen Welt erschienen war, hatten sie ständig vor dem Feind auf der Hut sein müssen. Dabei waren die Panzer ebenso ihre Feinde wie die Plünderer à la Lebrun oder der Agent Seft. Sie waren keinen Augenblick zur Ruhe gekommen.

Was mag da wieder auf uns zukommen? Wenn der Bursche da vorn mir auch nur den geringsten Anlaß gibt, drükke ich ab, dachte Barnes.

Er lief über die staubige Straße hinter dem Fallschirm her. Der Pilot landete auf dem angrenzenden Feld, der aufgeblähte Schirm schleifte ihn noch ein paar Meter durch das Gras und sank dann langsam in sich zusammen. Barnes lief schneller. Er wollte an Ort und Stelle sein, ehe sich der Mann von dem Schirm befreit hatte. Der Fremde öffnete die Gurte und kam, das Gesicht Barnes zugewandt, auf die Knie. Der Sergeant stürmte mit der Waffe im Anschlag auf ihn zu. Waren Piloten eigentlich bewaffnet? Er wußte es nicht, wollte aber auch kein Risiko eingehen. Die kniende Gestalt hatte die Waffe gesehen und verharrte in ihrer Haltung. Langsam hob der Springer die Arme über den Kopf, um zu zeigen, daß er unbewaffnet war.

Gleich wissen wir mehr, mein Freund, dachte Barnes grimmig. Plötzlich begann der Mann zu sprechen.

»Was hat ein Limey in diesem Teil Frankreichs zu suchen. Das wüßte ich gern. Bitte nicht schießen – der Pilot hat nur seine Pflicht getan.«

»Sie sind RAF-Pilot?« fragte Barnes verblüfft und hielt die Mündung der Maschinenpistole auf die Brust des Fremden gerichtet. Seine Blicke wanderten über den Fliegerdreß des Mannes. Der Pilot hatte die Schutzbrille über den Lederhelm geschoben. Barnes blickte in das hagere Gesicht eines Mannes, der zwischen fünfundzwanzig und fünfunddreißig Jahre alt sein mochte. Die Haut war tiefbraun, fast wie gegerbtes Leder, eine riesige Nase wölbte sich über einen breiten Mund mit festen Lippen. Sein vorgeschobenes Kinn ließ auf Charakterstärke und Mut schließen.

Das ist ein harter Brocken, dachte Barnes. Der Eindruck wurde allerdings etwas gemildert durch die humorvollen blauen Augen, und die Antwort des Fremden lieferte sofort die Bestätigung dafür.

»Wenn ich nicht zur RAF gehöre, dann beschäftigt die Luftwaffe ziemlich merkwürdige Zeitgenossen.«

Der Mann sprach mit einem breiten amerikanischen Akzent, und das allein war schon eine Überraschung. Noch verblüffender war, daß der Bursche eher belustigt als verängstigt wirkte – nicht gerade die übliche Reaktion, wenn man sich vor dem falschen Ende eines Gewehrs befand. Doch Barnes war auf der Hut. Er hatte nicht vergessen, daß Penn auch Seft für einen ehrlichen und vertrauenswürdigen Belgier gehalten hatte. Es war nicht auszuschließen, daß die Luftwaffe ein paar übergelaufene Amerikaner beschäftigte.

»Stehen Sie auf«, befahl er barsch.

»Ich glaube, ich habe mir bei der Landung beide Beine gebrochen, Sergeant.«

Großer Gott, noch eine lahme Ente auf meinem Panzer, dachte Barnes. Als ob er nicht schon alle Hände voll mit Penn zu tun hätte. Jetzt bekam er vielleicht noch einen Patienten dazu. Der Panzer verwandelte sich langsam, aber sicher in eine fahrbare Krankenstation. Nur wußte der Sergeant nicht, wohin mit dem Kranken. Er trat mehrere Schritte zurück. Der Pilot kam langsam auf die Beine. Dabei grinste er aufreizend.

»Ich muß mich korrigieren, Sergeant. Meine Beine fühlten sich nur so an, als seien sie gebrochen. Sind Sie schon einmal mit so einem Ding zur Erde gesegelt? Zuerst kommt sie dir langsam und friedlich entgegen, doch in der letzten Minute rast sie auf dich zu und schlägt dir wie ein Dampfhammer die Beine weg.«

»Ich wußte gar nicht, daß die RAF auch Amerikaner rekrutiert«, sagte Barnes scharf.

»Kanadier, wenn's beliebt.«

Der Fremde hob in gespieltem Entsetzen eine behandschuhte Hand. »Obwohl Ihr geographischer Irrtum an sich verständlich ist, Sergeant. Meine Mutter ist Kanadierin, mein Vater war Amerikaner. Ich bin in Kanada geboren. Schon mal was von Wainwright, Alberta, gehört? Nein? Na schön, wie sollten Sie auch? Ist ja nur ein Pünktchen auf der Karte, obwohl die CNR-Expreßzüge dort halten, um die Einheimischen mit Eiscreme zu versorgen.«

Er deutete auf den Panzer hinter Barnes.

»Ist das Ihre Blechbüchse dort?«

»Die Blechbüchse ist ein Matilda-Tak. Können Sie sich irgendwie ausweisen?«

»Natürlich. Hoffentlich bekommt Ihr Finger am Abzug keine nervösen Zuckungen, wenn ich langsam die Jacke aufknöpfe und meine Hand hineinschiebe.«

Barnes schwieg und beobachtete argwöhnisch, wie der Mann mit vorsichtigen Bewegungen in seine Jacke griff und tatsächlich einen RAF-Ausweis hervorzog. Der Pilot hielt ihn einen Augenblick zwischen den Fingern.

»Ich könnte ihn herüberreichen, doch vielleicht fürchten Sie, ich könnte Sie angreifen. Werfe ich ihn Ihnen aber zu, müßten Sie sich bücken, und ich könnte Ihnen einen Tritt gegen den Kopf versetzen. Was also soll ich tun?«

»Lassen Sie ihn fallen und gehen Sie sechs Schritte zurück.«

Vorsichtig bewegte sich der Pilot rückwärts. Barnes bückte sich rasch nach dem Ausweis und blätterte ihn mit der linken Hand auf. Dabei fragte er sich, ob er den Mann aus übertriebener Vorsicht oder aus purer Schikane so genau überprüfte. Dem Sergeant mißfiel offenbar das lässige Verhalten von Colburn. So hieß der Bursche: Flying Officer James Q. Colburn.

»Das Q. steht für Quinn«, half Colburn nach. »Das ist mein Familienname mütterlicherseits. Die Quinns sind eine der ältesten Familien in British Columbia – an kanadischen Verhältnissen gemessen. Obwohl...«

»In Ordnung, Colburn.«

Barnes warf ihm den Ausweis zu. Der Pilot fing ihn mit der Linken aus der Luft.

»Was ist da oben los gewesen?«

»Zufrieden mit meiner Identität, Sergeant?«

»Ich denke schon.«

»Und wie steht's mit Ihrem Soldbuch? Kann ich es sehen, oder muß ich mich ausschließlich auf meine Menschenkenntnis verlassen?«

Barnes starrte sein etwa 1,80 Meter großes Gegenüber verblüfft an. Er hatte einen schwerverletzten Mann am Geschütz, der dringend in fachmännische Behandlung gehörte, und wollte deswegen schnellstens ins nächste Dorf, um einen Arzt zu suchen. Außerdem hatte er erwartet, einen Luftwaffen-Piloten vor den Lauf zu bekommen. Mit Sicherheit war er nicht in Stimmung für die dummen Witzchen eines abgeschossenen kanadischen Freiwilligen.

»Ich bin Sergeant Barnes. Wenn Sie jedoch glauben, ich würde Ihnen mein Soldbuch zeigen, haben Sie sich getäuscht. Wofür halten Sie das Ding hinter mir eigentlich? Für einen Jerry-Panzer? Außerdem – selbst Sie müßten inzwischen schon mal eine englische Armeeuniform gesehen haben.«

»Schon gut, schon gut.« Colburn machte eine versöhnliche Handbewegung. »Ich kann mir denken, daß ihr hier in den letzten zwei Wochen die Hölle durchgemacht habt, während ich noch nicht einmal ein paar Stunden hier bin. Doch vielleicht darf ich Sie nochmals darauf hinweisen, daß ich einen RAF-Fliegerdreß trage, und was Sie da brennend vom Himmel fallen sahen, war auch kein Staubsauger. Zumindest beim Start in Manston war es eine verdammt intakte, schöne Hurricane.«

»Das Ding stürzte so schnell ab, daß ich fast nur den Aufschlag bemerkte. Eine Messerschmitt hat Sie erwischt, stimmt's?«

»Drei waren es, um genau zu sein. Doch das soll keine Entschuldigung sein. Sie haben mich von der Küste bis hierher verfolgt – ein Fehler von mir. Ich hätte nicht mehr genügend Sprit gehabt, um nach Hause zu fliegen, selbst wenn ich mit den Burschen fertig geworden wäre. Nennen wir das Kind beim Namen – die Hundesöhne haben mich ausgetrickst. Aber muß ich erst ›Auld Lang Syne‹ anstimmen, bevor Sie die Kugelspritze da beiseite legen?«

Barnes senkte den Lauf. »Tut mir leid, aber wir hatten Probleme mit einem deutschen Agenten, der sich als Belgier ausgab. Seitdem bin ich höllisch vorsichtig geworden. Auch Sie könnten einer sein, Colburn.«

»Ein vom Himmel gefallener Agent?«

Der Kanadier grinste ironisch, wurde aber schnell wieder ernst.

»Entschuldigung, aber Sie haben natürlich recht. Man muß mißtrauisch sein in der heutigen Zeit. Es gibt also tatsächlich diese Fünfte Kolonne?«

»Wir haben Gerüchte darüber gehört – so viele, daß man meinen könnte, Frankreich sei voll von diesen Schweinehunden.«

»Dieser Teil Frankreichs ist nur voll von Panzern.«

Barnes musterte Colburn scharf. War der Kanadier wirklich so kaltblütig, wie er tat?

»Sie sind mitten in ein ungeheures Niemandsland abgesprungen – ein Gebiet von mindestens fünfundzwanzig Kilometern Ausdehnung in jeder Himmelsrichtung. Und hier gibt es keine Truppen außer einigen Panzereinheiten. Wir sind völlig allein, völlig auf uns gestellt – mit einem einzigen Matilda-Tank.«

Barnes' innere Anspannung hatte sich ein wenig gelöst, und er ließ sich Zeit zum Nachdenken. Dabei studierte er Colburn gelassen und versuchte ihn einzuordnen. Barnes hatte Erfahrung darin. Er hatte eine gute Menschenkenntnis. Doch im Moment stellte sich ihm nur eine einzige Frage: Wäre Colburn ein Gewinn oder eine Belastung für sie? Im letzteren Fall würde er ihn unter keinen Umständen mitnehmen.

Colburn hielt seinem Blick stand.

»Wollen Sie damit sagen, daß der Rest der Einheit aufgerieben worden ist?«

»Ich will damit sagen, daß wir zu Beginn der Kämpfe von ihr abgeschnitten wurden. Und so ist es bis jetzt geblieben. Kommen Sie mit, dann können Sie sich unsere Ausrüstung ansehen. Wir haben die Zweipfünder-Kanone, ein leichtes Maschinengewehr, einige Maschinenpistolen und drei Revolver. Das ist alles. Bis jetzt sind wir der Entdeckung durch drei verschiedene Panzerkolonnen immer um Haaresbreite entgangen.«

»Klingt ja nicht gerade aufregend. Mir scheint, ihr könnt ein wenig Verstärkung gebrauchen.«

»Stimmt, aber Tanks sind nun mal keine Flugzeuge, und Sie sind Pilot.«

»Eins zu null für Sie. Wie sieht also die Alternative aus?«

»Daß Sie versuchen, sich allein nach Hause durchzuschlagen.«

Barnes schwieg einen Moment.

»Wenn Sie nicht den einfachsten Weg wählen und auf dieser Straße nach Cambrai zu den Deutschen marschieren. Dann könnten Sie das Ende des Krieges in einem schönen, ruhigen Kriegsgefangenenlager abwarten.«

Der Sergeant wartete auf eine Reaktion des Kanadiers, doch in dem ausdruckslosen Gesicht des Piloten zuckte kein Muskel. Selbst seine Stimme klang unverändert freundlich.

»Schätze, Ihr Freund da im Panzer verpaßt mir sofort eine Ladung, wenn ich Ihnen für diese Bemerkung eins aufs Maul gebe, stimmt's?«

»Mit Sicherheit. Aber seien Sie nicht beleidigt, Colburn. Ich muß nur völlig sicher sein.«

»Was wollen Sie denn noch? Ich dachte, Sie hätten inzwischen kapiert, daß ich vor einer halben Stunde von Manston gestartet bin.«

»Ich muß sicher sein, daß Sie mir nicht in die Quere kommen. Sie behaupten, Sie seien Kanadier, tun aber Dienst in der RAF.«

»Ich habe mich freiwillig gemeldet. Es war sehr heiß an jenem Tag, und da macht man schon mal Dummheiten...«

»Was hatten Sie für einen Zivilberuf?«

»Ich habe meinen Abschluß in Medizin gemacht...«

»Sie sind Arzt?«

Barnes versuchte erst gar nicht, seine Überraschung und Erleichterung zu verbergen.

»Nein. Ich habe nie praktiziert. Der Beruf gefiel mir nicht, also wurde ich Chemiker.«

»Ein Apotheker!«

Barnes hatte Schwierigkeiten, sich Colburn hinter einem Ladentisch als Aspirinverkäufer vorzustellen.

»Nein, Industrie-Chemiker. Ich interessiere mich für die Entwicklung von hochexplosiven Sprengstoffen und hatte schon nach ein paar Jahren eine eigene Firma. Wir belieferten das ganze Land mit Sprengmaterial für die Arbeit in Steinbrüchen. Verstehen Sie nun, wie verrückt ich danach war, mich freiwillig zu melden?«

»Sie hatten einen eigenen Laden und haben alles hingeschmissen?«

Barnes musterte Colburns gebräuntes Gesicht und fragte sich, was einen Mann dazu bewegen mochte, alles aufzugeben und viertausend Kilometer durch die Weltgeschichte zu gondeln, um in einem Krieg zu kämpfen, der ihn persönlich kaum etwas anging. Dem Sergeant fiel seine Entscheidung nicht gerade leicht.

»Nein, ganz so dumm war ich auch wieder nicht. Bis ich zurückkomme, kümmert sich mein Bruder um das Geschäft.«

Colburn lächelte.

»Ed ist der Meinung, die Engländer sollten ihre Kriege allein ausfechten. Vielleicht hat er recht. Doch mal was anderes, Sergeant. Weshalb haben Sie fast einen Luftsprung gemacht, als ich mein Medizinstudium erwähnte?«

»Mein Corporal ist schwer verwundet, und ich suche schon seit Stunden vergeblich nach einem Arzt. Würden Sie ihn sich mal ansehen? Ich bitte Sie darum.«

»Aber gern. Doch vergessen Sie nicht, ich bin der hochqualifizierteste nichtpraktizierende Arzt der westlichen Hemisphäre. Wo ist der Mann?«

Barnes blieb und begann den Fallschirm des Piloten zusammenzulegen. Colburn ging zu Reynolds hinüber, der abwartend auf dem Panzerchassis stand. Es dauerte ein paar Minuten, bis der Sergeant den Schirm zu einem Bündel verschnürt hatte, das einer überdimensionalen Daunenfeder glich. Er versteckte das Paket in einem trockenen Wassergraben. Man mußte ja nicht unbedingt eine deutsche Patrouille, die vielleicht zufällig vorbeikam, mit der Nase darauf stoßen, daß in dieser Gegend ein englischer Flieger heruntergekommen war.

Als der Sergeant schließlich beim Panzer anlangte, war Reynolds im Innern verschwunden. Nur Colburns Kopf ragte aus dem Turm. Mit leiser Stimme fragte der Kanadier:

»Der Bursche da unten ist ein guter Freund von Ihnen?«

»Er ist mein Corporal«, antwortete Barnes ausweichend.

»Die Operation war nicht sehr gut durchgeführt. Tut mir leid, aber ich muß Ihnen etwas sehr Unerfreuliches sagen.«

»Er wird's also nicht schaffen?«

»Er hat es nicht geschafft. Er ist tot.«

Sie brauchten über eine Stunde, um in der von der Sonne festgebackenen französischen Erde das Grab auszuheben. Sie benutzten die gleichen Schaufeln, mit denen sie sich aus dem Tunnel bei Etreux befreit hatten, und wechselten sich bei der Arbeit ab, da Colburn darauf bestand, mitzuhelfen. Während seiner Ruhepause ließ Barnes den Kanadier nicht aus den Augen. Was den rein körperlichen Vergleich zwischen Colburn und Reynolds betraf, war die Wahl einfach, doch Barnes gefiel einfach, wie schnell sich Colburn einer völlig veränderten Situation anpaßte. Bis vor kurzem noch hatte der arme Hund sicher damit gerechnet, sich nach seiner Rückkehr in Manston in der nächsten Kneipe ein Bier genehmigen zu können. Statt dessen befand er sich nun mitten in der Kampfzone und half einen Mann unter die Erde bringen, den er nur als Toten kennengelernt hatte. In Barnes' Innerm war alles taub, er empfand einen dumpfen

Schmerz. Drei Jahre war er mit Penn zusammengewesen, und in der Zeit hatte sich zwischen ihnen eine stille Freundschaft entwickelt, die sie so reibungslos Hand in Hand arbeiten ließ, als hätten sie sich schon zeitlebens gekannt. Penn, der nie an irgend etwas geglaubt, sondern immer alles in Frage gestellt hatte, Penn, der sich immer darüber amüsiert hatte, daß der Sergeant seinen Beruf so ernst nahm, dieser Penn war ein Mann gewesen, auf den man sich jederzeit hatte verlassen können. Und, bei Gott, sie hatten sich auf ihn verlassen müssen, als er in jener Nacht an der Brücke als deutscher Posten die Panzerkolonne an sich vorbeirollen ließ. Penn hatte jetzt seine Heimstatt gefunden, wenn es auch nicht die war, die Barnes ihm gewünscht hätte.

Was zuerst als der einfachste Teil ihrer traurigen Pflicht erschienen war, erwies sich jetzt als der schwierigste – die Grablegung des Leichnams. Das Grab war fertig. Colburn stand daneben und überließ es Barnes und Reynolds, den Körper, den sie erst in eine Decke und zusätzlich noch in eine Zeltbahn eingewickelt hatten, hochzuheben und ins Grab zu senken. Auf halber Höhe verengte sich das Loch, und das Bündel blieb stecken. Die beiden hoben den Leichnam an und ließen ihn erneut hinab. Wieder blieb er stekken.

Barnes sagte zu Colburn: »Würden Sie bitte das Seil halten?«

Er wartete, bis der Kanadier seinen Platz eingenommen hatte, kniete nieder und preßte seine flache Hand auf das Bündel. Durch die Zeltplane fühlte er deutlich Penns dicken Verband am linken Arm. Colburn hatte die schweren Verbrennungen über der Schulterwunde als mögliche Todesursache bezeichnet. Der eingewickelte Leichnam rührte sich nicht. Barnes drückte stärker und hatte dabei das unbestimmte Gefühl, daß Penn hier nicht begraben werden wollte. Was hatte der Corporal noch gesagt? »Ich sitze wieder hinter der Kanone, noch ehe wir Calais erreichen.«

Es war noch ein weiter Weg bis Calais. Penn würde nie erfahren, ob sie es geschafft hatten. Barnes drückte stärker. Ihnen blieb keine Zeit mehr, um das Grab zu vergrößern. In dem ebenen Gelände waren sie kilometerweit zu sehen.

Plötzlich gab der Körper seinen Widerstand auf und rutschte so rasch in die Tiefe, daß Barnes beinahe das Gleichgewicht verlor. Sein Gesicht und seine Hände waren schweißüberströmt. Er wollte nur noch eines: so schnell wie möglich weg von diesem Ort.

»Sollen wir ein Gebet sprechen?« murmelte Reynolds.

»Nein«, sagte Barnes knapp. »Er glaubte nicht an Gott. Wußten Sie das nicht?«

Sie schlossen das Grab und steckten als Markierung eine Schaufel in die Erde. Etwas anderes fanden sie nicht. Auf dem Holzstiel hatte Barnes mit dem Messer ein paar Worte eingeritzt: »18972451 Corporal M. Penn. Im Kampf gefallen am 25. Mai 1940.«

Ehe sie abfuhren, bat der Sergeant Colburn, nach seiner Schulterwunde zu sehen, denn die Wunde war wieder aufgeplatzt, als er beinahe in das Grab gestürzt wäre. Er hockte sich auf das sonnenwarme Chassis. Der Kanadier entfernte den Notverband und stieß eine Reihe von Flüchen aus.

»Der Verband hätte schon viel früher erneuert werden müssen.«

»Sie meinen, die Wunde hat sich entzündet?« fragte Barnes ruhig.

»Nein, Sie hatten Glück. Nur die Außenschicht des Pflasters ist stark verschmutzt. Die Wunde ist wieder aufgeplatzt, na schön. Aber sie ist noch sauber, und das ist die Hauptsache. Halten Sie still, es könnte weh tun.«

Er reinigte behutsam die blutende Wunde, legte einen neuen Notverband an und half Barnes wieder in Hemd und Jacke. Die Schulter begann zu klopfen, der ziehende Schmerz zehrte an seinen Kräften. Der Sergeant biß die Zähne zusammen, entnahm der Tasche mit Penns Soldbuch und Tagebuch einen Stift, schlug die Karte auf und markierte auf ihr die Stelle, an der Penn begraben war. Vielleicht wollten seine Eltern eines Tages das Grab besuchen, und bis dahin existierte die Schaufel sicherlich nicht mehr. Im Grunde ist es Zeitverschwendung, dachte Barnes. Er konnte nur hoffen, daß der ganze verdammte Krieg letztlich nicht nur Zeitverschwendung war. Er sprach mit Colburn über die

Gesamtlage, fand aber schnell heraus, daß der Kanadier ihm kaum Neues berichten konnte.

»Nach meinen Erkenntnissen müßte das britische Expeditionskorps nördlich dieser Linie stehen, und links daneben die belgische Armee. Wir befinden uns mitten im weiten Niemandsland...«

»In der Lücke«, unterbrach ihn Colburn.

»Sie meinen, sie bezeichnen das tatsächlich so?«

»Ja, jedenfalls bei unseren Einsatzbesprechungen. Es stimmt, Sie stehen mit Ihrem Panzer genau in der Mitte, doch gibt es unterschiedliche Ansichten über die Größe der Lücke. Meine Schwadron war auf die Hunnen angesetzt, doch hatten wir auch Befehl, jeden Panzer abzuschießen, den wir sichteten. Die beim Stab vermuten, daß die Deutschen hier bald Verstäkrung nachkommen lassen.«

»Da vermuten sie richtig – die Verstärkung kam heute morgen hier vorbei.«

»Schade, schon wieder zu spät.« Colburn lächelte schwach. »Um auf die Sache mit den Panzern zurückzukommen: Ich gab zu bedenken, daß wir möglicherweise dabei unsere eigenen Jungs abschießen könnten. Ihnen wird die Antwort, die ich zu hören bekam, sicher nicht schmekken, Barnes. Die Herren vom Stab vertraten einfach den Standpunkt, daß eine große Panzerkolonne auf einer Straße eine deutsche sein müßte. Die Briten besäßen nur eine Handvoll Panzer, und die Franzosen hätten die ihre klugerweise bei der überstürzten Zurücknahme der Front alle in die Luft gejagt.«

»Sie wissen also anscheinend auch nicht viel mehr als ich, Colburn.«

»Sergeant, Sie stecken hier mitten im Mist. Meiner Meinung nach hängen Sie viel zusehr im Geschehen, um die Gesamtsituation beurteilen zu können.«

»Darüber, Colburn, versuche ich ja die ganze Zeit etwas von Ihnen zu erfahren. Sie werden doch, ehe Sie starten, über die Lage genauestens informiert. Sie überfliegen die Kampfzone... Wenn jemand einen genauen Überblick haben müßte, dann sind Sie das.«

»O ja, den habe ich auch. Doch aus Ihren Fragen entnehme ich, daß Sie von mir ein klares Bild erwarten, eine hübsche kleine Karte, auf der die Deutschen schön ordentlich auf der einen und Ihre Einheiten und die der Franzosen auf der anderen Seite stehen. Die kann ich Ihnen nicht zeichnen, Sergeant. Und ich bin der Meinung – ich betone, es ist meine Meinung –, daß, wenn dieser Krieg eines Tages mal Geschichte geworden ist, die Historiker niemals genau sagen können, welche Einheit zu welchem Zeitpunkt exakt hier oder dort gestanden ist. Diese Schlacht hier ist das größte Durcheinander, das die Kriegsgeschichte je gesehen hat.«

»Was wollen Sie mir eigentlich damit sagen?«

»Daß jede Meldung oder Information einen Dreck wert ist. Diese Knaben da, die Herren Generäle, verzapfen sie ganz nach Gutdünken. Wie Wellington schon im Krieg gegen Napoleon auf der Pyrenäen-Halbinsel gesagt hat: Es ist, als ob man ein Seil knüpft. Man macht einen Knoten, danach einen zweiten und hofft das Beste. Versuchen Sie mir nun nicht einzureden, daß die Brüder in der Kampfzone nach einem bestimmten Plan vorgehen.«

»Auch die Deutschen nicht?« fragte Barnes ungerührt.

»Nicht einmal diese Bastarde. Jetzt nicht mehr. Fragen Sie mich ruhig, woher ich das wissen will. Ich werde Ihnen antworten: Aus meiner Intuition heraus und aufgrund der Tatsache, daß ich an der Universität als zweites Studienfach Kriegsgeschichte belegt hatte. Um eines jedenfalls wette ich mit Ihnen um jeden Betrag, Barnes: In diesem Augenblick sind die deutschen Generäle so berauscht von ihrem Erfolg, daß sie überhaupt nicht wissen, was sie damit anfangen sollen. Bei den Generälen gibt es immer Vorwärtsdrängende und Bremser. Die einen wollen weiter, stur vorwärts, getreu dem Motto: Wirf den Feind in die See. Die anderen schreien Zeter und Mordio, man würde sich übernehmen und sollte sich besser eingraben, ehe einem der Kopf abgeschlagen wird.«

»Das alles hilft mir nicht weiter«, bemerkte Barnes nur.

»Also gut, vielleicht hilft Ihnen das. Ich flog heute aus südöstlicher Richtung über Calais. Ich bin fast hundertprozentig sicher, daß es da noch ein zweites Loch gibt zwischen der Küstenstraße und der Hauptkampfzone im Osten. Und das könnte unsere Richtung sein – unser Schlupfloch.«

»Es ist unsere Richtung.«

»Sehr schön. Dann mache ich also eine Freifahrt nach Calais. Aber nur unter einer Bedingung: Sie dürfen mich nie mehr nach der generellen Lage fragen. Es gibt keine. Dieser ganze Feldzug ist ein einziges verdammtes Durcheinander, das Ihnen niemand exakt beschreiben kann – auch nicht in hundert Jahren. Es sei denn, man zitierte Shakespeare, der schon ein Sprichwort für hundertprozentige Tollheit hatte. Wie hieß es doch gleich: Ist es auch Wahnsinn, so hat es doch Methode.«

Die allgemeine Lage, Sergeant Barnes, ist ein einziges Kuddelmuddel.«

»Was im Klartext heißt, daß wir jederzeit dem Jerry in die Arme fahren könnten.«

8.

Samstag, 25. Mai

Der Stuka-Bomber stürzte aus etwa dreihundert Metern Höhe auf sie herab, genau auf den Steinbruch zu. Er zog eine dunkle Rauchfahne hinter sich her. Barnes war zu einer Statue erstarrt, sein Blick hing gebannt an dem heranjagenden Riesenprojektil. Hoffentlich kann der Pilot wenigstens noch ein paar hundert Meter weit die Höhe halten, dachte er nur noch. Der Bomber jaulte heran, seine Nase zeigte genau auf die Zufahrt zum Steinbruch, als wolle er sie durchbohren und dann an der hinteren Wand zerschellen, wo Bert geparkt war.

Colburn stand neben Barnes und wagte nicht, sich zu rühren. Automatisch versuchte er die Flugbahn des Stuka-Bombers abzuschätzen. Die Maschine donnerte über sie hinweg, verlor immer mehr an Höhe, und zehn Sekunden später hörten sie, wie der Bomber sich etwa fünfzehnhundert Meter entfernt in Frankreichs Erde bohrte und seine Bombenlast in die Luft flog.

»Der Steinbruch hier erinnert mich an meine Sprengstoffe«, meinte Colburn.

Der Panzer stand in einem Kalksteinbruch unterhalb eines Hügels. Der riesige Alkoven lag in schattigem Dunkel. Es war 18.30 Uhr.

Reynolds hielt oben am Rand des Bruchs Wache. Der Fahrer rief ihnen zu, daß das Flugzeug in einiger Entfernung am Boden zerschellt war, und konzentrierte sich wieder auf die Beobachtung der Umgebung.

»Im Moment habe ich die Nase voll von Sprengstoff jeder Art«, brummte Barnes trocken und rührte in seinem Tee.

»Weil er Ihnen dauernd um die Ohren fliegt.« Colburn ließ sich nicht beirren. »Ich rede von Sprengungen. Es kann einen ungemein befriedigen, die Sprengsätze richtig zu legen, den Zündapparat zu bedienen und genau die gewünschte Felspartie in die Luft gehen zu sehen.«

»Ich dachte, Sie hätten das Zeugs nur geliefert.«

»Man fragte mich immer um Rat bei diesem oder jenem Problem. Meist habe ich dann den Job für meine Kunden erledigt. Ich habe irgendwie ein Talent zum Zerstören, Barnes. Um es genau zu sagen: Mir macht meine Arbeit Spaß.«

Sie erhoben sich, gingen durch die enge Zufahrt und schauten über die weiten Ebenen von Frankreich. ›Wir sind eigentlich ein gutes Stück vorangekommen‹, dachte Barnes. Seiner Schätzung nach waren es kaum noch vierzig Kilometer bis Calais. Den ganzen Nachmittag und frühen Abend hindurch war Bert mit Höchstgeschwindigkeit über die Straße gerollt. Nur zweimal hatte es einen Grund zur Besorgnis gegeben. Zuerst war ein deutsches Geschwader hoch am Himmel in östlicher Richtung über sie hinweggeflogen. Die zweite Begegnung mit dem Feind brachte sie in größere Gefahr. Eine dichte Staubwolke hatte sie rechtzeitig vor einer großen deutschen Nachschubkolonne gewarnt. Über eine halbe Stunde hatten sie sich in einem nahen Wäldchen verstecken müssen und sich erst wieder hervorgewagt, als der letzte Begleitpanzer in der entgegengesetzten Fahrtrichtung verschwunden war. Danach war Bert immer nach Norden gefahren, nonstop Richtung Calais.

Die beiden Männer hatten ihre Mahlzeit beendet. Wieder einmal fehlte Rindfleisch auf der Speisekarte. Mandel hatte ihnen etwas Besseres eingepackt. Sie fanden in seinem Paket mehrere Stangenbrote, einen irdenen Topf mit Butter, ein ganzes kaltes Huhn und vier Flaschen Wein. Sie aßen mit gutem Appetit, aber Barnes wollte es trotzdem nicht so recht schmecken. Immer wieder mußte er an Penn denken, der von diesen Köstlichkeiten nichts mehr abbekam.

Die Mannschaft war jetzt wieder in einem besseren Zustand als beim Verlassen von Fontaine, wenn auch die Kampfgruppe nur aus zwei Männern bestand, bis Colburn ein Grundtraining an den Waffensystemen absolviert hatte, um sich im Ernstfall nützlich machen zu können.

Unterhalb des Steinbruchs in einigen Kilometern Entfernung bemerkte Barnes über den sonnigen Feldern eine lange dünne Staubwolke, die sich schräg zu seinem Standort entlangzog. Es schien, als hielte die Kolonne auf die Küste zu. Barnes hob sein Glas an die Augen.

»Panzer?« fragte Colburn.

»Möglich. Sie sind zu weit entfernt, um Genaueres erkennen zu können. Außerdem trübt der Staub die Sicht. Sie fahren nicht in unsere Richtung, wofür wir dankbar sein sollten. Also, Colburn, schauen wir mal, wie rasch Sie sich in einem Panzer zurechtfinden lernen.«

Barnes hatte ihm die Bedienung des Besa-Maschinengewehrs erläutern wollen, doch der Kanadier stand kaum auf der Drehplatte, als er wissen wollte, wie der Turm gedreht wurde. Innerhalb von fünf Minuten bewies er sein technisches Verständnis und sein Fingerspitzengefühl bei der Bedienung der Traverse. Noch mehr beeindruckte Barnes die Ausdauer des Mannes. Kaum hatte Colburn die Bedienung der Traverse einigermaßen im Griff, bat er Barnes, in den Turm zu steigen und ihm über das Bordsprechgerät Anweisungen zu geben. Barnes machte es seinem gelehrigen Schüler nicht leicht und korrigierte seine Fehler im Kasernenhofton.

»Rechts, Colburn. Mann, wissen Sie nicht, wo rechts ist? Die Traverse nach rechts! Sonst zeigen Sie dem Feind unsere verdammte Kehrseite. So ist's schon besser. Und jetzt die Traverse links. Nach links, Mann!«

Barnes wurde rasch klar, daß er hier einen Tiger am Schwanz hielt. Colburn gab nicht auf, bis er die Traverse nach Anweisung fehlerfrei bedienen konnte. Immer wieder übte er es, unermüdlich, als hinge sein Leben davon ab. Vielleicht zahlt sich das schon bald aus, dachte Barnes. In seiner ganzen Militärzeit hatte er nie einen Soldaten trainiert, der schneller lernte, wenn es hier auch nur um die Grundausbildung ging. Als er wieder ins Kampfabteil hinunterkletterte, wollte Colburn wissen, wie die Kanone funktionierte. Doch das wäre nach Barnes' Ansicht Zeitverschwendung gewesen. Statt dessen schlug er ihm vor, sich mit dem Besa vertraut zu machen.

»Fünf Minuten dürften dafür reichen«, sagte Colburn kurz.

Barnes starrte ihn an. Also war der Kanadier doch ein Angeber, auf den man sich im Ernstfall nicht verlassen durfte. Colburn schien seine Gedanken zu erraten und grinste.

»Sie vergessen anscheinend, Barnes, daß auch eine Hurricane mit einem Waffensystem ausgerüstet ist, das man wie das Besa als Maschinengewehr bezeichnet.«

»Tut mir leid.« Barnes preßte die Lippen zusammen. Seine Schulterwunde meldete sich wieder. Der Schmerz raubte ihm fast den Atem. »Daran habe ich nicht mehr gedacht. Wie Sie sagten, dürften also fünf Minuten für das Besa reichen.«

Zwei Stunden später brach Barnes das Training ab. In einer halben Stunde wurde es dunkel, und bis dahin wollte er im Norden eine Deckung gefunden haben, die ihnen mehr Bewegungsfreiheit bot. Die Nacht in dem engen Steinbruch zu verbringen erschien ihm zu gefährlich. Er hatte die Nacht noch nicht vergessen, in der sie sich mit Bert unter der Brükke verstecken mußten. Colburn hatte ein paar Grundregeln der Panzerkriegsführung kennengelernt und konnte auch mit dem Periskop einigermaßen umgehen, das der Schütze zur Beobachtung der Umgebung benutzt. Doch selbst der Kanadier schaffte es nicht, in einem Zweistundentraining zu lernen, wofür andere Monate brauchten. Trotzdem war Barnes immer wieder überrascht und erfreut von der schnellen Auffassungsgabe des Kanadiers. Er rief Reynolds von seinem Posten zurück und traf Vorbereitungen zur Abfahrt.

»Das hat Spaß gemacht«, bemerkte Colburn aufgekratzt. »Jetzt bin ich wenigstens nicht mehr das fünfte Rad am Wagen, wie noch vor zwei Stunden.«

»Sie sind das Reserverad – für den Notfall.« Barnes lachte trocken.

»Zumindest könnte ich die Traverse und das Besa bedienen. Bringen Sie mir ein paar Deutsche vors Rohr, und ich werde es Ihnen beweisen. Was die Kanone angeht, mögen Sie recht haben.«

Barnes begriff langsam, daß er sich über die Fähigkeiten des Kanadiers nicht sonderlich zu wundern brauchte. Man mußte eine Menge technisches Verständnis haben, um ein Flugzeug steuern zu können. Und ohne eine rasche Auffassungsgabe konnte man erst gar nicht Kampfflieger werden.

Trotzdem verschlug es ihm fast die Sprache, als Reynolds, der gerade in sein Fahrabteil klettern wollte, sich umwandte und meinte:

»Ich habe schon immer gesagt, Sergeant, daß die Trainingskurse nur etwas für ausgewachsene Trottel sind. Sie dauern viel zu lange. Ein Haufen Mist ist das.«

Damit verschwand er im Fahrabteil.

Barnes hatte den Verdacht, daß Reynolds nur deswegen immer so schweigsam gewesen war, weil meistens Penn geredet hatte. Die Verhältnisse in seiner kleinen Kampftruppe verschoben sich. Barnes beobachtete nicht ungern, daß der Fahrer Colburn anscheinend mochte.

Drei Minuten später rumpelte der Tank aus dem Steinbruch zur Straße hinüber und schwenkte nach Norden. Barnes stand im Turm. Sein Gesicht war angespannt. Nur zu gut wußte er, daß sie genau ins Zentrum des Geschehens hineinfuhren, wo die Gefahr am größten war. Schlimmstenfalls konnten sie in maximal vierundzwanzig Stunden tot oder in Gefangenschaft geraten sein. Es gab natürlich auch noch eine dritte Alternative. Vielleicht bekamen sie tatsächlich Gelegenheit, zu einem Schlag gegen die Deutschen auszuholen, wenn sie ein geeignetes Objekt fanden.

Da unter mir liegen über siebzig Panzergranaten, dachte der Sergeant. Die können ziemlich viel Unheil anrichten.

Sie kamen in eine dichter besiedelte Gegend. Auf den Feldern in einiger Entfernung von der Straße sah Barnes Leute arbeiten. Im Norden krochen zwei orangefarbene Traktoren langsam durch die Landschaft, die so eben war, daß sie ihn an Holland erinnerte. Nur zu seiner Rechten erhob sich eine niedrige Bodenwelle. Sie befanden sich im Zentrum des Pas de Calais, etwa in der Mitte zwischen Béthune und Etaples. Unglaublich, daß sie von Etreux in einem riesigen Halbkreis die gesamte Südflanke der Kampfzone umgangen hatten – andererseits ebensowenig verwunderlich wie der Vorstoß der feindlichen Panzerspitze von der deutschen Grenze bis vor die Tore Boulognes.

Barnes entschloß sich, die Nacht durchzufahren. Die Leute auf den Feldern richteten sich auf und beobachteten den

Tank; regungslos wie Vogelscheuchen an einem windstillen Tag standen sie da.

Links bewegte sich was. Barnes hob den Feldstecher. Sein Herz machte einen Sprung. Wieder eine dieser verdammten Staubwolken, im schwindenden Tageslicht kaum zu sehen, doch unter der Wolke erkannte er kleine eckige Schatten, die über das Land auf ihn zukrochen. Panzer!

Er rief einen Befehl ins Sprechgerät. Der Tank rollte nach rechts von der Straße herunter und weiter über das Land auf die niedrige Bodenwelle zu, der einzigen Deckungsmöglichkeit weit und breit. Als sie sie erreichten, manövrierte Barnes Bert so lange hin und her, bis er mit dem Rohr auf den anrollenden Feind zeigte. Der Unterbau war hinter der Bodenwelle verborgen, nur der Turm ragte über sie hinaus.

Auf einem Feld fünfhundert Meter entfernt wendete ein Bauer seinen Traktor und fuhr näher heran, um den Eindringling besser in Augenschein zu nehmen. In Gedanken verfluchte Barnes die Neugier des Einheimischen. ›Der Bursche sollte verschwinden, ehe er sich eine deutsche Granate einfängt‹, dachte er.

»Kanone – Traverse rechts. Noch mehr rechts. Halt!«

Der Turm schwang mit ihm herum und blieb stehen. Perfekt. Davis hätte es nicht besser machen können, und Davis war wirklich gut gewesen.

»Entfernung sechshundert. Sechshundert.«

Barnes preßte das Fernglas an die Augen und beobachtete die größer werdende Staubwolke. Sie bewegte sich über ihre Feuerlinie hinweg. War es möglich, daß man Bert im Zwielicht der Dämmerung nicht bemerkt hatte? Fünf Minuten später wußte der Sergeant, daß die Panzer ein anderes Ziel hatten, das irgendwo weit im Norden lag. Barnes war sich nicht sicher, ob er froh oder enttäuscht sein sollte. Es war fast völlig dunkel, als er über Interkom die Neuigkeit an die beiden anderen weitergab und den Befehl zum Weiterfahren erteilte.

Um Zeit zu sparen und dem Bauern auf dem Traktor auszuweichen, dirigierte Barnes Bert auf einer anderen Strecke zur Straße zurück. Sie erreichten die Trasse etwas nördlich von dem Punkt, an dem sie sie verlassen hatten. Der Panzer machte eine Vierteldrehung und ließ auf der Straße eine schwache Kalkspur zurück.

Vielleicht lag es an dem trügerischen Zwielicht, vielleicht auch an den heftigen Schmerzen in der Schulter, die im Lauf der Nacht immer stärker wurden. Vielleicht kam auch beides zusammen. Jedenfalls beobachtete Barnes seine Umgebung nicht mit der gewohnten Wachsamkeit. So entging ihm, wie sich die Landschaft veränderte; er bemerkte nicht, daß das Gras spärlicher wurde und nur noch in vereinzelten Büscheln wuchs, deren Farbe in ein kräftiges Giftgrün wechselte.

Er wurde sich der Gefahr erst bewußt, als der Panzer nicht mehr von der Stelle kam, obwohl die Ketten weiterrotierten. Der Koloß sank mit dem Heck so langsam ab, daß Barnes im ersten Augenblick dachte, er hätte einen Schwindelanfall. Doch als die Neigung stärker wurde, begriff er die schreckliche Wahrheit. Sie sanken ein, die Ketten drehten sich vergeblich gegen den Sog des Moores, das den 26-Tonnen-Koloß langsam in die Tiefe zog.

9.

Samstag, 25. Mai

Instinktiv wollte Barnes den Befehl geben zurückzusetzen, um den Tank wieder auf festen Untergrund zu bringen. Er öffnete den Mund, schloß ihn aber gleich wieder. Nachdenken, Barnes, erst nachdenken, aber schnell. Der vordere Teil schien stabil, stand wahrscheinlich auf festem Grund. Nur das Heck war eingesunken. Wenn er zurückfuhr, bekamen sie keinen festen Grund unter die Ketten. Er knipste seine Taschenlampe an und leuchtete nach hinten. Anscheinend hatten sie ein Stück der Erdkruste an der Oberfläche aufgebrochen, das der wochenlange Sonnenschein festgebacken hatte. Darunter quoll dicker, klebriger Schlamm hervor, der im Lichtstrahl naß glänzte.

Also weiter nach vorne fahren? Barnes stieg aus dem Turm und ging über die linke Kette nach vorn, hockte sich auf den Kettenschutz und setzte vorsichtig einen Fuß auf den Boden. Der Untergrund war fest. Doch im Licht der Scheinwerfer, die Reynolds auf seinen Befehl hin eingeschaltet hatte, erkannte der Sergeant die gleiche Bodenbeschaffenheit wie hinter dem Panzer. Kleine Risse liefen über die festgebackene Kruste und teilte sie in unzählige Felder. War vor ihnen fester Untergrund, oder hing das Vorderteil von Bert auf einem Stück fester Erde mitten im Moor? Wenigstens war der Panzer hinten nicht mehr tiefer gesackt, hatte anscheinend ein unsicheres Gleichgewicht gewonnen.

Colburn stieg aus dem Turm aufs Chassis.

»Was treiben Sie da, Sergeant?«

»Wir stecken in einem Sumpf. Hinter uns ist der Boden weich wie Butter, und hier vorne bin ich mir auch nicht so sicher. Halten Sie sich bereit. Vielleicht müssen Sie mich herausziehen, denn ich werde mir das jetzt mal ansehen.«

Barnes verlagerte sein ganzes Gewicht auf sein rechtes Bein. Der Boden hielt, doch es war, als trete er auf einen

Schwamm. Er zog das andere Bein nach und richtete sich auf. Die Oberfläche zersplitterte unter seinem Gewicht, und er sank bis zu den Knien im dicken Schlamm ein. Von hinten packten ihn Hände und zogen ihn zurück, bis er wieder mit baumelnden Beinen auf dem Kettenschutz saß. Vorsichtig drehte er sich um und kroch auf das Chassis zurück.

»Danke, Colburn. Sie haben meine Haut gerettet. Wir können nicht vor und nicht zurück. Geben Sie mir das Seil da aus dem Kasten neben dem Kompaß. Ich muß herausfinden, wie weit wir vom festen Ufer entfernt sind.«

Er wartete, bis Colburn wieder aus dem Turm kam, und schlang dann das Seil unter seinen Schultern hindurch. Das andere Ende drückte er dem Kanadier in die Hand. Inzwischen hatte der Traktor, der ihnen nachgefahren war, den Rand des Moores erreicht. Seine Scheinwerfer waren genau auf den Tank gerichtet und blendeten Barnes, als er über die hintere Kette balancierte. Colburn blieb auf dem Chassis stehen.

Der Bauer rief ihnen pausenlos über das Moor französische Worte zu, doch mit seinen mangelhaften Sprachkenntnissen verstand Barnes kein Wort. Wenn diese verdammten Franzmänner doch wenigstens langsamer sprechen würden. Er rief dem Mann auf englisch zu, daß er jetzt zum Rand des Moores herüberkäme, und erhielt eine wahre Wortflut als Antwort.

Der Sergeant vergewisserte sich nochmals, daß Colburn auf seinem Posten war, und zog eine Grimasse.

»Ein Jammer, daß Sie nicht genausogut französisch sind wie im Bedienen eines Maschinengewehrs.«

»Ich kann etwas Deutsch. Glauben Sie, er versteht das?«

»Versuchen Sie's, um Himmels willen, nicht. Vielleicht ist er nur so hilfsbereit, weil wir Engländer sind.«

»Woran sollte er das erkennen?«

»An der Uniform. Bestimmt hat er sie schon oft genug gesehen, bevor wir in Belgien einmarschiert sind. Also los! Ziehen Sie mich auf keinen Fall zurück, wenn ich nicht ernsthaft in Gefahr bin. Ich muß herausfinden, wie weit es bis zum Rand des Moores ist.«

»Sie sehen doch, wo der Traktor steht.«

»Bestimmt hält der Bauer einen größeren Sicherheitsabstand ein. Das Moor gehört ihm anscheinend.«

Als er seinen rechten Fuß neben der Kette auf den Boden setzte, fühlte er festen Untergrund. Doch für wie lange? Er stellte sich mit seinem ganzen Gewicht darauf. Der Boden trug ihn. Er zog das andere Bein nach und trat einen Schritt vom Panzer weg. Der Boden schwankte nicht. Das rechte Bein wieder einen Schritt vor: Es stand sicher auf einem Büschel Gras. Waren sie wirklich festem Untergrund so nahe?

Er zog den linken Fuß vor – und durchbrach beim Aufsetzen die Oberfläche, sank gefährlich tief in fauligen, übelriechenden Schlamm ein. Kaum hatte der Sergeant wieder einen einigermaßen festen Stand, machte er mit dem anderen Bein einen großen Spreizschritt und fand wieder festen Grund. Er versuchte, den linken Fuß aus dem Schlamm zu ziehen, hatte aber große Mühe. Das Bein war bis zum Knie eingesunken, und der Schlamm saugte an ihm wie ein Seeungeheuer, das ihn hinab ins Verderben ziehen wollte.

Der Sergeant kämpfte die aufsteigende Panik nieder und zog mit aller Kraft an seinem Bein, fühlte, wie er sich langsam aus dem schmatzenden und blubbernden Schlamm löste. Urplötzlich kam es frei. Barnes verlor das Gleichgewicht und stürzte flach auf den harten Boden, der nicht schwankte oder nachgab.

Starke Hände packten ihn unter den Schultern und halfen ihm auf die Füße. Im Licht der Scheinwerfer sah Barnes in das Gesicht des Bauern, ein hageres Männergesicht in den Vierzigern. Der Mann überfiel ihn mit einem Schwall von Worten.

»Danke«, sagte Barnes. »Könnten Sie vielleicht etwas langsamer sprechen?«

Er löste das Seil von seinem Oberkörper, schaute über die Schulter des Franzosen zum Traktor und ging hinüber. An der Seite des Gefährts hingen etwa ein Dutzend Eisenpfähle mit Metallschlaufen am oberen Ende. Offensichtlich wollte der Bauer einen Zaun errichten. Mit Hilfe der Zeichensprache machte Barnes dem Mann klar, daß er die Pfähle benötigte, und der Bauer nickte zustimmend. Barnes durchschnitt das Halteseil mit seinem Messer, schleppte drei Pfähle zum Rand des Moores und rief zu Colburn hinüber:

»Reynolds soll aussteigen und die zwei Stahlseile am Heck von Bert festmachen. Außerdem brauche ich einen Hammer. Der Bursche hier hat ein paar Eisenpfähle. Wenn wir die Stahlseile daran festzurren, können wir vielleicht ein tieferes Einsinken von Bert verhindern, während wir uns etwas einfallen lassen.«

»In Ordnung.«

In der Zwischenzeit versuchte der Bauer, ihm mit Hilfe von ein paar englischen Brocken etwas mitzuteilen. In seinem Eifer, seine Botschaft an den Mann zu bringen, verschluckte er die Hälfte der Worte.

»Stop – dort bleiben.« Der Bauer deutete auf den Panzer. »Ich holen großes, großes Holz.«

Er gestikulierte wild mit der Hand und zeigte wieder auf den Panzer. »Großes Holz. Zurück bald. Sie warten.«

›Was können wir sonst schon tun‹, dachte Barnes. Colburn reagierte wie immer rasch und warf den Hammer in den Lichtkreis der Traktorenscheinwerfer, ehe der Bauer damit losfuhr. Barnes blieb nichts anderes übrig, als die Pfähle im Dunkeln einzuschlagen, doch nachdem er sie einigermaßen gesichert hatte, nahm er die Taschenlampe in die linke Hand und schlug die Pfähle mit der rechten tiefer in den Boden. Reynolds hatte die zwei Stahlseile am hinteren Ende von Bert befestigt. Barnes schlug die Pfähle so tief in den Grund, daß nur noch das obere Drittel herausragte. Eigentlich müßten sie Bert eine Zeitlang halten können, bis der Bauer zurückkam. Wenn er zurückkam.

Das Moor lag einsam und verlassen da, ein öder Ort. Obwohl es jetzt völlig dunkel war, konnte Barnes deutlich die Silhouette des Panzers erkennen. Auf dem Chassis warteten die schattenhaften Gestalten von Colburn und Reynolds. Hoch oben am nachtschwarzen Himmel zog ein Geschwader über sie hinweg. Es war immer noch sehr schwül; Mükken summten um Barnes herum und stachen ihn in den Nacken.

Der Sergeant richtete den Strahl der Taschenlampe auf den Rand des Moores.

»Eine Frage, ehe ihr mir die Stahltaue zuwerft. Sinkt Bert immer noch?«

»Ich glaube nicht.« Das war Colburns Stimme. »Der Panzer hält im Moment sein labiles Gleichgewicht. Doch hängt er hinten sehr tief.«

»Soweit ich verstanden habe, will der Bauer mit einer Ladung starker Holzbohlen zurückkommen. Mehr konnte ich nicht verstehen, aber ich vermute, er will damit den Zwischenraum überbrücken. Also, Reynolds, ich gehe jetzt ein paar Schritte zurück. Werfen Sie mir das erste Seil zu.«

Das Stahlseil landete Zentimeter neben den Pfählen, wo Barnes die angeknipste Taschenlampe auf den Boden gelegt hatte. Der Sergeant wickelte es dicht über dem Boden mehrmals um die Pfähle und zog das Ende oben durch die Schlaufe. Mit dem zweiten Tau verfuhr er ebenso. Jetzt konnten sie nur noch warten, bis der Bauer kam, und hoffen, daß er etwas Geeignetes mitbrachte. Gelegentlich sprach Barnes ein paar Worte mit den beiden Kameraden auf dem Panzer. Doch eine Unterhaltung quer über das Moor war ziemlich unbefriedigend, also schwiegen sie schließlich.

Mit quälender Langsamkeit verstrichen die Minuten. Die eingeschalteten Scheinwerfer machten Barnes Sorgen. Sie könnten die auf der Straße vorbeifahrenden Fahrzeuge auf sie aufmerksam machen, doch andererseits sollte der Bauer sie ja schließlich wiederfinden. Also ließ der Sergeant sie brennen.

Sie warteten eine ganze Stunde, ehe auf dem Feld hinter ihnen Lichter aufschimmerten. Der Traktor tuckerte heran und blieb am Rand des Moores stehen. Barnes lief hinüber, um sich anzuschauen, was der Bauer mitgebracht hatte. Doch er entdeckte nichts, bis der Mann hinter den Traktor deutete. Zwei riesige Holzbohlen hingen an Ketten hinter der Zugmaschine. Während der Bauer die Ketten löste, schritt Barnes die Länge der Bohlen ab. Er schätzte den Abstand zwischen dem Tank und dem Rand des Moores grob auf etwa vier Meter. Die Bohlen waren gut drei Meter lang. Ihnen blieb nichts anderes übrig, als es zu versuchen. Am Ende war es gleich, ob Bert auf den Grund des Moores sank oder ob er auf dieser rettenden Erdinsel stehenblieb. Als Kampffahrzeug wäre er in beiden Fällen ohne Wert, wenn der Tag anbrach.

Barnes ging zum Rand des Sumpfes und erklärte Colburn und Reynolds ganz genau seinen Plan, was der leichtere Teil war. Schwieriger wurde es, die Sache dem Bauern zu erklären, was nur durch eine langsame, unzweideutige Zeichensprache möglich war. Der Mann begriff erst so richtig, als Reynolds zwei dicke Taue zu ihnen herüberwarf.

Als erstes kam es auf eine reibungslose Zusammenarbeit zwischen Barnes und dem Franzosen an. Die Holzbohlen waren verdammt schwer und sperrig. Die beiden Männer banden ein Seilende fest um das Kopfstück der längeren Bohle und begannen, sie langsam hochzustemmen. Dabei hielt Barnes das lose Ende des Seils. Langsam hoben sie die Bohle in die Vertikale, doch der schwierigste Teil lag noch vor ihnen. Die beiden Männer mußten dafür sorgen, daß die Bohle in die richtige Richtung kippte. Sie mußte genau vor die rechte Kette des Panzers fallen – falls sie überhaupt so weit reichte. Die Bohle stand jetzt senkrecht und kippte nach vorn. Beide Männer hielten das Seil mit aller Kraft und konnten das schwere Holz gerade noch in den richtigen Winkel zerren. Die Bohle sank langsam zu Boden. Das Ende schrammte an der rechten Kette entlang.

Würde das Holz einsinken, oder ruhte sein Ende sicher auf der Insel mit festem Untergrund? Die Traktorscheinwerfer waren auf den Panzer gerichtet. Soweit Barnes erkennen konnte, lag die Bohle fest.

»Gut gemacht«, rief Colburn herüber. »Scheint okay zu sein.«

»Schön, dann kommt jetzt die nächste.«

Sie legten die zweite Bohle genau vor die linke Kette, doch sie war zu kurz. Zwar nur um etwa dreißig Zentimeter, wie Colburn den Sergeant informierte, doch war das Ende nicht auf festen Boden gefallen. Die Bohle sank langsam.

Langsam? Barnes wunderte sich. Hieß das etwa, daß sie auf einigermaßen festem Untergrund lag? Der Schlamm mußte ungewöhnlich zähflüssig sein, wenn eine solch schwere Bohle nur langsam sank, während sein Bein wie in Butter eingesunken war. Sie mußten es einfach versuchen.

Sie hatten die zwei Bohlen so plaziert, daß sie vom Standort des Panzers zum festen Land eine Brücke bildeten. Barnes' Schulter machte sich schmerzhaft bemerkbar. Die Wunde war wieder aufgeplatzt, als sie das zweite Holzbrett abgesenkt hatten. Er fühlte warme Feuchtigkeit durch den Notverband sickern. Er begann dem Farmer den letzten, möglicherweise fatal endenden Teil des Rettungsunternehmens für Bert zu erklären. Diesmal begriff der Mann die Zeichensprache schneller. Sie lösten die Stahltrossen von den Pfählen, der Bauer wendete den Traktor, und sie hängten die Trossen in der Traktorkupplung ein. Barnes versuchte dem Mann zu erklären, daß er seine Vorwärtsfahrt genau auf die Bewegungen des Panzers abstimmen mußte. Er hoffte bei Gott, daß der Mann verstand, wenn Barnes als Zeichen das Wort ›Achtung‹ sagte. Jedenfalls wiederholte der Bauer das Wort zwei dutzendmal, so daß der Sergeant glaubte, er habe es begriffen.

Also dann, zurück zum Panzer!

Barnes balancierte vorsichtig über die rechte Bohle und beleuchtete den Weg mit der Taschenlampe, die den ölig glänzenden Schlick dicht neben seinen Füßen drohend aufblitzen ließ. Er erreichte den Tank und prüfte die Lage der Bohlen. Die rechte lag genau richtig, doch die linke war noch kürzer als vermutet. Die Lücke zwischen der Bohle und der Insel aus festem Untergrund war fast vierzig Zentimeter groß.

Barnes erklärte Reynolds die Sache ganz enau.

»Sie müssen exakt in der Spur zurückfahren, die wir gekommen sind. Nur dann laufen die Ketten über die Bohlen. Wir haben nicht gerade einen Sonntagsausflug vor uns, und Sie sollten wissen, was passieren kann. Die Bohlen könnten unter Berts Gewicht brechen. Der rechte Holm könnte von dieser Insel abrutschen, wenn wir starten. Oder die Ketten können von den Bohlen abgleiten. Suchen Sie sich die angenehmste Möglichkeit heraus.«

»Keine besonders große Auswahl, Sergeant. Doch hierbleiben können wir auch nicht.«

»Das ist genau der Punkt. Wir müssen es riskieren. Sie müssen haargenau meine Anweisungen befolgen. Ich habe mit dem Bauern das Wort ›Achtung‹ vereinbart, und ich gebe das Zeichen, sobald Sie losfahren. Er wird versuchen, uns mit dem Traktor ein wenig zu ziehen. Er wartet schon.«

»Sie geben mir die üblichen Kommandos?«

»Nein, in diesem Fall sage ich ausnahmsweise nur ›jetzt‹. Ich möchte, daß Sie dann mit Vollgas rückwärts stoßen. Wir müssen schneller sein, als diese Bohlen brechen können, dann haben wir eine Chance, daß die hinteren Ketten festen Grund zu fassen kriegen. Der zusätzliche Zug des Traktors könnte dabei von entscheidender Bedeutung sein. Eine Garantie aber, daß alles so klappt, kann ich natürlich nicht geben.«

»Eine Garantie?« Colburn lachte freudlos. »Sobald dieses Gewicht auf den Bohlen ruht, sinken sie wie ein Stein im Wasser.«

»Vielleicht haben Sie recht. Möglicherweise reicht aber unsere Fahrt, um festen Boden zu erreichen. Es gibt keine andere Möglichkeit, Colburn. Wir können von Glück sagen, daß der Bauer uns nachgefahren ist.«

»Das stimmt. Ich frage mich schon die ganze Zeit, ob ihm klar ist, was passiert, wenn eine deutsche Streife vorbeikommt. Er kann ja nicht einfach in der Nacht verschwinden – mit dieser tonnenschweren Last hinter sich.«

»Er weiß das sicher ganz genau«, sagte Barnes ruhig. »Wenn unsere Generäle den Krieg mit solchem Einsatz führen würden wie manche von diesen Leuten hier, hätten wir jetzt schon längst den Rhein überschritten.«

Er schwieg einen Moment.

»Ich möchte, daß Sie auf dem Heck stehenbleiben, Colburn. Wenn's schiefgeht, springen Sie ab. Wir könnten es durchaus ein kurzes Stück zurück schaffen, so daß Sie sicher am Rand des Moores aufkommen werden.«

»Und was ist mit Ihnen?«

»Ich springe auch, sobald Reynolds das Fahrerabteil verlassen hat.«

»Warten wir ab, wie's läuft«, meinte Colburn. »Und hören Sie endlich auf, mich bevorzugt zu behandeln. Auf diesem Trip gibt's keine Passagiere.«

Reynolds wollte gerade ins Fahrerabteil steigen, doch Barnes hielt ihn zurück.

»Ein Tip, Reynolds, und Sie werden zugeben, es ist ein guter. Soll aber nicht heißen, daß ich an Ihren Fahrkünsten zweifle.«

Der Sergeant grinste schief.

»Vergewissern Sie sich lieber zweimal, daß Sie den Rückwärtsgang drin haben, wenn Sie losfahren.«

»Ich werde mein Bestes tun, Sergeant«, erwiderte Reynolds ungerührt. Er kletterte in sein Abteil und ließ den Motor aufdröhnen.

Im letzten Moment stieg Barnes in den Turm, holte eine zweite Taschenlampe, gab sie Colburn und wies ihn an, die rechte Bohle anzuleuchten. Die linke Bohle beleuchtete er selbst. So konnten sie zumindest sehen, wohin sie fuhren. Das war wichtig, um ein mögliches Unglück rechtzeitig zu erkennen und zu verhindern.

Noch ein paar Sekunden, dann war es soweit. Reynolds mußte erst den Motor warmlaufen lassen. Ein Aussetzen der Maschine auf halbem Weg über die Bohlen – und alles wäre aus. Je länger er den trügerischen Grund hinter dem Panzer betrachtete, desto sicherer war Barnes, daß ihr Vorhaben scheitern würde. Im Schein der Lampen war die improvisierte Brücke gut zu sehen. Darüber spannten sich straff die Zugseile, die weiter hinten aus dem Lichtkreis verschwanden und zur Kupplung des Traktors führten. In den kurzen Intervallen, in denen Reynolds kein Gas gab und der Motor im Leerlauf brummte, konnte Barnes das Tuckern des Traktors hören.

Besaß die Zugmaschine genug Pferdestärken, um sie aus dem Moor zu ziehen, ehe die Bohlen so tief sanken, daß der Schlamm die Ketten verschluckte?

Einer Sache war sich Barnes völlig gewiß: Unter dem Gewicht von Bert würden die Bohlen blitzschnell versinken oder sogar vorher brechen, ehe der Tank festen Grund erreichte. Colburn, der auf der Motorhaube am Heck stand, konnte das rettende Ufer durch einen Sprung erreichen, wenn er schnell reagierte. Er selbst, Barnes, konnte es nicht schaffen, da er bleiben und Reynolds aus dem Fahrerabteil heraushelfen mußte. Dann müßte der Fahrer aber schon herausklettern, ehe der Sergeant das Vorderchassis erreichte. Andererseits jedoch sprach alles für die Möglichkeit, daß die sechsundzwanzig Tonnen Stahl von Bert wie ein Stein im Schlick versanken, ehe Reynolds überhaupt den Oberkörper aus dem Abteil geschoben hatte. In diesem Fall würden sie beide ohne jegliche Feindberührung sterben – wie der arme Penn. Wie auch Davis.

Barnes hatte diese schreckliche Vision, daß der Panzer versinken würde, sah bildhaft vor sich, wie der Schlamm hungrig die Ketten verschlang, über das Chassis stieg, an seinen Beinen und seinem Oberkörper immer höher kroch, wie der stinkende Morast über seinem Kopf zusammenschlug und die Welt da oben für immer auslöschte.

Der Sergeant packte das Mikro und gab das Kommando.

»Jetzt!«

Und danach rief er, so laut er konnte: »Achtung!«

Dreimal rief er dieses Wort. Der Tank bewegte sich rückwärts. Die Zugleinen hingen schlaff durch! Der Bauer hatte ihn nicht gehört!

Barnes öffnete den Mund erneut. Im gleichen Moment strafften sich die Tauen. Der Traktor bewegte sich vorwärts. Die Ketten rutschten auf die Bohlen, und sofort spürte Barnes die Sinkbewegung. Beide Bohlen waren von der kleinen Insel aus festem Untergrund abgerutscht, und auch das Vorderteil, in dem Reynolds saß, sank ein. Der Fahrer fuhr mit Vollgas, und die Ketten wühlten durch den dicken Schlamm, wirbelten Schlick durch die Lichtstrahlen der beiden Taschenlampen.

Sie konnten es nicht schaffen. Die Kopfenden der Bohlen ruhten immer noch auf dem festen Ufer, doch die hinteren Enden waren schon so tief eingesunken, daß der Tank die Behelfsbrücke in einem steilen Winkel erklettern mußte. Barnes schaute zurück. Die dicke braune Brühe schwappte schon über die hinteren Ketten. Das rettende Ufer war noch viel zu weit entfernt, der Tank versank wie ein langsam fahrender Lift.

Colburn stand unbeweglich gegen den Turm gelehnt und richtete den Strahl seiner Lampe auf die rechte Bohle. Barnes bedeckte das Mikro mit der Hand und rief ihm zu, er solle springen, und gab gleich das Mikro wieder frei, um Reynolds Befehl zum Verlassen des Fahrabteils zu geben. Dabei bemerkte er, daß der dicke Schlamm schon bis zum Chassis reichte. Reynolds mußte Todesängste ausstehen.

Tatsächlich fürchtete sich Reynolds vorn in seinem Fahrerabteil wie nie zuvor in seinem Leben. Eine solche Angst hatte er bei keinem einzigen der zahlreichen deutschen Angriffe durchgemacht. Er bebte schon vor Angst, als er in das Fahrabteil stieg und sich auf den hochgeschraubten Sitz hockte. Sein Kopf ragte ins Freie, und er konnte jede Phase des Unternehmens genau verfolgen. Die Schräglage des Panzers überzeugte ihn davon, daß er eines schrecklichen Todes sterben mußte.

Ehe Barnes das Startkommando gab, hatte die Nase von Bert höher gestanden als das Heck, was Reynolds als Vorteil erschienen war. Denn sollte das Heck sinken, hätte er immer noch genügend Zeit gehabt, um herauszuklettern und auf die Insel im Moor zu springen – zumindest eine minimale Überlebenschance.

Im Kopfhörer ertönte Barnes' Befehl: »Jetzt!«

Der Tank bewegte sich rückwärts und rollte über die Bohlen. Sekunden später veränderte sich sein Neigungswinkel, die Nase sank tiefer, das Heck hob sich, und Reynolds wußte, daß dies sein Ende war. Der Boden schien in alarmierender Schnelle unter ihm wegzusinken, der Schlamm verschluckte die Scheinwerfer, die Ketten wühlten sich immer tiefer in den haltlosen Grund, sein Fahrabteil ging unter. Er sah genau, wie der Schlamm über den Ketten zusammenfloß und die Außenpanzerung erreichte. Gleich würde die stinkende Brühe auf ihn zufluten, an seinem Kinn hochkriechen und in das Abteil sickern. Doch Barnes hatte ihm noch nicht befohlen, auszusteigen, und so blieb Reynolds auf seinem Posten.

Auch Colburn war nicht gesprungen. Barnes wollte Reynolds gerade den rettenden Befehl geben, als der Strahl seiner Lampe auf einen Grasflecken fiel. Eine Sekunde später plumpste das Heck des Panzers auf etwas Festes. Colburn schrie Barnes ein paar Sätze zu, die der Sergeant jedoch nicht verstand. Trotzdem begriff er, was geschehen war. Die Ketten waren im steilen Winkel über das Ende der Bohlen ins Leere hinausgeklettert, bis der Schwerpunkt des Panzers überschritten war, vorübergesunken und auf festen Untergrund aufgeschlagen. Sie hatten trockenen Grund erreicht!

Der Panzer kroch den leichten Uferhang hinauf. Barnes sagte rasch ein paar Worte ins Mikro: »Tempo drosseln. Wir haben es geschafft.«

In diesem Augenblick begann der Motor zu spucken und starb ab. Doch sie standen schon auf festem Erdreich. Die Zugseile waren immer noch straff gespannt, und Barnes sprang vom Panzer, um den Bauern anzuhalten. Als der Franzose den Motor abstellte und von der Zugmaschine stieg, klopfte Barnes ihm überschwenglich auf die Schulter und überschüttete ihn mit einem Schwall von Dankesworten, die der Franzose wohl kaum verstand. Er hielt erst inne, als er Colburns warnenden Ruf hörte, sich zum Moor umwandte – und zur Salzsäule erstarrte.

Das riesige Fahrzeug mußte sich auf der Straße genähert haben, während sie mit der Rettungsaktion für Bert beschäftigt waren. Auch die Fahrgeräusche hatten sie nicht gehört, weil die Motoren des Panzers und des Traktors auf Höchsttouren liefen. Reynolds, der einzige, der mit dem Gesicht zur Straße gesessen hatte, war zu sehr mit Bert beschäftigt gewesen, um einen Blick für die Umgebung übrig zu haben. Die Ankömmlinge hatten zudem mit Hilfe von Berts und des Traktors Scheinwerfern leicht ihren Standort ausmachen können. Der Mond war aufgegangen und erleichterte es Barnes, die Art des riesigen Fahrzeugs und seiner Ladung genau zu bestimmen.

Es war ein Tieflader, der einen Panzer transportierte. Um ihm die Identifizierung des Feindes noch ein wenig zu erleichtern, ging ein Soldat vor dem Fahrzeug durch die Lichtkegel der Scheinwerfer. Er trug etwas in der Hand, das nur eine Maschinenpistole sein konnte. Auf seinem Kopf saß der typische puddingförmige Helm. Die Deutschen waren da!

Barnes erholte sich schnell von seiner Überraschung. Ein wilder Zorn erfaßte ihn. Nun hatten sie den ganzen verdammten Weg mit all seinen Strapazen zurückgelegt – für nichts. Penn und Davis waren dabei draufgegangen. Beinahe wäre der Panzer verloren gewesen, und ebenso ihr Leben. Und nun tauchten diese Hundesöhne auf. Sollte wirklich alles vergebens gewesen sein?

Barnes sprintete zum Tank zurück, sprang auf das Chassis, holte sich die Maschinenpistole aus dem Turm und sprang von Berts Heck zu Boden. Dort informierte er kurz Colburn und Reynolds.

»Wartet hier – in Deckung von Bert. Laßt die Scheinwerfer brennen, sonst schöpfen sie Verdacht.«

Er lief zurück auf das Feld und folgte dabei der Strecke, die der Panzer bei seiner Anfahrt zum Moor genommen hatte. Dabei schlug er einen kleinen Bogen, um dem tödlichen Sumpf nicht zu nahe zu kommen, und erreichte einige hundert Meter hinter dem stehenden Transporter die Straße. Dabei arbeitete sein Gehirn mit eiskalter Präzision.

Wie viele Deutsche mochten es wohl sein? Ein Tieflader, der einen defekten schweren Kampfpanzer zur Werkstatt transportierte. Also höchstens vier, überlegte er, vielleicht sogar nur drei. Die Deutschen waren knapp an Bodentruppen.

Plötzlich warf er sich flach zu Boden. Er hatte einen Soldaten am Rand des Feldes stehen sehen, und ein zweiter ging gerade durch die Lichtkegel der Scheinwerfer und schaute in Barnes' Richtung. Doch wahrscheinlich hatte der Deutsche ihn nicht gesehen. Barnes hatte sich ganz fest an den Boden gepreßt. Das Mondlicht war nicht sehr hell, und eine dünne Nebelschicht lag über dem Feld. Der zweite Soldat trat zu seinem Kameraden. Beide schauten über das Feld. Sie waren ziemlich sorglos, denn sonst wären sie nicht durch das Scheinwerferlicht gelaufen. Außerdem rechneten sie gewiß nicht mit feindlichen Truppen in dieser Gegend, denn dann hätten sie keinesfalls angehalten.

Im Scheinwerferlicht tauchte ein dritter Soldat auf. Deutlich sah Barnes die Maschinenpistole. Er ging zu den anderen hinüber.

Der Sergeant richtete sich vorsichtig auf. Die Straße verlief kaum vier Meter entfernt. Ein Nebelschleier schob sich zwischen ihn und die Deutschen. Barnes lief schnell über die Straße ins angrenzende Feld. Jetzt deckte ihn der Transporter gegen die Sicht der Soldaten. Was war eigentlich los? Wieso nahmen sie die Fahrzeuge am Moor nicht näher in Augenschein oder verschwanden endlich?

Der Sergeant erhielt die Antwort, als er zurück zum Moor schaute. Aus der Entfernung wirkte die Szenerie völlig anders. Die Lichter von Bert waren infolge des ziemlich steilen Abhanges zum Moor hin nach unten gerichtet. So entstand von weitem der Eindruck, als seien dort zwei Fahrzeuge zusammengestoßen. Der Turm des Panzers war nicht zu erkennen; die Scheinwerfer des Traktors leuchteten in eine andere Richtung und ließen die Silhouette von Bert im Dunkeln. Die Deutschen mochten glauben, dort verliefe eine andere Straße quer durch die Felder. Aus ihrem passiven Verhalten schloß Barnes, daß Berts Motor gerade im richtigen Moment abgesoffen war, sonst hätten sie jetzt seine Kettenspuren entdeckt. Die Situation war keinesfalls ungünstig für Barnes und seine beiden Kameraden – wenn er rechtzeitig das Überraschungsmoment nutzen konnte. Vorsichtig schlich er auf den Transporter zu. Auf dem weichen Grasboden verursachten seine Stiefel kein Geräusch.

Barnes hatte das Heck des Fahrzeugs fast erreicht, als eine Stimme auf deutsch etwas rief. Der Sergeant spähte nach vorn und sah zwei Soldaten am Straßenrand vor dem Transporter stehen. Ein dritter ging gerade quer über das Feld. Er hielt eine eingeschaltete Taschenlampe in der Hand.

Der Nebel dämpfte das Licht von Berts Scheinwerfern und hing wie eine tödliche Wolke über dem Moor. Saß ein vierter Soldat noch in der Fahrerkabine? Die zwei Deutschen auf der Straße boten ein verlockendes Ziel, doch Barnes wartete. Er mußte versuchen, sie alle gleichzeitig zu erwischen, damit sie sich nicht im Gelände verteilen konnten.

Der Soldat auf dem Feld war stehengeblieben. Er hatte die Maschinenpistole unter den Arm geklemmt und winkte mit der Taschenlampe. Die Nebelwand war dichter geworden, und er müßte sie durchqueren, wenn er weitergehen wollte. Er rief auf deutsch etwas übers Feld, wartete und rief erneut, diesmal mehrere Sätze.

Danach war es grabesstill. Der Motor des Transporters war abgeschaltet, und der Nebel senkte sich langsam wie ein Tuch über das Feld und veschluckte jeden Laut.

Barnes wartete.

Die Deutschen warteten.

Der Sergeant war sicher, daß der Mann auf dem Feld seine Suche aufgab und zu den anderen zurückkehrte, was bedeutete, daß die drei Männer für einen kurzen Moment zusammenkamen. Barnes stand jetzt dicht hinter der hochgezogenen Rampe am Heck des Transporters. Ein völlig neuer Plan reifte in seinem Kopf. Ein Plan, der, wenn alles klappte, die gesamte deutsche Eskorte mit einem Schlag auslöschte.

Einer der Männer am Straßenrand rief etwas, der Soldat mit der Taschenlampe antwortete und ging weiter. Dabei richtete er den Lichtstrahl auf die Nebelwand etwa fünf Meter vor sich.

Es geschah ohne Vorwarnung. Der Deutsche ging an den Resten eines Drahtzaunes entlang, blieb an einem schiefen Pfosten einen Moment lang stehen, kletterte über die heruntergetretene Einfriedung und machte noch ein paar Schritte. Plötzlich stürzte er mit einem Aufschrei zu Boden. Die Lampe fiel ihm aus den Händen. Der Mann schrie in immer höheren Tönen. Jesus, dachte Barnes, er ist in das Moor gestürzt. Einer der Soldaten am Straßenrand rannte über das Feld. Im Laufen knipste er seine Stablampe an. Der andere blieb als Posten beim Transporter zurück.

Das war der richtige Augenblick für Barnes. Geräuschlos kletterte er seitlich auf die Ladefläche und bezog hinter dem deutschen Panzer Stellung.

Der Soldat lief über das Feld und schwenkte wild seine Lampe. Die Entsetzensschreie des Versinkenden hallten laut durch die Nacht. Der andere Deutsche blieb abrupt stehen. Im Licht der Lampe bot sich ihm ein schreckliches Bild: Sein Kamerad steckte bereits bis zur Hüfte im Moor und sank immer tiefer. Dabei ruderte er wild mit den Armen und versuchte sich immer wieder auf der dünnen Erdkruste über dem Schlamm aufzustemmen, um ein weiteres Einsinken zu verhindern. In panischer Angst schrie er pausenlos.

Der dritte Deutsche lief zur Ladefläche des Transporters, zog unter dem Panzer, kaum ein paar Zentimeter von der Stelle, wo Barnes geduckt dastand, ein zusammengelegtes Seil hervor und nahm beim Laufen quer über das Feld das Seilende wurfbereit in die Hand.

Als er bei seinem Kameraden anlegte, war dieser schon

bis zum Kinn eingesunken. Die Arme hatte er hochgerissen. Ein entsetzliches Stöhnen drang aus seinem offenen Mund. Der letzte Mann warf ihm das Seil zu, aber es fiel zu kurz. Der Kopf versank im blubbernden Schlamm, das Stöhnen erstarb in einem erstickten Gurgeln, die hochgerissenen Arme verschwanden als letztes in der blasigen Tiefe.

Barnes wischte sich den Schweiß von der Stirn, legte den Finger wieder hinter den Abzug seiner Waffe, richtete sich auf und wartete.

Langsam kamen die zwei Deutschen zurück. Die Maschinenpistolen hatten sie geschultert. Sie unterhielten sich leise miteinander. Sie waren nur ein paar Meter entfernt, als Barnes seine Waffe hob und einen langen Feuerstoß abgab, wobei er die Mündung seitlich hin und her schwenkte. Als die Soldaten zu Boden sanken, stellte er das Feuer ein. Sein Magazin war noch halb voll.

In diesem Augenblick röhrte der Motor des Transporters auf. Also war da doch ein vierter Mann – der Fahrer. Er hatte vermutlich Anweisung, die Fahrerkabine unter keinen Umständen zu verlassen. Barnes sprang auf die Straße. Die Tür zum Fahrerhaus war auf seiner Seite noch offen. Barnes lief an dem Tieflader entlang und sprang kurz hinter dem Führerhaus wieder auf. Er blieb selbst mit dem Körper in Deckung, schob den Lauf der Maschinenpistole um die Ecke und gab einen kurzen Feuerstoß ab. Dann lief er um das Heck herum zur anderen Seite.

Der Motor röhrte, doch der Transporter rührte sich nicht. Vorsichtig schlich sich Barnes zur geschlossenen Fahrertür, packte den Griff, riß die Tür auf und sprang gleichzeitig zurück. Die Mündung seiner Waffe war auf die Fahrerkabine gerichtet.

Seine Vorsicht erwies sich als überflüssig. Der Körper des Fahrers kippte zur Seite und schlug dumpf auf dem Asphalt auf. Der Deutsche war tot, die Kugeln hatten seine rechte Seite durchlöchert.

Barnes schaltete den Motor aus und ging zu den beiden anderen Soldaten hinüber. Auch sie rührten sich nicht mehr. Sergeant Barnes war völlig unerwartet im Besitz eines deutschen Panzertransporters.

10.

Samstag, 25. Mai

Sie brausten über Land wie ein Blitz. Die beiden starken Scheinwerfer stachen weit in die Nacht und schälten die Straße aus dem Dunkel. Der schwere Transporter schwankte leicht, als Reynolds das Tempo noch erhöhte. Siebzig, achtzig Stundenkilometer zeigte die Tachonadel. Auf der Beifahrerseite schaute Barnes auf die Straße hinaus, deren Band sich im Scheinwerferlicht endlos dehnte.

Zwischen ihnen drehte sich Colburn des öfteren um und blickte durch das kleine Rückfenster nach hinten.

»Keine Sorge«, beruhigte ihn Barnes. »Bert ist immer noch da. Allein schon sein Gewicht hält ihn auf seinem Platz fest, selbst bei diesem Tempo.«

In Gedanken rekapitulierte er nochmals, was am Rand des Moores geschehen war, ehe sie nach Norden aufbrachen. Dabei lächelte er grimmig in sich hinein. Was auch noch kommen mochte, zumindest hatten sie einen schweren deutschen Panzer vernichtet, wenn auch, um es vorsichtig auszudrücken, auf recht unübliche Weise.

Barnes hatte das Kampffahrzeug untersucht. Außer dem Maschinengewehr und dem Funkgerät war es völlig intakt. Nach Barnes' Ansicht hätte ein geschickter Mechaniker den Feuermechanismus der Bordwaffe in ein paar Stunden reparieren können, doch statt dessen hatten die Deutschen den Panzer zum Rücktransport auf einen Tieflader gefahren. Schon allein diese Tatsache bewies den verschwenderischen und oft sinnlosen Umgang der Deutschen mit ihrer Ausrüstung.

Barnes hatte gerade seine Inspektion beendet, als er einen vertrauten, herzerwärmenden Laut vernahm. Berts Motor arbeitete wieder einwandfrei.

Als Reynolds und Colburn schließlich zu ihm in den Panzer kletterten, stand Barnes' Plan fest. Er wollte so schnell wie möglich nach Calais vorstoßen, den letzten Hafen vor Dünkirchen – möglicherweise den beiden Schlüsselpositionen in diesem ganzen Feldzug. Wenn sie hinter den deutschen Linien herfuhren und dabei soviel Schaden wie nur möglich anrichteten, fand sich vielleicht schon bald eine Gelegenheit, einen entscheidenden Schlag gegen den Feind zu führen. Vor allem darum ging es dem Sergeant, und er hoffte inständig, ein geeignetes Objekt zu finden. Bert brachte es nur auf eine Höchstgeschwindigkeit von fünfundzwanzig bis dreißig Stundenkilometern. Der deutsche Transporter hingegen war bestimmt viermal schneller. Doch zuerst mußten sie den Wehrmachtspanzer loswerden.

Diese Aktion dauerte kaum eine halbe Stunde. Zuerst stellten sie genau fest, wo das Moor begann. Der Drahtzaun markierte anscheinend die Grenze. Ein paar Schritte von der Stelle entfernt, wo das Moor den deutschen Soldaten verschlungen hatte, fanden sie ein verblaßtes Warnschild. Als nächstes mußten sie dann vorsichtig den Transporter an den Rand des Moores bugsieren. Barnes fuhr, und Colburn wies ihn mit Hilfe seiner Stablampe ein.

Sie senkten die Rampe am Heck des Aufliegers, dann folgte der höchst befriedigende Moment, in dem Barnes ins Fahrerabteil des Panzers stieg und den Motor startete. Er bewegte den Koloß ein paarmal wenige Zentimeter vor und zurück, ehe er zur letzten Fahrt der Kampfmaschine den Rückwärtsgang einlegte. Rasch kletterte er aus dem Fahrerabteil und sprang ab, als der Panzer die Rampe hınunterrollte und als Geisterfahrzeug über das Feld rumpelte. Wie ein Roboter bewegte er sich durch die Nacht – und kippte plötzlich vorne weg, während die Ketten den Schlamm aufwirbelten. Eine kurze Strecke behielt der Panzer diesen Neigungswinkel bei und schleuderte große Schlammbrocken nach hinten, so daß die Männer zur Seite springen mußten, um nicht davon getroffen zu werden. Wenige Sekunden später veränderte sich das Motorengeräusch, die Maschine begann zu husten und zu spucken. Die Ketten versanken, und kurz darauf waren nur noch der Außenpanzer und der Turm zu sehen. Dann versank auch das Chassis. Der Motor erstarb plötzlich, und zufrieden beobachtete Barnes, wie der

Turm in Sekundenbruchteilen in der Tiefe verschwand. Nur noch ein paar Blasen stiegen aus dem aufgewühlten Schlamm an die Oberfläche.

Sie hatten wirklich unglaubliches Glück gehabt, dachte Barnes, daß sie mit Bert auf das festere Teilstück des Moores geraten waren.

»Wo ist der Bauer abgeblieben?« fragte Barnes Colburn.

»Als er die Schüsse hörte, ist er über die Felder davongefahren. Ich glaube, er wollte nicht unbedingt mit den toten Deutschen in Verbindung gebracht werden.«

»Trotzdem hat er den Mut gehabt, die Bohlen zu holen.«

»Vermutlich glaubt er, damit genug getan zu haben, was man ihm auch nicht verdenken kann. Wahrscheinlich hat er Frau und Kinder.«

»Ich bin ihm deswegen auch nicht böse, im Gegenteil, ich hätte ihm gerne als Dank eine von Mandels Weinflaschen angeboten.«

Sie brauchten zehn Minuten, um Bert auf den Tieflader zu fahren und eine Plane darüber festzuzurren, die sie immer mitführten. Unter Barnes' Anleitung hatte Reynolds Bert rückwärts auf den Hänger manövriert, bis sein Heck fast die Fahrerkabine berührte. So könnte er im Notfall Bert in kürzester Zeit wieder vom Transporter herunterfahren.

Danach hatten sie die toten Deutschen von der Straße weg auf das Feld gegenüber dem Moor getragen, sämtliche Reservemagazine ihrer Maschinenpistolen eingesammelt und waren eingestiegen.

›Erstaunlich‹, dachte Barnes, als er im Führerhaus des Transporters saß, der wie ein Expreßzug durch die Nacht nach Norden raste, ›wirklich erstaunlich, was man so alles innerhalb von dreißig Minuten erledigen kann.‹ Die Frage war jetzt, was sie hinter den deutschen Linien in der Nähe von Calais ausrichten konnten. Er warf einen Blick auf seine Uhr – auf Penns Uhr. Noch eine halbe Stunde bis Mitternacht. Bei diesem Tempo würden sie das Einzugsgebiet von Calais kurz nach Mitternacht erreichen, vorausgesetzt, sie konnten ohne Unterbrechung durchfahren. Doch das war unwahrscheinlich.

Sie hatten das Überraschungsmoment auf ihrer Seite, plus

eine gute Portion Frechheit. Der Sergeant erinnerte sich nur zu gut an die nächtliche Panzerkolonne, die mit voll aufgeblendeten Scheinwerfern fuhr. Nun, auch sie hatten die Scheinwerfer eingeschaltet, und außerdem saßen sie in einem deutschen Fahrzeug. Als zusätzlicher Vorteil für sie würde sich das Durcheinander in der Kampfzone erweisen.

»Ich glaube, diese Dinger hier könnten uns noch sehr nützlich sein«, bemerkte Colburn und zog unter seinem Sitz drei übereinandergestülpte Stahlhelme hervor.

»Doch mit welchem Risiko?« mahnte Barnes. »Setzen Sie sich einen auf, und man kann Sie ohne weiteres als Spion erschießen.«

»War ja auch nur so eine Idee.«

Colburn schob die Helme an ihren Platz zurück und nahm seine Maschinenpistole zur Hand.

»Das Baby hier ist ausgezeichnet. Während Sie die Deutschen beim Moor erledigten, habe ich mir von Reynolds erklären lassen, wie man damit umgeht – für alle Fälle. Sehen Sie mal.«

Er nahm das Magazin heraus, klemmte die Waffe unter die Schulter und demonstrierte ihren Gebrauch. Dann setzte er das Magazin wieder ein und schob die Waffe ebenfalls unter den Sitz.

›Bewundernswert, die Energie dieses Kanadiers‹, dachte Barnes. ›Der Bursche kennt anscheinend keine Müdigkeit. Eine Bereicherung für die geschrumpfte Crew.‹

»Ich habe immer noch nicht begriffen, warum Sie in Ihrem Zivilberuf so gerne mit Sprengstoffen umgehen.«

»Es ist die innere Zufriedenheit, gute Arbeit zu leisten.«

Der Kanadier schwieg einen Moment. »Ach was, ich will ehrlich sein. Ich bin ein Bastard, der gerne etwas in die Luft jagt.«

»Dann sind Sie hier ja genau richtig.«

Barnes deutete nach rechts. Auf seiner Seite zuckten am Himmel in ununterbrochener Folge Lichtblitze auf wie bei einem Gewitter. Sie rasten durch Colburns ›Loch‹; zu ihrer Rechten lag die südliche Flanke der Kampfzone. Das Grollen der Geschütze war noch nicht zu hören.

Schon zum drittenmal innerhalb einer Minute schaute Reynolds in den Rückspiegel.

»Wußte ich's doch. Sergeant, wir kriegen Gesellschaft. Ein Lastwagen kommt hinter uns her. Ich glaube, es ist so einer wie der, den Penn mit der Kanone abgeschossen hat.«

»Wie weit hinter uns?«

»Er hängt an unseren Rücklichtern, wird uns sicher jeden Moment überholen. Hat ein höllisches Tempo drauf.«

»Geschwindigkeit beibehalten!«

Barnes packte die Maschinenpistole, die auf seinen Knien lag. Colburn zog grinsend die Helme unter dem Sitz hervor.

»Sergeant Barnes, wie viele Männer könnte der Lastwagen transportieren?«

»Mindestens zwanzig«, antwortete Barnes gepreßt.

»Und wir wollen nach Calais, nicht wahr? Oder tragen wir hier ›Custers letztes Gefecht‹ aus?«

»Nein, unser Ziel ist Calais.«

»Dann darf ich Ihnen sicher diesen netten Hut hier andrehen? Mir ist nämlich aufgefallen, daß man im Krieg weniger auf das Gesicht eines Soldaten als auf seine Uniform achtet. Und einen deutschen Soldaten erkennt man nun mal am besten an seinem eleganten Helm.«

Dem konnte niemand widersprechen, und die drei Männer stülpten die Helme auf. Dabei wurde Barnes bewußt, daß kein deutscher Soldat, von denen er in den bisherigen Kämpfen eine ganze Anzahl zu Gesicht bekommen hatte, so typisch deutsch ausgesehen hatte wie jetzt Reynolds mit dem Jerry-Stahlhelm. Zu ihrem Glück, denn der Fahrer saß dem Beifahrer im überholenden Wagen am nächsten. Hinter ihnen wurde auf die Hupe gedrückt, um das Überholen anzukündigen. Im Führerhaus des Transporters stieg die Spannung. Keiner der Männer sagte ein Wort.

Barnes mußte wieder an Penns Worte denken, wie er die an ihm vorbeidonnernden offenen Lastwagen und das Meer auf ihn herabstarrender Gesichter an der Brücke geschildert hatte. Wenn diese Burschen da Verdacht schöpfen, dachte Barnes grimmig, brauchen sie uns nur ganz normal zu überholen und dann von der Ladefläche aus das Feuer zu eröffnen. Eine Salve – und wir drei sind erledigt.

Der Sergeant machte sich auf seinem Sitz klein und spähte unter dem Rand des Helms hervor, der ihm viel zu groß war. Die Maschinenpistole hielt er schußbereit, so daß er aus der Bewegung heraus feuern konnte. In dieser Situation war es gut zu wissen, daß Reynolds starke Nerven hatte und stur weiterfahren würde, solange er dazu körperlich in der Lage war.

Und da kamen sie schon.

Der Sergeant konnte die Scheinwerfer des Lasters sehen. Zentimeter um Zentimeter schob sich der Kühler des Fahrzeugs ins Blickfeld und blieb auf gleicher Höhe.

Hatte sich die Plane losgerissen? Konnten die im anderen Wagen bemerkt haben, daß sich kein deutscher Panzer darunter befand?

Barnes sah durch das kleine Rückfenster nach hinten. Der Panzer versperrte ihm den Blick, aber er sah, daß sich die Plane fest über das Heck von Bert spannte. Doch leider kam es auf die Seitenbespannung an.

Die Schnauze des Lasters schob sich vorwärts, das Fahrerhaus kam in Sicht und schwebte vorbei, gefolgt von der mit einer Plane überzogenen Ladefläche.

Jetzt kam es darauf an.

Der Laster zog vorbei und scherte auf ihre Spur ein. Eine Handvoll behelmter deutscher Soldaten blinzelte in die grellen Scheinwerfer des Transporters, ihre Gesichter leuchteten bleich.

Barnes ließ keinen Blick von ihnen. Er wußte, sie konnten ihn im Gegenlicht der Scheinwerfer nicht sehen. Der Laster rollte davon.

Barnes fragte sich, wie viele dieser Männer da den Krieg wohl überleben würden. Er folgte dem Beispiel seiner Kameraden, nahm den Helm ab und gab ihn Colburn zurück.

»Das ist noch mal gutgegangen«, meinte der Kanadier. »Möchte aber nicht unbedingt behaupten, daß mir die Sache Spaß gemacht hat. Ist euch das seit eurer Abfahrt aus Etreux oft passiert?«

»Nur sechsmal am Tag«, scherzte Barnes.

»Das ist gut. Ich dachte schon, es geschähe öfter.«

Die drei Männer im Führerhaus entspannten sich allmählich, waren froh, noch am Leben und unverletzt zu sein. Colburn verspürte einen unbändigen Drang, einfach draufloszuschwatzen, und nur mit äußerster W ensanstrengu hielt er sich zurück. Diese Jungs hier unten ußten sich wirklich mit ziemlichen Schwierigkeiten heru schlagen. Diese Art der Kriegsführung war nicht nach seinem Geschmack. Er spielte lieber Krieg in der Luft. Der Kampf am Himmel war schwierig und gefährlich, dafür aber meist kurz.

Die Entspannungspause war nur von kurzer Dauer, denn schon zehn Minuten später informierte Reynolds sie, daß hinter ihnen erneut ein Scheinwerferpaar aufleuchtete.

»Wieder ein Laster?«

»Nein, ein Personenwagen, glaube ich. Er scheint's besonders eilig zu haben. Ich dachte schon, ich würde mit diesem Tempo alle Rekorde brechen, aber diese Burschen wollen sich anscheinend selbst beweisen, was für tolle Kerle sie sind. Der Wagen hinter uns war plötzlich da.«

»Lassen Sie ihn vorbei.«

»Helme wieder auf?« fragte Colburn.

»Nicht nötig. Aus einem Personenwagen kann man schlecht ins Führerhaus eines Lasters schauen.«

»Reynolds ist aber zu sehen«, beharrte Colburn.

»Ich will keinen Jerry-Helm auf dem Kopf haben«, entschied Reynolds.

Die Scheinwerfer schoben sich auf gleiche Höhe mit der Fahrertür. Reynolds schaute herab, hob dann den Blick und senkte ihn wieder auf den überholenden Wagen, der jetzt vorwärts schoß und neben der Nase des Transporters herfuhr. Der Fahrer schob den Arm aus dem Seitenfenster und versuchte durch Winkzeichen den Transporter zu stoppen. Barnes kniff die Augen zusammen und hob seine Waffe. Reynolds sah die Bewegung aus den Augenwinkeln.

»Nicht, Sergeant.«

»Was ist los?«

»Ich glaube, es ist Jacques. Er will uns stoppen.«

»Jacques? Unmöglich. Er hat uns heute morgen auf der Fahrt nach Abbéville überholt.«

»Es ist ein grüner Renault, und ich bin sicher, daß Jacques drin sitzt.«

Es schien, als fiele es Reynolds schwer, Barnes zu widersprechen. »Ich habe ihn zweimal gesehen. Es ist Jacques.«

»Schön, dann halten Sie mal an. Lassen Sie aber den Motor laufen. War er allein?«

»Soweit ich gesehen habe – ja.«

Barnes rechnete mit dem Schlimmsten. Er legte die Hand auf den Türgriff, um abzuspringen, sobald der Wagen stand. Wenn das da vorne wirklich Jacques war, reichte Barnes' Fantasie nicht aus, um sein Auftauchen hier im Pas de Calais hinreichend zu erklären. Was tat der Bursche in dieser Gegend, weit entfernt von der Mandel-Farm und von Abbéville?

Als er aus dem Führerhaus sprang, war er immer noch im Zweifel, ob Reynolds sich nicht doch getäuscht hatte. Der Renault hielt etwa zehn Meter vor ihm. Der Motor wurde abgestellt, ein Mann stieg aus und rannte auf ihn zu. Dabei schützte er die Augen mit der Hand gegen das grelle Scheinwerferlicht.

Es war Jacques.

»Ich fahre schon seit drei Stunden auf dieser Straße hin und her, um Sie zu finden, Sergeant Barnes. Ich hatte die Hoffnung schon aufgegeben, weil ich dachte, Sie würden meiner Route folgen, die ich Ihnen auf der Karte markiert hatte.«

»Auch ich habe nicht damit gerechnet, dich noch einmal zu sehen«, antwortete Barnes scharf.

»Ich habe mich gefreut, als ich Reynolds im Führerhaus erkannte. Das ist ein deutscher Transporter, nicht wahr?«

Das Gesicht des Jungen war schneeweiß, was an den grellen Scheinwerfern liegen mochte. Seine Stimme klang rauh und angestrengt.

»Ja, ein Transporter. Was suchst du hier, Jacques? Du wolltest doch nach Abbéville?«

»Es ist etwas Schreckliches geschehen. Die Deutschen haben meine Schwester erschossen.«

Hatte seine Stimme gebebt? Barnes glaubte es jedenfalls, doch der Ausdruck von Schmerz im Gesicht des Jungen wurde schnell von Bitterkeit und Haß verdrängt

»Wie ist das passiert?« fragte Barnes leise.

»Die Deutschen behaupten, es sei ein Unfall gewesen – das ließen sie mir durch ihren Übersetzer mitteilen , doch sie haben sie ermordet. Sie stand auf einem Platz in Abbéville, als deutsche Panzer auffuhren. Einer der Bewohner erschoß aus einem Haus einen deutschen Soldaten im Turm eines Panzers. Daraufhin belegten sie den ganzen Platz mit Streufeuer aus ihren Maschinengewehren. Meine Schwester kam dabei um. Diese verdammten Boches!«

Der Junge spie das Wort regelrecht aus.

»Das tut mir sehr leid, Jacques«, sagte Barnes sanft. »Aber was machst du hier in dieser Gegend?«

»Ich muß doch meinem Vater zu Hause sagen, was geschehen ist. Ich lebe in Lemont – in der Nähe von Gravelines.« Seine Stimme klang vorwurfsvoll. »Das habe ich Ihnen doch schon alles erzählt. Ich werde ein paar Deutsche umbringen, sobald ich meinen Vater benachrichtigt habe.«

»Das würde ich mir an deiner Stelle noch mal gut überlegen. Um Deutsche umzubringen, braucht man Geschicklichkeit und Übung.«

»Nicht, um einem von den Schweinen in einer dunklen Straße ein Messer in den Rücken zu jagen.«

Der Junge sagte diese Worte völlig leidenschaftslos, mit schmalen Lippen.

›Er meint, was er sagt‹, dachte Barnes, ›und er erledigt es kalt und genau kalkuliert. Das ist der Junge, der eine Bande Gleichaltriger dazu anstiftete, ein Drahtseil quer über die Straße zu spannen, um einen deutschen Kradmelder zu töten.‹

»Eigentlich könnte ich auch mit euch kommen«, bot Jacques plötzlich an.

»Vielen Dank, aber das geht nicht.«

Jacques sah zu Colburn hinauf, der den Kopf aus dem Fenster steckte und ihrem Gespräch lauschte. Er runzelte die Stirn.

»Wer ist das?« fragte er Barnes.

»Ein Soldat, den wir unterwegs aufgelesen haben.«

»Und wo ist Mister Penn?«

»Tot.«

»Das tut mir leid, denn ich mochte ihn. Er war so lustig. Ist das das richtige Wort?«

»Ja, so könnte man sagen.«

»Und Sie wollen nicht, daß ich mit Ihnen komme?«

»Nein, leider. Du fährst besser zu deiner Familie nach Lemont.«

»Die Straße hier führt nach Calais und nach Gravelines. Sie wollen also zu einem dieser Orte. Nach Calais vielleicht?«

»Vielleicht.«

»Ich könnte zumindest ein Stück voraus fahren und Sie gegebenenfalls warnen, wenn Gefahr im Verzug ist.«

»Kein guter Vorschlag, Jacques. Du befändest dich dann im Kreuzfeuer zwischen uns und den Deutschen.«

»Das wäre mir egal. Aber auch das wird Sie sicher nicht umstimmen.«

Der Junge überlegte einen Moment.

»Sie fahren zur Zeit auf der Hauptstraße, der gefährlicheren Strecke. Wenn Sie nach Calais wollen, verrate ich Ihnen eine andere Straße, die von dieser hier abzweigt und meiner Meinung nach wesentlich sicherer ist. Die Deutschen rechnen nicht damit, daß jemand von dieser Seite kommt. Ich zeige euch den Weg, mache kurz vor Calais kehrt und fahre dann zurück nach Lemont.«

Seine Stimme wurde sanft.

»Selbst wenn Sie wollten, könnten Sie mich nicht daran hindern, vor Ihnen herzufahren, Sergeant Barnes, nicht wahr?«

Widerwillig mußte Barnes ihm recht geben. Außerdem konnte es nicht lange dauern, bis der Junge von den Deutschen bei irgendeiner Dummheit erwischt wurde. Da war es schon besser, ihn bis zu seiner Einberufung in wenigen Monaten mit etwas Glück hinter die alliierten Linien zu schaffen, wo er dann bleiben konnte, bis der Schock über den Tod seiner Schwester sich etwas gelegt hatte.

Als einzige Alternative zu der Hartnäckigkeit des Jungen bliebe sonst nur die Möglichkeit, ihm den Zündschlüssel wegzunehmen und den Jungen am Straßenrand zurückzulassen. Das wollte der Sergeant aber auf keinen Fall. Also gab er Jacques genaue Anweisungen: Er solle ständig in einem Abstand von mindestens zweihundert Metern vor ihnen herfahren und sofort aus dem Auto springen und die Beine in die Hand nehmen, wenn sie in Schwierigkeiten gerieten.

Barnes stieg ein und beobachtete, wie Jacques zum Renault zurückging.

»Mir gefällt das nicht«, sagte er zu Colburn. »Aber wenn er den Abstand ständig beibehält, sieht's wenigstens nicht so aus, als würde er uns den Weg weisen.«

»Es ist Krieg, und der Junge machte auf mich einen ganz vernünftigen Eindruck. Hätten Sie ihn jetzt fahren lassen, würden die Deutschen ihn bestimmt bald bei einer seiner Racheaktionen schnappen. Wär schade um ihn.«

»Fahren Sie los, Reynolds«, befahl Barnes.

Seit dem Auftauchen von Jacques lastete die Spannung wie ein drückendes Gewicht auf den Männern. Keiner sprach ein Wort. Barnes bemerkte schließlich, daß er seine Maschinenpistole seit ihrer Abfahrt krampfhaft umklammert hielt. Er ließ Jacques' Rücklichter keinen Augenblick lang aus den Augen. Im stillen beschloß er, den Jungen zurück nach Lemont zu schicken, sobald er ihnen die Seitenstraße gezeigt hatte. Der Sergeant bot Colburn, für einen Augenblick die Beobachtung von Jacques' Wagen zu übernehmen, zog die Karte hervor und suchte Lemont. Es war ein kleiner Ort, kaum mehr als ein Punkt auf der Karte in der Nähe von Gravelines, der Stadt nordöstlich von Calais. Beide Städte lagen an den Wasserstraßen, einem System von Kanälen mit zahlreichen Schleusen. Barnes faltete die Karte zusammen, drehte das Fenster etwas herunter und schaute nach Osten, wo die Lichtblitze der Abschüsse am Himmel immer wieder den Mondschein überstrahlten. Doch nicht nur das Lichtgewitter zeigte ihm, daß sie sich der Kampfzone näherten. Jetzt hörte er auch in der Ferne das dumpfe Grollen schwerer Geschütze. Er wischte sich den Schweiß von der Stirn und trocknete die Hände an der Hose.

In der Fahrerkabine war die Spannung inzwischen fast greifbar, jeder der Männer spürte sie. Lag es nur an dem lauter werdenden Geschützdonner oder an der Tatsache, daß sie sich unausweichlich der Konfrontation mit den Deutschen näherten? Fünf Minuten verstrichen, fünf Minuten in spannungsgeladenem Schweigen.

Ohne Vorwarnung war der Feind dann plötzlich da.

Sie waren hinter Jacques in eine scharfe Kurve gefahren,

als Reynolds hart auf die Bremse trat. Das schwere Fahrzeug geriet leicht ins Schlingern und kam nach wenigen Metern zum Stehen.

Siebzig Meter vor ihnen hatte der Renault gehalten. Vor ihm in etwa fünfzig Metern Entfernung schimmerten Lichter quer zur Fahrbahn. Eine rote Lampe wurde hin und her geschwenkt.

»Straßensperre«, krächzte Barnes.

Colburn richtete sich auf.

»Sollten wir nicht besser zu Jacques aufschließen?«

»Nein, wir bleiben hier. Reynolds, schalten Sie die Scheinwerfer aus. Lassen Sie aber die seitlichen Begren zungsleuchten brennen. In spätestens einer Minute dürften wir Besuch bekommen. Stellen Sie auch den Motor ab. Ich möchte hören, was da vorn los ist. Halten Sie sich aber bereit, auf mein Kommando sofort loszufahren.«

Barnes beugte sich aus dem Fenster und lauschte. Im Moment schwiegen die schweren Geschütze, und er hörte eine Stimme, die – wahrscheinlich auf deutsch – hastig einige Sätze sagte. Vor ihnen wendete Jacques seinen Wagen auf der Straße, hatte aber das Manöver kaum beendet, als eine Maschinenpistole losratterte. Der Wagen blieb in halber Drehung stehen und rollte langsam rückwärts in den Graben. Die Vorderräder klebten noch auf der Straße. Wenig später zerriß ein zweiter Feuerstoß die nächtliche Stille. Der Sergeant hörte ein schwaches Geräusch und spähte die Straße entlang, konnte aber in dem Stück zwischen dem Renault und dem Transporter kaum etwas erkennen. Die Scheinwerfer des Personenwagens leuchteten quer über die Fahrbahn.

Colburn packte Barnes am Arm

»Um Himmels willen. .«

»Still, ich glaube, er kommt.«

Hastende Schritte klangen auf Barnes sprang aus dem Führerhaus. In der nächsten Sekunde stand Jacques vor ihm. Er atmete schwer Sein Gesicht war ausdruckslos Schnell sagte er: »Alles in Ordnung. Sie eröffneten das Feuer, als ich nicht bis zum Schlagbaum fuhr Soweit ich erkennen konnte, sind sie nur zu dritt oder zu viert «

»Irgendein Geschütz – vielleicht eine Haubitze? Eine Kanone mit langem Rohr und Schutzschild?«

»Nein, aber da lag ein Mann neben der Straße hinter einer Art Gewehr auf Stützen.«

»Eine Panzerbüchse. Auf welcher Straßenseite?«

»In Ihrer Fahrtrichtung auf der linken. Hinter der Stellung stand ein Motorrad mit Seitenwagen.«

»Mit Soldaten?«

»Nein, dafür stehen aber drei hinter der Sperre. Einer von ihnen hat auf mich geschossen. Ich konnte gerade noch auf der anderen Seite aus dem Wagen springen.«

»Kriech schnell hier drunter.«

Barnes löste eine Ecke der Plane und hielt sie hoch, bis Jacques daruntergeschlüpft war.

»Klettere auf den Panzer, und leg dich flach auf die Motorhaube. Der Turm wird dich vor den Kugeln schützen.«

»Wir brechen durch?«

»Ja, also behalte den Kopf unten.«

Der Sergeant zurrte die Plane wieder fest, stieg ins Führerhaus und befahl Reynolds loszufahren. Den Lauf seiner Waffe hielt er dicht unter der Windschutzscheibe. Colburn zog seine Maschinenpistole unter dem Sitz hervor

Der Transporter fuhr an, die Scheinwerfer flammten auf Im Führerhaus starrten drei Männer mit steinernen Gesichtern nach vorne.

»Nicht schießen, wenn es nicht unbedingt nötig ist«, mahnte Barnes. »Wir haben auch angehalten, und das wird ihnen bestimmt merkwürdig vorkommen. Aber sie werden mit Sicherheit ihren eigenen Transporter erkennen. Wir halten auf keinen Fall an, was auch geschieht. Vielleicht öffnen sie sogar den Schlagbaum. Reynolds, geben Sie Gas. Ich möchte mit mindestens fünfzig Sachen die Sperre passieren. Schaffen Sie das?«

Der Fahrer nickte nur und preßte den Fuß aufs Gaspedal Mit vierzig Sachen donnerten sie an dem Renault vorbei Die Lichter an der Straßensperre schossen auf sie zu. Barnes hatte sich vorgebeugt und starrte auf das Hindernis, das jetzt deutlich im Scheinwerferlicht vor ihnen sichtbar wurde Ein schmaler Schlagbaum überspannte die Fahrbahn

Am linken Straßenrand lag ein Soldat hinter einer Panzerbüchse, hinter ihm entdeckte Barnes die Silhouette eines Krades mit Seitenwagen. Der Fahrer hatte sich schon in den Sattel geschwungen.

Der Schlagbaum blieb unten.

»Reynolds, überfahren Sie die Panzerbüchse und auch das Motorrad, wenn Sie es schaffen, anschließend den Transporter wieder auf die Piste zu bringen. Ich überlasse es Ihnen...«, rief Barnes dem Fahrer zu.

Reynolds antwortete nicht. Er hing geduckt über dem Steuer und schaute stur geradeaus durch die Windschutzscheibe. Noch feuerten die Deutschen nicht. Der Anblick eines ihrer eigenen Fahrzeuge hatte sie verwirrt. Barnes erwartete jeden Moment den Zusammenprall. Mit der rechten Hand hielt er sich am Fensterrahmen fest und legte den linken Arm quer über Colburns Brustkorb, um ihn gegebenenfalls zurückzudrücken. Bis zum letzten Moment verschleierte Reynolds klugerweise sein Vorhaben und hielt in der Straßenmitte fahrend auf den Schlagbaum zu. Dabei beschleunigte er. Noch zwanzig Meter, fünfzehn, zehn..

Reynolds riß das Steuer herum. Die Panzerbüchse, der Soldat dahinter, der Kradfahrer flogen auf der Transporter zu. Wie ein tonnenschweres Geschoß raste das Fahrzeug mit seiner Last in die Hindernisse hinein. Die Räder rumpelten über etwas hinweg, das Krad wurde samt Seitenwagen zur Seite geschleudert, der Motorradfahrer wirbelte durch die Luft...

Das Hindernis lag hinter ihnen. Reynolds steuerte den Lastwagen auf die Straße zurück. Kein einziger Schuß war gefallen. Barnes hatte nur auf die Panzerbüchse geachtet und deshalb nicht mitbekommen, wie der Schlagbaum zersplitterte. Als er sich aus dem Fenster beugte und zurückschaute, waren die Lichter auf der Straße verschwunden. Nur die Scheinwerfer des Renaults verblaßten allmählich hinter ihnen in der Nacht.

Barnes sagte nur ein Wort

»Aufdrehen!«

11.
Sonntag, 26. Mai

General Storch stürmte in das Bauernhaus in Lemont, das ihm als Befehlsstand diente. Seine Stimme hallte durch die Diele.

»Meyer, wo stecken Sie?«

Er stieß die Tür zu seinem provisorischen Büro auf, warf sie hinter sich ins Schloß und riß seine Offizierskappe vom Kopf.

»Da sind Sie ja. Was ist hier eigentlich los?«

Mit raschen Schritten trat er an den großen Kartentisch mit dem Lageplan.

»Ich habe gerade erfahren, Sie haben über Funk meinen Befehl widerrufen.«

»Nur vorläufig, Herr General.«

Oberst Meyer erhob sich hinter dem Tisch und klemmte sein Monokel ins Auge. Er machte ein sorgenvolles Gesicht. Das würde wieder eine schlimme Nacht für ihn werden.

»Aber wir haben doch erst vor einer Stunde den Angriffsbefehl für vier Uhr morgens ausgegeben. Auf der Straße nach Dünkirchen steht das Wasser keine zehn Zentimeter hoch – trotz der Tatsache, daß die Franzosen in Gravelines die Schleusentore geöffnet haben. Also, was ist passiert?«

Meyer nahm den Meldezettel mit dem Funkspruch vom Tisch und reichte ihn dem General zum Lesen. Doch Storch nahm keine Notiz davon und streifte statt dessen die Lederhandschuhe ab. Seine Stimme klang drängend.

»Sie kennen doch den Inhalt, also reden Sie schon.«

»Eine Botschaft vom Generalstab. Sie waren kaum weg, als sie durchkam. Deshalb gab ich entgegengesetzte Order – durch Sie persönlich aber noch zu bestätigen.«

»Was haben die da oben am grünen Tisch jetzt wieder ausgeheckt?«

»Der Funkspruch ist unvollständig, konnte nur teilweise

entschlüsselt werden. Wir haben immer noch Probleme mit den Funkgeräten. Meiner Meinung nach ist der Sinn aber klar und eindeutig.«

»Nun reden Sie doch schon, Mann. Wir haben nicht viel Zeit.«

Der General beugte sich über die Karte.

»Wir haben Befehl, in den gegenwärtigen Positionen an den Kanälen zu bleiben. General von Bock will das britische Expeditionskorps von Belgien aus angreifen. Ich vermute, General von Rundstedt macht sich Sorgen wegen der Einsatzbereitschaft der Panzer und hält uns deswegen zurück.«

»Dürfte ich den Funkspruch mal sehen?«

Storch nahm das Blatt und überflog es mehrere Male. Schließlich sagte er mit zynischem Blick: »Ich lese hier nichts von dem, was Sie mir da erzählen. Der Funkspruch ist tatsächlich sehr verstümmelt.«

Meyer holte tief Luft. »Als ich vor einigen Tagen in Ihrer Abwesenheit mit von Rundstedt am Feldtelefon sprach, erläuterte er mir seinen Standpunkt. Er will die Panzerstreitkräfte gegen die Franzosen südlich der Somme einsetzen.«

»Ja, das habe ich gehört.«

Storch schien mit den Gedanken nicht bei der Sache.

»Ich hörte von Keller, daß diese überflutete Straße frei ist. Bis zum Einbruch der Dunkelheit hat unsere Patrouille die Hälfte der Strecke ohne jegliche Feindberührung abgefahren. Für die Nacht habe ich sie nach Lemont zurückbeordert.«

»Das hört sich ja alles recht vielversprechend an«, räumte Meyer zögernd ein.

»Die Straße steht tatsächlich unter Wasser und ist nicht zu sehen.« Storch lächelte. Der General wirkte frisch und ausgeruht, als sei er gerade aus einem erholsamen Schlaf aufgewacht. Meyer fühlte sich dagegen erschöpft und ausgelaugt.

»Die Straße nach Dünkirchen ist also wirklich frei, Meyer. Selbst bei einem vorsichtigen Vorstoß können unsere Panzereinheiten zwei Stunden nach dem Morgengrauen in Dünkirchen sein. Dann haben wir das ganze britische Expeditionskorps eingekesselt. Über eine Viertelmillion Soldaten sitzen dann in der Falle.«

»Aber der Funkspruch des Generalstabs ...«

»Damit kommen wir durch, Meyer. Er ist stark verstümmelt. Die letzte Order, die wir erhielten, war hingegen eindeutig: Zur Küste vorstoßen und die Häfen besetzen. Genau das werden wir tun – den letzten Hafen besetzen. Dünkirchen.«

»Ich habe dem Funker befohlen, den Funkspruch nochmals abzufragen.«

»Damit würde die Verwirrung nur noch größer. Ziehen Sie den Befehl zurück.«

Storch wartete, bis Meyer telefonisch seinen Befehl zurückgenommen hatte. Zögernd legte der Oberst den Hörer wieder auf die Gabel.

»Was macht Ihnen denn wirklich Sorgen, Meyer?«

»Das Munitionsdepot für dieses Gebiet. Die riesigen Munitionsbestände in diesem von den Kanälen ziemlich eingeengten Gebiet...«

»Sie haben genügend Nachschub für die Operation?«

»Viel zuviel, fürchte ich.«

»Munition kann man nie genug haben«, wies ihn der General zurecht und drückte sich die Mütze auf den Kopf. »Wir melden zurück, der Funkspruch sei völlig verstümmelt eingegangen und deshalb bedeutungslos. Bestätigen Sie dem Stab meinen Befehl zum Angriff auf Dünkirchen. Lassen Sie die Kopie von einem Melder überbringen – aber erst in einer Stunde.«

Der Oberst schluckte. Wie immer hatte der General an alles gedacht. Wenn der Stabswagen mit der Meldung im Hauptquartier eintraf, rollten die Panzer schon über die geflutete Straße.

»Aber das Hinterland«, wandte Meyer ein. »Wir sind im Rücken völlig ungeschützt, weil wir alles nach Norden und Osten werfen.«

»Ganz richtig, Meyer. Die Engländer sind vor uns, nicht hinter uns. Wir rücken wie besprochen im Morgengrauen vor.«

Die Uhr an Meyers Arm zeigte 0.10 Uhr.

Bei seiner Höllenfahrt durch die Nacht schleuderte der Transporter über die ganze Straßenbreite hin und her. Reynolds versuchte verzweifelt, den deutschen Laster am Überholen zu hindern. Wieder hatte die Gefahr ohne Vorwarnung ihr häßliches Haupt erhoben.

Barnes warf einen Blick auf die Uhr. Es war 0.15 Uhr.

Reynolds hatte als erster die Scheinwerfer hinter ihnen bemerkt, die rasch näher kamen, und die anderen gewarnt. Seiner Meinung nach handelte es sich wieder um einen Truppentransporter. Barnes' sechster Sinn sagte ihm, daß sie ihr voriges Täuschungsmanöver wohl kaum wiederholen konnten. Hinter ihnen ertönte immer wieder die Hupe. Eine Zeitlang hängte sich der Laster geduldig an ihre Rücklichter.

»Scheint so, als wollten sie unbedingt ein Wörtchen mit uns reden«, meinte Colburn.

»Das denke ich auch«, murmelte Barnes. »Ich verstehe nur nicht, wieso sie sich so schnell an uns dranhängen konnten.«

»Die Straßensperre – jemand hat Alarm geschlagen und uns diese Meute auf den Hals gehetzt.«

Reynolds warf einen Blick in den Rückspiegel.

»Er versucht, uns zu überholen.«

»Daran müssen Sie ihn unbedingt hindern.«

Reynolds begann in Schlangenlinien über die Straße zu kurven und blockierte die Überholversuche des Lasters im Ansatz. Colburn wunderte sich laut, daß die Deutschen nicht längst das Feuer eröffnet hatten. Barnes erinnerte ihn daran, daß hinter ihnen ein Tank mit siebzig Millimeter dikken Panzerplatten stand. Die Silhouette unter der Plane machte auch den Deutschen klar, daß sie mit ihren Maschinenpistolen gegen ein Panzerfahrzeug absolut nichts ausrichten konnten. Deshalb wollten sie den Transporter unbedingt überholen, um dann von vorn einen Kugelhagel in das Führerhaus zu jagen.

›Und es dürfte nicht mehr lange dauern, bis sie es schaffen. Wir müssen unbedingt etwas unternehmen‹, dachte Barnes. Er überlegte eine Weile und erklärte dann seinen Plan. Anschließend stieß er mit einem heftigen Ruck die Beifahrertür nach hinten auf und kletterte rückwärts nach draußen, wobei er sich mit den Händen am Türrahmen festhielt. Den rechten Fuß setzte er auf die oberste Metallsprosse der Einstiegsleiter. Die Maschinenpistole über der Schulter brachte ihn fast aus dem Gleichgewicht, und der Fahrtwind peitschte seinen Körper wie ein minderer Hurrikan und versuchte, ihn vom Wagen herunterzuwehen. Barnes fragte sich, ob er vom Lastwagen aus zu sehen war, doch der Panzer deckte ihn gegen die Sicht von hinten. Vorsichtig schwang er den linken Fuß herum und tastete nach der Ladefläche hinter der Fahrerkabine. Der Fuß stieß ins Leere, und Barnes wäre fast vom Wagen gestürzt, als Reynolds das Steuer herumriß.

Der Sergeant hatte mehrere Umstände gleichzeitig zu berücksichtigen. Er mußte sich an der Tür festklammern, die Kurvenfahrt des Transporters ausgleichen und mit einem Fuß einen Halt auf dem Hänger suchen. Und die ganze Zeit über zerrte der Fahrtwind mit elementarer Wucht an seinem Körper. Das ganze Unternehmen war schwieriger als erwartet. In seiner Schulter zuckte ein wilder Schmerz auf. Der Sergeant wurde von einem plötzlichen Schwindelgefühl erfaßt, in seinem Kopf wirbelte alles durcheinander. Ihm blieb nichts anderes übrig, als alles auf eine Karte zu setzen.

Er biß die Zähne zusammen, winkelte in einer unglaublichen Kraftanstrengung das linke Bein an und schwang es in Richtung der Ladefläche. Sein Fuß schlug hart auf den Holzboden auf. Er löste die linke Hand vom Türrahmen und griff nach dem Seil der Plane, konnte nur beten, daß es straff am Führerhaus festgezurrt war. Er klammerte sich an das Seil und gab mit der rechten Hand die Tür frei. Sein ganzes Gewicht hing jetzt an dem Seil.

In diesem Augenblick machte der Transporter wieder einen seiner Schwenks, und Barnes' Körper schwang nach außen. Er drehte sich um seine eigene Achse, wobei der linke Fuß wie eine Angel wirkte, die Hände rutschten an dem Seil entlang nach hinten, und der Sergeant krachte mit voller Wucht gegen den Panzer. So hing er mit dem Gesicht zur Straße, nur noch mit der linken Hand am Seil, für einige hilflose Sekunden, und sein rechter Fuß suchte vergeblich auf der Ladefläche nach Halt. Seine Schulter schmerzte höllisch, Wellen von Übelkeit stiegen in ihm auf, das Schwindelgefühl war fast übermächtig. Und all das wurde übertönt vom Wummern der Geschütze an der Front und dem ständigen Gehupe des Lasters hinter ihnen.

Der Transporter schaukelte und schwankte gefährlich hin und her. Barnes war fertig, brachte gerade noch genug Willenskraft auf, um seinen Halt nicht loszulassen. Er kämpfte die Übelkeit nieder und schmeckte das Blut auf den zerbissenen Lippen...

In diesem Augenblick packte ihn Jacques mit festem Griff an beiden Oberarmen und hielt den hin und her schwankenden Körper fest. Barnes griff mit der rechten Hand wieder nach dem Seil, zog sich zwischen das Führerhaus und das Heck des Panzers und kroch auf der Plane bis zur Motorhaube von Bert. Dort blieb er schwer atmend liegen und kämpfte die aufkeimende Bewußtlosigkeit nieder. Er registrierte kaum, daß Jacques neben ihm hinter dem Turm lag. Und die ganze Zeit kurvte der Transporter von einer Straßenseite zur anderen.

Langsam erholte sich Barnes und versuchte gleichmäßig zu atmen. Zwei Dinge erleichterten ihm die Sache: Die frische Luft und das ununterbrochene Gehupe hinter dem Transporter, das ihm die Gefahr wieder deutlich bewußt machte. Er befahl Jacques, flach liegenzubleiben, kam mühsam auf die Knie und hob die Zeltplane ein Stück an. Aus der Tasche zog er zwei Reservemagazine, legte sie hinter den Sichtschutz der Plane und schob sich flach auf den Bauch, die Maschinenpistole griffbereit neben sich. Mit der Faust schlug er dreimal gegen die Fahrerkabine.

Auf das vereinbarte Zeichen hin beendete Reynolds seine Kurvenfahrt und scherte nach rechts ein, behielt aber die hohe Geschwindigkeit bei. Der Laster konnte überholen.

Ich muß genau den richtigen Zeitpunkt abpassen, dachte Barnes. Den Kopf unten halten, bis die Ladefläche, auf der die Soldaten unter der Plane sitzen, genau neben uns ist. Auf den Fahrer brauche ich nicht zu feuern – ich will die Mannschaft hinten. Man wird nicht auf Reynolds schießen aus Furcht, der Transporter könnte ausscheren und den Laster rammen.

Barnes nahm den Kopf herunter. Reynolds blieb in seiner Spur. Der Motor des Lasters heulte auf. Der Sergeant fühlte die leichte Veränderung des Neigungswinkels, als der Transporter einen Hügelhang hinaufdonnerte.

Jetzt!

Barnes glättete die Plane vor der Maschinenpistole – und hielt erschrocken die Luft an. Der Laster war schon fast zu weit an dem Transporter vorbei, die beiden Führerhäuser lagen auf gleicher Höhe, die von der Plane verdeckte Ladefläche zog an dem Sergeant vorbei. Er riß seine Waffe hoch und bestrich die Ladefläche etwas oberhalb der hölzernen Seitenklappen mit einem langen Feuerstoß, schwang dabei den Lauf in sachtem Bogen hin und her.

Leer!

Er schob gerade ein neues Magazin ein, als er Jacques' Warnruf hörte. Ein deutscher Soldat spähte hinter der Plane hervor, die Maschinenpistole im Anschlag. Barnes feuerte sofort, und der Mann stürzte vornüber auf die Straße. Barnes schwenkte die Mündung und durchlöcherte die Plane ihrer ganzen Länge nach mit einem einzigen Feuerstoß.

In diesem Moment wurde Reynolds aktiv. Die Straße lief auf eine Brückenrampe zu und stieg leicht an. Der Fahrer gab das vorher vereinbarte Signal, zwei lange Huptöne. Barnes rief Jacques zu, sich festzuhalten, und erwartete jeden Augenblick den Zusammenprall.

Reynolds erhöhte das Tempo und schoß schräg über die Straße, um den Laster mit seiner Breitseite abzudrängen. Sie hatten die Brücke fast erreicht, als der deutsche Fahrer erwartungsgemäß die Nerven verlor. Der Abstand zu dem Schwertransporter betrug nur noch ein paar Zentimeter. Barnes hob gerade rechtzeitig den Kopf, um zu sehen, wie der Lastwagen sich seitlich überschlug und den Hang hinabrollte. Sie waren schon in der Brückenmitte, als hinter ihnen ein dumpfer Knall ertönte und Flammen in der Nacht aufloderten. Der Benzintank war explodiert.

Als nächstes hörte der Sergeant das Kreischen von Bremsen. Es waren die Bremsen des Transporters.

Reynolds hatte das Rattern von Barnes' Waffe gehört und sich ganz auf sein letztes Manöver konzentriert, mit dem er den Lastwagen zerstörte, und den Transporter mit hohem Tempo auf die Brücke gesteuert. Erst im letzten Augenblick sah er die Steinmauer im Lichtkreis der Scheinwerfer auftauchen. Die Straße beschrieb eine scharfe Rechtskurve. Der

Koloß schleuderte wild, als Reynolds verzweifelt bremste und gleichzeitig das Lenkrad herumriß, um dem unerwarteten Hindernis auszuweichen. Doch es war schon zu spät. Mit einem harten Schlag durchbrach der Transporter die Mauer, das immense Gewicht des Fahrzeugs durchstieß sie wie Butter. Der Wagen schwankte, knickte noch einen dünnen Baum und kam schließlich ein Stück weiter im Garten zum Stehen.

Barnes blieb einen Augenblick wie betäubt liegen und holte tief Luft. Die Maschinenpistole hielt er krampfhaft umklammert. Beim Kreischen der Bremsen hatte er sofort reagiert und sich mit aller Kraft in die Zeltbahn gekrallt. Die Kuhle in der Plane zwischen Panzer und Führerhaus hatte ihn davor bewahrt, von seinem Platz heruntergeschleudert zu werden. Jacques war gegen ihn gerutscht und hatte sich an seinem Körper festgeklammert.

Vorsichtig richteten sie sich auf. Colburn wartete schon auf sie neben dem offenen Führerhaus. Er hatte die Maschinenpistole unter den Arm geklemmt; aus einer Platzwunde auf seiner Stirn und einer Schramme an seiner linken Hand tropfte Blut.

»Sind nur Kratzer«, sagte er auf Barnes' besorgten Blick hin.

»Ist Reynolds in Ordnung?«

»Reynolds ist okay«, antwortete der Fahrer selbst. »Ich weiß zwar nicht wieso, aber der Bursche ist noch heil. Vielleicht, weil er ein Glückspilz ist. Wir flogen durch die Wand wie durch Papier. Sorry, Sir, aber ich hatte mich voll auf den Laster konzentriert, und als ich das Hindernis sah, war es schon zu spät.«

Er trat gegen das Vorderrad. »Das Ding hier können wir abschreiben. Jetzt muß Bert wieder ran.«

»Sie haben sich verdammt gut gehalten. In dem Laster dürfte keiner überlebt haben. Ich habe die Ladefläche in ein Sieb verwandelt, ehe Sie ihn über den Straßenrand drängten, und der Tank in die Luft flog. Aber ich will es genau wissen. In einer Minute bin ich zurück. War doch gut, daß Sie noch gebremst haben. Das da hätten wir nicht so leicht durchbrochen.«

Barnes deutete auf das Haus. Kaum zehn Meter vor dem Transporter erhob sich ein altes, dreistöckiges Gebäude. Alle Scheiben waren zersplittert, ein Vorhang von Ranken verbarg die Eingangstür fast völlig, und im Garten stand das Unkraut kniehoch. Hier lebte schon seit langem niemand mehr, was sicher ganz günstig war. Es wäre schon eine ziemlich haarsträubende Erfahrung für den Hausbesitzer gewesen, die Haustür zu öffnen und den Garten von einem Panzertransporter umgepflügt vorzufinden. Reynolds versuchte mehrmals vergeblich, den Motor zu starten. Barnes ging zur Brücke zurück. Colburn und Jacques halfen dem Fahrer, Bert von der Abdeckplane zu befreien.

Vorsichtig näherte sich Barnes der Brücke. Als er den Scheitel des Bogens erreichte, duckte er sich hinter die Seitenwand und spähte vorsichtig über den Rand hinunter. Das Wrack brannte noch. Nichts rührte sich. Dort unten hatte der Tod reiche Ernte gehalten. Der Wagen lag auf dem Dach, die Räder nach oben, und im Flammenschein sah Barnes einige zusammengekrümmte Gestalten im Gras liegen. Doch nur die Flammen bewegten sich. Wenn überhaupt, hatten nur wenige Männer auf der Ladefläche sein mörderisches Feuer überleben können, und die waren umgekommen, als der Laster den steilen Abhang hinunterstürzte. Barnes bezweifelte, daß noch einer am Leben war, als der Tank explodierte.

Er wandte sich ab, um zu seinen Leuten zurückzugehen, und erstarrte mitten in der Drehung. Zuerst glaubte er, seine reichlich strapazierten Nerven spielten ihm einen Streich.

Die nächste Gefahr näherte sich unaufhaltsam.

Aus der anderen Richtung leuchteten Scheinwerfer auf. Sie waren noch weit entfernt, doch Barnes schien es, als näherten sie sich mit hoher Geschwindigkeit. Er lief über die Brücke zu den anderen und hörte erleichtert das vertraute Brummen von Berts Motor. Doch müßten sie erst noch die Rampe herunterlassen, um Bert auf die Straße zu fahren. Dazu blieb keine Zeit mehr. Colburn hatte an seinem bedrückten Gesichtsausdruck erkannt, daß etwas nicht stimmte.

»Schon wieder Ärger?« fragte er schnell.

»Ich weiß es nicht. Da kommt ein Wagen von Norden – allein.«

»Legen wir ihm einen Hinterhalt. Ich nehme die andere Straßenseite.«

»Nein, bleiben Sie hier, sonst schießen wir uns noch gegenseitig über den Haufen. Jacques, sag Reynolds, er soll den Motor abstellen und sich absolut ruhig verhalten. Du gehst hinter dem Haus in Deckung. Kommen Sie, Colburn...«

Das Fahrzeug näherte sich rasch; dem Motorengeräusch nach war es ein Personenwagen, durch die scharfe Straßenkehre noch ihren Blicken entzogen. Der Wagen fuhr mit hohem Tempo.

Die zwei Männer liefen in den Garten und gingen hinter einem unversehrten, schulterhohen Mauerstück in Dekkung. Barnes sah die Scheinwerfer vor der Kurve auftauchen. Er duckte sich und hörte, wie der Fahrer das Gas wegnahm. Der Wagen würde nicht mehr weit kommen. Hinter der Kurve war die Straße übersät mit großen Steinbrocken aus der zerstörten Mauer.

Der Sergeant blickte sich um. Der Flammenschein des brennenden Lasters fiel ausgerechnet auf den Transporter mit dem englischen Tank auf der Ladefläche. Nicht zu ändern!

»Ich glaube, er hält«, flüsterte Colburn.

»Das wird er wohl oder übel müssen.«

»Vielleicht ist es ein Zivilist?«

»Nur Leute wie Jacques sind verrückt genug, allein in der Kampfzone herumzugondeln.«

Der Sergeant wartete sorgfältig den richtigen Zeitpunkt ab. Der Wagen kroch durch die Kurve und hielt an, der Motor brummte im Leerlauf. Vorsichtig hob Barnes den Kopf. Im gleichen Augenblick hörte er, wie der Rückwärtsgang eingekuppelt wurde. Der Wagen stieß in die Kurve zurück. Mit einem Blick erfaßte Barnes die Szene: Den schwarzen Mercedes-Stabswagen, den deutschen Soldaten am Steuer und den Offizier daneben, der irgend etwas an die Brust drückte.

Der Wagen hatte die Kurve fast genommen. Der Sergeant hob die Maschinenpistole, preßte sie gegen die gesunde Schulter, legte den Lauf auf die Mauer, zielte sorgfältig etwa einen halben Meter über die Scheinwerfer und gab einen langen Feuerstoß ab. Er hörte das Splittern von Glas. Der Wagen geriet außer Kontrolle und rollte im Zickzack zurück. Barnes feuerte nochmals, beschrieb mit dem Lauf einen leichten Bogen. Der Wagen schoß wild zur Seite, krachte mit dem Heck gegen die Mauer am Straßenrand und blieb stehen. Die Scheinwerfer beleuchteten die gegenüberliegende Mauer. Der Motor erstarb.

Der Fahrer hing halb über dem Lenkrad, Kopf und Schulter waren blutüberströmt. Die Beifahrertür war offen, der Offizier lag mit ausgebreiteten Armen rücklings auf der Straße und starrte in den Himmel. Die rechte Hand schien er nach einer aufgesprungenen Dokumentenmappe auszustrecken, die er im Augenblick der Gefahr fest an sich gepreßt hatte.

Barnes untersuchte den Offizier, dessen Brust von den Kugel regelrecht durchsiebt worden war. Er hatte den Rang eines Majors, war aber jetzt nur noch ein toter Major. Barnes hob die Aktenmappe auf und entnahm ihr ein Papier. Colburn untersuchte mittlerweile sorgfältig das Wageninnere.

Barnes studierte das Papier im Licht der Scheinwerfer und brummte unwillig: »Das ist Ihre Brieftaube, Colburn. Sie sagten doch, Sie sprechen Deutsch. Können Sie es auch lesen? Das hier könnte ganz interessant sein.«

»Lassen Sie mal sehen.«

Der Kanadier studierte den Text und blickte dann den Sergeant an. Seine Miene war sehr ernst.

»Sogar sehr interessant – ein Kampfbefehl. Diese Kopie ist für den Gefechtsstab hier irgendwo bestimmt. Ich seh' aber lieber noch mal nach.«

»Schon dieser Stabswagen hier«, sagte Barnes nachdenklich, »ist für uns sehr aufschlußreich. Wahrscheinlich rechnen sie aus dieser Richtung nicht mit Feindberührung, sonst hätten sie den Stabswagen nicht ohne Eskorte losgeschickt. Vielleicht können wir die Hunde überraschen.«

»Dieses Dokument* hier dürfte Sie überraschen, Barnes. Die 14. deutsche Panzerdivision wird im Morgengrauen Dünkirchen angreifen. Sie wird auf einer kaum bekannten, überfluteten Nebenstraße gegen die Hafenstadt vorrücken. Wahrscheinlich steht die ganze Region entlang der Front unter Wasser. Doch das kann ich nur vermuten. Offensichtlich liegt die Straße etwas höher als das umliegende Land und steht deshalb nur ein paar Zentimeter unter Wasser.«

»Ist auch der Ausgangspunkt genannt?«

»Ja, es ist Jacques' Heimatort. Der Angriff startet um vier Uhr morgens von Lemont aus.«

So fand Barnes in letzter Minute endlich sein geeignetes Angriffsobjekt, um den Deutschen eine Schlappe beizubringen. Er warf einen Blick auf seine Uhr. Es war 0.25 Uhr.

»Wir vergessen Calais«, sagte er. »Jacques wird uns den Weg in seinen Heimatort zeigen.«

»Hier steht auch der Name des Generals, der den Angriff leitet.«

»Tatsächlich?«

Barnes zeigte nur wenig Interesse für diese Information, während sie zum Panzer zurückliefen.

»Ja, es ist ein gewisser General Heinrich Storch.«

* Nicht nur Sergeanten hatten Glück mit solchen Dokumenten. Vierundzwanzig Stunden zuvor war Lieutenant-General Sir Alan Brooke, Kommandeur des 11. Korps der britischen Expeditionsarmee, ein Kampfbefehl aus einem deutschen Stabswagen in die Hände gefallen, der die unmittelbar bevorstehende Offensive von General von Bocks Heeresgruppe B ankündigte. So war der britische Kommandeur gerade noch in der Lage, weitere Truppen zur Verstärkung in das bedrohte Gebiet zu verlegen.

12.
Sonntag, 26. Mai

Storch sprang aus dem Stabswagen, schaute auf die Uhr, nickte dem salutierenden Offizier kurz zu und ging die hekkengesäumte Straße in einem Viertel von Lemont entlang.

0.45 Uhr.

Keine vier Stunden mehr bis zum Morgengrauen.

Die Scheinwerfer eines Panzerwagens am Ende der Straße wiesen ihm den Weg. Links von ihm hinter der Hecke spiegelte sich der Mond auf der Oberfläche des überfluteten Gebietes, eines ausgedehnten Sees, der sich durch nichts vom Meer unterschied. Als der General beim Wagen ankam, drehte er sich zu dem Offizier um, der ihm gefolgt war.

»Hier ist es, Keller – der Ausgangspunkt der letzten Offensive. Sieht nicht sehr beeindruckend aus, stimmt's?«

Die Scheinwerfer des Panzerwagens wiesen nach Norden über das geflutete Feld unterhalb der Straße. So weit das Auge reichte, dehnte sich die Wasserfläche – bis nach Dünkirchen. Doch über die Fläche zog sich eine Doppelreihe von etwa 1,80 Meter hohen Pfählen.

»Keller, wie weit gehen die Markierungspfosten?«

»Zehn Kilometer, Herr General. Wir hielten es nicht für ratsam, sie noch weiter voraus einzuschlagen.«

»Völlig richtig, Keller, ausgezeichnet.«

Storch schwieg und schlug gedankenverloren mit den Handschuhen gegen sein Bein. Er war in bester Laune und liebte es dann geradezu, seinen Untergebenen zu beweisen, daß ihr General auch Humor besaß.

»Also, Keller, wenn ich Sie richtig verstanden habe, liegt zwischen diesen Pfählen die Straße nach Dünkirchen. Wir brauchen also keine übernatürlichen Kräfte wie Jesus Christus, um über das Wasser zu wandeln, wie?«

Keller, ein sehr religiöser Mann, wie Storch wußte, blinzelte verlegen und scharrte unbehaglich mit den Füßen. Worauf wollte der General jetzt wieder hinaus?

Keller machte ein ausdrucksloses Gesicht, antwortete nichtssagend: »Jawohl, Herr General«, und wartete gespannt. Er wußte nie genau, wie er sich verhalten sollte, wenn Storch so mit ihm sprach, denn das konnte ebenso der Vorbote für ein gewaltiges Donnerwetter sein.

Der General trat vor den Panzerwagen und schaute einen Augenblick lang durch die Lücke in der Hecke. Dann marschierte er plötzlich los, an den ersten beiden Pfählen vorbei mitten durch das Wasser, das aber an keiner Stelle höher als zehn Zentimeter stand. Erst als man ihn kaum mehr sehen konnte, kehrte er um und ließ dabei wie ein kleines Kind, das zum erstenmal das Meer sieht, die Füße durch das Wasser schleifen.

Beim Panzerwagen blieb er stehen und spähte durch sein Nachtglas in die entgegengesetzte Richtung nach Süden, wo sich eine lange Kette schwerer Panzerfahrzeuge bis zum Ende der Straßenböschung erstreckte. Daneben lag der kleine Flugplatz, der den Deutschen als Haupttanklager diente. In dem Hangar waren ihre Munitionsvorräte gestapelt. Meyer hatte zwar bemäkelt, daß alles zu dicht beieinander lag, doch mehr Platz bot das überflutete Land nicht.

In diesem Augenblick sprach der unglückliche Keller genau das falsche Problem an.

»Man hat mir berichtet, daß das Munitionsdepot zu nahe beim Tanklager eingerichtet wurde, Herr General.«

»Wollen Sie es verlegen, Keller?« fragte Storch.

»Nein, Herr General. Ich dachte nur... das heißt... Oberst Meyer...«

»Meyer war vor kurzem hier?«

»Nur für ein paar Minuten – um die Wassertiefe zu prüfen...«

»Ihr Glück, Keller, daß nur meine Stiefel naß geworden sind. Wäre das Wasser mir bis zu den Schenkeln gegangen, hätte ich Sie versetzen und degradieren lassen. Also bis vier Uhr dann, Keller.«

Barnes rieb sich die Augen und schaute auf seine Uhr.

0.45 Uhr. Der Tank rumpelte mit aufgeblendeten Scheinwerfern über die Nebenstraße. Die Ketten rotierten mit höchster Geschwindigkeit. Jacques, der neben ihm im Turm stand, erklärte ihm, sie würden in den nächsten Minuten die Außenbezirke von Lemont erreichen. Der junge Franzose kannte die Gegend wie seine Westentasche und fand es ungemein aufregend, in einem Kampfpanzer über die Straße zu fahren, die ihm seit seiner Kindheit vertraut war. Er hatte vorgeschlagen, den Ort zu umgehen. Barnes bat ihn, einen Platz zu suchen, wo sie Bert für eine kurze Zeit sicher parken konnten.

Im Kampfabteil hockte Colburn hinter der Kanone auf dem Platz, den früher Davis eingenommen hatte. Eine geladene Maschinenpistole lag quer über seinen Oberschenkeln. Der Kanadier hatte sich rasch an den engen Raum, das leichte Schwanken und das monotone Rattern der Ketten gewöhnt. Er vermißte die frische Luft in zweitausend Metern Höhe, doch hier hatte er wenigstens festen Boden unter den Füßen. Obwohl sie sich der Kampfzone näherten, war das Wummern der Geschütze verstummt, als wollten sie ihre Schlagkraft und ihre Munition für die letzte Schlacht im Morgengrauen aufsparen. Und das war nicht mehr fern, wie Colburn mit einem Blick zum Himmel feststellte. Er langweilte sich, weil es für ihn nichts zu tun gab, beneidete Reynolds regelrecht um seinen Job.

Der Fahrer saß vorne im Tank und fuhr mit offener Luke. Er schaute stur geradeaus. Vorsichtig bediente er die Steuerhebel, denn seine Arme brannten wie Feuer, und selbst die geringste Bewegung bereitete ihm Höllenqualen. Barnes, der seinen Fahrer kannte, versuchte ihn mit der Bemerkung, sie würden ihr Ziel bald erreichen, aufzumuntern. Reynolds wollte das alles hinter sich bringen und dann vierzehn Tage nur noch schlafen. Sie näherten sich wieder den alliierten Linien, und drüben auf der anderen Seite des Kanals lag Dover. Immer häufiger dachte Reynolds an England und sein Zuhause. Mit etwas Glück wären sie bald wieder drüben. Vielleicht bekam er Urlaub, konnte nach Peckham fahren und einen Bitter im ›Grauen Pferd‹ trinken. Bei diesem Gedanken bekam er Durst, vergaß ihn aber rasch, als Barnes' Stimme aus dem Kopfhörer drang und ihm einen neuen Befehl gab.

»Biegen Sie links ab«, hatte Jacques gesagt, »zu dem weißen Gebäude da.«

Barnes gab diese Anweisung weiter.

»Und das Bauernhaus, von dem du gesprochen hast, Jacques, diese abgelegenen Scheunen...«

Sie ratterten über einen engen Pfad. Im Kegel der Scheinwerfer tauchte ein seltsam vertrauter Schatten auf. Barnes erstarrte, als der Panzer eine Biegung nahm und die Scheinwerfer voll auf die klobige Silhouette fielen. Jacques deutete auf die Gebäude hinter einem offenen Gatter. Barnes ließ Reynolds anhalten.

Das schwere Gefährt im Licht der Scheinwerfer stand in starker Schräglage auf einem Feld. Eine Kette war in einen tiefergelegenen Graben abgerutscht. Es war ein Zwillingsbruder von Bert – ein Matilda-Tank.

Barnes sprang zu Boden und ging hinüber. Colburn folgte ihm. Der Sergeant ließ kurz den Strahl seiner Stablampe über den Koloß wandern. Er war nur mehr ein Wrack. Der Turm war schwer getroffen worden, die echte Kette hatte sich von den Rädern gelöst, das Heck war mit schwarzen Brandspuren übersät.

»Sieht aus wie einer von euch«, sagte Colburn leise.

»Es ist ein Panzer von uns. Hier hat's einen netten Tanz gegeben. Sehen Sie mal.«

Im Feld hinter dem Panzer lagen reglose Gestalten in Uniform wild durcheinander – auf dem Bauch, auf dem Rükken, zusammengekrümmt oder lang ausgestreckt. Ein paar deutsche Uniformen waren dabei, doch mehr britische. Barnes untersuchte einige Gewehre. Die Magazine waren leergeschossen.

Außer dem einen Tank waren keine weiteren Fahrzeugwracks zu sehen, und Berts Zwillingsbruder schien auf schreckliche Weise den Mangel an Panzern beim britischen Expeditionskorps zu verdeutlichen.

»Hier sind die deutschen Panzer vorbeigekommen«, sagte Barnes zu Colburn.

Der Kanadier schwieg.

Sie gingen noch ein Stück weiter bis zum Gatter und stießen auf weitere Leichen und leergeschossene Gewehre, britische 303er. Sie betraten vorsichtig den Hof zwischen den Gebäuden. Nacheinander durchsuchten sie sie. Das Gehöft war verlassen. Hinter einem der Gebäude fanden sie mehrere englische Anderthalbtonner. Offensichtlich hatte das Gehöft den Alliierten als Transportdepot gedient. In den Häusern standen noch mehr Laster. Die Einheit war erst kürzlich überhastet abgezogen worden, wie ein paar benutzte Trinkbecher, eine Schüssel mit abgestandenem Wasser, einige Gasmasken und ein Lewis-Gewehr ohne Magazin bewiesen.

»Ich würde mir gern mal diesen Truck da drinnen anschauen«, sagte Colburn und richtete seinen Lampenstrahl auf einen Transporter mit dem Zeichen der Royal Engineers auf dem Heck.

»Ich bin in einer Minute zurück«, sagte Barnes, »ich werde nur eben Bert in Sicherheit bringen.«

Der Sergeant verschwand und untersuchte kurz das Gelände in der Nähe der Gebäude. Die Felder waren leer und lagen seltsam still im blassen Mondschein vor ihm. Es war schwül, der Boden gab nach und nach die gespeicherte Wärme des vergangenen Tages frei. Insekten summten umher. Jenseits der Felder entdeckte Barnes die Schatten einiger Dächer. Hinter ihnen tanzte ein einsamer Scheinwerferstrahl müde über den nächtlichen Himmel und suchte nach feindlichen Fliegern.

Der Sergeant kehrte zu dem Kanadier zurück und fand ihn auf der Ladefläche des Lastwagens. Seine Lampe beleuchtete einige Lagen übereinandergestapelter hölzerner Kisten.

»Ich möchte einen Erkundungsgang nach Lemont machen«, erklärte Barnes. »Jacques wird mich in den Ort begleiten. Sie und Reynolds bleiben währenddessen hier. Eine bessere Deckung für Bert könnten wir uns kaum wünschen. Die Deutschen werden wohl kaum ein zweites Mal in einem Ort herumschnüffeln, den sie schon überrannt haben. Und das Zeugs hier können sie sowieso nicht gebrauchen. Ist ja ohnehin nur eine Handvoll.«

»Hier liegt mehr als nur eine Handvoll, Barnes. Sie wissen natürlich, was das ist – Sprengkapseln. Mit der Ladung hier könnte man halb Ottawa in die Luft jagen. Eine reiche Auswahl – einschließlich Schießbaumwolle, Sprengapparaten und Gott weiß was noch. Der Laster gehörte zu einem Sprengkommando.«

»Was, um Himmels willen, wollen Sie denn damit... Verzeihung, ich vergaß ganz, daß es Ihr Beruf ist, Dinge in die Luft zu jagen.«

Barnes hockte sich auf eine alte Holzkiste an der Wand und dachte nach. Seine Schulterwunde schmerzte seit dem Aufprall gegen Bert auf dem Transporter höllisch. Er war ausgelaugt und erschöpft, fragte sich allen Ernstes, ob er noch die Kraft hatte für einen einzigen Schritt. Nun, er mußte noch ein paar Schritte mehr tun, wenn er herausfinden wollte, wie die Dinge in Lemont standen.

Jacques hatte ihm munter erklärt, es sei am besten, seinen Vater aufzusuchen. Der alte Herr wohnte mitten im Ort auf einer kleinen Anhöhe. Von seinem Haus aus konnte man den Privatflugplatz des Ortes überblicken. Es war ein weiter Weg bis dorthin, doch Jacques schien das kaum zu stören. Barnes machte der Weg durch die vom Feind besetzten Straßen dagegen um so mehr Sorgen. Er erhob sich schwerfällig und ging hinaus, um Reynolds seine Anweisungen zu geben, blieb aber im Tor erstaunt stehen, als Colburn einen Pfiff ausstieß. Der Kanadier war in seinem Element.

»Barnes, hier ist Draht und sogar etwas Phosphor. Dieser gottverdammte Truck ist eine einzige rollende Bombe.«

»Was sollen wir schon mit Bomben?« fragte Barnes irritiert.

»Verstehe überhaupt nicht, wieso diese deutschen Esel solches Zeug unbewacht herumliegen lassen.«

»Jacques behauptet, sie hätten nicht genug Leute, um ihren eigenen Nachschub ausreichend zu sichern.«

»Hiermit könnte ich was Hübsches anstellen, Barnes. Einen solchen Schatz habe ich nicht mehr in den Fingern gehabt, seit ich bei der RAF bin. Wenn meine Maschine hier abgestürzt wäre, hätte ich mir hier meine Brötchen verdienen können. Sehen Sie mal...«

Barnes konnte nur wenig Verständnis für Colburns Enthusiasmus aufbringen, und die ungebrochene Energie des Kanadiers machte ihm seine eigene Erschöpfung um so deutlicher. Schnell sagte er:

»Ich gehe jetzt mit Jacques los. Reynolds ist direkt nebenan bei Bert. Da haben Sie jemand zur Unterhaltung.«

»Mir gefällt's hier ganz gut. Sie gehen also zum Haus von Jacques' Vater?«

»Ich bezweifle, daß wir so weit kommen werden.«

»Der alte Knabe dürfte genau wissen, wie's im Ort aussieht. Und geben Sie auf sich acht. So kurz vor dem Ziel können wir uns keine Schwerverletzten mehr leisten.«

»Stimmt, also lassen Sie, um Himmels willen, keine dieser Sprengkapseln fallen.«

Barnes schaute auf die Uhr, auf Penns Uhr.

2.25 Uhr.

Noch neunzig Minuten bis zur Dämmerung. Sie befanden sich auf dem Heimweg von ihrem Erkundungsgang – wenn man denn ein Gehöft, das man nie zuvor gesehen hat und in dessen Scheune hochexplosiver Sprengstoff lagert, als ›Heim‹ bezeichnen kann. Der Sergeant blickte die stille Straße zurück und sah Jacques weit hinter sich. Der Junge war ein echtes Problem, denn Lemont war ausgestorben. Die Bewohner waren entweder geflohen oder von den Deutschen vertrieben worden, als das Kampfgeschehen den Ort überrollte.

Der Junge hob die Hand und deutete nach vorn. Ein unnötiges Warnzeichen für Barnes, dennn der Sergeant hielt schon nach dem Posten Ausschau, den sie auf dem Hinweg hier entdeckt hatten. Er schob vor einem kleinen, einstöckigen Haus Wache. Hinter den geschlossenen Fensterläden hatte Licht geschimmert. In den Randbezirken von Lemont standen nur einstöckige Häuser, doch in diesem Haus gab es das einzige Anzeichen von Leben in der von Bäumen gesäumten Straße.

Wer hockte da hinter den geschlossenen Läden? Und wo war der verdammte Posten jetzt? Das Motorrad mit Seitenwagen stand immer noch vor dem Haus.

Barnes machte lautlos ein paar Schritte und blieb wieder stehen. Zwischen den Ritzen der Läden schimmerte immer noch Licht, doch der Posten war verschwunden. Besorgt schaute sich Barnes nach dem Jungen um. Jacques hob ratlos die Hände. Auch er hatte das Verschwinden des Postens bemerkt. Sie mußten also wie auf dem Hinweg hinter dem Haus entlangschleichen.

Der Sergeant gab Jacques ein Zeichen, zurückzubleiben, und huschte in eine Gasse zwischen zwei Häusern. Seine Nerven vibrierten unter der Anspannung, seinen Geist beherrschten nur noch zwei Gedanken: auf dem letzten Stück nichts zu riskieren und sich trotzdem zu beeilen. Denn die Zeit wurde allmählich knapp – ausgerechnet jetzt, wo er endlich das heißersehnte Zielobjekt für seinen Schlag gegen die Deutschen gefunden hatte.

Der Weg führte zwischen schulterhohen Steinmauern entlang und verlief dann parallel zu der Rückseite der Häuser. Barnes schlich mit gesenktem Kopf vorwärts. Den Revolver hielt er schußbereit in der Hand. Er passierte ein geschlossenes Tor in der Mauer. Vorsichtig setzte er einen Fuß vor den anderen, denn er erinnerte sich, daß links von ihm ein tiefer Graben verlief.

Vielleicht hatte er etwas gehört und den Kopf gedreht, doch er konnte sich später an nichts mehr erinnern. Ein Gewehrkolben krachte ihm mit solcher Wucht auf den Kopf, daß er augenblicklich das Bewußtsein verlor...

Als er erwachte, empfand er eine entsetzliche Übelkeit, doch kämpfte er sie erfolgreich nieder. Seine Schulterwunde schmerzte höllisch. Jemand schien ständig mit einem Vorschlaghammer seinen Kopf zu bearbeiten und löste mit jedem Schlag ein schmerzhaftes Echo aus.

›Reiß dich zusammen, Mann!‹

Mit ungeheurer Anstrengung versuchte er, die Augenlider zu heben, die schwer wie Blei waren. Ein greller Lichtstrahl blendete ihn, und er schloß die Augen rasch wieder. Eine gutturale Stimme sagte auf englisch:

»Wie schön, Sergeant Barnes, Sie wieder unter den Lebenden zu begrüßen.«

Barnes öffnete die Augen einen Spalt und versuchte sich

umzusehen. Aus dem Dunkel hinter der Lampe tauchte ein uniformierter Arm auf und verdrehte den Lampenschirm, so daß der Lichtkegel auf die Tischplatte fiel. Der Arm gehörte einem schmalgesichtigen Mann von etwa dreißig Jahren, der eine deutsche Offiziersuniform trug. Barnes ließ schwerfällig den Blick durch den verdunkelten Raum schweifen, doch Jacques war nicht zu sehen. Der Junge war vermutlich ins Dorf entkommen.

»Sagen Sie, ob Sie bereit sind zu reden«, sagte der Deutsche.

Barnes fluchte innerlich. Er saß in einem hölzernen Sessel mit hoher Rückenlehne. Seine Gelenke waren mit Draht an die Lehnen gefesselt. Als er verstohlen versuchte, sich aufzurichten, fühlte er einen breiten Gurt um seine Hüfte. Nur seine Beine waren frei. Man hatte ihn fein säuberlich verschnürt.

Ein weiterer Offizier trat von hinten in den Lichtkreis der Lampe. Er ließ eine Handvoll Kiefernnadeln auf die Tischplatte fallen und begann sie fein säuberlich nach Größe zu sortieren, wobei er Barnes scheinbar keinerlei Beachtung schenkte.

Barnes knirschte mit den Zähnen. War dieses Vorspiel zur Folterung nur eine Finte, um ihn weichzukochen?

»Ich bin Major Berg«, sagte der Offizier hinter dem Tisch. »Und Sie sind natürlich Sergeant Barnes.«

Er hob das britische Soldbuch und wedelte damit durch die Luft. »Sie werden sich sicher über mein gutes Englisch wundern. Vor dem Krieg war ich Militärattaché in London.«

Seine Stimme wurde eisig. Schnell fragte er:

»Barnes, wo steht Ihre Einheit? Wo wollen uns die Briten von hinten angreifen?«

Barnes nannte Namen und Dienstgrad sowie seine Kennzahl und schwieg dann. Der am Tisch stehende Offizier schlug ihm mit der Handkante auf den Mund. Barnes schmeckte Blut und spuckte einen abgebrochenen Zahn aus. Aus halb geschlossenen Augen sah er, wie Berg den Kopf schüttelte, als wolle er seinen Kameraden zur Besonnenheit mahnen.

»Ich habe vergessen, Ihnen meinen Kameraden, Hauptmann Dahlheim, vorzustellen«, fuhr Berg fort. »Für gewöhnlich reden wir mit unseren Gästen in sehr höflicher Form, wenden nur Druck an, wenn die Zeit zu knapp wird. Leider wird Hauptmann Dahlheim leicht böse, wenn man meine Fragen nicht schnell und präzise beantwortet.«

Barnes wiederholte seine Angaben und wies daraufhin, daß er gemäß der Genfer Konvention zu keinen weiteren Aussagen verpflichtet sei. Dalheim spielte derweil mit den Kiefernnadeln herum. Für einen Augenblick verdeckte sein Körper Barnes vor den Blicken von Berg. Barnes zerrte an seinen Handfesseln aus Draht, konnte seine Hände aber nicht befreien.

»Sie sind ein Spion«, hörte er Bergs Stimme. »Dahlheim, zeigen Sie ihm die Kleider, die er trug, als wir ihn überraschten.«

Dahlheim hob ein Kleiderbündel von einem Stuhl und zeigte es ihm. Einen schrecklichen Augenblick lang glaubte Barnes, es seien Jacques' Kleider, doch es waren bloß eine Arbeitsjacke und -hose aus blauem Körper, wie sie französische Landarbeiter trugen. Jacques hatte einen Straßenanzug getragen. Der Junge mußte den Deutschen entwischt sein.

»Ich habe noch nie solche Sachen getragen, das wissen Sie genau.«

»Hauptmann Dahlheim kann bezeugen, daß wir Ihnen diese Kleider ausgezogen haben, während Sie bewußtlos waren. Sie trugen sie, um sich zu tarnen. Und wir könnten sagen, daß Sie keinerlei Identifikation bei sich trugen, kein Soldbuch, nichts.«

Er ließ das Soldbuch in eine Schublade fallen und schloß sie. »Also sind Sie ein Spion. Wir können mit Ihnen machen, was wir wollen.«

Bluffte Berg nur? Barnes konnte das bleiche Gesicht seines Gegenübers nun besser sehen. Der Deutsche war älter, als er vermutet hatte. Innerlich bebte der Sergeant vor Zorn. Er war dicht vorm Ziel gewesen, hatte die schwierigste Patrouille hinter sich gebracht, die er je im Leben gegangen war. Einen Augenblick nur ließ seine Achtsamkeit nach, und schon hatten die Deutschen ihn erwischt, fünf Minuten von Berts Versteck entfernt. Ein Gedanke quälte ihn ganz besonders, jetzt, da eine Flucht ausgeschlossen schien. Er war mit seinen Leuten nach Lemont gefahren, weil laut Kampfplan aus dem deutschen Stabswagen dem britischen Expeditionsheer von diesem Punkt aus die größte Gefahr drohte. Ausgerechnet hier, wo er endlich einen Lebensnerv der Deutschen, insbesondere der 14. Panzerdivision, der Sturmspitze des Angriffs auf Dünkirchen, treffen konnte, geriet er in Gefangenschaft. Was sagte dieser Berg gerade?

»Wir haben nicht sehr viel Zeit, Sergeant Barnes.«

»Die hat keiner von uns.«

»Aus verschiedenen Gründen ist es deshalb wichtig, daß Sie meine Fragen unverzüglich beantworten. Also, wo steht Ihre Einheit? Was haben die Briten vor?«

Der Major wartete ein paar Sekunden.

»Dahlheim, Sergeant Barnes zieht es vor zu schweigen.«

Dahlheim richtete sich auf und drehte sich um. Vor ihm auf der Tischplatte lagen in schöner Ordnung die Kiefernnadeln. Ihre Spitzen deuteten auf Barnes. Das Gesicht unter der Offizierskappe war rund und voll; mit schläfrigem Blick musterte der Deutsche den Gefangenen. Jetzt erst sah Barnes den schwarz-silbernen Kragenspiegel mit zwei seltsamen Runenzeichen. Hauptmann Dahlheim gehörte zur SS.

Die Augen des Sergeants hatten sich allmählich an das Halbdunkel im Raum gewöhnt. Hinter dem Lichtkegel der Lampe, im Rücken von Berg, bemerkte Barnes ein Fenster. Die Vorhänge waren bis auf einen Spalt an einer Seite geschlossen. Durch diesen Spalt fiel ein silberner Streifen Mondlicht in den Raum. Dahlheim senkte die Hand, und Barnes glaubte schon, er würde die Pistole aus dem Lederholster an der Hüfte ziehen. Der Hauptmann faßte in die Tasche, zog ein Stück Schnur hervor und wickelte die Enden mehrmals um seine Hände. Er ließ sich viel Zeit und beobachtete Barnes dabei scharf. Dann trat er ohne ein Wort hinter den Sessel des Gefangenen. Barnes ahnte, was kam, und sein Körper spannte sich.

Reynolds sah den Posten vor dem kleinen Haus und das abgestellte Motorrad in der Nähe. Geräuschlos machte er ein paar Schritte die Straße hinunter und verschwand in einem von Steinmauern gesäumten Gäßchen, das ihn vor den Blikken des Postens zwei Häuser weiter deckte. Eine Minute lang überlegte er sein weiteres Vorgehen. Zum erstenmal in seinem Leben tat er zwei Dinge, die ihn beide gleichermaßen bedrückten. Er mißachtete einen Befehl, und er trat in Aktion, ohne einen Vorgesetzten davon informiert zu haben. Ihm kamen Zweifel an der Richtigkeit seines Verhaltens, und er fragte sich, ob es nicht besser sei umzukehren.

Barnes hatte ihm ausdrücklich befohlen, beim Tank zu bleiben. Nur eine schier übermächtige Ahnung, daß der Sergeant in Gefahr war, trieb den Fahrer zu seiner Handlungsweise. Colburns Angebot, an seiner Stelle nach Barnes zu suchen, hatte er entschieden abgelehnt. ›Ein Pilot gehört in die Luft‹, sagte sich Reynolds, ›am Boden taugen die Burschen nicht viel.‹ Jetzt fürchtete er, Barnes' und Jacques' Rückkehr verpaßt zu haben. Wahrscheinlich fragte der Sergeant Colburn schon nach seinem Verbleib.

Es war vielleicht doch besser, umzukehren, aber nicht über die Straße. Zu gefährlich. Es gab sicher einen anderen Weg hinter den Häusern entlang. Ja, er mußte zurück. Barnes konnte durchaus auf sich selbst achtgeben.

Der Fahrer erreichte das Ende der Mauer und hob vorsichtig den Kopf. Aus einem Fenster des zweiten Hauses drang Licht. Wahrscheinlich hatte sich dort eine Art Gefechtsstand etabliert, ein Ort also, dem man lieber fernbleiben sollte.

Reynolds schlich einen Fußweg an der hinteren Gartenmauer entlang und blickte zurück. Das Licht zog ihn magisch an. Besser, er sah einmal nach. Vielleicht interessierte es Barnes, was es mit diesem Haus auf sich hatte. Ein Penny gegen ein Pfund, wie sein Vater zu sagen pflegte. Reynolds huschte geduckt an der Gartenmauer entlang und zählte die Tore. Das nächste mußte es sein. Es war nicht verriegelt und schwang lautlos auf, als er dagegenstieß. Der schwache Lichtschimmer wurde von Obstbäumen im Garten fast verdeckt. Reynolds lauschte und spähte gleichzeitig über die Begrenzungsmauer einen anderen Fußweg hinunter, der zurück zur Straße führte. Wenn der Posten hier auftauchte, während er im Garten war, saß er ganz schön in der Falle. Eben nur ein Penny, dann...

Reynolds schlich zum Fenster und entdeckte den Spalt im Vorhang. Zehn zu eins, daß die Leute drinnen gerade zum Fenster schauten, wenn er hineinsah, aber er mußte jetzt wissen, was da los war. Er stützte sich mit einer Hand gegen die Wand, warf einen Blick ins Innere und trat schnell zurück. Genau in diesem Moment war Dahlheim hinter Barnes Sessel getreten.

Zum erstenmal erlebte Reynolds seinen Sergeant völlig hilflos und stand für ein paar Sekunden schreckerstarrt. Doch dann erfaßte ihn rasender Zorn. Er huschte aus dem Garten über den Fußweg zur Straße und zog im Laufen sein Messer mit der extrem scharfen Klinge und der feinen Spitze aus der Scheide. Fischverkäufer schliffen die Messer immer so. An der Ecke blieb er stehen und lauschte auf die Fußschritte des Postens, dem es anscheinend langweilig geworden war. Er wanderte auf und ab, zehn Schritte vor, zehn Schritte zurück. Reynolds erinnerte sich an eine Nacht, in der er selbst in einem abseits gelegenen Camp in der Nähe von Hull Wache schieben mußte. Im Dunkeln hatte er eine Abneigung entwickelt, vor der Kehrtwendung ei nen Augenblick stehenzubleiben, wie seine Kameraden es immer machten. Statt dessen hatte er sich im Gehen umgedreht. Und genau auf diesen Moment wartete er jetzt.

Der Posten kam wieder auf ihn zu. Acht, neun, zehn...

Reynolds sprang blitzschnell hinter der schützenden Dekkung der Mauer hervor und sah den Rücken des Postens kaum zwei Meter vor sich. Er riß die Hand mit der Waffe hoch, machte drei lautlose Schritte und jagte dem Posten das Messer bis zum Heft in den Rücken. Die Klinge drang durch den Uniformstoff, glitt an einem Knochen ab und bohrte sich tief ins Fleisch. Mit einem gurgelndem Aufschrei stürzte der Deutsche zu Boden. Reynolds beugte sich rasch über sein Opfer und riß ihm das Gewehr mit dem aufgepflanzten Bajonett von der Schulter. Er fürchtete, der Posten könnte mit seinem Schrei die halbe Straße alarmiert haben.

Seine Handlungen liefen jetzt automatisch ab, wie bei einem Manöver. Der Fahrer packte das Gewehr mit einer

Hand am Lauf dicht vorm Bajonett, mit der anderen am Kolben und stürmte auf die Eingangstür los – die plötzlich von innen aufgerissen wurde. Eine uniformierte Gestalt stand im Türrahmen.

Dahlheim hielt die Luger schußbereit in der Hand, doch bevor er den Finger krumm machen konnte, war Reynolds heran und rammte ihm das Bajonett in den Bauch. Der Deutsche stöhnte laut auf und stürzte unter Reynolds vehementem Anprall rückwärts in den Raum. In einem Reflex stellte ihm der Fahrer einen Fuß auf die Brust und riß mit einem heftigen Ruck das Bajonett aus dem Körper. Rasch überblickte er die Situation im Zimmer.

Dahlheim hatte gerade die Schnur um Barnes' Hals geschlungen, als sie den Aufschrei des Postens hörten. Auf Bergs Befehl zog er sofort die Luger und riß die Tür auf. Berg war aufgestanden und mit schußbereiter Pistole neben den Tisch getreten. Barnes hörte Dahlheims schrecklichen Schrei.

In diesem Moment ging Berg am Sessel seines Gefangenen vorbei. Barnes' linker Fuß schoß vor und brachte den Deutschen zu Fall. Der Sergeant warf sein ganzes Gewicht nach links und ließ sich mitsamt dem Sessel auf den Major fallen. Beim Aufprall zerbrach die Lehne; seine linke Hand war jetzt frei. Barnes ballte sie zur Faust und hieb sie mit aller Wucht dem unter ihm liegenden Berg ins Gesicht. Einen Sekundenbruchteil später rutschte der Sessel vom Körper des Majors. Barnes lag hilflos auf der Seite, seinen Körper dem Deutschen zugewandt. Der Major schüttelte benommen den Kopf, spie Blut und ein paar Zahnsplitter aus, hob den Revolver und zielte direkt in Barnes' Gesicht. Unfähig, sich zu rühren, trotz der plötzlichen Todesangst, die ihn mit eiskalten Klauen packte, registrierte der Sergeant noch die Bewegung über sich. Mit schrecklicher Wucht sauste Reynolds Gewehrkolben auf den Kopf des Deutschen nieder. Die erhobene Schußhand krachte zu Boden, der Revolver entglitt den kraftlos gewordenen Fingern.

»Gute Arbeit, Reynolds.«

Mechanisch sagte Barnes diese nichtssagenden Worte und dachte im gleichen Moment an Dahlheim.

»Kümmern Sie sich um den anderen Bastard.«

»Der hat genug. Halten Sie still, ich binde Sie los.«

»Zertrümmern Sie einfach mit dem Kolben die Sessellehne. Nun machen Sie schon, Mann, wir haben verdammt wenig Zeit.«

Sie hörten Dahlheim stöhnen. Reynolds zerschlug mit einem gezielten Kolbenstoß die Lehnenstütze, und Barnes streifte die Fesseln über das Ende der Lehne. Die Hände preßte er durch die Drahtschlingen, während Reynolds den Ledergurt um seinen Bauch löste.

Dahlheim lag hinter Barnes und hämmerte vor Schmerz mit den Stiefelabsätzen gegen den Boden. Barnes rollte herum – und stieß einen Warnruf aus. Dahlheim hatte sich auf die Seite gewälzt und die linke Hand auf den Bauch gepreßt. Durch die Finger rann Blut, sein Gesicht war schmerzverzerrt. Die rechte Hand hielt die Pistole. Gleichzeitig mit Barnes' Warnruf schoß der Deutsche.

Dahlheim feuerte auf gut Glück, denn er konnte vor Schmerz nicht richtig zielen. Er schoß noch zweimal, aber die Kugeln schlugen in die Decke. Danach fiel ihm die Pistole aus der Hand. Barnes sah, wie Reynolds schwankte. Ein ungläubiges Staunen breitete sich im Gesicht des Fahrers aus, bevor sein Körper krachend auf den Boden schlug.

Unsicher erhob sich Barnes. Die Beine wollten ihn kaum tragen. Schwerfällig bückte er sich nach dem Gewehr und trat hinter Dahlheim, der sich auf dem Boden hin und her wälzte. Barnes hob mit letzter Kraft die Waffe und hieb den Kolben auf den Kopf des Deutschen. Durch die Wucht des Schlages glitt ihm die Waffe aus den Händen. Sie polterte neben dem regungslosen Deutschen zu Boden. Mit den Füßen beförderte Barnes sie zur Wand, bückte sich nach der Luger, die immer noch fünf Patronen im Magazin hatte, und schob sie in seine leere Pistolentasche. Dabei fragte er sich, was die Deutschen wohl mit seiner Pistole gemacht hatten.

»Reynolds!«

Mit unsäglicher Mühe drehte Barnes den benommenen Fahrer auf den Rücken. Reynolds regte sich und begann kräftig zu fluchen. Sein linker Oberschenkel blutete heftig. Eine rasche Untersuchung zeigte dem Sergeant, daß die Kugel das Bein glatt durchschlagen hatte und auf der anderen Seite wieder ausgetreten war. Er legte dem Fahrer einen Notverband an und hob ihn in Bergs Sessel, was ihn fast seine ganze restliche Kraft kostete. Dabei fluchte er leise vor sich hin. Sie hatten aber auch wirklich Pech: Davis von stürzenden Felsmassen erschlagen, Penn erschossen von einem verdammten Plünderer und Leichenschänder, und jetzt Reynolds durch einen von unsicherer Hand abgefeuerten Zufallstreffer verletzt.

Barnes schaute auf die Uhr. Der Sturz mit dem Sessel hatte das Glas zersplittern lassen, die Zeiger waren auf 2.40 Uhr stehengeblieben.

Der Sergeant blieb einen Moment bei dem Tisch stehen und schaute in Reynolds' verzerrtes Gesicht. Seine Gedanken kreisten um den verwundeten Fahrer und die Tatsache, daß innerhalb von achtzig Minuten die Panzer, die er und Jacques vom Haus seines Vaters oberhalb des Flugplatzes deutlich gesehen hatten, sich in Bewegung setzen und auf die überflutete Straße hinausrollen würden, die der Junge ihnen gezeigt hatte. Er riß sich zusammen und kämpfte gegen die aufsteigende Müdigkeit an.

Denk nach, Barnes, du hast noch einen Haufen Arbeit vor dir.

Er öffnete die Tischlade, fand sein Soldbuch und auch seinen geladenen Revolver und tauschte ihn gegen die Waffe des Deutschen aus.

Reynolds betann plötzlich zu reden. Er bat den Sergeant, ihn hier zurückzulassen, da er wahrscheinlich weder gehen noch fahren konnte. Barnes nickte nur, ging zur Tür und spähte auf die stille Straße hinaus. Er brauchte mehrere Minuten, um die Leiche des Postens ins Haus zu zerren. Er wollte vermeiden, daß eine zufällig vorbeifahrende Streife Alarm schlug. Er ließ den schweren Körper neben Dahlheim zu Boden gleiten, holte tief Luft und hievte den Fahrer auf seinen Rücken. Gebückt stolperte er unter der schweren Last zur Tür. Reynolds' Füße schleiften über den Boden. Draußen ließ der Sergeant den Fahrer in den Seitenwagen sinken. Reynolds protestierte, das Motorengeräusch würde sie verraten. Barnes sagte nichts, löschte im Haus das Licht und zog von außen die Tür ins Schloß.

Das Knattern des Motorrades erschien ihm lauter als jedes andere Geräusch zuvor, doch das war jetzt unwichtig. Er mußte unbedingt einen sicheren Ort für Reynolds finden. Die Straße lag leer und verlassen, als er aus Lemont herausfuhr und wenige Minuten später beim Gehöft anlangte. Barnes stellte den Motor ab und rief Colburn eine Warnung zu. Der Kanadier trat hinter einer Scheune hervor, die Maschinenpistole im Anschlag. Zusammen bereiteten sie Reynolds ein bequemes Strohlager in einem der Gebäude und betteten ihn darauf. Diesmal ging Barnes kein Risiko ein. Bert hatte möglicherweise seine letzte Fahrt vor sich, und dabei konnte der Sergeant keinen Verwundeten gebrauchen. Ohnehin war seine Mannschaft auf ganze zwei Mann zusammengeschrumpft, dachte der Sergeant grimmig. Nur Colburn und er waren noch übrig.

Gegen 3.20 Uhr waren sie zur Abfahrt bereit. Sie hatten wie die Sklaven geschuftet. Barnes schaute nochmals zu Colburn herein, der nun seine eigene Position im Turm eingenommen hatte. Auf seiner letzten Fahrt würde der Panzerkommandant seinen Panzer selbst fahren. Reynolds blieb auf dem Hof zurück.

»Sind Sie sicher, Colburn, daß unser Plan auch klappt?«

»Jedenfalls ist er sicherer, als nur ein paar Granaten in das Depot zu feuern, die nicht unbedingt eine größere Explosion auslösen. Hingegen können Sie Ihr bißchen Leben darauf wetten, daß diese Ladung hier das ganze Depot in den Himmel bläst – vorausgesetzt, wir kommen nahe genug heran und gehen nicht schon vorher selbst in die Luft. In diesem Fall braucht sich keiner mehr Gedanken um unsere Beerdigung zu machen. Sehen Sie mal nach unten – Bert ist eine rollende Bombe.«

Der Boden der Drehplattform war zugepackt mit Schießbaumwolle, Sprengkapseln und Aufschlagzündern, mehreren Kanistern Sprit, einigen Paketen Phosphor und ein paar Granaten, die der Kanadier in einem Ranzen gefunden hatte. Eine Tasche am oberen Turmrand enthielt weitere Granaten, daneben hingen ein Sprengapparat und eine Drahtrolle. Colburn deutete auf den Sprengapparat. »Angenommen, Barnes, wir kommen hier raus, bevor der Panzer mit dem ganzen Zeugs hochgeht...«

»Damit würde ich nicht unbedingt rechnen, Colburn.«

»Zum Teufel, auch ich rechne mit dem Schlimmsten. Doch nehmen wir mal an, Sie bleiben als einziger übrig, vergessen Sie, um Gottes willen, nicht den Draht und den Auslöser hier. Ich habe den Draht durch die Schießschlitze hier geführt. Sie können also das Luk zuwerfen. Bei geschlossenem Luk erhöht sich nämlich die Sprengwirkung ein wenig.«

»Wir müssen los, Colburn.«

»Jesus, ich weiß, daß ich mich wiederhole. Trotzdem sage ich es Ihnen lieber zweimal – es könnte Ihnen das Leben retten. Der Apparat da ist harmlos wie ein Kätzchen – bis Sie den Schalter umdrehen. Ehrlich gesagt, Barnes, wenn ich so darüber nachdenke, hat dieses Unternehmen viel zu viele Fragezeichen.«

»Wir haben noch siebzig Panzergranaten und jede Menge Kisten mit Besa-Munition, um die Explosion noch zu verstärken.«

»Ich weiß. Ich hoffe nur, daß ich in der Nähe bin, wenn die Ladung hochgeht. Es wäre die Krönung meiner bisherigen Arbeit als Sprengexperte – und für mich sicherlich das schönste Feuerwerk. Mit ›in der Nähe‹ meine ich das andere Ende des ausgelegten Drahtes«, fügte Colburn hinzu.

»Fahren wir, Colburn. Ich werde das Gefühl nicht los, daß wir durch Ihre nette Spielerei viel zuviel Zeit verloren haben. Sie müssen die Augen offenhalten und mich über Bordfunk dirigieren. Glauben Sie, Sie schaffen das?«

»Sicherlich wesentlich besser als Bert selbst zu fahren. Okay. Also auf zur letzten Anschwebe – wie wir Bomberpiloten sagen.«

»Was gar nicht so unpassend ist, da wir ja eine mobile Bombe bei General Storch abzuliefern haben.«

Drei Minuten später brauste der Panzer mit Höchstgeschwindigkeit durch das Dorf. Die Scheinwerfer blitzten, wie ein rächendes Phantom donnerte Bert über die verlassene Dorfstraße. Sie hatten nur dann eine Chance durchzukommen, wenn sie vorwärtsstürmten, als ob der Ort ihnen allein gehörte. Dessen war sich Barnes sicher. Ihr einziger Vorteil war ihr völlig unerwartetes Auftauchen, ein Vorteil, den sie voll nutzen mußten, um das Flugfeld mit dem Tanklager und dem Munitionsdepot zu erreichen. Wenn sie überhaupt bis dorthin kamen.

Das Auftauchen des Tanks in den frühen Morgenstunden sollte beim Gegner Zweifel und Unentschlossenheit hervorrufen, zumindest für ein paar lebenswichtige Sekunden, und in dieser Zeit mußte Bert sämtliche Streifen passieren, denen sie begegneten. Alles hing von der Frage ab, wie bald sie auf die geballten Streitkräfte stießen.

Sie kamen an dem Haus vorbei, aus dem Reynolds ihn gerettet hatte. Barnes war sicher, es im Vorbeifahren erkannt zu haben, obwohl seine Sicht begrenzt war und er sich hauptsächlich auf Colburns Anweisungen über Bordfunk verlassen mußte. Der Fahrersitz war auf die niedrigste Position heruntergedreht, und das geschlossene Luk über seinem Kopf sperrte die Außenwelt bis auf den schmalen Sehschlitz vor ihm aus. Fast zehn Zentimeter dickes, kugelsicheres Panzerglas und siebzig Millimeter dicke Stahlplatten schützten ihn vor direktem Beschuß. Der gesamte Vorbau des Tanks bestand aus massiven Panzerplatten, so daß der Fahrer in seinem Abteil relativ sicher war. Nur wenn der Tank Feuer fing und die Kanone im niedrigsten Winkel nach vorn zeigte und so den Fahrer am Aussteigen hinderte, wurde es gefährlich. Zynische Panzerfahrer behaupteten, nur aus diesem Grunde hätte man sie mit einem Revolver ausgerüstet – um einen angenehmeren Tod zu finden, als bei lebendigem Leibe zu verbrennen.

›Verdammt, warum denke ich ausgerechnet jetzt an so was‹, dachte Barnes. Jetzt erlebte er selbst einmal, was der arme Reynolds manchmal durchgemacht haben mußte.

Der Sergeant konnte nur beten, daß Colburn mit einer Mills-Handgranate umgehen konnte, wenn es nötig war. Der Kanadier hatte ihm erzählt, ein britischer Staff-Sergeant habe ihm ihre Funktionsweise auf einem Bombenübungsplatz erklärt, und Barnes konnte sich Colburns Interesse für den Mechanismus eines solchen Sprengkörpers vorstellen. Trotzdem...

»Barnes.« Colburns Stimme drang klar aus dem Kopfhörer. »Wir nähern uns einem Platz. Nach Ihrer Skizze müssen wir quer drüber, was weiter auch kein Problem wäre. Aber ich sehe Lichter. Fahren Sie mal weiter, ich bleibe in der Leitung.«

Oben im Turm starrte Colburn angestrengt nach vorne. Die Lichter schimmerten durch die Äste von ein paar Bäumen, die sich auf dem von Häusern gesäumten Platz in den grauenden Morgen reckten. Die Lichter bewegten sich nicht. Colburn sah keine Soldaten, nicht das geringste Anzeichen von Gefahr. Nur die Lichter kamen näher.

Barnes hatte ihm erzählt, daß, soweit er das bei der Patrouille mit Jacques hatte erkennen können, alle Zivilisten aus dem Ort evakuiert worden waren. Was durchaus Sinn machte, da die Deutschen das Dorf als Ausgangspunkt für eine neuerliche Offensive benutzten. Barnes und der Junge waren bis zum Haus von Jacques' Vater vorgedrungen, hatten aber niemanden angetroffen. Mit anderen Worten, jedes Lebenszeichen bedeutete eine Gefahr für sie.

Sie näherten sich dem offensichtlich verlassenen Platz, und Colburn beugte sich von einer Seite zur anderen, um besser sehen zu können. Da war etwas – und im nächsten Moment sah er sie.

»Barnes, am anderen Ende des Platzes stehen ein paar Kräder mit Seitenwagen. Die Scheinwerfer brennen, aber niemand ist zu sehen.«

Barnes brachte den Motor auf eine höhere Drehzahl und starrte nach vorn, wo die Panzerscheinwerfer schon die Straße hinter dem Platz beleuchteten. Er saß eingezwängt zwischen Kisten mit Sprengkapseln, und die Nähe der Explosivkörper trug nicht gerade zu seinem Wohlbefinden bei. Trotzdem hatte er darauf bestanden, die Kisten einzuladen, um die Wucht der rollenden Bombe zu vergrößern. Jetzt fragte er sich, ob diese Entscheidung wirklich so gut gewesen war. Wie Colburn behauptete, waren britische Sprengkapseln sehr instabil. Die Deutschen benutzten Trotyl, das wesentlich sicherer war. Und Colburn mußte es ja wissen.

Sie hatten den Platz schon zur Hälfte überquert, und im Unterbewußtsein wartete Barnes auf Colburns Stimme – die nur Ärger bedeuten konnte. Die dunkle Straßeneinmündung flog auf ihn zu. Sie hatten den Platz hinter sich.

Gepreßt kam Colburns Stimme über den Hörer.

»Sie kamen gerade heraus, als wir den Platz verließen. Zwei Deutsche. Sie blieben stehen und starrten uns ein paar Minuten nach. Dann sprangen sie auf eins der Kräder.«

Barnes schaute nach vorn. Der Tanz begann früh – fast zu früh. Weiter vorn lag eine Linkskurve. Er mußte das Tempo stark drosseln, um sie zu passieren, und gerade jetzt, wo sich ihnen dieses Motorrad an die Fersen heftete, war der am wenigsten geeignete Moment, um die Geschwindigkeit wegzunehmen. Er wünschte sich sehnlichst, das Interkom wäre ein Zweiwegsystem, um Colburn vor dem Mann im Seitenwagen zu warnen, dem Soldaten, der die Maschinenpistole hatte.

Statt dessen ertönte wieder Colburns Stimme:

»Das Krad fährt hinter uns her. Ich habe die Linkskurve vor uns gesehen. Halten Sie ruhig das Tempo, und machen Sie sich keine Sorgen. Ich komme damit schon klar.«

In Wirklichkeit war Colburn sehr besorgt. Er blickte zurück. Der Scheinwerfer des Verfolgerfahrzeugs kam rasch näher. Der Kanadier bemerkte die Gefahr, in der er schwebte. Wenn er aufrecht im Turm stehenblieb und das Motorrad nahe genug herankam, konnte der Soldat im Seitenwagen, der vor dem Haus die Maschinenpistole getragen hatte, ihm mühelos den Kopf wegpusten. Colburn nahm zwei Handgranaten aus der Tasche und legte eine hinter den Sprengapparat, wo sie nicht hin und her rollen konnte. Nicht viele hätten dies gewagt, doch für Colburn war der Apparat tot, bis der Schalter gedreht wurde. Mit einem Blick streifte er die Schießbaumwolle unten auf der Drehplatte.

›Laß das Ei nicht da drauffallen, Junge‹, ermahnte er sich selbst.

Er hackte den Finger in den Reißring der Granate.

›Mach's richtig, Junge, kalkuliere die Geschwindigkeit des Tanks und das Tempo des Krades. Und wirf genau.‹

Er riß den Ring ab und zählte: eins, zwei, drei, vier.

Dann holte er weit aus und schleuderte den Sprengkörper den Verfolgern entgegen. Sofort griff er nach der zweiten Granate. Abziehen, zählen...

Er nahm den Kopf herunter, als die erste Granate dicht vor den Deutschen detonierte und krachend die Straße aufriß. Der Blitz reflektierte an den Häuserwänden. Das Motorrad stieg hoch und riß den Seitenwagen mit sich. Die Räder drehten sich wild in der Luft, der Seitenwagen brach aus seinen Halterungen.

Colburn warf die zweite Granate ungezielt aus seiner Deckung heraus, weil er sie loswerden mußte. Im Lichtblitz der Explosion sah er das Wrack des Krades mitten auf der Straße. Sogar der Scheinwerfer war zerborsten.

Erleichtert stieß er den Atem aus, was auch Barnes über Bordfunk mitbekam.

»Ich hab' sie erwischt.«

Colburn lehnte sich gegen den Turmrand und wischte sich die schweißnassen Hände an seiner Fliegerhose trokken. Er hatte noch mitbekommen, wie der Mann im Seitenwagen kopfüber auf die Straße stürzte, und war froh, daß es so schnell vorbei war. Diese wenigen Minuten hatten ihn so sehr das Fürchten gelehrt, daß er beinahe einen lebensgefährlichen Fehler begangen hätte. Die Furcht hatte ihn so in ihren Klauen gehalten, daß er vergessen hatte, die feuchten Hände vorher trockenzuwischen. Die zweite Granate wäre ihm fast aus den Händen in den Turm gefallen. Allein der Gedanke an diese Situation trieb ihm wieder den Schweiß auf die Stirn, doch es war vorüber. Er war erleichtert und froh, daß er noch am Leben war.

Und das war erst der Anfang gewesen, eine Bagatelle, wenn man so wollte. Was ihnen noch bevorstand, hatte ganz andere Dimensionen...

Die Scheinwerfer fielen auf eine beschriftete Hausmauer: Restaurant de la Gare.

»Wir nähern uns dem Haus – diesem Restaurant an der Linkskurve. Ich weise Sie ein.«

Barnes hatte schon das Tempo gedrosselt und fuhr vorsichtig um die Ecke. Er hatte die Hände auf den Steuerhebeln und lenkte den Koloß entsprechend Colburns Anweisungen. Die Kurve war sehr eng, die Ketten schlitterten über das abschüssige Kopfsteinpflaster. Barnes mußte die Kehre im Kriechgang nehmen. Colburn prüfte ständig den Seitenabstand und sprach ununterbrochen ins Mikrofon. Sie schrammten fast an der rechten Hauswand entlang, dann hatte Bert die Kurve geschafft, und Barnes gab wieder Gas. Die Ketten klirrten und ratterten über die Pflastersteine.

›Das war knapp‹, dachte Colburn, ›aber wir haben das sauber hingekriegt.‹ Er blickte nach vorn und genoß das Gefühl der Erleichterung, wobei er sich fragte, was Barnes wohl empfinden mochte.

In der Nase von Bert kämpfte Barnes mit einem völlig anderen Gefühl. Er steckte in ernsthaften Schwierigkeiten. Der Sergeant fragte sich, ob sie ihr Vorhaben jemals zu Ende bringen konnten. Lähmendes Entsetzen hatte ihn gepackt. Eine der Kisten mit den Sprengkapseln hatte sich gelöst, als Barnes Bert langsam um die Kurve auf die abfallende Straße steuerte. Er hatte die Kehre fast gemeistert, als er einen schweren Schlag an der rechten Schulter spürte. Dem Sergeant blieb gerade Zeit für einen kurzen Seitenblick. Die schwere Kiste war vorgerutscht und ragte weit über die darunterliegende Kiste hervor. Nur Barnes' Schulter verhinderte, daß sie herunterfiel. Das Kopfsteinpflaster ließ den Tank heftig vibrieren. Auf der Fahrt hügelabwärts versuchte Barnes, die Kiste mit der Schulter in ihre ursprüngliche Lage zurückzuschieben, und fiel dabei vor Schmerz fast von seinem Sitz. Wellen von Übelkeit durchliefen seinen Körper und raubten ihm beinahe das Bewußtsein. Er biß sich auf die Lippen. Zum zweitenmal in dieser Nacht schmeckte er sein eigenes Blut auf der Zunge.

Die schwere Kiste drückte hart gegen seine Schulter, und er konnte nichts dagegen unternehmen, außer zu beten, daß sie in der nächsten Rechtskurve in ihre Ausgangsposition zurückrutschte. Fuhr er immer noch geradeaus?

Mit fast übermenschlicher Willensanstrengung konzentrierte er sich wieder auf die Straße vor dem Sehschlitz.

»Barnes, ich sehe die Kanalböschung unten am Ende des Abhangs. Wir sind auf der richtigen Straße. Gleich müssen wir nach rechts abbiegen.«

Nichts erwartete Barnes sehnsüchtiger als diese Kurve. Aber er würde den schmerzhaften Druck der schweren Kiste noch einige Zeit ertragen müssen, denn er brauchte beide Hände zum Steuern.

Wieder ertönte Colburns Stimme, wieder klang sie angespannt – erstes Anzeichen einer drohenden Gefahr.

»Da, vor uns bewegt sich was... ein Soldat in einem Hauseingang. Wahrscheinlich ein Posten. Halten Sie die Geschwindigkeit. In knapp hundert Metern biegen wir ab...«

Colburn duckte sich unter den Turmrand und wartete auf den Anruf des Postens und den Feuerstoß aus der Maschinenpistole. Die eigene Maschinenpistole hielt er schußbereit in der Hand. Der Tank ratterte über das Pflaster, die dunklen Silhouetten der Hausdächer schwebten über dem offenen Turmluk vorbei, am Himmel glitzerten Sterne. Der Mond stand tief, und Colburn spürte die Morgenkälte im Nacken. Nichts tat sich.

Schließlich hielt es der Kanadier nicht mehr aus und spähte über den Turmrand. Die Straße lag verlassen da, doch er sah deutlich den Schatten in dem Eingang, einen reglosen Schatten. Es war unglaublich. Seine Verblüffung klang deutlich durch den Kopfhörer.

»Barnes, er rührt sich nicht von der Stelle – obwohl wir in einem britischen Tank sitzen.«

›Es funktioniert‹, dachte Barnes. ›Das Überraschungsmoment wirkt.‹ Vielleicht wußte der Posten nicht viel über die unterschiedlichen Panzertypen. Vielleicht hatte man ihn von anderen Aufgaben zum Wachestehen abgezogen, und er war müde und setzte einfach voraus, daß jedes Fahrzeug mit aufgeblendeten Scheinwerfern im deutsch besetzten Lemont ein deutsches Fahrzeug sein mußte. Vielleicht war er auch im Stehen eingeschlafen. Hauptsache, die Überraschung war gelungen. Vielleicht gelang sie ihnen noch einmal.

Colburns Stimme kam erregt über die Leitung:

»Ich kann jetzt das Ufer deutlich sehen. Wir sind dicht vor der Abzweigung. Seien Sie vorsichtig, die Kurve ist sehr eng. Ich weise Sie ein...«

Barnes drosselte das Tempo fast bis auf Null. Er erinnerte sich, daß diese Kurve die schlimmste war. Die Strecke, die sie fahren mußten, war so einfach, daß er seit Verlassen des Hofes immer genau wußte, wo sie sich gerade befanden. Der Weg durchs Dorf führte immer geradeaus über den Platz, durch die einmündende Straße bis zur ersten Linkskehre und den Hügel hinunter. Unten ging's dann rechts über die Straße am Kanalufer entlang geradeaus weiter. Wenn sie durch die Kurve kamen...

Sie waren fast durch, da passierte es. Ein harter Stoß ließ Bert erbeben, mit laufendem Motor blieb er stehen. Barnes war sofort auf die Bremse getreten. Durch die heftige Erschütterung war die Kiste mit den Sprengkapseln erneut gegen seine Schulter geprallt. Der Sergeant kämpfte gegen ein überwältigendes Schwindelgefühl an und kam infolge der Schmerzen überhaupt nicht auf den Gedanken, mit seinen momentan freien Händen die Kiste in die ursprüngliche Position zu schieben. Durch seine Benommenheit drang Colburns Stimme:

»Die Kette hat die linke Straßenmauer gestreift. Tut mir leid – mein Fehler. Wir müssen schleunigst raus hier. Der Posten kommt den Hügelhang herunter. Langsam zurücksetzen. Vorwärts kommen wir nicht weiter.«

Als Barnes vorsichtig rückwärts stieß, hörte er deutlich das Knirschen der Kette, die an der Mauer entlangschabte. Der Tank saß fest.

Der Sergeant verzog das Gesicht und dachte einige Sekunden nach. Wenn sie Pech hatten, besaßen sie bald kein Fahrzeug mehr. Er hatte einmal gesehen, wie eine Kette gerissen war und sich von den Rädern gelöst hatte. Der Panzer war noch ein paar Meter weitergefahren und hatte die Kette wie einen Teppich aus Metall ausgerollt. Wenn ihnen das passierte, war alles zu spät.

Außerdem gab es da noch das kleine Problem mit dem Posten, der die Straße herunterkam, um sich das seltsame Gefährt genauer zu betrachten. Vorwärts ging's nicht weiter. Also dann zurück! Barnes knirschte mit den Zähnen, legte den Rückwärtsgang ein und gab gleich Gas. Das Knirschen der Kette wurde lauter – und dann waren sie frei. Die Kette hatte gehalten.

Colburn dirigierte Barnes ruhig um die Kurve, und sie folgten der Straße, die einsam und verlassen im Scheinwerferlicht lag. Barnes warf einen Blick auf die Uhr, die er sich von Colburn geliehen hatte. 3.30 Uhr.

Oben im Turm legte Colburn den Revolver neben den Sprengapparat und wischte sich die Hände trocken. Für einen einzelnen Soldaten war der Revolver die bessere Waffe. Er warf noch einen Blick zurück zu der gefährlichen Ecke und konzentrierte seine Aufmerksamkeit auf den Weg vor sich, gab Barnes gelegentlich Instruktionen, um den Panzer in der Straßenmitte zu halten.

Zu seiner Rechten dehnte sich die glatte Vorderfront zweistöckiger Reihenhäuser, deren Fenster im Obergeschoß sich auf gleicher Höhe mit dem Turm befanden. Zu seiner Linken verlief die Uferböschung des unsichtbaren Kanals, eine steile Böschung von mindestens sechs Metern Höhe, die den Blick aufs offene Land versperrte. Vor ihm lag die Straße, ein dunkler, menschenleerer Hohlweg in den tanzenden Scheinwerferkegeln. Die ganze Szenerie wirkte unheimlich, und die Anspannung zerrte an Colburns Nerven. Jeden Augenblick konnte der Tanz losgehen.

Barnes dachte ähnlich, doch seine Gedanken wurden von den Schmerzen überlagert, die inzwischen seinen ganzen Körper peinigten. In erster Linie war es die Schulterwunde, die vom Aufprall der Kiste mit den Sprengkapseln am meisten in Mitleidenschaft gezogen worden war. Der Schlag mit dem Gewehrkolben, durch den er in Gefangenschaft geraten war, hatte an seinem Hinterkopf eine dicke Beule hinterlassen. Sein linker Handrücken mit den Verbrennungen fühlte sich seltsam taub an, als ob er nicht mehr zum Arm gehörte und frei in der Luft schwebte. Und dann war da noch die überwältigende Müdigkeit, die ihm die Sinne trübte. Nur die starken Schmerzen hielten ihn wach.

Mechanisch bediente er die Steuerhebel und die zwei Fußpedale – die Kupplung für die Gänge links und das Gaspedal auf der rechten Seite. Vor ihnen stieg die Straße fast bis zum Kanalufer an und senkte sich dann wieder zum nächsten Hügel...

Colburns angespannte Stimme drang durch den Kopfhörer:

»Wir fahren an der Kanalböschung entlang. Links ist eine Häuserreihe. Nirgends ein Anzeichen von Gefahr.«

So sah es auch Barnes. Sollten sie wirklich ein solch unverschämtes Glück gehabt haben? Sie fuhren jetzt schon durch die Außenbezirke von Lemont. Der Ort endete an der Uferböschung; dahinter lag offenes Land. Jacques hatte Barnes erklärt, dies sei eine Nebenstraße mit wenig Verkehr; deswegen hatten sie sich für diese Route entschieden. Und jetzt hatten sie schon hinter sich, was Barnes als den schwierigsten Teil ihrer letzten Operation bezeichnet hatte – ihren Vorstoß quer durch das ganze Dorf. Was jetzt noch vor ihnen lag, war nicht mehr der Rede wert, und es schien, als ob sie unangefochten den Flugplatz erreichen würden.

In Gedanken sah er schon das flache Feld vor sich. Auf dieser Straße waren sie zu dem verlassenen Haus von Jacques' Vater geschlichen und dann aus Sicherheitsgründen quer über die Felder auf der anderen Seite des Kanals um den Ort herumgewandert... Der Sergeant hörte plötzlich einen einzelnen Schuß, dann noch einen.

Colburn hatte Mühe, die ganze Umgebung gleichzeitig im Auge zu behalten – die Straße vor und hinter sich, die Häuserreihe rechts und den Schatten der Uferböschung links, die sich dunkel gegen das heraufdämmernde Tageslicht abhob. Automatisch wollte er auf die Uhr schauen und erinnerte sich, daß er sie Barnes geliehen hatte. Die Oberkante der Uferböschung senkte sich, als sie hügelaufwärts fuhren. Bald würde er über den Kamm schauen können. Der Kanadier ließ den Blick langsam über die Häuserfront wandern. Die dunklen Fenster in den oberen Stockwerken waren sehr nah. Von dort schien keine Gefahr zu drohen, trotzdem nahm er den Revolver in die Hand. Die Waffe verlieh ihm ein Gefühl der Sicherheit.

Der Überfall kam so plötzlich, daß der Schreck ihm den Atem raubte. Ein Fenster im Obergeschoß eines Hauses flog auf. Der Vorhang mußte direkt am Rahmen angebracht sein, denn heller Lichtschein fiel jetzt auf die Straße und den Tank. Ein deutscher Soldat steckte seinen Kopf mit dem puddingförmigen Helm heraus. Der Mann stieß einen überraschten Ruf aus, langte hinter sich und hob eine Maschinenpistole hoch. Colburn reagierte sofort und feuerte zweimal. Der Deutsche kippte langsam aus dem Fenster und stürzte in den Garten hinunter.

»Barnes, ein Jerry hat ein Fenster geöffnet und uns gesehen. Ich war aber schneller als er.«

Diesmal wünschte sich Colburn das Interkom als Zweiwegsystem. Es war, als redete man mit einem Gespenst.

»Wenn es im Haus ein Telefon gibt, haben sie uns bald am Wickel. Vielleicht hatte der Bursche aber nur ein Stelldichein mit einem Mädchen und hat in seiner Eile vergessen, den Helm abzunehmen«, versuchte er zu scherzen.

Barnes lächelte grimmig über den Witz. Schön, wenn es so wäre: Das Mädchen könnte dann einen Nachbarn zu Hilfe holen und mit ihm die Leiche des Soldaten in den nahen Kanal werfen. Doch das war unwahrscheinlich, denn das Dorf war offensichtlich evakuiert worden. Sie gingen besser davon aus, daß die Deutschen jetzt gewarnt waren.

Bald mußten sie die Hügelkuppe erreichen, ganz in der Nähe der Stelle, an der Barnes mit Jacques den Kanal auf einem großen Lastkahn überquert hatte.

War da oben schon wieder was im Gange? Er spürte fast körperlich, wie Colburn den Atem anhielt.

Colburn vergaß tatsächlich zu atmen. Die Häuser und die Uferböschung waren plötzlich Nebensache. Sie hatten die Hügelkuppe erreicht, und er starrte gebannt geradeaus. Sein Mund wurde trocken vor Furcht, einer Furcht, wie er sie auf ihrer ganzen Fahrt durch Lemont noch nicht erlebt hatte.

Von der Hügelkuppe hatte er freie Sicht über die Straße vor sich. Eine endlose Lichterkette rollte auf ihn zu, und der Himmel hinter dem nächsten Hügel reflektierte den Lichtschein von der Straße. Kein Zweifel, eine Panzerkolonne näherte sich ihnen – vielleicht sogar mit dem Auftrag, sie abzufangen. ›Mein Gott‹, dachte Colburn, ›und ich glaubte schon,wir hätten es geschafft. Jetzt ist alles aus. Vorbei!‹

»Barnes, vor uns ist der Teufel los – jede Menge Fahrzeuge, die auf uns zurollen. In ein paar Minuten dürften sie hier sein. Wahrscheinlich sollen sie uns abfangen. Müssen Panzer sein – eine ganze Horde.«

Barnes' Reaktion überraschte den Kanadier. Er merkte, wie Bert Tempo zulegte und immer schneller den Abhang hinunterratterte, als ob Barnes den Zusammenstoß mit der Kolonne kaum erwarten könne. Im ersten Moment glaubte Colburn, der Sergeant sei verrückt geworden, doch am Fuß des Abhanges stoppte der Panzer, die Scheinwerfer erloschen. Barnes öffnete das Luk und schob die Kiste mit den Sprengkapseln an ihren alten Platz. Dann stellte er den Sitz in eine höhere Position, so daß sein Kopf aus dem Fahrabteil ragte.

»Wie weit waren die Fahrzeuge entfernt?« rief er zu dem Kanadier hoch.

»Etwa achthundert Meter, schätzungsweise. Genau kann ich das nicht sagen.«

»Waren es vielleicht nur vierhundert?«

»Nein, mindestens achthundert. Barnes, unsere Scheinwerfer...«

»Ich habe sie abgeschaltet. Ich möchte vermeiden, daß sie uns die Uferböschung hochfahren sehen.«

»Da hinauf?«

Colburn betrachtete entsetzt den steilen Hang, der sechs Meter hoch vor ihnen aufragte. War Barnes übergeschnappt? Vielleicht hatte der Sergeant nicht richtig verstanden, was er über die Stärke der Kolonne gesagt hatte.

»Da kommen mindestens zwanzig oder dreißig Fahrzeuge auf uns zu«, rief er vom Turm herunter.

»Hören Sie, Colburn.« Barnes' Stimme klang erregt. »Wir werden nicht gegen sie antreten, sondern versuchen, sie zu überlisten. Ich habe mit Jacques den Kanal genau gegenüber dieser Straße hinter uns auf dem Rückweg zum Gehöft überquert. Wir gingen über einen großen Lastkahn, der ein Deck wie ein Flugzeugträger besaß. Der Kahn überbrückt fast den ganzen Kanal. Wir stoßen jetzt hier rückwärts in diese Seitenstraße und fahren dann mit Vollgas die Böschung hinauf.«

»Schaffen wir das denn?«

»Das werden wir sehen, doch uns bleibt keine andere

Wahl. Es ist unsere einzige Chance. Es wird gleich hell, und wenn wir es jetzt nicht versuchen, bleiben wir auf der Strekke. Wenn wir oben ankommen, haben Sie nur einen Sekundenbruchteil Zeit, um mich genau auf den Lastkahn zu dirigieren. Ich kann erst bremsen, wenn wir den Abhang hinter uns haben. Sie müssen also verdammt schnell reagieren. Alles klar?«

»Wenn ich ›okay‹ sage, fahren Sie weiter. Sonst sage ich ›stop‹.«

Die Seitenstraße war breit genug, um ohne Schwierigkeit rückwärts hineinzustoßen. Barnes hielt kurz an und bewegte die Finger, um sie ein wenig gelenkiger zu machen. Dann fuhr er an, ohne noch lange über Erfolg oder Mißerfolg nachzudenken. Colburn mußte das ganze Unternehmen für die letzte Tat eines Irrsinnigen halten, und tatsächlich hatte Colburn im Turm alles andere als Zutrauen zu Barnes' Vorhaben, denn dafür hätte er nach zwei Seiten gleichzeitg schauen müssen – zur Hügelkuppe hinauf, hinter der die Panzerkolonne anrückte, und hinunter zur Uferböschung, die steil wie eine Bergflanke vor Bert aufragte.

Unter Colburn ratterten die Ketten die ansteigende Böschung hoch. Sein Körper wurde durch die Schräglage gegen den hinteren Rand des Turms gedrückt. Der Sergeant raste mit mörderischem Tempo die Steigung empor. Was war, dachte Colburn, wenn der Lastkahn, der ihnen als Brücke dienen sollte, nicht an der richtigen Stelle lag? Oder der Feind tauchte auf dem Hügel auf, wenn sie gerade mitten in der Böschung hingen? Ihm fielen die Worte wieder ein, die er Barnes zu Beginn ihres Unternehmens gesagt hatte. Waren da letztlich doch zu viele Fragezeichen gewesen?

›Ich glaube nicht, daß wir es diesmal schaffen‹, dachte der Kanadier.

Barnes dagegen hatte sich entschieden und verschwendete keinen Gedanken mehr daran, ob sie es schaffen würden oder nicht. Sein schmerzumnebelter Verstand konzentrierte sich nur noch auf ein Problem – zum Kanal hinaufzufahren. Da sich der Neigungswinkel des Tanks nur in der Längsachse veränderte, verrutschten die Kisten mit den Sprengkapseln diesmal nicht. Doch das konnte sich jederzeit ändern.

Der Tank ruckte und holperte, als die Ketten tief in den weichen Untergrund sanken und sich wieder daraus befreiten. Barnes ließ den Motor auf hohen Touren laufen. Als sehr instabil hatte Colburn die britischen Sprengkapseln bezeichnet.

Bert neigte sich zur Seite, als die linke Kette wieder in ein tiefes Erdloch einsank. Die gleiche Kiste prallte erneut gegen Barnes' Schulter und drückte mit ihrem Gewicht auf die offene Wunde. Der Sergeant zuckte zusammen und fluchte kräftig. Er würde diese verdammte Box aus dem Tank werfen, sollten sie je am anderen Kanalufer ankommen. Er beschleunigte, als er sah, daß sie den Uferrand fast erreicht hatten.

Colburn stand aufrecht an seinem Platz und hielt sich mit beiden Händen am Turmrand fest, wollte unbedingt so früh wie möglich erkennen, ob sie an der richtigen Stelle auf den Lastkahn stießen, den er bis jetzt nicht einmal sah. Er merkte, wie Barnes beschleunigte. Sie würden die Böschung schaffen. Eifrig beugte er sich aus dem Turm. Sie erreichten das Kanalufer.

»Okay, Barnes, okay!«

Da lag er, der Lastkahn. Sie schossen genau darauf zu. Der Tank hing für einen Sekundenbruchteil mit den Vorderketten in der Luft und sackte dann auf den Boden, durchquerte einen schmalen Wasserstreifen und rollte mitten auf das flache Deck. Der Kahn schwankte unter dem Gewicht.

Barnes fuhr Bert bis in die Mitte. Plötzlich starb der Motor ab.

Colburn verschlug es die Sprache. Jetzt saßen sie fest, im Sichtfeld der feindlichen Panzer, die sicher schon den letzten Hügel emporkrochen. Er hörte, wie Barnes immer wieder zu starten versuchte. Er schaute zur Hügelkuppe hinüber. Noch war nichts zu sehen, doch die Kolonnenspitze konnte nicht mehr weit sein. Er konnte sich die Szene klar und deutlich vorstellen: Der erste schwere Panzer erreichte die Hügelkuppe, entdeckte die Silhouette des Feindpanzers, die sich deutlich gegen den Morgenhimmel abhob, gab die Meldung über Funk weiter an die folgenden Panzer, die dann mit geladener Kanone...

Colburn bemerkte überrascht, wie sich seine Hand um

den Revolver krampfte, und versuchte, sich etwas zu entspannen. Sein Blick streifte den Sprengapparat im Turm und wanderte dann wieder zur Hügelkuppe, hinter der der Tag aufdämmerte, während Barnes vergeblich versuchte, den Motor zu starten. Der Blick des Kanadiers wanderte zurück in die Richtung, aus der sie gekommen waren. Die Straße lag immer noch verlassen da. Wer hatte ihnen die Kolonne auf den Hals gehetzt? Wahrscheinlich die zweite Motorradstreife auf dem Platz.

Der Motor röhrte auf, der Tank rollte vorwärts über den Kahn und die andere Uferböschung hinunter. Unten beschrieb Barnes eine weite Kehre, stoppte Bert parallel zum Kanal, stellte den Motor ab und kletterte eilig aus dem Fahrerabteil.

»Ich dachte schon, wir blieben da oben hängen. Noch nichts von der Kolonne in Sicht? Sehr gut. Kommen Sie herunter, Colburn, und helfen Sie mir mit dieser verdammten Kiste hier.«

Der Sergeant warf einen Blick auf die Uhr. 3.40 Uhr. Noch zwanzig Minuten bis zum Punkt Null.

Der Boden hinter dem Kanal war fest und sicher, es gab kein Moor, das sie aufhielt, obwohl links von ihnen das Land unter Wasser stand. Der Tank rumpelte vorwärts, Barnes hockte auf seinem niedrigen Fahrersitz. Das Luk über ihm war geschlossen. Er fuhr den gleichen Weg, den er mit Jacques gegangen war. Die nächsten zwanzig Minuten würden entscheiden, ob die 14. Panzerdivision das ahnungslose Dünkirchen überrollte oder ob sie den Deutschen einen solchen Schlag versetzen konnten, daß eine Offensive unmöglich wurde.

»Ich glaube, da ist die Kanalunterführung«, sagte Colburn.

Diese Unterführung war das Ziel ihres ›Ausflugs‹. Colburn hatte das Unternehmen so bezeichnet, ehe Barnes mit Jacques zu ihrem Erkundungsgang aufgebrochen war. Dabei war zwar Reynolds auf der Strecke geblieben, doch ohne diese Patrouille hätten sie ihr Ziel niemals erreicht. Unterhalb eines Streifens freien Feldes lag der Flugplatz mit dem riesigen Munitionsdepot und dem Nachschublager für die Panzer. Mit zusammengepreßten Lippen spähte Barnes durch den Sehschlitz. Bert rollte in den beginnenden Tag.

Der Sergeant merkte, daß er unwillkürlich die Geschwindigkeit erhöhte. War die Unterführung breit genug? Er hatte die Breite abgeschritten, als er mit Jacques hier gewesen war. Zur Not würde Bert gerade hindurchpassen. Er mußte – die Unterführung war der einzige Zugang zum Flugfeld von dieser Seite des Kanals aus.

Das erste Tageslicht fiel durch den Sehschlitz, und Barnes hoffte inständig, daß die Sicherheitsposten inzwischen nicht verstärkt worden waren. Doch die Deutschen verließen sich bestimmt auf die Kolonne, die den Eindringling abfangen sollte. Der Sergeant fragte sich, wie sich Colburn in diesen möglicherweise letzten Minuten seines Lebens fühlen mochte.

Im Turm spähte Colburn nach Osten, wo die Dämmerung am Horizont emporkroch. Eine halbe Stunde später hätten sie den Ort niemals unangefochten durchqueren können. Und selbst wenn sie das geschafft hätten, wäre die 14. Panzerdivision dann schon unterwegs gewesen.

Sollte es tatsächlich klappen? Er betrachtete den Sprengapparat mit einem Gefühl der Verwunderung. Ihm war plötzlich bewußt, daß er innerhalb einer Stunde oder sogar noch früher tot sein konnte. Ein merkwürdiges Gefühl, das ihn erschauern ließ.

Die Luft war sehr kalt; von den Feldern stiegen weiße Nebelschwaden auf. Diesen Frühnebel kannte Colburn von den Feldern in der Umgebung von Manston. Doch Manston verblaßte, und vor ihm lag die Unterführung.

Sie schien viel zu eng für Bert. Gerade breit genug, um einen Bauernkarren durchzulassen. Der Kanadier empfand bittere Enttäuschung. Im letzten Moment durchkreuzte eine zu enge Unterführung ihren Plan. Es brachte auch nichts, die Böschung wieder hinaufzufahren. Sie war viel zu steil, und außerdem blieb dann immer noch der Kanal. Colburns Enttäuschung schwang deutlich in seiner Stimme mit.

»Barnes, die Unterführung ist viel zu eng, da bin ich ganz sicher.«

Der Tank beschrieb einen weiten Halbkreis. Barnes steuerte ihn frontal auf die Unterführung zu. Durch den Sehschlitz erkannte er, daß über dem Feld hinter dem Kanal dichter Nebel hing. Er würde sie gegen die Sicht der Deutschen decken.

Colburn gab es auf, den Sergeanten überzeugen zu wollen, und dirigierte ihn, so gut er konnte, auf die Unterführung zu. Der Abstand zwischen den Steinmauern und der Frontpartie von Bert wurde immer kleiner. Der Boden war sehr uneben, und Barnes hatte alle Mühe, die Anweisungen des Kanadiers genau zu befolgen. Er befand sich dicht vor der Unterführung, als Colburn ihn anhalten ließ. Bert stand viel zu weit rechts.

Barnes setzte zurück und veränderte den Fahrtwinkel um eine Spur. Er starrte angespannt durch den Sehschlitz und versuchte, nicht an die rasch verrinnende Zeit zu denken. Diesmal mußten sie durch. Er hörte das plötzliche Schaben und Kratzen von Metall auf Stein, der Tank erbebte und blieb abrupt stehen, als Barnes auf die Bremse trat. Vielleicht ging's doch nicht. An diesem Hindernis konnten sie scheitern, selbst bei Tag. Der Sergeant schob das Luk zurück und steckte den Kopf heraus. Von oben wanderte der Strahl einer Taschenlampe über die Mauern der Unterführung.

Der heftige Stoß hatte Colburn erschreckt, und er versuchte mit Hilfe der Lampe, ihren Standort zu klären. Sie waren natürlich gegen die linke Wand gefahren, hatten die Anfahrt zu weit nach links korrigiert. Aber konnten sie überhaupt noch zurück? Der Kanadier leuchtete über das Heck. Zwischen Wand und Kette war ein Spalt von etwa zehn Zentimetern. Theoretisch war es also möglich, zurückzusetzen, doch sie würden viel Glück brauchen, um die Unterführung in diesem ungewissen Licht hinter sich zu bringen.

Von oben rief er Barnes zu:

»Hinten sind etwa zehn Zentimeter Platz, wahrscheinlich aber weniger.«

»Dann schaffen wir's, vorausgesetzt, die Ketten halten.«

»Das wäre ein Wunder.«

»Vielleicht geschieht eins – extra für uns.«

Zum zweitenmal setzte Barnes zurück und konzentrierte

sich auf die Bedienung der Steuerhebel. Die metallenen Ketten schabten an der Wand entlang, doch zumindest war Bert wieder in Bewegung. Das nervtötende Knirschen verstummte schließlich, und sie kamen aus dem engen Tunnel frei. Diesmal mußten sie es schaffen. Colburn dirigierte Barnes ein kurzes Stück zurück, gab dann aber keine Anweisungen mehr. Wenn Barnes jetzt die unmerkliche Richtungsänderung nicht selbst schaffte, würden sie an der anderen Wand hängen bleiben.

Colburn stützte sich auf den Turmrand, leuchtete mit seiner Lampe die rechte Seite aus, um sicherzugehen, daß Barnes den Anfahrtwinkel nicht zu stark verändert hatte, und kümmerte sich nicht um die andere Seite. Wenn die rechte Kette nicht die Wand berührte, mußte es klappen. Der Kanadier war so in seine Beobachtung vertieft, daß er dafür beinahe sein Leben aufs Spiel gesetzt hätte. Erst im letzten Augenblick dachte er an den Tunnelbogen und tauchte gerade noch rechtzeitig in den Turm.

Ein neues Problem beschäftigte ihn nun: Paßte der Turm durch den Bogen? Er streckte die Hand nach oben aus. Seine Finger streiften das Gestein. Der Tank rumpelte vorwärts. Sie hatten fast das Ende der Unterführung erreicht, als das Kratzen und Schaben wieder einsetzte. Barnes beschleunigte, und sie schossen hinaus aufs freie Feld, auf dem der Nebel im Glühen des neuen Tages aufleuchtete.

Barnes hielt den Tank kurz an, stellte den Motor ab und lauschte. Die dichte Nebelbank löste sich langsam auf, und er hörte das stakkatohafte Brummen von Bohrmaschinen. Wahrscheinlich eine Panzerreparaturwerkstatt. Aber da war noch ein anderes Geräusch, das Rattern von Panzerketten. Barnes war sich da verdammt sicher. Mit ein wenig Glück übertönten diese Geräusche Berts Brummen bis zum letzten Augenblick. Der Sergeant blickte auf die Uhr. 3.48 Uhr. Noch zwölf Minuten, dann setzten die Panzer zum letzten Sturm an.

»Der Nebel löst sich auf«, sagte Colburn leise. »Ich kann schon den Hangar mit dem Munitionslager sehen. Ich bleibe solange wie möglich hier oben und beobachte dann durch das Periskop weiter.«

»Das dürfte in der Tat Ihrer Gesundheit etwas besser bekommen.«

»Im Ernstfall werde ich das Besa bedienen – im Umgang mit Maschinengewehren war ich schon immer gut. Der Nebel verzieht sich verdammt schnell. Der Hangar liegt genau vor uns. Viel Glück, Barnes. Fahren Sie los!«

»Danke für Ihr Kommen, Colburn, danke für Ihre Hilfe.«

›Die Worte hören sich verdammt abgedroschen an, aber irgend etwas mußte ich doch sagen‹, dachte Barnes und schloß das Luk des Fahrerabteils.

Auf dem ebenen Grund kam der Panzer gut vorwärts und durchstieß immer schneller die Nebelschwaden. Colburn spürte eine entsetzliche Angst an seinen Eingeweiden nagen, trotzdem blieb er auf seinem Posten und schaute zu einer ziemlich steilen Anhöhe hinüber, die sich dicht hinter dem Hangar erhob. Dahinter zeichneten sich die Dächer einiger Häuser undeutlich im Morgennebel ab. Wie Barnes erzählte, hatten er und Jacques von diesem Hügel auf das Flugfeld hinabgesehen, von dort aus hatten sie die dicht an dicht geparkten Panzer entdeckt, die ganze Streitmacht, die General Storch gegen Dünkirchen werfen wollte.

Etwas abseits sah Colburn den Stacheldrahtverhau des Depots, mit dem man diesen Bereich von dem Flugfeld abgegrenzt hatte. Sein Herz machte einen Sprung. Hinter dem Tanklager entdeckte er unzählige niedrige Schatten.

Die schweren Kampfpanzer, das Herz der 14. Panzerdivision.

Der Ausgangspunkt der Offensive lag vor ihnen.

Rasch wies er Barnes auf einen neuen Kurs ein, der sie auf direktem Weg zum Eingangstor des Hangars führte, dem sie sich von der Seite näherten. Colburn verzichtete darauf, in den Turm zu klettern und das Luk zu schließen. Sie brauchten einen klaren Überblick. Er hob die Maschinenpistole und vergaß beinahe seine Furcht vor dem Holocaust, der sie erwartete. Er sah so vieles, auf das er sich jetzt konzentrieren mußte.

Ein Panzerwagen parkte in der Nähe des Hangars, etwas abseits stand ein zweites Fahrzeug, das ihm seltsam vertraut vorkam. Links davon schemenhafte Bewegungen im Nebel.

Der Kanadier erkannte den Wagentyp: Es war einer dieser riesigen Transporter mit einem Panzer auf der Ladefläche.

Im gleichen Augenblick bemerkte er auch die ersten Deutschen – kleine Gestalten, die im Schein einiger abgeschirmter Lampen auf der Ladefläche arbeiteten. Seine Hand unklammerte die Maschinenpistole fester. Bert rollte immer näher.

Wieso hatten die Brüder sie noch nicht entdeckt? Im Nebel tanzten seltsame Funken, der Kanadier bemerkte ein violettes Glühen. Offensichtlich arbeiteten sie mit Schweißgeräten, und das Lärmen ihrer Werkzeuge hatte Berts Motorengeräusch übertönt. Niemand schien von ihrem Näherkommen Notiz zu nehmen.

Der Drahtverhau lag dicht vor ihnen, und Nebelfetzen trieben hinter den Stacheldrahtschleifen. Es war reiner Zufall, daß Colburn den Kopf drehte und so die Bewegung dicht am Boden vor dem Verhau bemerkte. Im unsicheren Licht der Dämmerung entdeckte er einen rechteckigen Schutzschild und den Schatten eines langen Rohres, das in ihre Richtung schwang. Der Richtschütze hatte sein Opfer noch nicht im Visier.

Colburn ließ sich ins Kampfabteil hinuntergleiten und auf den Sitz des Kanoniers fallen, hängte seinen Arm in die Lederschlaufe der Kanone und packte mit der anderen Hand den Hebel der Traverse. Der Turm schwenkte zu schnell und zu weit, Colburn mußte eine Korrektur vornehmen. Sein Auge klebte förmlich an der Linse des Teleskops.

Beide Waffen – die Feldhaubitze und Berts Zweipfünder – waren jetzt auf das jeweilige Opfer gerichtet. Colburn hatte den Schutzschild im Fadenkreuz. Er mußte unbedingt als erster schießen. Trotzdem senkte er erst noch das Rohr um ein paar Grad und riß dann den Abzug durch. Der Panzer bockte heftig bei dem Rückstoß.

Großer Gott! Die Sprengkapseln! Jeden Moment mußte sich Bert in seine Einzelteile auflösen – aber der Tank rollte weiter. Colburn schwenkte den Turm, um das Zielobjekt wiederzufinden, sah aber nur eine weiße Rauchwolke. Volltreffer!

Schnell kletterte er wieder in den Turm hinauf und schaute sich um. Der Tank hatte den Stacheldrahtverhau erreicht und überrollte die Drahtschlingen. Von der Feldhaubitze war nichts mehr zu sehen.

Von dieser Sekunde an erlebte der Kanadier die Ereignisse nur noch als kaleidoskopartige Aneinanderreihung von Eindrücken, während er Barnes automatisch zum Tor des Hangars dirigierte.

Aus dem Nichts tauchten Männer auf und liefen zu dem abgestellten Panzerwagen hinüber. Colburn registrierte die Gefahr, hob die Maschinenpistole und zielte sorgfältig. Er riß den Abzug durch und schwenkte den Lauf von einem Punkt in der Nähe des Panzerwagens nach außen, überzog die Soldaten mit einem Kugelhagel und mähte sie nieder, ehe sie den Panzerwagen erreichten. Drei Mann stürzten getroffen zu Boden, der vierte rannte weiter, blieb abrupt stehen, als sei er gegen eine Wand gelaufen, warf die Arme hoch und sackte zusammen. Rasch legte Colburn ein neues Magazin ein. Der Tank rumpelte vorwärts, passierte in wenigen Zentimetern Abstand den Panzerwagen und fuhr auf ein Maschinengewehr zu, hinter das sich ein Soldat aus dem Hangar geworfen hatte. Colburn duckte sich. Die Kugeln schlugen gegen die Turmpanzerung. Der Tank beschleunigte, der tonnenschwere Koloß überrollte Mensch und Waffe und zermalmte beide unter seinen Ketten.

Sie hielten auf den Panzertransporter zu. Colburn fielen die Männer wieder ein, die dort mit Reparaturen beschäftgt waren. Er hob seine Waffe und bestrich die Ladefläche mit einem langen Feuerstoß. Ein paar Männer bäumten sich auf und kippten über die Seite. Einem Soldaten gelang es, den Abzug seiner Maschinenpistole durchzuziehen, ehe ihn eine Kugel erwischte. Der Deutsche stürzte flach aufs Gesicht, seine Maschinenpistole rutschte unter die Kette des Panzers.

Colburn fühlte eine plötzliche Taubheit in seiner linken Schulter und wußte, daß er getroffen war. Hinter dem defekten Panzer tauchte eine barhäuptige Gestalt im Overall auf und sprang auf den Panzer.

Colburn hatte das Magazin seiner MP leergeschossen. Er ließ die Waffe auf den Turmrand fallen und griff nach dem

Revolver. Der Soldat im Overall reckte eine Hand zum Wurf. Colburn hob die Pistole und schoß ihm direkt ins Gesicht. Der Deutsche fiel vom Panzer und wurde von den Ketten überrollt.

»Wir sind gleich da. Halten Sie sich stur geradeaus...«, rief der Kanadier atemlos ins Mikro.

Die Panzer machten Barnes Sorgen. Er wußte, was sie anrichten konnten. Sie mußten den Hangar erreichen, ehe die Deutschen ihre schweren Geräte auffuhren. Ohne Ladekanonier für den Zweipfünder hatte Colburn nicht den Hauch einer Chance gegen sie, selbst wenn er einen von ihnen erledigen konnte. In seinem Fahrabteil hatte der Sergeant den Abschuß der Feldhaubitze nicht bemerkt. Er konzentrierte sich voll und ganz aufs Fahren. Sie mußten das Überraschungsmoment nutzen und die Deutschen schwächen, wo sie konnten.

›Jetzt rücken wir Ihnen auf die Pelle, General Heinrich Storch‹, dachte Barnes grimmig.

Colburn hielt sich wacker. Der Sergeant hörte die MG-Kugeln von der Hülle abprallen. Es klang wie das Summen angriffslustiger Wespen. Seine Stirn und seine Hände waren feucht von Schweiß. Unter der Nervenanspannung dieser letzten Kraftanstrengung spürte er kaum noch die Schmerzen. Sie hatten es gleich geschafft! Wenn sie jetzt von einem panzerbrechenden Geschoß getroffen würden, ging Berts zusätzliche Ladung hoch, und mit ihr wahrscheinlich auch das Munitionsdepot und das Tanklager. Doch Barnes wollte sicher sein, absolut sicher. Er mußte mit Bert durch das Tor.

Durch seinen Sehschlitz sah er Männer um die Ecke des Gebäudes laufen. Hatte Colburn sie auch entdeckt?

Colburn sah sie ebenfalls und schob unbeholfen ein neues Magazin in die Maschinenpistole. Er beugte sich über den Turmrand, drückte die Waffe fest gegen die rechte Schulter und hob den Lauf. Die MP war schwer wie eine Kanone, der Tank schien wie ein Schiff bei schwerer See zu schwanken. Die linke Schulter begann zu klopfen, Schmerzwellen durchliefen seinen Körper wie die Vibrationen einer zu straff gespannten Violinsaite. Müde hob er den Lauf noch ein Stück an, riß den Abzug durch und feuerte eine lange Salve auf die herbeieilenden Soldaten.

Sie liefen zu dicht nebeneinander, hatten nicht mehr rechtzeitig ausschwärmen können. Colburn schoß sie ab wie dic Hasen. Nur einer erwiderte ziellos das Feuer mit ein paar Schüssen, doch die Kugeln zwitscherten harmlos am Tank vorbei, der auf die Deutschen zuraste. Colburn sackte über dem Turmrand zusammen, versuchte krampfhaft, die Waffe festzuhalten, die zwischen Brust und Turmrand gerutscht war und jeden Moment ins Innere zu fallen drohte. Der Kanadier kämpfte verzweifelt gegen eine Ohnmacht an.

Barnes erreichte das Ende des Gebäudes, bremste die rechte Kette ab und vollführte eine Linkskehre, fuhr noch ein paar Meter und stoppte Bert im weit geöffneten Tor des Hangars. Colburn erfaßte dumpf, daß sie am Ziel waren, hob den Kopf und ließ den Blick kurz über die gestapelten Kisten des Munitionsdepots wandern. Sein Instinkt schien noch zu funktionieren, denn er drehte den Kopf in die richtige Richtung und bemerkte im letzten Moment die Gefahr.

Eine Gruppe behelmter Gestalten rannte um die Ecke des Hangars. Er packte die MP, preßte sie gegen die rechte Schulter und feuerte in den heranstürmenden Haufen.

Es war das reinste Massaker, die Männer in der ersten Linie stürzten zu Boden, die nachdrängenden Kameraden trampelten über sie hinweg und starben ebenfalls in dem tödlichen Kugelhagel.

Das Magazin war leer. Colburn wußte, daß er nicht mehr in der Lage war, die Waffe neu zu laden. Über die toten Soldaten hinweg sah er einen dunklen, bulligen Schatten vom Lager auf Bert zukriechen.

»Panzer fahren auf... nicht vergessen... Luk schließen...«, flüsterte er ins Mikro.

Dabei ließ er den Blick wandern und starrte benommen über die riesigen Kistenstapel mit Granaten und Munition.

Es war sein letzter Eindruck von dieser Welt. Hinter einem Stapel hob ein deutscher Soldat sein Gewehr und tötete Colburn mit dem ersten Schuß. Die MP rutschte dem Kanadier aus der Hand und verfehlte Barnes, der gerade mit dem Revolver in der Hand aus seinem Abteil kletterte, um Haaresbreite. Der Sergeant blickte sich blitzschnell um, hob die Waffe und gab zwei Schüsse ab. Der Deutsche sackte zusammen.

Barnes sprang zu Boden, lief hinter dem Tank herum und kletterte nach einem raschen Blick auf Colburn in den Turm. Der Kanadier, der nur mal eben für ein paar Stunden vorbeischauen wollte, hatte nun ein Loch in der Schläfe.

Barnes rutschte auf den Sitz des Kanoniers, sprang aber sofort wieder fluchend hoch, weil die Kanone nicht geladen war. Mit Schwung schob er eine neue Granate ins Rohr, vergewisserte sich, daß der Verschluß einrastete, setzte sich wieder auf seinen Platz und schwenkte den Turm. Mit der Schulterschlaufe hob er den Lauf der Kanone um ein paar Zentimeter.

Hinter dem Drahtverhau tauchte der erste Panzer auf und kroch wie ein riesiger häßlicher Käfer vorwärts – ein Anblick, den Barnes während des Feldzuges schon so oft erlebt hatte.

Er riß den Abzug durch. Bert erbebte unter dem Rückstoß. Die Granate schlug genau ins Ziel, der deutsche Panzer blieb brennend liegen. Bert hatte seinen ersten Gegner geknackt.

Barnes stieg in den Turm und betrachtete die Sprengbox. Ringsum war es plötzlich totenstill. Ohne Zögern packte der Sergeant den Griff und drückte ihn nach unten.

Nichts geschah. Barnes hatte vergessen, den Schalter zu betätigen. Er steckte den Kopf aus dem Turm und schaute sich um. Außer dem brennenden Panzer war nichts von den Deutschen zu sehen. Ohne lange zu überlegen, packte der Sergeant die Sprengbox und die Drahtrolle, stieg auf das Chassis herab, schloß das Turmluk, sprang zu Boden und begann den Draht abzuwickeln, der durch den Schießschlitz im Turm verschwand. Barnes spähte um die Ecke, in die Richtung, aus der sie gekommen waren. Nichts rührte sich. Schnell eilte er außen an der Seitenwand des Hangars entlang, vorbei an den toten Soldaten, vorbei an dem Transporter, auf dessen Ladefläche ein Schweißgerät immer noch Funken versprühte, und wickelte wie ein Roboter die Drahtrolle aus. Wie weit würde sie reichen?

In seinem schmerzvernebelten, erschöpften Zustand schien es Barnes wie ein Omen, daß er vergessen hatte, den Schalter zu drehen. Vielleicht könnte er überleben, wenn er nur nicht aufgab. Er erreichte die Hangarrückwand. Der Streifen zwischen dem Gebäude und der Anhöhe lag verlassen vor ihm. Der Sergeant überquerte den Streifen und stieg am Hang empor, von dem aus er mit Jacques auf das Flugfeld heruntergeschaut hatte, ehe sie es bis zu der Stelle umgingen, von der aus Barnes den Hangareingang durch das Fernglas beobachten konnte. Der Sergeant hatte fast die Hügelkuppe erreicht, als in dem Erdstreifen hinter dem Hangar Mannschaftswagen bremsten. Er warf sich flach zu Boden, neben den Sprengapparat und die fast abgespulte Drahtrolle, und blieb mit zur Seite gewendetem Gesicht regungslos liegen.

Soldaten quollen aus den Lastwagen hervor und bildeten zwei Abteilungen, die auf das Kommando eines Offiziers hin an beiden Seiten des Hangars vorrückten. Barnes sprang auf, hastete das kurze Stück bis zur Kuppe empor und ließ sich in einen riesigen Bombentrichter in der Nähe der Häuser gleiten. Er warf einen Blick auf seine Uhr – auf Colburns Uhr –, schaute dann noch einmal zum grauen Himmel empor, den er vielleicht nie mehr sehen würde, drehte den Schalter und drückte auf den Hebel der Sprengbox.

Um 3.58 Uhr flog die Welt in die Luft.

Die erste Explosion erzeugte eine Druckwelle, die aus Richtung Lemont über das ganze Armeelager hinwegfegte. Ihr folgte gleich darauf die zweite, als in dem Feuersturm der ersten die gesamte Munition des riesigen Depots in einer Kettenreaktion in die Luft flog. Die beiden Druckwellen rasten mit zerstörerischer Gewalt über das Lager hinweg, drückten die schweren Metallplatten der Panzer wie Papier zusammen und prallten mit voller Wucht gegen die Mauern des Bauernhofes, in dem der deutsche Gefechtsstand untergebracht war.

Als Meyer, aus einer Stirnwunde heftig blutend, ins Büro von Storch taumelte, fand er den General tot am Boden, eine Hand nach dem Telefon ausgestreckt, das halb verschüttet in einem Schutthaufen lag. Ein heruntergestürzter Dekkenbalken hatte dem Kommandeur den Schädel zertrümmert. Meyer kniete nieder und nahm den Hörer auf. Das Feldtelefon funktionierte noch. Er verlangte Keller. Der Oberst wußte genau, was er jetzt zu tun hatte. Er mußte die Einheit vor dem Desaster bewahren, mit dem er insgeheim seit Überquerung der Maas bei Sedan auf dieser Pontonbrücke gerechnet hatte. Ihm war schon gemeldet worden, daß britische Tanks durch Lemont rollten, um sie von hinten anzugreifen, und daß eine Panzerabteilung vergeblich versucht hatte, den Feind abzufangen. Was auch immer Meyer befürchtet hatte, es war nun eingetreten.

Die gewaltige Explosion, der Storch zum Opfer fiel, war der letzte Beweis. Da keine feindlichen Flieger gemeldet worden waren, mußten die Briten irgendwo in der Nähe schwere Artillerie zusammengezogen haben. Damit hatten sie das Munitionsdepot in die Luft gejagt.

Meyer hörte eine Stimme und meldete sich.

»Keller, hier ist Meyer. General Storch ist tot. Die Briten greifen von Süden her an – ja, von Süden. Blasen Sie sofort den Angriff auf Dünkirchen ab, haben Sie verstanden? Sie haben das überflutete Land im Rücken, deshalb müssen Sie...«

Mitten im Satz brach die Verbindung ab, doch Meyer genügte es, daß Keller seinen Befehl verstanden hatte. Wieder erschütterte eine Reihe heftiger Explosionen den beginnenden Tag. Das Tanklager!

Zum erstenmal kam Meyer der schreckliche Verdacht, daß er sich doch geirrt haben könnte. Er hörte Flugzeuge, die in niedriger Höhe den Platz überflogen, und gleich darauf das Bellen der Flak. Mit einem Fluch stürzte er in den Garten hinaus.

Im gleichen Moment erhielt das Haus einen Volltreffer, ein schwerer Mauerbrocken erschlug den Oberst, die einstürzenden Wände begruben die Leiche unter sich.

Punkt 3.55 Uhr überflog Squadron Leader Paddy Browne mit seiner Staffel Blenheims die französische Küste. Seine

Befehle waren ungewöhnlich allgemein gehalten, ließen ihm einen unglaublichen Ermessensspielraum. Aber schließlich war auch die ganze Situation unglaublich und ungewöhnlich. Die Evakuierung des britischen Expeditionsheeres, das die deutschen Panzer vor sich hertrieben, war in vollem Gange. Von Minute zu Minute änderten sich die Positionen, waren ›fließend‹ geworden, wie Kriegsberichterstatter es ausdrückten. Brownes eigentliches Zielobjekt war der Eisenbahnknotenpunkt Arras, doch hatte man ihm die Wahl des Objekts freigestellt für den Fall, daß er beim Anflug feindliche Bodeneinheiten entdeckte und sie einwandfrei identifizieren konnte.

»Aber pfeffern Sie, um Himmels willen, nicht in unsere eigenen Jungs hinein«, hatte ihm der Einsatzoffizier geraten. Browne war nicht sonderlich mit der Gegend um Gravelines und Lemont vertraut, doch als er jetzt mit seiner Staffel das Gebiet überflog, zog ein riesiger Rauchpilz am Horizont magisch seinen Blick an. Der Pilz wuchs und wuchs immer höher am Morgenhimmel empor, als sollte diese ganze Ecke von Frankreich in die Luft gesprengt werden.

Besser, wir sehen mal nach, dachte Browne, und gab der Staffel den Befehl zum Anflug. Zwei Faktoren überzeugten ihn schnell davon, daß er es mit dem Feind zu tun hatte. Fast unverzüglich setzte das Flakfeuer ein, und außerdem erspähten seine scharfen Augen unten am Boden Käfer, die wild durcheinander krochen.

Er konnte es kaum glauben, aber er glaubte es trotzdem. Hunnenpanzer – ein ganzes Lager!

Ohne zu überlegen machte Browne von seiner Entscheidungsfreiheit Gebrauch: Er befahl den Bombenabwurf. Eine Bombenlawine regnete zur Erde nieder, und als die Staffel abdrehte, rührte sich unten am Boden nichts mehr.

Brownes Kommentar beim Rückflug war typisch für ihn: »Wie nett von ihnen, uns ein Rauchzeichen zu geben.«

Auch Lieutenant Jean Durand von der 14. Französischen Kürassiereinheit mochte im ersten Moment seinen Augen nicht trauen, als er durch das Fernglas die überflutete Region absuchte. Seine Einheit war mit der Bewachung dieses Sektors im vorgelagerten Verteidigungsgürtel rund um Dünkirchen beauftragt. Bis jetzt war's ein ruhiger Morgen gewesen. Wie hätte es auch anders sein sollen, da Panzer noch nicht über Wasser fahren konnten. Aber wieso konnte es dieser Idiot da vorne?

Über das Feldtelefon bat er den englischen Verbindungsoffizier unverzüglich zu sich. Diesen Anblick mußte man unbedingt mit jemandem teilen.

Tief über den Lenker eines Fahrrades gebeugt, durchquerte eine einsame Gestalt die endlose Wasserfläche. Dabei hob der Fahrer nicht einmal den Kopf, als wüßte er den Weg auswendig. Barnes mußte mit gesenktem Kopf fahren, um die Straße zehn Zentimeter unter der Wasseroberfläche sehen zu können. Automatisch, ohne zu überlegen, trat er in die Pedale. Er hatte schon seit längerem nicht mehr aufgeblickt und wußte nicht, daß er den alliierten Linien schon so nahe war.

Der englische Verbindungsoffizier, Lieutenant Miller, trat neben seinen Kameraden. Seine Augen verengten sich zu Schlitzen, als er die Uniform erkannte. Abgesehen von der Tatsache, daß der Mann da übers Wasser radelte, war das Auftauchen eines weiteren Gespenstes für ihn nichts Neues mehr, denn in der gegenwärtigen Kampflage tauchten immer mehr ausgemergelte versprengte Soldaten im Verteidigungsgürtel auf. Kanonenfutter, wie Miller sie insgeheim nannte.

Der Radfahrer hatte sich ihnen bis auf hundert Meter genähert, als beinahe ein Unglück geschah. Durand und Miller wußten nichts von der Existenz der Straße, und Barnes kannte die Strecke nicht, weil er sie noch nie vorher gefahren war. Die Straße sackte plötzlich ab, und ehe er bemerkte, was los war, stand dem Sergeant das Wasser bis zur Brust. Er fiel vom Rad, schluckte Wasser und tauchte unter. Er hustete und spuckte, als er von den beiden Offizieren herausgezogen und auf trockenes Land gebracht wurde. Barnes wollte unbedingt etwas los werden, doch Miller beruhigte ihn.

»Die Straße geht ganz durch... bis Lemont... Jerry-Panzer...«, brach es schließlich aus dem Sergeanten hervor.

»Hab' verstanden, mein Junge. Machen Sie sich keine Sorgen. Wir bringen Sie jetzt erst mal ins Hospital.«

Barnes verbrachte zwei Tage im Dünkirchener Lazarett. Er hatte versucht, den Ärzten einzureden, er sei nur erschöpft. Doch sie hörten nicht auf ihn, und so wartete er eine günstige Gelegenheit ab und schlich sich dann im Pyjama aus dem Hospital, das Bündel mit seinen Kleidern unterm Arm. Er brauchte eine halbe Stunde, um sich in der Ruine eines ausgebombten Hauses umzuziehen. Dann ging er bewußt aufrecht zum Strand, als sei er völlig in Ordnung – in seinem Zustand eine ungeheure Anstrengung.

Die Evakuierung lief auf vollen Touren, und er befürchtete, man würde ihn nicht mitnehmen, wenn man merkte, daß er nicht gesund war.

Die Fahrt blieb ihm nur lückenhaft im Gedächtnis, wie ein Film, den man zu schnell durch den Projektor jagt. Das endlose Warten am Strand, das dumpfe Aufspritzen des Sandes bei den Bombeneinschlägen, das überfüllte Boot, das unter dem Gewicht der Schulter an Schulter sitzenden Soldaten fast zu sinken drohte, die glatte Fläche des Kanals, als sie im Bombenhagel bei hellem Sonnenschein nach England übersetzten.

In Dover dann das gleiche Durcheinander, als die Männer einfach in Züge verfrachtet und irgendwohin transportiert wurden.

Barnes wartete stundenlang und suchte so angestrengt in dem Meer von Gesichtern, daß er manchmal selbst nicht mehr wußte, wonach er eigentlich suchte. Zweimal hatte er einen Militärpolizisten überreden können, ihn noch ein wenig warten zu lassen, und er war schon nahe daran aufzugeben. Plötzlich machte sein Herz einen Sprung. Drei Soldaten halfen einem vierten über den Bahnsteig zum wartenden Zug. Diese breiten Schultern, den Stiernacken des Humpelnden kannte Barnes nur zu gut. Reynolds! Er wollte es kaum glauben und lief hinter den vieren her.

Als die Soldaten seine Streifen bemerkten, überließen sie bereitwillig den Fahrer seiner Obhut und stiegen müde in den Zug. Reynolds stützte sich schwer auf seine Krücke und produzierte ein schwaches Grinsen.

»Die drei Typen da haben mich vor Lemont aufgelesen. Sie schoben mich auf einen der riesigen Lastwagen. Ich wurde erst wieder wach, als wir in die Sicherheitszone von Dünkirchen einfuhren.«

Sie zwängten sich in den überfüllten Zug. In diesem Moment tauchte der Militärpolizist zum dritten Male auf und fragte nach ihrem Reiseziel.

»Colchester«, antwortete Barnes.

Colchester war die Basis ihrer Einheit. Nur noch ein Gedanke beherrschte den Sergeant: Er brauchte dringend einen neuen Tank.

HEYNE BÜCHER

Drei aufregende Fernost-Thriller

„Jeder, der Lustbaders Ninja verschlungen hat, wird von diesem orientalischen Rache-Epos hingerissen sein." *James Patterson*

Dai-Sho
Roman
512 Seiten
01/6864 - DM 9,80

Gai-Jin
Roman
442 Seiten
01/6957 - DM 8,80

Giri
Roman/ 414 Seiten
01/6806 - DM 7,80

Wilhelm Heyne Verlag München